HELGE WEICHMANN

Schandkreuz

BRENNEN SOLL SIE! Seit Jahrhunderten begraben, aber längst noch nicht tot. Eine Gewitternacht in Bodenheim hat ungeahnte Folgen: Ein Hexengrab und das grausam verstümmelte Skelett eines Kindes werden aus dem Dunkel der Geschichte gerissen. Die Historikerin Tinne und der dicke Reporter Elvis sind zwar vollauf damit beschäftigt, für den Mainzer Marathon zu trainieren, doch dieser Versuchung können sie nicht widerstehen. Sie fangen an, den 400 Jahre alten Kriminalfall mit modernen Methoden neu aufzurollen. Dabei scheint es, als hätten sie unheimliche Mächte herausgefordert – alte Bannzeichen erscheinen, nächtliche Opferrituale finden statt, schließlich geschieht sogar ein Mord. Die Menschen sind sicher: Der »Fluch der Hexe« ist zu neuem Leben erwacht! Einzig Tinne ahnt, dass das Grab ein anderes, sehr viel schlimmeres Geheimnis hütet. Mithilfe der Mainzer Chefpathologin bringt sie die Knochen zum Sprechen und findet eine überraschende Verbindung zwischen der Vergangenheit und der Gegenwart. Viel zu spät wird ihr klar, dass sie damit ihre eigene Hinrichtung vorbereitet hat.

© Susanne Reuber

Helge Weichmann wurde 1972 in der Pfalz geboren und ist seit 25 Jahren in Rheinhessen zu Hause. Während seines Studiums jobbte er als Musiker und Kameramann und bereiste zahlreiche Länder, bevor er sich als Filmemacher selbstständig machte. Seine Kreativität lebt er in vielen Bereichen aus: Er betreibt eine Medienagentur, arbeitet als Moderator, fotografiert, filmt, zeichnet und schreibt. Er ist begeisterter Hobbykoch, Weinliebhaber und Sammler von Vintage-Gitarren. Mit der chaotischen Historikerin Tinne Nachtigall und dem dicken Reporter Elvis hat Helge Weichmann zwei liebenswerte Figuren geschaffen, die ihre ungewöhnlichen Abenteuer mit viel Pfiff und Humor meistern.

HELGE WEICHMANN

Schandkreuz

KRIMINALROMAN

GMEINER

Die automatisierte Analyse des Werkes, um daraus Informationen
insbesondere über Muster, Trends und Korrelationen gemäß § 44b UrhG
(»Text und Data Mining«) zu gewinnen, ist untersagt.

Bei Fragen zur Produktsicherheit gemäß der Verordnung über die allgemeine Produktsicherheit (GPSR) wenden Sie sich bitte an den Verlag.

Immer informiert

Spannung pur – mit unserem Newsletter informieren wir Sie
regelmäßig über Wissenswertes aus unserer Bücherwelt.

Gefällt mir!

Facebook: @Gmeiner.Verlag
Instagram: @gmeinerverlag

Besuchen Sie uns im Internet:
www.gmeiner-verlag.de

© 2016 – Gmeiner-Verlag GmbH
Im Ehnried 5, 88605 Meßkirch
Telefon 07575 / 2095 - 0
info@gmeiner-verlag.de
Alle Rechte vorbehalten
7. Auflage 2025

Lektorat: Claudia Senghaas, Kirchardt
Satz: Mirjam Hecht
Umschlaggestaltung: U.O.R.G. Lutz Eberle, Stuttgart
unter Verwendung eines Fotos von: © Helge Weichmann
Druck: Custom Printing Warschau
Printed in Poland
ISBN 978-3-8392-1859-4

PROLOG

Die Felder und Wingert lagen als Flickenteppich um das Dorf ausgebreitet, ein wütendes Heer aus Wolkenschatten jagte darüber. Immer neue Formen türmten sich auf, der strenge Ostwind riss sie im nächsten Moment schon wieder auseinander. Das Dämmerlicht und der Kirchturm, der sich als messerscharfe Silhouette in die Höhe hob, beflügelten Georgs Fantasie, er erkannte geballte Fäuste in der Wolkenwand, groteske Pferde, danach eine Teufelsfratze, aus der Hörner wucherten. Es kam ihm vor, als würde Gott, der Allmächtige, damit seinen Groll zeigen.

Georg Plumenschein war mit vier anderen Männern auf dem Weg zum Bodenheimer Friedhof. Der Wind zerrte gierig an ihren Kleidern, einzelne Schneeflocken wirbelten umher. Die schwarze Soutane von Pastor Cornelius flatterte und ließ ihn wie eine monströse Fledermaus aussehen. Georg fror. Er konnte seine Hände nicht in die Hosensäckel stecken, um sie zu wärmen, denn er trug einen sorgfältig behauenen Stein bei sich. Die frostige Märzluft ging ihm durch Mark und Bein, doch er wusste, dass die Kälte nicht nur von außen kam. Nein, sein Inneres war zu Eis erstarrt, seit er und seine Familie zum Ziel des Bösen geworden waren. Und heute wartete eine Aufgabe auf ihn, die so grässlich war, dass er kaum daran denken konnte. Jeder Schritt kostete ihn Überwindung, sogar seine Seele war schwer geworden in den letzten Wochen und Monaten.

Die anderen Männer stapften mit ebenso verbissenen Gesichtern gegen den Sturmwind an. Reinhart, der Bruder von Georgs Frau Judith, hatte einen ledernen Beutel umgeschnallt, Metall klapperte darin im Rhythmus seiner Schritte. Er war ein wahrer Riese, seine mächtige Gestalt schob sich ungebeugt voran. Was auch immer dort tief im Boden auf sie wartete – Reinhart würde nicht zögern, es zu packen. Viel zu sehr brannte der Hass in ihm auf das, was seiner Schwester angetan worden war.

Die beiden anderen waren Feldknechte, die der Pfarrer mitgebracht hatte, rohe Männer mit breiten Nasen und faulen Zähnen, die Spaten bei sich trugen. Pastor Cornelius hatte viele Worte und sogar eine Handvoll Pfennige gebraucht, um die Männer zum Mitkommen zu bewegen. Denn die Kunde von dem, was jede Nacht auf dem Friedhof geschah, hatte seine Runde durch Bodenheim gemacht wie ein böser Hauch. Seitdem schlossen sich abends Türen und Fenster, Kreuze wurden geschlagen, Gebete gemurmelt, kein Mensch wagte sich nach Einbruch der Dunkelheit aus dem Haus. Noch nicht einmal Georgs Brüder waren bereit gewesen, ihn auf seinem Weg zu begleiten und bei dem zu helfen, was getan werden musste.

Die Männer betraten den Friedhof. Die schiefen Grabtafeln wurden vom Wind umstrichen, die kahlen Äste der Bäume bogen sich, als würden Teufel in ihnen hausen. Über alledem thronte das schwarze Kirchengebäude. Georg hatte das Gefühl, 1000 verborgene Augen würden ihrem frevelhaften Tun zusehen. Wie um sich zu schützen, fuhren seine Finger die eingemeißelten Worte auf dem Stein nach, den er bei sich trug. Die Knechte schauten ihm scheu zu. Ein Geruch von ungewaschenen Kleidern und Branntwein wehte zu Georg herüber. Aha, die beiden hatten ihre Münzen wohl direkt in die erstbeste Schenke getragen und sich Mut angetrunken. Er konnte es ihnen nicht verdenken und hatte ebenso wie sie das Gefühl, nicht hierher zu gehören. Der Friedhof wollte sie nicht auf seinem Boden dulden, Georg glaubte zu spüren, wie eine unheimliche Macht ihn wegzudrängen versuchte. Dieselbe Macht, die das schreckliche Geheimnis unter der Erde nährte und am Leben hielt.

»*Magnificat anima mea Dominum et exsultavit spiritus meus …*«

Ohne dass es Georg bewusst wurde, flüsterte er die lateinischen Worte in einem zitternden Stakkato. Ihr Klang versprach die beruhigende Nähe zum Herrgott, obwohl sie für ihn nur leere Hüllen waren, auswendig gelernt durch jahrelange Wiederholung. Georg konnte kein Latein, natürlich nicht. Das war die Sprache der Pfaffen und der Mönche, das gemeine Volk, dem er angehörte, blieb davon ausgeschlossen.

Georg war Handwerker, Bäcker, ebenso wie sein Vater und vor ihm dessen Vater. Doch der Taglohn, der die Plumenscheinen Jahrzehnte über die Runden gebracht hatte, schrumpfte immer weiter. Seit die Sommer kühler geworden waren und auch regnerisch, blieben die Bodenheimer Scheunen leer, und das Vieh siechte auf den Weiden. Das, was die Menschen in das kleine Backhaus brachten, war Hadenkorn und Hirsebrei, so wässrig, dass Georg nur noch harte Fladen aus dem Ofen zog statt echtem Brot. Hohlwangig drückten ihm die Bauersfrauen einen halben Pfennig in die Hand als Backgeld, und der musste sogar für zwei Tage reichen. Und so darbten Georg und seine Familie, die Mauern des Backhauses bröckelten, die Feuchtigkeit kroch ungehemmt in die Wohnstube und ließ die Erwachsenen frösteln und die Kinder husten.

Vor einem Jahr hatten sich die Dinge dann zum Besseren gewendet. Georg wurde zum Kirchberg ins Hubgericht geholt, wo der Bodenheimer Richter Adam Ebersheim auf ihn wartete. Ebersheim war jemand, mit dem man ungern zu tun hatte, ein ernster Mann mit grauen Augen, der alleine auf dem Gerichtsanwesen lebte und nie zu lächeln schien. Georg wurde von der lähmenden Furcht befallen, dass ihn jemand angeklagt haben könnte. Denn Richter Adam war vom Probst des St. Alban-Stifts, Anton Waldbott von Bassenheim, als Amtmann eingesetzt worden und verwaltete in dessen Namen die weltliche Gerichtsbarkeit. Doch es stellte sich heraus, dass der Anlass ein erfreulicher war: Adam Ebersheim teilte ihm mit, dass er seine Familie und einige Anverwandte von Mainz nach Bodenheim an den Treyerhof holen würde, der dem Gericht angeschlossen war. Er beauftragte Georg, ab sofort zweimal pro Woche im Backhaus des Hofes Lohnarbeit zu verrichten. Nichts war Georg lieber, und seither feuerte er regelmäßig den Treyerschen Steinofen an, um aus dem guten Mehl des St.Alban-Stifts duftendes Brot für die Ebersheimer zu backen. Die Arbeit brachte ihm Regelgeld, einen stolzen Doppelschilling Taglohn, und damit war die ärgste Not vorbei. Die Familie Plumenschein gehörte nun nicht mehr zu den Ärmsten der Armen, und Georg wurde nicht müde, dem Herrgott dafür zu danken.

Er spürte eine Hand auf dem Rücken und schrak zusammen. Reinhart stand neben ihm, der Wind zerrte an seinem Vollbart und ließ die Haare flattern.

»Auf, Schwager, auf. Nicht verzagen. Auf.«

Inmitten seiner Gedanken war Georg stehen geblieben, ohne es zu bemerken. Die Übrigen schauten ihn an, ernste Gesichter, jeder trug schwer an dem, was vor ihnen lag.

»Es muss ein Ende haben. Denk an dein Weib, Gott sei ihr gnädig. Es ist schon genug Schlimmes passiert.« Reinhart gab ihm einen Stoß und schulterte seinen Beutel. Metall klapperte.

Oh ja, es war genug Schlimmes passiert. Georg packte den Stein fester. Wieder fuhr er die Buchstaben nach, die der Steinmetz Brendel unter den strengen Augen von Pastor Cornelius dort eingemeißelt hatte. Danach war der Stein vom Pfarrer gesegnet worden, mit Weihwasser und Chrisam hatte er drei Kreuze darauf gezeichnet und starke Gebetsworte gesprochen. Uralte Worte. Einen Bann.

Denn Georg und seine Familie waren von einem Übel befallen worden, gegen das normale Gebete nutzlos waren. Wo das Licht des Herrn schien, war Satans Schatten nicht weit, das wusste Georg. Und genauso war es gekommen: Kaum erfreuten sich die Plumenscheinen an dem Regelgeld, als sich auch schon andernorts ein schwarzes Herz mit Missgunst füllte. Das Böse suchte sich das leichteste Opfer der Sippe, die reinste Seele, und begann sein Werk der Zerstörung. Während die Tage und die Wochen dahin gingen, musste Georg zusehen, wie seine Familie immer stärker in den Bann dieser gottlosen Macht geriet. Und ausgerechnet diejenige Hand, die er um Hilfe anging, erwies sich als Hand des Satans. Er hätte es wissen müssen. Schon vorher hatten die Leute gemunkelt, schon vorher waren Sachen passiert, die einen Christenmenschen nicht ruhig schlafen ließen, doch er hatte es als Geschwätz abgetan, als das Geschnatter der Weiber. Ein Fehler. Ein todbringender Fehler.

Inzwischen hatten die Männer mehrere Grabreihen passiert und erreichten eine Fläche, die erst vor Kurzem zugeschüttet worden war. Der Wind hatte ein Leichentuch aus

Schneeflocken darüber gelegt, Eiskristalle schabten über den rauen Boden und zischten die Männer in einer fremden bösen Sprache an. Georg sah aus den Augenwinkeln, dass Reinhart sich bekreuzigte. Unwillkürlich machte er die Bewegung mit und hoffte, dass der Allmächtige seine schützende Hand über ihnen ausgebreitet hielt.

In den letzten Monaten hatte Georg immer wieder um sein Vertrauen zu Gott kämpfen müssen. Wenn Judith ihn mit eiskalten Händen umfasste und er spürte, wie sich ihr schwacher Körper aufbäumte, wenn Franck, sein Sohn, von Krämpfen geschüttelt wurde und seine Augen wie schwarze Teiche im weißen Gesicht lagen, dann betete er mit aller Inbrunst, immer und immer wieder. Doch kein Rosenkranz, kein Ave Maria halfen, keine Nacht auf den Knien und keine Kerze in der Bodenheimer St. Albans-Kirche. Auch Pastor Cornelius wusste bald schon keinen Rat mehr. Also trat Georg in seiner Not an den Mann heran, auf dessen Hof er zweimal pro Woche arbeitete und der im Dorf viel bewegen konnte: Adam Ebersheim. Der greise Richter hörte Georg zu, und als er geendet hatte, passierte etwas Seltsames mit seinem Gesicht: Er lächelte, als habe Plumenschein ihm ein Geschenk gemacht.

Ebersheim nahm sich der Sache an, und er tat es mit der ihm eigenen Gründlichkeit. Bald schon wurde eine Anklage vorgetragen, bald schon stapfte der Büttel durch die Straßen, bald schon sorgte die scharfe Befragung dafür, dass die teuflischen Pläne kein Geheimnis mehr blieben, und dann, endlich, zogen die Bodenheimer Bürger an einem kalten Februarmorgen zum Richtplatz am Anger.

Damals, vor knapp vier Wochen, hob Georg sein Gesicht zum Himmel. Die grauenvollen Schreie waren in seinen Ohren ein Wohlklang, der Brandgeruch schien ihm der reinste Weihrauch. Das Böse fiel seiner gerechten Strafe anheim und wurde vom Angesicht der Erde getilgt. Von den Flammen verzehrt, von den Flammen gereinigt. Nun würde der Segen Gottes wieder auf der Familie Plumenschein liegen, da war er sich sicher.

Doch er täuschte sich, so schlimm, wie man sich nur täuschen konnte. Bald schon zeigte sich, dass der Tod nicht etwa das Ende war, sondern erst der Anfang.

Georg schüttelte seine Erinnerung ab und konzentrierte sich wieder auf das Hier und Jetzt. Das neu aufgeschüttete Grab vor ihm war eine Wunde, die man in die Erde gerissen hatte. Der Wind hielt einen Augenblick den Atem an und schien ebenso zu lauschen wie die Männer. Da hörten sie es, leise erst, dann immer deutlicher: Ein geisterhaftes Schmatzen kam aus dem Grab und ließ ihnen das Blut in den Adern stocken. Danach folgte schweres Atmen, das in ein wässriges Blubbern überging.

»Er zehrt sie«, murmelte Reinhart, »Herrgott, er zehrt sie.« Der große Mann trat unwillkürlich einen Schritt zurück und schlang die Arme um sich wie ein Kind, das sich vor Schlägen schützen will. Die Knechte standen leichenblass daneben, einer fing an zu schlottern, seine Zähne schlugen aufeinander. Georg konnte seine Augen nicht von der Graberde nehmen, die feucht und frisch und klebrig aussah. Sein Verstand weigerte sich, das Geschehen aufzunehmen, während das unheimliche Schmatzen und Atmen erneut anfing. Mahlende Kiefer. Mein Fleisch ... mein Blut ... Unaufhörlich drehten sich die Worte in seinem Kopf.

Pastor Cornelius holte ein silbernes Kruzifix hervor und hob es in die Höhe. Gleichzeitig gab er den Knechten einen Wink, die mit zitternden Gliedern zu den Schaufeln griffen.

»Ergo, draco maledicte et omnis legio diabolica, adiuramus te per Deum vivum …«

Der Wind riss den Exorzismus von den Lippen des Pfarrers, während die Spaten in den Boden fuhren. Georg spürte, wie nackte Angst nach ihm griff, Todesangst. Mein Fleisch … mein Blut …

Die Erde klatschte zur Seite. Mein Fleisch … mein Blut …

Reinhart schüttete den Inhalt seines Beutels aus. Schmiedeeiserne Nägel, Ketten und ein Hammer rasselten zu Boden. Mein Fleisch … mein Blut …

Georg griff den viereckigen Stein fester. Mein Fleisch … mein Blut …

»… per Deum verum, per Deum sanctum, per Deum, qui sic dilexit mundum …«

Die Knechte waren auf dem Boden des Grabes angelangt, ihre Spaten stießen auf groben Leinenstoff. Bestialischer Gestank machte sich breit. Mein Fleisch … mein Blut …

Das Ding, das unter dem Tuch lag, bewegte sich und ließ Erde zur Seite rieseln. Das Schmatzen ertönte erneut, laut und obszön. Panisch warfen die beiden Männer ihre Schaufeln weg, kletterten aus der Grube und rannten schreiend davon. Mein Fleisch … mein Blut …

»… et a tyrannide diaboli emit pretio magno …«

Mit einem Ruck riss Reinhart den Stoff zur Seite und offenbarte, was in der feuchten Erde verborgen lag. Der Anblick war schlimmer als alles, was Georg bisher gesehen hatte, er wollte herumfahren, weglaufen bis ans Ende der Welt, ebenso, wie es die Knechte getan hatten. Doch er blieb wie angewurzelt stehen. Mein Fleisch. Mein Blut.

Pastor Cornelius gab einen würgenden Laut von sich, seine Fingerknöchel waren weiß, so fest hielt er das Kreuz umklammert. Seine Lippen bewegten sich, er murmelte einen Satz. Georg brauchte einen Augenblick, um zu merken, dass der Pastor diesmal nicht Latein gesprochen hatte. Das Gesicht des Gottesmannes sah im Zwielicht gespenstisch aus, seine Augen waren groß vor Entsetzen. Er wiederholte seine Worte, und nun endlich verstand Georg, was er sagte:

»Die Hölle quillt über. Die Toten kehren zurück.«

AUSZUG AUS DEM »MAINZER ANZEIGER« (VORMALS »TÄGLICHER STRASSEN-ANZEIGER«)

Ausgabe vom 25. November 1857, Seite 3

Es war am Mittwoch den 18. November, 3 Minuten vor 3 Uhr am Nachmittage, wo Schreiber dieses sich anschickte, aus dem Otto'schen Kaffeehause in der großen Emeransgasse in den Stadttheil Kästrich zu gehen, als ein entsetzlicher Knall ertönte und gleichzeitig auch alle an dem Lokale befindlichen Fensterscheiben sammt Rahmen zerschellten und die meisten Anwesenden mehr oder minder verwundeten. Eine außerordentliche, wie von einem Orkan getriebene Staubwolke ließ sich nieder und bedeckte die Dächer. In dieser, von Angst und Schrecken gepeinigten Lage flüchteten Alle in's Freie, aber auch hier war es nicht minder gefährlich, denn Schornsteine, Ziegeln, Fensterscheiben, ganze Thüren und losgelöste Stücke Holz waren noch im Herabstürzen und die Straßen vom Glase übersäet. Lautlos sah man sich gegenseitig an, das Schweigen wurde hin und wieder von dem verzagten Rufe: ‹Was ist geschehen?› unterbrochen, als man in der Richtung nach dem Kästrich die fürchterlich starke Rauchsäule, aus deren Mitte blutrothe Flammen hervorleuchteten, wahrnahm. ‹Der Pulverturm ist in die Lufft geflogen!› hieß es mit einemmale.

Der meist von ärmeren Leuten bewohnte Käst-
rich war eine einzig rauchende und brennende
Ruine, unter deren riesigen Trümmerhaufen ganze
Familien begraben lagen, und das herzzerreißende
Geschrey der gräßlich Verwundeten und verstüm-
melten Eltern und Kinder drang aus ihnen heraus.
Es waren unauslöschlich der Erinnerung sich einge-
hende Scenen voll Thodtesangst und Verzweiflung.

Unsere Mainzer Löschmannschaft unter Führung
des um unser Städtisches Löschwesen wohlverdienten Caminfegers Herrn Carl Weiser war rasch
bereit, Zeit und Erwerb zum Opfer zu bringen, um
den bedrängeten Bürgern zu Hilfe zu eilen. Man
mußte von dem Muthe, der Sicherheit, der Hinge-
bung und Ausdauer, mit dem jeder einzelne Mainzer
sein Geschäft besorgte und von der Disciplin, Ordnung und Stille, mit der unsere Spritzen blos nach
den Signalen der Führer bedient wurden, Augen-
zeuge gewesen seyn um die Verdienste der wacke-
ren Männer zu würdigen und zu erkennen, wie viel
im Löschwesen in kurzer Zeit in Mainz geschehen
ist. Mit wahrhaft bewundernswerter Schnelle standen die Spritzenmannen, 80 Köpfe starck, schon um
30 nach 3 Uhr vor dem Kästrich bereit. Und sofort
wurden die Spritzen geschoben, im Laufschritte
nach der Brandtstelle gebracht und das Werck in
Angriff genommen.

Jedoch die Gefahr war noch nicht vorbei, denn kaum
waren die ersten Hilfeleistungen im Gange, da kam
ein neulicher Schreckensruf, daß noch eine größere

Explosion nachfolgen werde, weil in den anstoßenden Minen beim Pulverturme noch eine Masse Pulver lagerte. Dank der eilenden Tätigkeit und Umsicht des österreichischen Militärs und preußischen Militärs, welche unaufhörlich Wasser in die Minen ließen, ging diese Gefahr vorüber und der übrige Theil der Stadt wurde von der Vernichtung bewahrt. Bald schon huben unsere Löschmannen an, all Brennbares aus den Kasernen und Stollen zu thragen, sogar noch vielerlei Correspondenzen und Chassepots des Departements. Es wurde bodens im Arsenal in Sicherheit verbracht, um dem schlimmen Feuer keinen Vorschub zu lassen, diese Thaten brachten nocheinmal ein Gutes.

Doch welch schlimmer Anblick bietet sich dem, der heuer durch zerschmettertes Scheibenglas und durch geborstenes Mauerwerck seinen Weg nimmt: Nach zuverlässigen Mittheilungen beträgt die Zahl der in Folge der Explosion eingetretenen Todesfälle 42, der ganz zerstörten Häuser 57, die der theilweise zerstörten, an denen meistens die Dächer zertrümmert sind, 64. Besonders hat auch der Dom seine herrliche Glasmalerey eingebüßt und die Evangelische Kirche und die Synagoge sind schwer nieder gegangen.

Noch 2 Tage und 3 Nächte loderten die Flammen auf dem Kästrich, und endlich hub ein Wehklagen an und ein Jammer: was Unglück hat unsere schöne Stadt getroffen, was Leid müssen wir dulden!

Partenheim, 8. Juni 1989

Winterabende im heißen Badewasser. Der erdige, pfeffer-
minzige Geruch von Wick VapoRub war in der Erinnerung
von Kriminaloberkommissar Seithkorn genau damit verbunden – warme Glieder, Schaumkronen auf dem Wasser,
emsige Wellen, die am Rand des Zubers leckten.

Eine süße Sekunde lang erlaubte er sich, mit geschlossenen Augen an längst vergangene Rituale zu denken, an
die gestärkte Schürze der Mutter, ihre resoluten Hände,
die die Wassertemperatur prüften, an das geschäftige Pol-
tern des Vaters, wenn er unten in der Werkstatt kaputte
Möbel mit unendlicher Geduld für den Weiterverkauf her-
richtete. Arm waren die Zeiten gewesen, damals in Kob-
lenz, kalte Nachkriegsjahre, in denen der warme Badezu-
ber ein seltener köstlicher Luxus war. Und natürlich gab es
damals noch kein Wick VapoRub, aber die Kernseife und die
Kräutersäckchen, die die nackte Bubenhaut beim Schrub-
ben zum Glühen brachten, rochen genauso. Noch heute
war Baden für Seithkorn etwas Besonderes, etwas Würde-
volles, obwohl das Wasser inzwischen aus dem Hahn kam
und die Wanne so groß war, dass er und seine vier Brüder
damals gemeinsam hineingepasst hätten.

Der Kommissar packte seine Erinnerungen sorgfältig
weg und öffnete die Augen einen Spalt. Er versuchte, den
Raum vor sich mit Leben zu füllen. Der bequemste Sessel
stand vor dem Fernsehgerät, das, groß und braun, den Mittelpunkt des Zimmers bildete. Wenige Bücher, keine Pflanzen. Die Wände kahl, kaum Bilder. Kein einziges Familien-
foto, keine persönlichen Attribute, die dem Mann, der hier
gewohnt hatte, einen Charakter gaben.

Vielleicht hätte der Geruch, der sich im Laufe vieler Jahre

in einer Wohnung festsetzt, Seithkorn weitergeholfen. Der Kommissar war im Gegensatz zu vielen anderen Männern sensibel, wenn es um Gerüche ging. Doch die Schicht aus VapoRub, die unter seiner Nase verstrichen war, überdeckte alle natürlichen Gerüche. Gleichzeitig machte sie den Gestank nach verfaultem Fleisch erträglich, der die Räume des Hauses in Partenheim ausfüllte wie eine böse Wesenheit.

Er trat nach draußen ins Sonnenlicht. Vor dem letzten Haus der Vordergasse parkten drei Opel Rekord im weißgrünen Polizeilack und ein Bulli der Kriminaltechnik. Sieben, acht Neugierige hatten sich versammelt, in den umstehenden Häusern wehten die Vorhänge und verrieten, dass dahinter wissbegierige Augen und schwatzhafte Münder lauerten. Der Briefträger, ein weinerlicher Mann mit dem Rückgrat eines Aals, hatte die Polizei informiert. Seit Wochen hatte er den Bewohner des Hauses nicht zu Gesicht bekommen, nichts Ungewöhnliches, Walter Gurock lebte zurückgezogen. Heute hatte er geklingelt und geklopft, weil er eine Unterschrift brauchte, erst vormittags, dann nachmittags. Keine Antwort. Schließlich war ihm aufgefallen, dass er von verdächtig vielen Fliegen umschwirrt wurde. Als er dann sah, dass die Fliegen *aus* dem Briefschlitz heraus *nach draußen* gekrochen kamen, hatte er bei den Nachbarn Sturm geklingelt und die 110 gewählt.

Seithkorn schaute sich um. Das Grundstück machte einen vernachlässigten Eindruck, die Beete waren verwildert, das Gras wucherte in die Höhe. Insekten summten um ihn herum, als wären sie erbost über sein Eindringen. Das Gebäude, ein altes einstöckiges Arbeiterhäuschen, sah nicht viel besser aus als der Garten, die Fenster starrten vor Schmutz, Dachziegeln fehlten, der Putz fiel von den Wänden. Ein krankes Haus, schoss es Seithkorn durch den Kopf, es hat Ausschlag und verliert Haare. Und es blutet. Einige Stellen des Mauerwerks waren so von Bodenfeuchtigkeit vollgesogen, dass sie tatsächlich wie Wunden aussahen.

Langsam ging er ins Wohnzimmer zurück. Die Kriminaltechniker hatten das Haus in Beschlag genommen, sie verteilten hier ein Pulver und tupften dort eine Winzigkeit auf. In ihren weißen Ganzkörperanzügen sahen sie aus wie Wesen von einem fremden Gestirn. Auch Seithkorn trug einen solchen Anzug, der ihn schwitzen ließ. Der Kommissar war ein Mann von beeindruckender Physis, Schuhgröße 47, seine Arme füllten die Hemdsärmel, Haare quollen aus der Nase, dem Kragen und dem Nacken. Trotzdem vermochte er, sich leise zu bewegen, ganz so, als habe sich ein kleinerer, zarterer Mann in dem ungeschlachten Äußeren versteckt. Seinen Augen entging kaum eine Kleinigkeit, seine Beobachtungsgabe war auf den Fluren der Mainzer Kripo legendär.

Eine weiße Gestalt stand reglos in der Mitte des Wohnzimmers und inhalierte die Umgebung. Sieh an, der ›Kaka‹ wagte eigene Schritte!

›Kaka‹ war die Mainzer Variante der Abkürzung KKA, Kriminalkommissaranwärter. Die Neulinge, frisch von der Polizeischule, durften oft nur Handlangerarbeiten verrichten – Protokolle tippen, endlose Asservatenlisten ausfüllen, Ordner sortieren. Doch der ›Kaka‹, den Seithkorn seit vier Monaten in seinem Team hatte, war gut, richtig gut. Der Junge dachte mit, hatte ein Gespür für Situationen und vertrat seine Meinung mit einer Vehemenz, die manchmal schon fast trotzig war. Und das mochte Seithkorn allemal lieber als Duckmäuser, die sich einschüchtern ließen und jedem nach dem Mund redeten.

»Und, was meinst du? Was ist los, was haben wir für einen Typen hier?«

Der junge Mann, knapp 20, rührte sich nicht. Die Konzentration war förmlich zu spüren, mit der er jedes Detail aufsaugte. Schließlich drehte er sich in Zeitlupe um.

»Was wir sehen, ist nicht spannend.« Seine Stimme war tief und ohne jeden Akzent, Seithkorn hörte ihm gern zu. »Viel spannender ist, was wir *nicht* sehen. Das, was *nicht* da ist. Persönliches, Erinnerungen, Wichtigkeiten und Nichtigkeiten.«

Unmerklich nickte Seithkorn. Genau das war sein eigener Eindruck. Mit einer Handbewegung gab er dem anderen weiter das Wort.

»Jeder, wirklich jeder trägt Puzzleteile aus seinem Leben mit sich. Ein Foto der Klassenfahrt. Der erste Urlaub mit Kumpels. Ein Bild am Strand oder auf dem Gipfel. Eine Postkarte von einem Freund oder der großen Liebe. Ein Rezept, das man gerne mag, ein Witzbildchen oder eine Anstecknadel. Und hier?« Der junge Mann drehte sich einmal um seine Achse. »Nichts. So neutral wie ein Hotel. Alles funktional, aber ohne jeden persönlichen Pinselstrich.«

Mit dem Finger strich Seithkorn sanft über das VapoRub unter seiner Nase, während er zuhörte. Er wollte wissen, wo er die Berührung zuerst spürte – am Finger oder an der Oberlippe. Es war die Oberlippe, ganz klar.

»Und was lernen wir über ihn?«

Der ›Kaka‹ lächelte ein dünnes Lächeln. »Er ist ein flüchtiger Besucher auf diesem Planeten gewesen. Mit Stelzen unterwegs, um keine Spuren zu hinterlassen. Wenn ich raten müsste, würde ich sagen: auf der Flucht. Auf der Flucht vor seiner eigenen Vergangenheit.«

Wieder nickte Seithkorn. Dieselben Gedanken waren ihm gekommen, als er das Haus mit offenen Augen durchschritten hatte. Er fand den Mann bemerkenswert, der nun in seinem eigenen Keller aufgebahrt war.

Die beiden traten in den Flur, dort wartete Dr. Winfried Hamm auf sie. Der Gerichtsmediziner trug einen wallenden Bart und wilde Haare, Seithkorn wusste, dass er seit Jahren die Rolle des Räubers Hotzenplotz beim Finther Kindergartenfest spielte und dafür wie gemacht schien. Im wirklichen Leben war er ein friedliebender Mensch und ein hervorragender Mediziner.

»Kommt mal mit, ich hab da ein paar Sachen entdeckt, die solltet ihr euch anschauen.«

Die Schmeißfliegen im Haus waren schwirrende Wegweiser, die sie unmissverständlich in den Keller leiteten. Dort stand eine Tür offen, die schiere Masse der Fliegen schien sich zu einer Wesenheit zu ballen.

»Alter um die 45.« Dr. Hamm drehte sich halb um, während er voranging. »Schlechter Allgemeinzustand. Die Verletzungen sind, soweit ich es sehen kann, *prä mortem* zugefügt worden.« Leise und wie zu sich selbst fügte er hinzu: »Beträchtliche Schmerzen, ganz sicher.«

Der Kellerraum war von Scheinwerfern beleuchtet. Seithkorn bemühte sich, durch den Mund zu atmen, das Wick VapoRub war chancenlos gegenüber dem intensiven Verwesungsgestank. Er hatte sich direkt nach dem Eintreffen kurz hier unten umgesehen, dann aber das Feld den Kriminaltechnikern überlassen.

»Wann ist es passiert?«

Dr. Hamm wiegte den Kopf. »Schwer zu sagen, da muss ich die Analysen abwarten. Ganz grob – vielleicht einen Monat. Maximal sechs Wochen.«

Sechs Wochen. Seithkorn warf einen Blick auf das, was einmal ein menschliches Gesicht gewesen war, und wurde wütend. Sechs Wochen, in denen niemand den Mann vermisst hatte. In denen die Nachbarn wahrscheinlich jeden Tag auf das Haus geglotzt und sich die Mäuler zerrissen hatten, aber keiner war auf die Idee gekommen, einmal nachzuschauen. Erst mussten dem Postboten die Schmeißfliegen aus dem Briefschlitz entgegen krabbeln, bis etwas geschah. Schöne, zivilisierte und ach so soziale Welt!

Er wurde ruhiger, als er sich den grotesk aufgedunsenen Leichnam anschaute. Der Körper lag auf einem Tisch wie auf einer Bahre, die Arme und Beine waren mit Stricken auseinandergezogen und festgezurrt. Die Verwesung hatte ihm alles Menschliche geraubt, selbst die Farben sahen falsch aus. Ihm war klar: Die Nachbarn hatten gar keine Chance gehabt, dem Mann zu helfen. Selbst wenn sie schon am nächsten oder am übernächsten Tag nach ihm gesehen hätten, wären sie zu spät gekommen. Zu diesem Zeitpunkt starrte Walter Gurock längst schon an die Zimmerdecke – aus leeren, blutigen Höhlen, in denen einmal seine Augen gewesen waren. Seithkorn zwang sich, in das zerstörte Gesicht zu sehen.

»Hast du rauskriegen können, was man mit ihm gemacht hat?«

»Die Augen sind ausgehebelt worden, ich würde sagen, mit einem Löffel oder einem ähnlichen Hilfsmittel. Die Zunge ist abgetrennt, ziemlich tief, nahe beim Zungenbein. Scharfes, halb gebogenes Werkzeug, eine Geflügelschere vielleicht. Und die Ohren fehlen. Der komplette Knorpel ist weg, mit einer geriffelten Klinge angeschnitten und abgerissen.« Dr. Hamm schaute auf. »Wie vorhin schon gesagt – alles vor Eintritt des Todes und bei vollem Bewusstsein.«

»Woran erkennst du das?«

»Die Wunden haben noch stark geblutet. Nach Eintritt des Todes wäre das nicht passiert, es gibt keinen Kreislauf und damit keine Blutzirkulation mehr. Und dann das hier.«

Er deutete auf den rechten Unterarm des Toten. Der Kommissar bemühte sich, konnte in dem zähflüssigen Gewebebrei aber nichts erkennen. Aus den Augenwinkeln sah er, dass es dem ›Kaka‹ genauso ging.

»Unter größten Schmerzen bringen die Muskeln eine dermaßen massive Gegenbewegung auf, dass dünne Knochen brechen können. Das ist hier bei der *Ulna* der Fall, bei der Elle.«

Seithkorn entdeckte den gesplitterten Knochen und merkte, dass ihm flau wurde. In den vielen Jahren bei der Kripo hatte er schon einiges gesehen. Aber ein Mann, den man so gefoltert hatte, dass er sich selbst die Knochen brach – das war eine neue Dimension der Brutalität. In Mexico City mitten im Drogenkrieg mochte man so etwas kennen. In Partenheim, einem 800-Seelen-Dorf in Rheinhessen, schien eine solche Tat geradezu absurd.

Dr. Hamm riss ihn aus seinen Gedanken.

»Ich will euch aber etwas anderes zeigen, deswegen habe ich euch geholt.«

Er schob den rechten Arm der Leiche zur Seite. Die Tischplatte bildete ein wirres Muster aus getrocknetem Sekret, Blut und Körpersäften, die halb skelettiert Hand kratzte mit einem Geräusch darüber, das Seithkorn einen Schauer über den Rücken jagte.

»Da, seht ihr's?« Mit dem Kinn deutete er auf die Stelle, an der eben noch die Hand gelegen hatte. Die beiden Polizisten beugten sich nach vorne. Schwarze Krusten, Schlieren. Mit zusammengekniffenen Augen starrte Seithkorn auf

die Tischplatte wie auf ein Vexierbild. Was sollte er denn ...
Da schnellte die Hand seines jungen Kollegen vor und deutete auf eine verwischte Struktur. Von einer Sekunde zur nächsten hob sich ein Muster aus dem Wirrwarr hervor.

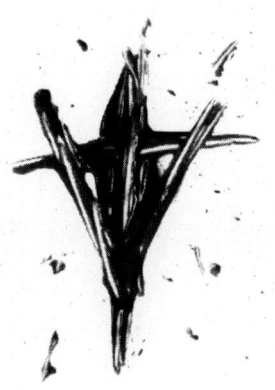

»Was ...«, Seithkorn blinzelte, »was ist denn das?«

Dr. Hamm zuckte die Schultern. »Keine Ahnung, hab ich noch nie gesehen. Ein Baum vielleicht, Wurzeln, so etwas. Aber was auch immer es ist – der Mann hat es beim Sterben mit seinem eigenen Blut gemalt. Ich gehe mal davon aus, dass es wichtig für ihn war. Und damit dürfte es auch für euch wichtig sein.«

Er wartete geduldig, bis die beiden Männer das Symbol aus verschiedenen Blickwinkeln betrachtet hatten. Dann trat er einen Schritt nach vorne, um ihre Aufmerksamkeit auf sich zu ziehen.

»Das wirklich Spannende kommt aber jetzt. Schaut mal her.«

Vorsichtig zog er das Hemd des Mannes auf. Die ehemals weißen Handschuhe des Gerichtsmediziners sahen aus wie die Aquarelle eines verrückten Malers, der mit Körpersäften und Blut statt mit Farbe gearbeitet hatte. Seithkorn hörte, wie der junge Polizist neben ihm scharf die Luft einzog, als das Hemd zur Seite rutschte. Der von Verwesungsgasen geblähte Bauch war übersät mit schwarzen Knoten, einige kaum sichtbar, einige daumendick. Das Gewebe dazwischen war offen, Krusten und klaffende Löcher waren zu sehen. Die Kraterlandschaft setzte sich zu den Beinen fort, bis sie von der Hose verdeckt wurde. Unwillkürlich musste der Kommissar an die Höllendarstellungen des Hieronymus Bosch denken.

»Malignes Melanom. Schwarzer Hautkrebs.« Dr. Hamm machte eine Bewegung, die den gesamten Körper des Toten einschloss. »Flächige Ausbreitung, Stadium vier von vier. Endstadium. Aller Wahrscheinlichkeit nach längst schon Metastasen in den Lymphknoten, in der Leber, in der Lunge und im Gehirn.«

Seine knappe Beschreibung hing wie ein biblischer Abgesang im Raum, wieder fühlte sich Seithkorn in ein Gemälde von Bosch hineinversetzt.

»Hat er …«, seine Worte gingen in einem Krächzen unter, er räusperte sich, um den Belag aus toter Luft und Grausamkeit von der Kehle zu bekommen, »hat er sich nicht, also, behandeln lassen oder so?«

Der Gerichtsmediziner fuhr sich durch seinen wilden Bart. »Ganz offensichtlich nicht. Beim malignen Melanom ist die erste und wichtigste Therapie das Herausschneiden des primären Tumors. Je früher, desto besser. Hier ist nichts passiert, der Krebs ist einfach weiter gewuchert. Ich würde sagen: Dieser Mann ist in den letzten Jahren bei keinem Arzt gewesen.«

Nach einer Sekunde des Schweigens ging der ›Kaka‹ in die Knie und brachte sein Gesicht ganz nah an den Leichnam heran, als könne er ihm dadurch seine Geheimnisse entlocken.

»Warum?«

Dr. Hamm ließ einen leisen Schnaufer hören. »Was weiß ich. Sturheit vielleicht. Ach je, der Doktor, was soll der schon machen? Oder Angst. Gerade Männer sind da ganz groß drin, vor lauter Schiss vor schlechten Nachrichten den Kopf in den Sand zu stecken.«

Seithkorn schwieg. Seine Intuition sagte ihm, dass dieser Mann einen ganz anderen Grund gehabt hatte, warum er nicht zum Arzt gegangen war. Er merkte, dass er schon wieder mit dem Finger an seinem VapoRub rieb. Vorsichtig malte er eine liegende 8 um seine Nasenlöcher. Die liegende 8, Zeichen der Unendlichkeit. Unendliche Qualen, die Gurock hatte erdulden müssen.

»Endstadium, sagst du. Wie lange hätte er noch gehabt?«

»Kann ich dir genauer sagen, wenn ich ihn obduziert habe. Aber wenn ich mal grob schätze: ein paar Monate. Kein halbes Jahr mehr.«

Die Blicke der beiden Polizisten trafen sich. Der junge Kollege war beileibe kein Ausbund an Schönheit, seine Züge waren lang, die Ohren auch, dazu kam ein Überbiss, der Seithkorn an einen Wiederkäuer erinnerte. Doch er sah in den wachen Augen von Kriminalkommissaranwärter Laurent Pelizaeus dieselbe Frage aufglimmen, die er sich selbst stellte: Warum folterte jemand einen Mann zu Tode, der in ein paar Monaten eh gestorben wäre?

ERSTER TEIL

Mittwoch, 8. Januar 2014

»Dürfmtragafilminsein?«

Tinne schloss die Augen, schüttelte leicht den Kopf und konzentrierte sich. Verflixt, der Wein stieg ihr ganz schön in die Birne, sie hatte kein Wort verstanden. Mit einem netten Lächeln beugte sie sich vor und versuchte, das Stimmengewirr in der Weinstube auszublenden.

»Noch mal bitte, Anna-Lena?«

»Dürfen im Vortrag auch Filme drin sein?«

Ah so. Mit einer winzigen Bewegung schob Tinne ihr Glas ›Määnzer Hotvollée‹ nach hinten, als könne der Abstand zum Weißen Burgunder ihren Schwips vertreiben. Wie peinlich, sich vor den Augen ihrer Studenten so gehen zu lassen!

»Also ja, im Prinzip schon. Wenn Sie passendes Material finden können, macht es auf jeden Fall Sinn, es zu sammeln und untermauernd einzupflegen.«

Mein Gott, was redete sie denn für einen Stuss? ›Untermauernd einzupflegen‹! Und hatte sie nicht gerade ein wenig gelallt? Die beiden gezeichneten Gesichter auf der ›Hotvollée‹-Flasche grinsten sie höhnisch an, die Stimmen der jungen Leute und das Prasseln des Winterregens an den Scheiben vermischten sich zu einem akustischen Einerlei.

Tinne saß mit zwölf Studenten im Weinhaus Michel in der Mainzer Altstadt, sie besprachen das Proseminar im Fach Neueste Geschichte, das Tinne im kommenden

Semester halten würde: *Verstädterung als gesamtgesell-schaftliches Phänomen zwischen dem Ersten und dem Zweiten Weltkrieg.* Beim gemeinsamen Vorbereitungster-min vor einigen Wochen hatte Tinne halb im Spaß die Idee ins Spiel gebracht, das nächste Treffen nicht im kahlen Phi-losophicum auf dem Uni-Campus, sondern in einer Wein-stube stattfinden zu lassen. Zu ihrer Überraschung waren die Studenten sofort einverstanden gewesen und schlugen das Weinhaus Michel vor. Tinne mochte die urige Wein-stube mit der im Rheinhessischen Dialekt verfassten Spei-sekarte gerne, und so kam es, dass Referatsthemen, Litera-turlisten und Prüfungsanforderungen heute in der Mainzer Altstadt besprochen wurden.

Doch Tinne hatte nicht damit gerechnet, dass die Michel'-schen Weine die Diskussionsfreude der jungen Leute der-maßen aufleben lassen würden. Bei der Themenvergabe hatten sich die drei Studentinnen Laeticia, Anna-Lena und Carina auf den Bereich *Wandel des Agrarsektors in der Wei-marer Republik* gestürzt. Das Dreigestirn war von Tinne längst schon als Zickentrio abgestempelt worden, ständig gab es etwas, worüber sie sich in die Haare gerieten. So auch heute: Ihr Seminarthema stellte sich als perfekte Plattform heraus, um sich gegenseitig mit ihren Essensgewohnheiten und den dazugehörigen Unverträglichkeiten zu übertrump-fen. Anna-Lena lebte vegan und hatte als Alternative zur Weinstubenküche eine Packung Bio-Puffreis-Waffeln mit-gebracht, die sie großzügig verteilte und die Tinne an den Geschmack von Verpackungsmaterial erinnerten. Laeticia konterte mit einer ausgeprägten Laktoseintoleranz, klärte über die Tücken des Milchzuckers auf und sparte nicht mit Details, wie ihre Verdauung darauf reagierte. Die Königin im Ring war aber Carina, die durch ihre Glutenunverträglichkeit eine schier unendliche no-go Liste an Nahrungsmitteln hatte und ermüdend schilderte, wie sie als Kind von Arzt zu Arzt geschleift worden war, bis man endlich auf die Ursache für ihre Wachstumsstörungen stieß. Nebenbei fanden die drei auch noch Zeit, die Essensauswahl der übrigen Teilnehmer zu kommentieren und auf Allergene, Zusatzstoffe und gesättigte Fettsäuren hinzuweisen.

»Habbener alles? Wollter noch ebbes?« Der junge Mann, der sie den Abend über bedient hatte, riss Tinne aus ihrer schläfrigen Passivität. Sie schüttelte den Kopf und schob sich eine volle Gabel in den Mund. Seit einer halben Stunde kämpfte sie sich durch die berühmte Michel'sche ›Pann‹, eine gusseiserne Pfanne voller Bratkartoffeln mit Speck und Ei, flankiert von einem üppigen Brotkorb. Das fleisch-, milchzucker- und glutenempfindliche Zickentrio hatte die ›Pann‹ nach einem einzigen Blick in die Ernährungs-Vorhölle verbannt, doch das war Tinne egal. Beim Essen war sie schon immer unkompliziert gewesen, außer Innereien mochte sie eigentlich alles und konnte tüchtig zulangen. Heute wollte der Berg aber partout nicht kleiner werden, dazu kam, dass mehrere Weinflaschen auf dem Tisch standen und übereifrige Hände ihr immer wieder das Glas vollgossen. Tückisch, tückisch ... inzwischen hatte sie den Überblick verloren, wie viele es gewesen waren. Zwei? Drei? Oder sogar schon vier?

Sie schluckte ihren Bissen und bemühte sich um eine klare Aussprache, als sie die noch immer andauernde Essensdebatte unterbrach.

»Okay dann, ich fasse noch mal zusammen. Jeder Vortrag 20 Minuten, danach nochmals 20 Minuten Diskussion. Zwei, maximal drei Leute bearbeiten ein Thema, die ausformulierten Arbeiten werden 14 Tage nach der jeweiligen

Sitzung bei mir ins Fach gelegt. Bitte nicht mehr als 40 Seiten, exklusive Literaturangaben. Klar soweit?«

Die Studenten nickten und schrieben mit, lediglich Anna-Lenas Finger ging schon wieder in die Höhe und kündigte eine zeitintensive Zwischenfrage an.

In diesem Augenblick wurde die Tür der Weinstube so geräuschvoll aufgerissen, dass alle Köpfe herumfuhren. Tinne traute ihren Augen kaum, als ein nicht allzu großer, aber sehr dicker Mann mit spärlichen Haaren und buschigen Koteletten eintrat.

»Elvis? Was machst du denn hier?«

Elmar ›Elvis‹ Wissmann war Lokalreporter der Allgemeinen Zeitung, er und Tinne hatten in der Vergangenheit einige Abenteuer erlebt und so manche brenzlige Situation gemeistert. Sie mochte den dicken Elvis und seinen trockenen Humor gerne, fragte sich in diesem Augenblick allerdings, ob sein Erscheinen schlicht ein Zufall sein konnte. Der Reporter schien zumindest nicht überrascht zu sein, sie hier zu sehen. Mit zwei, drei Schritten war er am Tisch, nahm sich einen Stuhl und setzte sich ungefragt hin. Der Regen hatte ihn durchnässt, seinem Gesicht war anzusehen, dass etwas ganz und gar nicht in Ordnung war. Die Studenten machten bereitwillig Platz, die Zicken waren bereits damit beschäftigt, halblaut über Elvis' Bauch zu lästern.

»Falls ich's noch nicht erwähnt habe: Ich schaue mich demnächst nach einem neuen Job um, und bei der Gelegenheit schmeiße ich eine Bombe in die Redaktion«, knurrte er anstelle einer Begrüßung.

Wider Willen musste Tinne lachen. Sie entschloss sich, Elvis' Auftauchen als Wink des Schicksals zu sehen und das Uni-Treffen zu beenden. Nach ein paar Worten der Verabschiedung trabten die Studenten los, warfen aber neugierige

Blicke über die Schulter. Der Auftritt des Reporters schien sie nachhaltig beeindruckt zu haben.

Tinne schenkte sich mit einem nun-ist's-eh-egal-Gefühl das Glas voll.

»Was ist denn los? Darfst du in den nächsten Monaten nur noch Berichte über Kleintierzucht und Kreisliga-Fußball machen?«

»Schön wär 's.« Er langte über den Tisch, nahm ihr Weinglas und trank es in einem Zug aus. Anschließend reckte er den Arm in die Höhe und deutete der Bedienung mit zwei gestreckten Fingern seine Nachbestellung an. Tinne kannte ihn gut genug, um zu wissen, dass Elvis' Nervenkostüm in solch einem Fall nicht nur etwas zu trinken, sondern auch etwas zu essen brauchte. Wortlos schob sie ihm ihre ›Pann‹ hin, er griff ebenso wortlos zu.

Nach einer Weile kamen die beiden Gläser Weißburgunder, Tinne nahm einen Schluck und hob spöttisch die Augenbrauen.

»So, dann darf ich jetzt aber bestimmt erfahren, welche Laus dir über die Leber gelaufen ist und – vor allem – wie du mich hier überhaupt gefunden hast.«

»Ich hab heute Nachmittag an der Uni angerufen und die Institutssekretärin dran gehabt. Sie wusste, dass ihr abends eine Seminarbesprechung im Michel habt. Sie lässt ein Prosit ausrichten.«

Tinne schaute leicht betreten drein. Wie unangenehm – nun sprach sich schon im Fachbereich herum, dass die Lehrveranstaltungen von Frau Nachtigall in der Weinstube stattfanden und nicht im Hörsaal!

Elvis schaufelte derweilen weiter. Seine Tischmanieren waren wie immer unterirdisch und forderten das Fremdschämen geradezu heraus. Tinne musste an Laeti-

cia, Anna-Lena und Carina denken – die drei ernährungs-
bewussten Grazien hätten wahrscheinlich einen kompletten Maßnahmenkatalog ausgepackt und Elvis damit zu
Tode genervt. Schließlich war der Reporter fertig, er spülte
mit einem tüchtigen Schluck Wein nach, wischte sich mit
dem Ärmel über den Mund und dämpfte ein Aufstoßen
bis knapp unter Zimmerlautstärke. Nun war er bereit für
seine Geschichte.

»Pass auf! Du wirst nicht glauben …«

*

Der ›Chroma Maxi Burst-Bang‹ hielt, was sein Name versprach: Mit einem hallenden Böllerschlag riss er einen Krater in die Erde. Steine und Wurzeln flogen hoch wie bei
einem Granateneinschlag im Film, zerfetzte Zeitungsblät-
ter flatterten umher.

»Boa, fett!« Leon senkte sein Handy, mit dem er die
Explosion gefilmt hatte. Francos Tipp, die Böller mit dicken
Schichten aus Zeitungspapier zu umwickeln und Paketband
darüber zu kleben, war der Burner. Na gut, Franco war ja
auch schon 14 und hatte echt Ahnung. Leon war sehr stolz,
dass Franco gestern auf dem Schulhof die komplette Pause
damit verbracht hatte, ihm die wirklich derben Tricks beim
Böllern zu verraten.

»Endkrass!«, bestätigte Rafi. Die beiden Jungs kauerten
hinter einem Dixiklo, vor ihnen erstreckte sich das Bau-
gebiet ›Liebrecht'scher Garten‹ in Bodenheim. Der fort-
während Regen der letzten Tage hatte den Boden mat-
schig gemacht, ein Bagger, Bauwagen und gestapelte Rohre
sahen aus wie freigespülte Relikte einer längst vergangenen Zivilisation.

»Wie viel haben wir noch?« Leon steckte das Handy weg und deutete auf den Rucksack, der neben Rafi im Schlamm lag. Sein Kumpel warf einen Blick hinein.

»Zwölf Große. Zwei Schachteln Kanonenschläge. Und jede Menge Knallfrösche.«

Leon nickte zufrieden. Die Jungs hatten die beiden letzten Tage des vergangenen Jahres genutzt, um sich mit einem Vorrat an Böllern einzudecken. Dazu kamen die Riesenkracher von Rafis Vater, die dieser aus geheimnisvollen Quellen bezog und die kein einziges der Prüf- und Testsiegel trugen, die im Fernsehen stets als wichtig bezeichnet wurden. Ebendiese Kracher verursachten, mit Zeitungspapier umklebt, regelrechte Explosionen. Hammer!

Heute zogen die beiden seit dem frühen Abend durch Bodenheim und verfeuerten ihren Böllervorrat. Leon hatte seinen Eltern vorgeschwindelt, dass er bei Rafi Computer spielen wolle. Denn Rafis Eltern waren wesentlich entspannter, es war ihnen egal, was die Jungs trieben und ob sie beim Einbruch der Dunkelheit wieder zu Hause waren.

»Komm zum Bagger, an dem können wir bestimmt was kaputtknallen. Bevor das ganze Zeug nass ist.« Leon machte eine Kopfbewegung zu der Baumaschine. Geduckt rannten die beiden über den grasbewachsenen Grund, achteten aber auf ihren Weg. Das riesige Grundstück lag im Halbdunkel, die Straßenlampen der Kapellenstraße reichten kaum bis hierher. Das machte ihren Spurt gefährlich, denn einer der Keller war bereits ausgehoben und bildete ein gewaltiges Loch. 20 Doppelhaushälften sollten auf der Gartenfläche inmitten des alten Ortskerns entstehen. Leons Eltern hatten sich unlängst über das Bauprojekt unterhalten, deshalb wusste er, dass die Bodenheimer Bürger geteilter Meinung waren. Einige begrüßten die Bebauung des leeren Grundstücks als Aufwertung des Ortszentrums. Andere schimpften über die geplante Verkehrsführung und befürchteten einen Wertverlust der umgebenden Grundstücke.

»Oh fuck!« Rafi war zu nah an das Kellerloch geraten, sein Fuß rutschte ins Leere und riss Matsch aus der Grubenwand. Leon schnappte seinen Kumpel am Arm.

»Scheiß Regen, ey!« Es schmatzte, als Rafi seinen Schuh aus dem Schlamm zog. Der heutige Tag hatte trocken angefangen nach dem Dauerregen der letzten Woche, doch gegen Abend waren vereinzelte Tropfen dann doch in konstanten Niederschlag übergegangen. Die Jungs wollten sich ihren Böllerabend trotzdem nicht verderben lassen und trugen Regenjacken und Kapuzen. Allerdings machte der aufgeweichte Boden der Baustelle ihren Ausflug zu einem Balanceakt.

Endlich standen sie vor dem Bagger. Sein eisernes Skelett machte einen dermaßen massiven Eindruck, dass selbst die mit Zeitung umwickelten Riesenböller kaum einen Kratzer verursachen würden. Ernüchtert starrte Rafi auf die Baumaschine.

»Da geht nichts. Gar nichts. Viel zu fett.«

Leon warf einen Blick auf den Bagger und überlegte. Seine Augen wanderten weiter zu dem Kelleraushub, der als schwarzes Rechteck das spärliche Licht der Straßenlampen schluckte.

»Weißte was? Wir knallen da unten eine Wand raus! Wir machen eine Lawine, so 'ne richtige, aus Dreck und Schlamm und so! Einen Erdrutsch!«

»Ey, ja! Eine Lawine! Voll die Wand raus!« Rafi hatte den Mund offen stehen vor Begeisterung und machte sich sofort auf den Weg zu der Grube. Leon folgte ihm und addierte im Kopf ihre Böllervorräte. Ein Erdrutsch, mit der Handykamera gefilmt! Das war etwas, mit dem er morgen auf dem Schulhof Franco beeindrucken konnte!

Gemeinsam suchten die Jungs einen Abstieg in das Kellerloch und kletterten hinab. Der Regen prasselte auf sie herunter, auf dem lehmigen Boden sammelten sich Pfützen, die Wände erhoben sich wie schwarze Berge.

Leon schaute sich um. »Okay, wir packen alle Fetten zusammen, das haut rein.«

Doch Rafi zögerte. Zwölf Riesenkracher …

»Hm, also, das wird echt grob. Wir können uns hier ja nirgends verstecken oder in Deckung gehen oder so.«

Sein Kumpel winkte großspurig ab.

»Wir rennen einfach weiter zurück. Weil, die Kamera, die kann ja voll gut zoomen. Was glaubst du, wie die anderen glotzen werden!«

Die Aussicht auf Schulhof-Ruhm überzeugte Rafi, er fing an, die Zündschnüre zusammenzuflechten und die Böller mit Tesa zu verkleben. Nun folgten mehrere Schichten aus Zeitungspapier und wieder Klebeband, sodass aus den Böllern ein unhandlicher Klumpen wurde. Aber was für ein Klumpen!

Voller Vorfreude rannte Leon zu der Wand und fing im Lichtschein seines Handys an, eine gute Stelle zu suchen. Da! Perfekt! Ein Loch befand sich ungefähr auf der Position seines Kopfes und damit auf halber Höhe zwischen Erdoberfläche und dem Boden der Grube. Er kratzte mit den Händen Erde und Schlamm heraus, sein Kumpel drückte den Zeitungsbrocken mit aller Kraft in die Öffnung.

»Hammer! Und wenn's brennt, gleich weg! Ganz nach hinten!«

Rafi nickte und ließ ein Feuerzeug ratschen, es war nass geworden und brauchte mehrere Versuche. Schließlich brannte es, innerhalb eines Augenblicks fingen die zusammengedrehten Zündschnüre an zu sprühen. Die beiden hetzten auf die gegenüberliegende Seite der Grube und pressten die Hände auf die Ohren. Leon versuchte gleichzeitig, das Handy neben seinem Kopf einigermaßen gerade zu halten. Sein Herz klopfte wild. Jetzt! Jetzt! Jetzt musste …

Ein fast unterschwelliger Knall erschütterte das Gelände. Die Jungs spürten, wie der Boden unter ihnen erbebte, einen Wimpernschlag später wurde die halbe Seitenwand der Baugrube zerrissen. Das Angstgeheul von Leon und Rafi ging unter in einem infernalischen Prasseln, mit dem Steine, Erde und Gras davon geschleudert wurden. Wie Faustschläge knallten nasse Klumpen auf ihre Körper und rissen sie zu Boden, die durchfeuchtete Wand sackte seufzend zusammen. Ein matschiger Brei kroch in die Grube, während die hochgewirbelten Erdbrocken herunterklatschten. Dann herrschte Stille.

»Fuck!« Leon rollte sich mühsam auf den Rücken, sein Kopf dröhnte. Das war ja schlimmer als eine echte Bombe gewesen! Ihm wurde klar, dass ihr Streich zu einer üblen Sache geworden war. Wer wusste schon, was diese Monsterexplosion angerichtet hatte? Ihm wurde schlecht, wenn er daran dachte, dass er nun vielleicht alles seinen Eltern beichten musste.

»Rafi, alles okay bei dir? Rafi?«

Sein Kumpel saß stumm neben ihm, die Augen starr nach vorne gerichtet. Zuerst dachte Leon, er sei noch benebelt von dem Knall, doch dann griff Rafi nach seinem Arm und zeigte mit der anderen Hand auf die gesprengte Grubenwand. Seine Lippen bewegten sich, es kam aber kein Ton heraus. Leon folgte seinem Blick.

Die Wand war von einem Krater zerteilt, die Explosion hatte den Erdboden auf mehreren Metern weggefetzt. Inmitten des Schlamms lag etwas, das wie ein heller Stein aussah. Mehrere Steine. Leon strengte seine Augen an. Die hellen Steine lagen merkwürdig regelmäßig, sie schienen eine bestimmte Ordnung zu haben.

Eine Sekunde später sickerte die Erkenntnis in seinen Kopf, was da vor ihnen lag. Ihm wurde eiskalt vor Schreck.

*

Im Weinhaus Michel machte Elvis eine Bewegung, die die gesamte Mainzer Innenstadt einschloss.

»Also, am 11. Mai ist ja der diesjährige Gutenberg-Marathon, weißt du ja sicher, da geht's wieder hoch her in den Gassen.«

Tinne nickte. Der Marathon war im Gutenbergjahr 2000 ins Leben gerufen worden und hatte sich seither als feste Größe im Mainzer Veranstaltungskalender etabliert. Freizeit- und Profiläufer aus der Region und ganz Deutschland fanden sich zum Halb- und Ganzmarathon ein, daneben gab es Staffelstrecken für Schulklassen und ein Rennen für Handbiker. Mit mehr als 7000 Teilnehmern in den verschiedenen Disziplinen gehörte die Veranstaltung zu einem der größten Laufereignisse in Deutschland. Die Mainzer liebten ›ihren‹ Marathon und machten jedes Jahr am Rand der Rennstrecke Partystimmung in bester Fassenachtsmanier.

»Vor zehn Jahren, 2004, gab es eine Sendereihe beim SWR, ›Von null auf 42‹, wo eine Handvoll Leute auf einen Marathon hin trainiert haben. Die waren hier in Mainz beim Halbmarathon dabei, als Probelauf quasi, und am Ende sind sie dann in New York die kompletten 42 Kilometer gelaufen. Und der SWR hat ein Riesenspektakel um die Sache gemacht, ein Typ von SWR3 war sogar Mitglied in der Trainingsgruppe.«

Er leerte seinen Wein und warf einen gierigen Blick auf Tinnes Glas. Entschlossen zog sie es zu sich heran und schaute grimmig, worauf er der Bedienung winkte und fortfuhr.

»Jedenfalls, das hat dem Publikum damals ziemlich viel Spaß gemacht. Jetzt, zehn Jahre später, macht die AZ deshalb eine ähnliche Aktion. Mitarbeiter aus der Redaktion stellen sich quasi als Bewerber für den Halbmarathon auf, und die Leser wählen einen aus, der dann zu trainieren anfängt und regelmäßig über seine Trainingserfolge und natürlich auch über seine Schwierigkeiten schreibt. Nebenbei gibt's dann auch noch Tipps für so was wie Bewegung, Ernährung und gesunde Lebensweise.« Die Aufzählung klang aus Elvis' Mund, als wäre sie unrein. Tinne erinnerte sich dunkel, eine Ankündigung über das AZ-Projekt gelesen oder gehört zu haben. Sie wusste allerdings noch immer nicht, worüber Elvis sich so aufregte.

»Fünf AZ-Kollegen haben sich als Bewerber aufgestellt, drei Kerle, zwei Mädels. Nicht gerade die Supersportskanonen, aber schon so fit, dass sie es schaffen können. Heute früh waren sie auf einer Extraseite abgebildet, mit Vita und persönlicher Vorstellung, und die Leser durften bis zum Nachmittag per Telefon und per Internet abstimmen, wer ins Rennen geht.«

Eine Vorahnung befiel Tinne. Mit wachsendem Vergnügen hörte sie zu, während Elvis sein Weinglas in Empfang nahm.

»So, jetzt kommt's: Ein paar Spaßvögel aus der Lokalredaktion haben gestern Abend kurz vor Drucklegung am Layout herumgefuhrwerkt und eine sechste Person in die Auswahl genommen, komplett mit Foto und allem Pipapo.«

Tinnes Vorahnung bestätigte sich, als der Reporter einen grob ausgerissenen Zeitungsfetzen auf den Tisch warf. In der Mitte prangte ein Foto, das Elvis breit grinsend mit einem Ring ›Fleeschworscht‹ und einem Brötchenkorb in den Händen zeigte. Darunter stand der dazugehörige Text:

Kandidat Nr. 6:	Elmar Wissmann, Spitzname Elvis
Alter:	53 Jahre
Größe/Gewicht:	1,73 m / 120 kg (geschätzt!!!)
Lauferfahrung:	keine (außer auf Weinfesten von Stand zu Stand)
Mein Vorsatz:	Ich will Mainz und mir selbst beweisen, dass ein Bäuchlein kein Hinderungsgrund für den Halbmarathon ist. Mit Weck, Worscht und Wadenweh zum Ziel, das ist mein Motto für 2014. Mainzerinnen und Mainzer, feiert mit!

Tinne konnte eine halbe Sekunde an sich halten, dann prustete sie los.

»Nee, oder? Ich falle um! Das hat die Zeitung tatsächlich gedruckt, ohne dass du eine Ahnung davon hattest? Weck, Worscht und Wadenweh – das ist ja ein Brüller!«

Sie griff nach dem Papier.

»Und das Foto ist geradezu episch! Ich nehme an, das haben die werten Kollegen aus dem Archiv gebuddelt?«

»Letztes Jahr, Sommerfest beim Metzger Schmidt neben dem Kaufhof«, brummte Elvis. »Die AZ hat eine Tombola gestiftet, und ich durfte posieren.«

Tinne bekam sich kaum ein und wischte die Lachtränen aus ihren Augen.

»Aua, mein Bauch! Und wie ist die Marathonwahl gelaufen?«

Elvis schnaufte. »Dreimal darfst du raten. Wenn fünf Normalos zur Wahl stehen und ein Dicker mit Fleeschworscht, na für wen werden sich die Meenzer wohl entschieden haben?«

Er wartete gar nicht erst auf eine Antwort, sondern winkte verdrossen ab. »91 Prozent der Stimmen sind an mich gegangen. Ich könnte sie erwürgen, jeden Einzelnen!«

Die übrigen Gäste im Weinhaus schauten sich verstohlen zu der großen Frau um, die sich vor Lachen ausschüttelte. Ein korpulenter Mann schien das alles sehr viel weniger witzig zu finden und leerte misslaunig sein Weinglas.

»Und … und warum …«, Tinne holte japsend Luft, »und warum sagt ihr den Leuten nicht, dass es ein Fehler war oder so? Dass du nur versehentlich reingeraten bist?«

»Vergiss es. Die Zeitung hat dermaßen viel Feedback bekommen, einen Haufen E-Mails und Anrufe, dass wir beim besten Willen nicht zurückrudern können. Wenn wir die Sache jetzt abblasen und die Abstimmung mit den ursprünglichen fünf Kandidaten wiederholen, fühlen sich die Leute komplett veräppelt.«

»Mit anderen Worten – du wirst die nächsten Monate auf einen Halbmarathon hin trainieren und im Mai dann 21 Kilometer durch Mainz rennen?«

Elvis nickte knapp.

»Jepp, so sieht's aus. Und dabei schaut mir die halbe Stadt über die Schulter, weil ich über das ganze Trara regelmäßig in der Zeitung schreiben muss.«

Tinne wusste nicht, ob sie sich totlachen oder Elvis tröstend in den Arm nehmen sollte. Sie konnte nachvollziehen, warum er so mies drauf war: Essen und Trinken standen für den Reporter im Zentrum seines Daseins, wohingegen er jede Art von körperlicher Anstrengung verabscheute. Die Aussicht auf monatelanges Hungern und Schwitzen musste ihm wahre Höllenqualen bereiten. Sie nahm sich vor, ihn möglichst oft zu besuchen und zumindest seelisch-moralisch aufzubauen. Mitten in ihren Gedanken sah sie, wie sich ein kleines, gemeines Grinsen in sein Basset-Gesicht schlich. Ihr Lachen wurde unsicher.

»Öh … Elvis, kann es sein, dass deine Geschichte noch nicht zu Ende ist?«

Er wiegte den Kopf und genoss es, sie zappeln zu sehen.

»Ja, hm, jetzt, wo du es sagst – da gibt es tatsächlich noch eine Kleinigkeit.« Sein Grinsen wurde breiter. »Und zwar: Der Ausgewählte sucht sich einen Trainingspartner, also jemanden, mit dem er zusammen trainiert und auch das Rennen gemeinsam läuft.« Er nickte wichtigtuerisch. »Ist ja allgemein bekannt, dass die Motivation größer ist, wenn man sich mit jemandem zusammentut, gell?«

Tinne merkte, wie ihr das Lachen endgültig aus dem Gesicht rutschte. Sie ahnte, warum Elvis an der Uni angerufen und nach ihr gefragt hatte.

»Na ja, nun hat man mich Knall auf Fall in die Sache 'reingezogen, und deshalb musste ich mich ziemlich fix nach einem Trainingspartner umschauen. Ich dachte mir, hey, nimm doch jemanden, der ein bisschen jünger ist und auch schlanker, dann ist die Motivation größer.« Mit gerunzelter Stirn tat er, als würde er grübeln, dann schnippte er mit dem Finger. »Und zack!, da ist mir eine gute Freundin eingefallen, die viel Rad fährt und schlank ist und bestimmt eine Riesenlust hat, mit mir ein paar Monate zu trainieren und am Ende einen Halbmarathon zu laufen! Tusch!« Er wedelte mit den Armen und zeigte auf Tinne wie ein Varietékünstler, der einen Hasen aus dem Zylinder zaubert.

Tinne brauchte eine Sekunde, um die Sprache wiederzufinden.

»V... vergiss es! Vergiss es einfach! Kommt überhaupt nicht infrage! Ich hab weder Lust noch Zeit, um ein Marathontraining anzugehen und ...«

»Spar dir den Atem«, unterbrach Elvis sie, »die Sache ist längst unter Dach und Fach. In dieser Sekunde rattern schon die Druckmaschinen für die Ausgabe von morgen, und da bist du dick und fett angekündigt.« Er knipste ein zuckersüßes Lächeln an, das an die Schlange Kaa aus dem Dschungelbuch erinnerte. »Wir sollten dringend einen Termin ausmachen, um Laufschuhe zu kaufen!«

Der Wein machte Tinne sprachlos, sie klappte den Mund auf und wieder zu. Als sie endlich die Arme in die Seiten stützte und ein Donnerwetter loslassen wollte, erklang das Dudeln eines alten Mobiltelefons. Elvis zog sein klobiges Siemens-Handy aus der Tasche, warf einen Blick aufs Display und meldete sich gedämpft.

»Elvis hier, was liegt an?« Er lauschte eine halbe Minute, die Tinne nutzte, um Argumente gegen seinen Marathonplan zu finden. Das wäre ja noch schöner, wenn Elvis einfach über ihren Kopf hinweg ...

Der Reporter unterbrach ihre finsteren Gedanken, als er abrupt aufstand.

»Krieg dich wieder ein, das gibt nur Falten, wenn du so

ein Gesicht ziehst. Wie sieht's aus – Lust auf einen kleinen Regenspaziergang in Bodenheim? Dort ist gerade eine Leiche gefunden worden.«

Am Südbahnhof fuhr ihnen der 22.33 Uhr-Zug knapp vor der Nase weg, der nächste ging erst in einer Stunde. Also rannten sie zu Elvis' Wohnung in der Klarastraße, schnappten sich Helme und knatterten auf seiner roten Vespa los in Richtung Wormser Straße und Laubenheim. Obwohl Tinne eine imprägnierte Jacke trug und sich in den Windschatten des Dicken kauerte, zog ihr der eisige Regen die Wärme aus dem Körper. Als 20 Minuten später das Bodenheimer Ortsschild in Sicht kam, hatte sie das Gefühl, zu Eis erstarrt zu sein.

In der Rheinstraße erwartete sie ein Menschenauflauf. Die Bürger trotzten dem Dauerregen mit Schirmen und Kapuzen, halblaute Vermutungen schwirrten hin und her. Einsatzfahrzeuge der Polizei standen in der Kapellenstraße, Blaulichter rotierten und ließen ihren Schein über die Gesichter der Umstehenden zucken.

Elvis drängte sich durch die Menge, Tinne nutzte sein Kielwasser und stakste mit klammen Beinen hinterher. Die Kälte hatte zumindest einen Vorteil: Ihr mittelgroßer Schwips hatte sich verflüchtigt.

»Das Grundstück kenne ich, ist 'ne Riesenfläche, soll jetzt bebaut werden«, rief er über die Schulter. »Liebrecht'scher Garten, so heißt das Bauprojekt. Hat einiges an Widerstand gegeben, deshalb hatten wir's ein paarmal in der Zeitung.«

An der Absperrung zückte Elvis seinen Presseausweis und hielt ihn dem nächstbesten Beamten unter die Nase.

»Die AZ, was haben wir, was gibt's?«, knurrte er in seinem bissigsten Reporterton. Der Polizist schüttelte aber nur den Kopf und schürzte die Lippen.

»Kein Kommentar, es gibt noch nichts Offizielles.«

Elvis versuchte sein Glück noch bei zwei weiteren Männern, dann ließ er den Presseausweis sinken. Sein Blick wanderte von den Polizisten zum Grundstück hinter dem Absperrband, auf dem ein weißer Pavillon zu sehen war und Scheinwerfer, in deren Licht der Regen wirbelte. Aus seiner Jacke zog er eine kleine Digitalkamera und fotografierte das Szenario. Doch sein Blick auf den Monitor war mehr als unzufrieden. Tinne konnte seine Gedanken lesen: Er wollte da hinein!

Keine Sekunde später gab er ihr einen Wink, sie liefen zur Vespa zurück. Elvis klappte den Sitz hoch und wühlte im Helmfach.

»Ich müsste doch irgendwo …«, brummte er und verschwand fast im Stauraum.

»Elvis, was hast du denn vor?«

»Ha!« Er hatte gefunden, was er suchte, und tauchte mit breitem Grinsen wieder auf. »Showtime!«

Melina und Paul Kellerer standen im ersten Stock ihres Hauses. Das Schlafzimmerfenster bot einen perfekten Überblick über das Nachbargrundstück, auf dem schon seit Stunden ›Tatort‹ lief – diesmal allerdings live! Als die ersten Blaulichter erschienen waren, hatte Paul mäßig interessiert den Vorhang zur Seite geschoben, doch nach und nach war ein regelrechtes Polizeiaufgebot daraus geworden. Ihre Adresse, die Kapellenstraße 14, lag direkt neben dem Brachgrundstück, der Garten hinterm Haus bildete die Grenze. Anfangs hatte ihr Sohn Linus zugeschaut, doch inzwischen war er längst im Bett.

»Ob sie da echt einen Toten gefunden haben? Oder vielleicht eher Beute, vielleicht Geld oder so«, überlegte Melina halblaut. Paul schüttelte den Kopf.

»Nee, bei so 'nem Aufwand ist das bestimmt 'ne Leiche. Die werden wohl …«

Die Türklingel unterbrach ihn. Beide schauten sich an und gingen die Treppe hinunter zur Haustür.

Draußen im Regen standen zwei Leute, ein dicker Mann und eine große Frau. Beide trugen orangefarbene Warnwesten, die das Licht der Straßenlampen reflektierten.

»Ja bitte?«, fragte Paul unsicher.

»Guten Abend, Vermessungs- und Katasteramt Mainz-Bingen, im Auftrag der polizeilichen Ermittlungsbehörden, Schweppisch mein Name, die Kollegin Lattresser.« Der Dicke ließ eine halbe Sekunde lang einen Ausweis sehen, dann deutete er nach hinten zum Garten.

»Entschuldigen Sie die Störung, aber wir müssten von Ihrem Grundstück auf den Tatort, wegen einer Einmessung der Untergrundschichtstufen. Ein Dienstzugang sozusagen.« Die Frau nickte todernst zu seinen Worten.

Paul bekam große Augen vor Aufregung.

»Ja natürlich, sofort. Warten Sie, ich mache Ihnen hinten auf. Der Schlüssel …« Er verschwand eifrig. Ermittlungsbehörden – wie im Fernsehkrimi!

Melina verknotete die Hände und befeuchtete die Lippen mit der Zunge.

»Was, eh, was ist denn passiert da drüben?«

Der dicke Mann schüttelte bedauernd den Kopf.

»Da darf ich leider keine Auskunft geben, das obliegt der zuständigen Staatsanwaltschaft. Ich bitte um Ihr Verständnis.«

Sie nickte hastig. Ihr Mann kam zurück und wedelte mit einem Schlüssel.

»Kommen Sie, hier entlang.«

Melina sah den dreien zu, als sie im Dauerregen den Gartenpfad entlang gingen. Paul öffnete die Holzpforte zum Nachbargrundstück, wechselte ein paar Worte und verschloss die Tür hinter den beiden wieder sorgfältig.

»Mensch, da haben wir sogar bei echten Ermittlungen helfen dürfen!« Er strahlte, als er zurückkam und den Regen aus den Haaren schüttelte.

Melina schaute den Warnwesten nach, die durch die Büsche blitzten und verschwanden.

»Was das wohl ist, was die beiden jetzt machen? Eine Einmessung der, eh …«

»Eine Einmessung der Untergrundschichtstufen!« Tinne konnte es noch immer nicht glauben, dass Elvis' frecher Trick funktioniert hatte. »So etwas Bescheuertes habe ich ja noch nie gehört! Und die Leute haben's echt gefressen!«

Elvis zuckte ungerührt die Schultern.

»Die Menschen sehen immer das, was sie sehen wollen. Wichtige Ermittler mit wichtigen Aufträgen – bitteschön, können sie haben.« Bedeutungsvoll griff er an den Kragen der Warnweste, die er in doppelter Ausfertigung aus dem Helmfach der Vespa gezerrt hatte.

»Was war das für ein Ausweis, den du gezeigt hast? Ich kenne ihn irgendwoher.«

»Anna-Seghers-Bibliothek, Leseausweis.«

Tinne schüttelte den Kopf über so viel Kaltschnäuzigkeit. Aber immerhin – sie hatten es auf das abgesperrte Gelände geschafft, Elvis war seinem exklusiven AZ-Artikel ein gutes Stück nähergekommen.

Vorsichtig schlichen sie zur Mitte der Freifläche, dort war ein riesengroßes rechteckiges Loch zu sehen, offensichtlich ein Kelleraushub. Der danebenstehende Pavillon schützte den Kellerrand von dem Dauerregen, der im Stakkato auf die Plastikplane trommelte. Die Seitenflächen des Pavillons waren hochgerollt, Holzplanken auf dem schlammigen Boden bildeten Stege, Halogenlampen tauchten die Szene in unwirkliches strahlendes Licht. Die Spurensicherung war gerade fertig, die Männer und Frauen in ihren weißen Ganzkörperanzügen packten ihre Probenkoffer zusammen. Es herrschte eine geschäftige Atmosphäre, halblaute Kommentare wurden gerufen, dazwischen blitzte die Kamera des Polizeifotografen.

Zur Kellergrube fiel der Boden ein Stück ab und bildete eine ebene Fläche, die im Mittelpunkt des Interesses stand. Tinne stellte sich auf die Zehenspitzen, um besser sehen zu können. Etwas schimmerte aus der Erde heraus. Als sie einige Schritte zur Seite trat, bekam sie einen besseren Überblick – und holte scharf Luft.

Bräunliche Knochen ragten aus der Erde heraus, sie erkannte Rippenbögen und etwas, das wie ein Schädel aussah.

»Und?« Elvis reckte sich, doch er kam trotz aller Mühe noch nicht einmal annähernd an Tinnes Größe heran.

»Knochen. Es ist ein Skelett«, wisperte Tinne, obwohl der prasselnde Regen ihre Stimme sowieso übertönte. Elvis langte in seine Tasche und reichte ihr seine Kamera.

»Versuch, ein einigermaßen gutes Foto zu machen. Ein Artikel ohne Bild ist kein Artikel!«

Tinne hob die Kamera. In diesem Augenblick fuhr ihr ein solcher Schreck in die Glieder, dass sie glaubte, sterben zu müssen – eine Hand legte sich schwer auf ihre Schulter! An Elvis' Zucken merkte sie, dass es ihm genauso ging. Eine Frauenstimme ertönte:

»Nu schau mal einer an – wenn das nicht die AZ höchstpersönlich ist.«

Beide drehten sich um wie ertappte Schulkinder. Hinter ihnen stand eine Frau mit Regenjacke, Gummistiefeln und hellen Haaren, die Tinne nicht kannte. Elvis hingegen stieß missmutig die Luft aus.

»Hallo, Tara. Hast du wenigstens einen Regenschirm dabei?«

Fünf Minuten später tropften Tinne und Elvis im Pavillon der Spurensicherung vor sich hin. Nachdem sich das Adrenalin ihrer Warnwesten-Aktion verflüchtigt hatte, merkte Tinne, wie durchgefroren sie war. Ohne dass sie etwas dafürkonnte, klapperten ihre Zähne. Ein Beamter holte eine halbwegs trockene Decke und legte sie ihr um die Schulter. Dankbar nickte sie, schlotterte aber weiter.

Elvis ärgerte sich derweilen grün und blau.

»Das ist ja mal wieder typisch, dass wir ausgerechnet Super-Tara in die Arme laufen. Hätte ja auch mal klappen können, unser Plan.«

Mit bebenden Lippen fragte Tinne: »W… wer ist sie? Super-Tara?« Die Frau, die sie ertappt hatte, stand etwas entfernt und redete mit den Leuten der Spurensicherung.

»Frau Tara Feh, oh Entschuldigung, Frau *Doktor Privatdozentin* Tara Feh.« Elvis klang bissig. »Die Chefpathologin der Mainzer Rechtsmedizin, göttergleich, eine Wunderwaffe auf dem Gebiet der Knochenlese, Kathy Reichs ist ein blindes Huhn im Vergleich zu ihr. Anhand eines halben Schlüsselbeins sagt sie dir Augenfarbe, Schuhgröße und Lieblingsessen eines jedes Menschen auf der Welt.«

Tinne musste lachen, als sie ihn schwadronieren hörte.

»Sag mal, kann es sein, dass du sie irgendwie … nicht magst?«

»Und umgekehrt«, knurrte er.

Tara Feh kam zurück, Tinne schaute genauer hin. Die Frau mochte um die 50 sein, wenngleich die regennassen Haare das Schätzen erschwerten. Sie hatte ein schönes ebenmäßiges Gesicht mit starken Wangenknochen, grünen Augen und langen Wimpern, das sorgfältige Make-up war allerdings ein Opfer des Dauerregens geworden. Auffallend waren ihre vielen Sommersprossen, die trotz des Winterwetters deutlich zu sehen waren. Ihre Figur war groß und schlank, sie mochte fast so groß sein wie Tinne, mehr ließ sich durch den unförmigen Regenmantel nicht erkennen. Die Hände allerdings faszinierten Tinne: Sie waren grazil und gleichzeitig muskulös, ganz so, wie sie sich die Hände einer genialen Musikerin vorstellte. Ihre Stimme war tief, ein schönes Alt-Timbre, wenngleich unterdrückter Ärger darin wohnte.

»Du hast Glück, Elmar, dass sich aus dem Fund kein Ermittlungsverfahren ergibt. Sonst hättest du nämlich ordentliche Schwierigkeiten am Bein wegen Behinderung der Polizeiarbeit. Und jetzt raus, alle beide.«

Sie machte eine auffordernde Geste in Richtung Ausgang, Tinne und Elvis trabten ab. Dr. Feh hatte einen kaum merklichen Akzent, den Tinne nicht einordnen konnte. Sie wunderte sich über die seltsame Anrede – das steife ›Elmar‹ statt ›Elvis‹, aber trotzdem per Du. Der Reporter warf einen letzten Blick zurück.

»Und warum gibt's kein Ermittlungsverfahren, wenn man fragen darf? Immerhin liegen da hinten Knochen im Boden.«

»Ganz einfach: Es hat sich herausgestellt, dass es ein historischer Fund ist. Ein Fall für die Archäologen, nicht für uns.«

Unwillkürlich blieb Tinne stehen. Die strenge Pathologin schüchterte sie ein, doch nun überwog ihre Neugier.

»Was … was gibt es für Details dazu?«

Dr. Feh hatte sich schon weggedreht und antwortete kurz angebunden:

»Da wird die Zeitung wohl auf die Ergebnisse der archäologischen Untersuchung warten müssen.«

»Ich bin nicht von der Zeitung, ich bin Historikerin.«

»Ach nee.« Die Frau nahm sie in Augenschein, dann hoben sich ihre Augenbrauen.

»Na klar, jetzt erkenne ich Sie. Sie haben gemeinsam mit Elmar diese historischen Fälle gelöst hier in der Gegend, oder? Ernestine Irgendwas, richtig?«

»Nachtigall. Hallo.«

Tara Fehs Züge entspannten sich, die Falte über ihrer Nase wurde kleiner.

»Na, da hab ich Ihnen ja glatt unrecht getan, als ich Sie zur schreibenden Zunft gezählt habe.« Sie überlegte, dann machte sie eine Kopfbewegung zur Fundstelle. »Die Kollegen von der Kripo sind schon weg und haben die Fundstelle für die wissenschaftliche Begutachtung freigegeben. Wenn Sie wollen, können Sie einen Blick drauf werfen.«

Tinne freute sich über die unerwartete Wendung und fing an, auf den Holzplanken nach vorne zu balancieren. Elvis folgte ihr unaufgefordert, er schien die Einladung der Gerichtsmedizinerin automatisch auch auf sich zu beziehen.

Am Ende der Planken erstreckte sich das flache eingetiefte Areal, das Tinne schon aus der Ferne gesehen hatte. Direkt neben dem Kellerloch lag ein menschliches Skelett zusammengekrümmt auf der Seite, der Schädel war weit nach hinten überstreckt. Arme und Beine waren angewinkelt und bildeten zusammen mit dem Becken und den Rippenbögen ein verwirrendes Knochenmuster. Inmitten der schwarzen Erde erinnerte der Anblick an Gebeine auf einem Schlachtfeld.

Dr. Feh deutete auf die Fundstelle und den dahinter liegenden Kelleraushub.

»Zwei Jungs haben ihre letzten Silvesterböller auf dem Grundstück knallen lassen, und dabei sind sie auf die Idee gekommen, das Kellerloch hochgehen zu lassen.«

Elvis zog ein Gesicht. »Mit Silvesterkrachern?«

Sie zuckte die Achseln. »So, wie's aussieht, waren da ein paar Polenböller dabei, richtige Schwarzpulverrohre. Davon haben sie einige zusammengebunden, mit Zeitung verschnürt und eingebuddelt. Ganz schön bescheuert, sie können froh sein, dass sie noch alle Arme und Beine haben. Jedenfalls, dadurch ist die Wand weggesackt und hat dieses Plateau freigegeben.«

Tinne konnte die Augen nicht davon abwenden. Ein historischer Gebeinefund! Zwar hatte sie Geschichte studiert und nicht Archäologie, eine solche Entdeckung nahm sie aber trotzdem gefangen.

Dr. Feh richtete den Lichtkegel auf das Skelett. »Die Knochen stecken zum größten Teil in einer Lehmschicht fest, deshalb sind sie nicht mitgerissen worden. Glück für die Archäologen, denn so ist die ursprüngliche Fundsituation erhalten geblieben.«

Tinne merkte, wie ihre Aufregung wuchs.

»Mann oder Frau, kann man das sagen?«

»Eine Frau, ganz klar. Die Schambeinfuge zeigt das, und am Schädel fehlen die Augenbrauenbögen.« Sie deutete auf ihre Stirn knapp oberhalb der Nasenwurzel. »Männer haben da rechts und links eine Wölbung, *arcus superciliaris*, Frauen nicht.«

Tinne ertappte sich dabei, dass sie automatisch den

Bereich über ihren Augenbrauen abtastete, Elvis tat dasselbe. Als er merkte, dass die Pathologin ihn beobachtete, senkt er rasch die Hand und streckte sich.

»Okay soweit, aber jetzt mal 'ne blöde Frage. Woran erkennst du, dass es ein historisches Skelett ist und kein, ich sag mal, zwei oder drei Jahre altes Mordopfer?«

Die Pathologin schaute ihn an wie eine Lehrerin den Schulbuben und schwieg eine Weile, nur das Trommeln des Regens auf dem Pavillondach war zu hören. Dann holte sie Luft.

»Wenn es dich wirklich interessiert, erkläre ich es dir, Elmar. Aber ich greife damit der ausführlichen Anamnese vor, deshalb will davon erst mal kein Wort in der Zeitung lesen. Ist das klar?«

Elvis brummte etwas, das wie »meinetwegen« klang.

»Bitte?«

Er wurde lauter. »Ja okay, versprochen, großes Indianerehrenwort.«

Tinne war entzückt, es kam selten vor, dass jemand so mit dem dicken Reporter umsprang und er dann auch noch klein beigab. Sie fing an, Tara Feh zu mögen.

»Also zuerst einmal die Lage. Wie haben einen Lehmhorizont, und Lehm ist ein schwerer Boden, der durch seine Wasserundurchlässigkeit eine hohe Persistenz aufweist. Mit anderen Worten: Er bleibt, wo er ist. Über Jahrzehnte und oft sogar über Jahrhunderte. Die Knochen«, sie leuchtete hin, »sind fast komplett darin eingebunden. Nun enthält Lehm wenig Sauerstoff, und die Abwesenheit von Sauerstoff führt zu Reduktionsvorgängen. Also zu Fäulnis, nicht zu Verwesung.«

Tinne schaute zwischen Dr. Feh und den Knochen hin und her. Wenn sie ehrlich sein sollte, dann waren Fäulnis und Verwesung für sie bisher so ziemlich das Gleiche gewesen.

Die Gerichtsmedizinerin bemerkte ihre Unsicherheit.

»Verwesungsvorgänge sorgen dafür, dass von einem toten Körper innerhalb weniger Monate nicht viel mehr übrig bleibt als nackte Knochen. Fäulnis dagegen ist ein ziemlich langwieriger Prozess, er lässt selbst nach Jahrzehnten organische Reste übrig. Den Anblick kennen Sie aus jedem x-beliebigen Zombiefilm. Hier haben wir Lehmboden, kaum Sauerstoff, also Fäulnis. Trotzdem gibt es keinerlei Spuren von Fleisch, Knorpel und Sehnen, nur noch Knochenmaterial. Das lässt auf eine sehr lange Liegezeit schließen, mindestens mehrere Jahrzehnte.«

»Hm, Jahrzehnte«, meinte Elvis gedehnt. »Jahrzehnte sind aber keine Jahrhunderte, also nicht wirklich historisch, oder?«

»Das ist ja auch noch nicht alles. Hier.« Mit ihrer Lampe beleuchtete Dr. Feh den Armknochen, der inmitten des Lehms sichtbar war und zusammen mit dem Brustkorb ein graubraunes Puzzle ergab. Die beiden beugten sich nach vorne, doch erst, als der Lichtkegel exakt darauf deutete, entdeckten sie es: Der Oberarmknochen war zerbrochen.

»Frau Nachtigall, sehen Sie sich die Bruchkante an. Was fällt Ihnen auf?«

Tinne beugte sich so weit vor, dass sie fast das Gleichgewicht verlor.

»Sie … sie ist hell. Und ziemlich glatt.«

»Das bedeutet, dass die Fraktur gerade eben passiert sein muss, beim Hangabriss. Nun zerbricht ein Oberarmknochen nicht einfach so, wenn ein bisschen Erde darüber gleitet, selbst wenn er im Lehm feststeckt. Hier ist es aber trotzdem passiert, und das bedeutet, dass die Substanzdichte extrem reduziert sein muss.«

Tinne hörte fasziniert zu. Sie liebte es, wenn ein Hinweis zum nächsten führte, ganz so, wie ein Detektiv einen Fall löste. Als Historikerin hatte sie meist mit Quellenmaterialien und dem geschriebenen Wort zu tun, umso spannender fand sie es, hier bei einer archäologischen Spurensuche dabei zu sein.

»Das hat mit den Ab- und Umbauerscheinungen der mineralischen Knochensubstanz nach dem Tod zu tun. Organisches Material nimmt im Laufe der Lagerungszeit ab, anorganisches dagegen zu. Das verringert die strukturelle Stabilität, das Material wird porös. Man kann es schon mit den Fingern zerbrechen.« Dr. Feh deutete mit den Händen eine abschüssige Bewegung an. »Und genau das ist hier passiert: Die Knochen sind über einen sehr langen Zeitraum entmineralisiert worden, sodass die mechanische Belastung bei der Hangrutschung einen Bruch verursachen konnte.« Sie wiegte den Kopf. »Ich würde sagen: 300 Jahre, vielleicht 400. Frühe Neuzeit, 17. Jahrhundert, so was in die Richtung.«

Alle schwiegen und schauten auf das Skelett, das zusammengekrümmt im Lehm steckte.

»Und … wie ist sie zu Tode gekommen? Gibt es irgendwelche Verletzungen?«, fragte Tinne leise.

Die Pathologin schüttelte den Kopf. »Nichts, was oberflächlich feststellbar ist. Eine Fraktur am rechten Knie, aber nicht so ausgeprägt, dass sie letale Folgen gehabt hätte. Die genauere Anamnese können dann aber erst die Medizinhistoriker stellen und die Archäologen.«

Die drei standen reglos an der Fundstelle, während um sie herum Aufbruchsstimmung herrschte. Die Spurensicherung war längst schon weg, zwei Polizisten waren dabei, die Holzplanken einzusammeln, andere stapften mit Regenschirmen um den Pavillon herum. Der Fall und seine Spurenlage hatten sich als kalt entpuppt, jeder war froh, wieder nach Hause zu kommen.

Tinne merkte, wie ihr Kopf brummte und die Kälte immer tiefer in sie hinein kroch. Der Abend mit all seinen überraschenden Wendungen hatte sie müde gemacht, sie wollte raus aus den nassen Kleidern, unter die heiße Dusche und danach ab ins Bett. Mit den Händen presste sie ihre Schläfen zusammen, um das Rauschen aus ihren Ohren zu bekommen. Dann hielt sie inne. Das Rauschen – es kam gar nicht aus ihrem Kopf. Auch die anderen schauten sich alarmiert an, als ein saugendes Geräusch immer lauter wurde. Ein Geräusch, das tief aus der Erde zu kommen schien …

»Zurück! Alle zurück! Raus hier!« Elvis packte Tinne am Arm und riss sie nach hinten aus dem Pavillon, als der Boden unter ihnen in Bewegung geriet, Dr. Feh folgte. Die Planken, auf denen sie eben noch gestanden hatten, neigten sich zum Kellerloch, als wären sie müde geworden, der Pavillon warf Falten. Rufe ertönten, Lichtkegel zuckten, alle schauten wie gebannt auf die Erdoberfläche, die sich zentimeterweise voran schob. Ein weiterer Teil der Bodenschicht hatte sich in Bewegung gesetzt, die braunschwarze Masse glitt nach unten und wälzte sich in das Kellerloch. Der Pavillon sackte in sich zusammen. Ein organisches Blubbern war zu hören, als wäre der Untergrund lebendig und würde aufseufzen, der Geruch nach nasser Erde füllte die Luft.

Direkt neben der Fundstelle des Skeletts rauschte der halbflüssige Schlamm in die Tiefe. Einen Augenblick lang befürchtete Tinne, der Erdrutsch könne die Knochen mitreißen, doch er glitt knapp daran vorbei.

Endlich kam der Boden zur Ruhe. Der Pavillon war verschwunden, ein breiter Streifen des Baugrundstücks fehlte und ließ eine Kraterlandschaft zurück. Der Regen wusch die neu entstandenen Flächen ab.

Mit einem Mal straffte sich Tara Feh und richtete ihre Lampe auf eine Stelle neben dem ursprünglichen Fundort. Tinne und Elvis folgten, als die Pathologin einige Schritte nach vorne trat. Im Licht erschienen Strukturen, halb versunken, eingepresst in den Boden. Die Regentropfen wuschen Schmutz und Schlamm ab und machten sichtbar, was dort in der Erde verborgen lag. Tinne spürte, wie eine kalte Hand nach ihrem Herz griff.

Ein zweites Skelett steckte im Lehm, kleiner als das erste. Kinderknochen. Doch was Tinne blass werden ließ, war das, was man diesem Kind angetan hatte: Der Rumpf war grausam verdreht, die Hüfte bog sich in eine komplett andere Richtung als der Brustkorb. Die Arme und Beine waren mit etwas zusammengebunden, das wohl einmal eine schwere eiserne Kette gewesen sein musste, in den Hand- und Fußknochen steckten plumpe schartige Nägel, die wie rostige Pflöcke aussahen. Am schlimmsten aber war der Schädel, der blicklos in den Nachthimmel starrte. Mitten hinein in den klaffenden Mund hatte man einen Stein gerammt, so massig, dass er noch im Hals sichtbar war und den zerbrochenen Kiefer auf die Brust drückte.

Keiner sagte ein Wort, während der Lichtkegel der Lampe über den grässlichen Fund kroch. Auf dem Stein im Kiefer erkannte Tinne eine schwache Schraffur. Sie ging einen Meter näher heran, bis sie Dr. Fehs Hand auf ihrer Schulter spürte. Doch selbst auf diese Entfernung konnte

sie sehen, dass der Regen eingemeißelte Schriftzeichen
frei gewaschen hatte. Buchstaben, darunter symmetrische
Linien. Ein Symbol.

Es dauerte eine Sekunde, bis sie das Zeichen einordnen
konnte. Sie kannte es aus ihrem Studium, und plötzlich
wusste sie, welche Stätte heute Abend aus dem Dunkel der
Geschichte aufgetaucht war.

»Das ist ein Schutzzauber vor bösen Mächten«, murmelte
Tinne und merkte, wie ihr schlecht wurde. »Ein Schandkreuz. Wir stehen vor einem Hexengrab.«

SWR LANDESSCHAU, TREATMENT
»HEXENFUND IN BODENHEIM«

Filmtitel: Der Zauberey Laster auzureutten
Sendetermin: Dienstag, 11. Februar 2014
Autor/in: Hans-Peter Padur
Geplante Länge: 6.45 Min.

[On] Moderator/in:

Bei dem Wort ›Hexe‹ denken wir zuallererst, ganz klar, an die ›Fassenacht‹, an Kinderkostüme, an Bibi Blocksberg vielleicht oder an Otfried Preußlers ›kleine Hexe‹. Es gab aber eine Zeit, in der kam die Beschuldigung ›Hexe‹ einem Todesurteil gleich, zumindest einem Gerichtsprozess, in dessen Verlauf die Folter geradezu selbstverständlich war. Auch in Kurmainz gab es solche Prozesse, die letzte angebliche Hexe wurde hier im Jahr 1657 auf dem Scheiterhaufen verbrannt. Die Forschung tut sich allerdings schwer mit der Aufarbeitung dieses dunklen Kapitels, denn archäologische Funde gibt es kaum, und die damaligen Gerichtsakten sind längst schon verschwunden.

Umso spannender ist die Entdeckung, die vor vier Wochen in Bodenheim gemacht wurde. Denn das, was der Erdboden dort freigegeben hat, ist das erste und bislang einzige Hexengrab in der Umgebung von Mainz. Und nicht nur das – das Grab wartet mit einem weiteren geradezu gruseligen Geheimnis auf. Hans-Peter Padur hat sich vor Ort umgesehen.

Min.	Szene/Bild/Inhalt	Sprechertext / O-Töne
0.00	Unscharfe Schwenks über Knochen und Schädel, lange Überblendungen	Wie Merg Scholl wohl aussah? War sie ein gebeugtes Mütterchen oder eine Frau in den besten Jahren? Blickte sie mit braunen, mit grünen oder mit blauen Augen auf ihr Heimatdorf, das Bodenheim des frühen 17. Jahrhunderts?
0.20	Im Fokus: Schädel, Knochen. Blende auf alte Gemälde und Stiche, die Hexen in typischer Darstellung zeigen.	All das wissen wir nicht und werden es wohl nie erfahren. Von Merg Scholl sind nur noch Gebeine übrig, Knochen und Schädel, verscharrt jenseits der geweihten Friedhofserde, ohne Hinweis, ohne Grabstein und ohne Eintrag ins Kirchenbuch. Denn für ihre Zeitgenossen war sie ein Ausbund des Bösen, eine Buhlin des Satans. Eine Hexe.
0.45	Footage SWR: Tag nach dem Grabfund, die Knochen stecken im Erdreich.	Ihr Grab ist wiedergefunden worden, vor vier Wochen, in einer regnerischen Nacht, wie für einen Hollywoodfilm in Szene gesetzt. Doch anders als im Film kommt jetzt nicht der Abspann, sondern die eigentliche Arbeit.

1.00	Footage SWR: Archäologen bei der Arbeit, Sieben des Erdreichs, Pinsel, Nummern werden auf die Knochen gestellt	Denn der Fund bietet Archäologen und Historikern die einmalige Chance, ein Opfer der Kurmainzer Hexenverfolgung eingehend zu untersuchen. In vielen anderen Orten helfen die alten Gerichtsakten, Licht auf die damaligen Geschehnisse zu werfen. In Bodenheim sind diese Verhörprotokolle allerdings nicht erhalten geblieben.
1.23	Schädel, Knochen, Überblendung auf zeitgenössische Hexendarstellung	Aus diesem Grund weiß man nicht viel über Merg Scholl. Doch das Wenige, das gesichert ist, zeichnet ein schlimmes Bild ihres Schicksals. Man hat ihr, so berichten zeitgenössische Quellen, schon länger das ›abscheuliche laster der zauberey‹ nachgesagt.
1.50	Außenbild Rathaus, Weitwinkel-Schwenk durch den Kerker	Als sie im Oktober 1612 im Keller unter dem Bodenheimer Rathaus eingekerkert wird, kommen immer mehr Vorwürfe zusammen: Sie habe zwei Kälber mit einem Schadenszauber belegt, einem Mann den Arm verwünscht und schließlich das Kind eines Bäckers verhext, sodass es gestorben sei.

2.10	Interview Prof. Magda Leinweber (Historikerin, Universität Mainz) Interviewsituation: vor Bodenheimer Rathaus	»Diese Beschuldigungen, so unglaublich oder lächerlich sie in unseren heutigen Ohren klingen mögen, reichten aus, um Merg Scholl den Prozess zu machen. Eine Unschuldsvermutung gab es ja nicht, und zur Wahrheitsfindung hat man die ›peinliche Befragung‹ genutzt, also mit anderen Worten die Folter. Diese Verhörmethoden erscheinen uns heutzutage geradezu unmenschlich, aber damals waren sie allesamt von der Gesetzgebung bestätigt und somit legal.«
2.55	Kerker, Wände, die Tür schließt sich und taucht das Bild in Dunkelheit	Über Merg Scholls Zeit im Kerker ist nichts überliefert, ebenso wenig über den Prozess, den man ihr machte, und über die Qualen, die sie erdulden musste. Das Urteil freilich überrascht wenig.
3.10	Aufblende: zeitgenössische Darstellungen von Hexenverbrennungen Close: Gesichter, Flammen, Publikum	Im Frühjahr 1613 wurde sie zusammen mit zwei anderen Frauen der Hexerei für schuldig befunden, bald darauf loderten die Scheiterhaufen. Diese Hinrichtung war der Auftakt zu einer ganzen Reihe von Hexenprozessen in Bodenheim, die zweieinhalb Jahre andauerten und fast 30 Menschen das Leben kosteten – bei geschätzten 300 Einwohnern ein grausamer Schnitt.

3.45	Totale: Mergs Skelett auf dem Untersuchungstisch. Schneller Schwenk auf das daneben liegende Kinderskelett. Close-ups	So viele Antworten das aufgefundene Hexengrab den Forschern nun geben kann, so viele neue Fragen wirft es auf. Denn direkt neben den Gebeinen von Merg Scholl wurde ein zweites Skelett entdeckt, die sterblichen Überreste eines Kindes. Die Fundsituation lässt den Schluss zu, dass die beiden Toten zeitgleich beerdigt wurden. Doch das zweite Skelett erzählt eine andere schlimme Geschichte.
4.10	Interview Prof. Magda Leinweber (Historikerin, Universität Mainz) Interviewsituation: vor Bodenheimer Rathaus Zwischenbild: Stein close-up, Schriftzeichen close-up	»Die Kinderknochen haben wir verstümmelt aufgefunden, mutwillig zerschmettert, die Arme und Beine waren mit den Resten einer Kette fixiert und zusätzlich von Nägeln durchschlagen. Ob das Kind vielleicht auch als Hexe angeklagt war und deshalb solche Qualen erleiden musste, das können wir zum gegenwärtigen Zeitpunkt noch nicht sagen. Das Kinderskelett hat uns allerdings in einem anderen Punkt Gewissheit gegeben. In der Mundhöhle des Schädels steckte ein Stein mit einem Schutzsymbol gegen Hexenzauber und einer lateinischen Inschrift, einem Bannspruch. Dort wird der Name »Mergen Heinrich Scholl« genannt, die latinisierte Form von »Merg, Frau des Heinrich Scholl«, und dadurch wissen wir überhaupt erst, dass die Grablege diesem ganz besonderen Fall zuzuordnen ist.«

5.00	Wissenschaftler arbeiten an den Skeletten. Pipetten, Mikroskope, Diskussionen, Bilder und Listen auf Computermonitoren	Die geheimnisvollen Knochen sind inzwischen an das Institut für Medizingeschichte nach Mainz gebracht worden. Der Fall ist so außergewöhnlich, dass sich neben Archäologen und Historikern sogar die Rechtsmedizin für die Gebeine interessiert. Gemeinsam versuchen die Fachleute, die Rätsel der Vergangenheit zu lösen und die Knochen zum Sprechen zu bringen.
5.25	Außenschuss Bürgerhaus. Innen: Vorbereitungen auf die Ausstellung, Vitrinen werden gefüllt. Im Vordergrund: Folterwerkzeuge	Auch in Bodenheim stößt der Fund auf reges Interesse. Das Heimatmuseum im Bürgerhaus Dolles greift das Thema »Hexenverfolgung in Kurmainz« auf und bereitet zurzeit eine Sonderausstellung vor. Leihgaben aus dem Rüdesheimer Foltermuseum geben einen Einblick in die schaurige Praxis der damaligen »hochnotpeinlichen Befragung« – ebenjene Tortur, die auch Merg Scholl erdulden musste.
6.05	Close-up Knochen. Ende: Schädel frontal, Bild geht in Unschärfe	Ihr Schicksal ist nun schon seit 400 Jahren mit Bodenheim verknüpft, und heute steht sie erneut im Mittelpunkt. Diesmal allerdings nicht als Hexe, sondern als Botschafterin, die uns einen Einblick in eine grausame, aber auch faszinierende Epoche der Kurmainzer Geschichte gewährt.

ZWEITER TEIL

Samstag, 3. Mai 2014
drei Monate später

›Klick‹, machte das Handy, und nochmals ›klick‹ ›klick‹.

»Super! Danke, Herr Wissmann, das ist ganz toll!« Eine dralle Blondine in bonbonfarbenem Trainingsanzug lächelte Elvis selig an. »Da werden sich meine Läufermädels aber freuen, ehrlich. Wissen Sie, wir finden Ihre Kolumne ja soooo witzig, und deshalb habe ich den Mädels versprochen, ein Foto von uns zu machen, wenn ich Sie das nächste Mal treffe.«

Zur Sicherheit reckte sie ihr Handy nochmals nach vorne und schoss ein weiteres Selfie von sich und Elvis.

Der Reporter brummte etwas Nichtssagendes und nahm seinen Trab wieder auf, Tinne folgte ihm schmunzelnd.

»Und weiter viel Spaß bei Weck, Worscht und Wadenweh, Herr Wissmann!«, rief ihnen die Blondine nach und kicherte mädchenhaft.

Elvis wartete, bis sie außer Hörweite war, dann presste er zwischen zwei Atemzügen hervor: »Wenn ich den Spruch noch ein einziges Mal höre, werd ich zum Mörder, ehrlich!«

Tinne musste sich das Lachen verbeißen. Der Slogan, den Elvis' Kollegen hinter seinem Rücken in die AZ geschmuggelt hatten, war in Mainz inzwischen zu einem Dauerbrenner geworden. Wo auch immer Elvis auftauchte, wen auch immer er traf, was auch immer er tat – stets war jemand da, der ihn in die Rippen knuffte und plump-verschwörerisch etwas von

›Weck, Worscht und Wadenweh‹ erzählte. Sogar Tinnes Mitbewohner Bertie und Axl waren davon infiziert und hatten einen Elvis-Fanclub gegründet, der den dicken Reporter auf seinem Weg zum Halbmarathon unterstützen sollte und der überraschenderweise immer mehr Mitglieder fand.

»Na komm, die Leute meinen es nicht so. Die finden es einfach gut, dass du die Sache durchziehst!«

Elvis schnaufte vernehmlich und zog die Schultern hoch. Von Anfang an hatte er sich beim Trainieren eine seltsame Körperhaltung angewöhnt – die dicken Beine trommelten in kurzen, schnellen Schritten auf den Boden, seine Arme waren extrem angewinkelt und erinnerten an eine rennende Comicfigur, die krampfhaft hochgezogenen Schultern ließen sein Doppelkinn zu einem Vierfachkinn werden.

Heute waren die beiden auf den Feldern zwischen Bretzenheim und der Autobahn A60 unterwegs. Der Winter, der kein echter Winter gewesen war, hatte sich kampflos zurückgezogen, die Unkenrufe, die für März und April grimmige Kälte prophezeit hatten, waren längst verstummt. Überall grünte und blühte es, Fliegen surrten umher, alles roch nach Frühling. Die Felder westlich der Koblenzer Straße lagen friedlich in der Sonne, kein Traktor beanspruchte die Wege für sich. Die Laufbedingungen waren geradezu ideal, doch Elvis war brummig.

»Wenn der Quatsch vorbei ist, fresse ich eine komplette Metzgerei leer, verlass dich drauf.«

»Mann, Elvis, jetzt stell dich nicht so an! Da machst du endlich mal was für deine Gesundheit, die Mainzer stehen hinter dir, und du jammerst herum.«

»Stehen hinter mir – dass ich nicht lache! Die haben nur ihren Clown gefunden, der sich seit Wochen zum Affen macht und auch noch in der Zeitung darüber schreibt.«

»Ach was! Du weißt ganz genau, wie viel Feedback es gibt und wie die Leute mit dir mitfiebern. Wenn irgendeine durchtrainierte Sportskanone auf den Halbmarathon hin trainieren würde, wären die Leser niemals so dabei.«

Tatsächlich schien Elvis' Wadenweh-Training den Menschen Mut zu machen: Läufertreffs sammelten sich überall, im Online-Forum der AZ wurden Joggingtipps ausgetauscht, und viele Leute, die sich zu dick oder zu alt für Sport gefühlt hatten, ließen sich von dem Reporter anspornen und holten die Turnschuhe vom Dachboden.

Und auch er selbst hatte in den letzten Wochen ordentliche Fortschritte gemacht. Seine Trainingseinheiten waren immer regelmäßiger und länger geworden, inzwischen schaffte er sogar zehn Kilometer am Stück. Sein Tempo war zwar dermaßen lahm, dass Tinne mit ihren langen Beinen mehr oder weniger nebenher gehen konnte, und sein Japsen klang nach kaputtem Dampfkessel – aber immerhin, er hielt das unfreiwillige Projekt ›Halbmarathon‹ tapfer aufrecht. Nicht schlecht angesichts der Tatsache, dass die ganze Sache fast schon in der allerersten Minute gescheitert wäre.

Denn die AZ hatte darauf bestanden, dass der Marathon-Erwählte und sein Laufpartner vor Beginn des Trainings einen Arzt aufsuchen und sich durchchecken lassen sollten. Elvis und Tinne wurden von der Redaktion an die Uniklinik geschickt, zu einer vollkommen humorlosen Ärztin mit dem Aussehen einer vertrockneten Mumie.

»Herr Wissmann«, so fing die gemeinsame Besprechung an, »ich muss Ihnen leider mitteilen, dass Sie sämtliche Voraussetzungen mitbringen, diesen Halbmarathon *nicht* zu schaffen.«

Über den Rand ihrer Leserbrille warf die Ärztin Elvis einen Blick zu, als wäre er ein lästiges Insekt.

»Sie haben extremes Übergewicht, rauchen Zigaretten ohne Filter, trinken viel zu viel Alkohol und treiben seit 25 Jahren keinerlei Sport. Dazu kommt, dass die Werte Ihres Blutbilds und Ihres Belastungs-EKGs in den meisten Tabellen gar nicht mehr vorkommen, so extrem sind sie. Mit anderen Worten: Ich rate Ihnen dringend davon ab, dieses Experiment zu wagen. Stellen Sie Ihre Ernährung um, specken Sie 30 Kilo ab, hören Sie auf zu qualmen und trainieren Sie zwei, drei Jahre regelmäßig. Dann haben Sie echte Chancen, Ihren Halbmarathon durchzuhalten, ohne dass Sie mittendrin umfallen und reanimiert werden müssen.«

Ohne ein weiteres Wort war Elvis aufgestanden, am selben Tag hatte er sich Sportschuhe gekauft und mit dem Training angefangen. Inzwischen waren sie in der heißen Phase angekommen. In einer Woche, am kommenden Sonntag, würde der Marathon stattfinden.

»Wer kommt morgen denn eigentlich? Wer ist wichtig, und wer soll im Artikel seinen Senf dazugeben?«

Elvis' Fragen, im Rhythmus seines Keuchens herausgebracht, rissen Tinne aus ihren Gedanken. Sie brauchte einen Moment, um seinen Gedankensprung nachzuvollziehen. Dann wurde ihr klar, dass er von der Eröffnung der Hexenausstellung im Bodenheimer Heimatmuseum sprach, die am morgigen Sonntag stattfinden würde. Nachdem Elvis quasi ›live‹ beim Fund der Gräber dabei gewesen war, hatte er die weitere Entwicklung im Auftrag der Allgemeinen Zeitung mitverfolgt und war natürlich auch für die Ausstellungseröffnung eingeplant.

»Also, na ja, die üblichen Verdächtigen halt. Der Landrat wird da sein, der Ortsbürgermeister und der Gemeinderat, und natürlich der Arbeitskreis ›Hexenverfolgung in

Kurmainz‹ von der Uni. Die haben schließlich die Ausstellung geplant und umgesetzt.«

Tinne wusste einigermaßen Bescheid, obwohl sie nicht in die Vorbereitungen eingebunden gewesen war. Doch auf den Fluren des Historischen Seminars hatte sie immer wieder Neuigkeiten aufschnappen können, und weil sie gemeinsam mit Elvis in der Regennacht vor Ort gewesen war, hatte die Gemeindeverwaltung ihr ebenfalls eine Einladung zur Ausstellungseröffnung geschickt.

»Ich sterbe vor Spannung!«, brummte Elvis desinteressiert und zog den Kopf noch ein wenig höher. Mit stampfenden Schritten trabte er voran, das Auftreffen seiner Sohlen schickte wabbelnde Wellen durch seinen Körper. Bäche von Schweiß liefen an seinem Gesicht entlang und ließen die Koteletten glänzen.

Tinne peilte nach vorne. Rechter Hand erhob sich das Stadion von Mainz 05, die rote Coface-Arena, dahinter schlossen sich die bunten Gebäude der Fachhochschule an. Geradeaus war die A60 zu erahnen. Am Damm der Autobahn würden sie sich rechts halten und in einem großen Bogen über die Wirtschaftswege zurück nach Bretzenheim laufen. Zwar nur sieben Kilometer, aber mehr war heute zeitlich nicht drin.

Sie holte Luft. Elvis hatte mit der Hexenausstellung ein Thema angeschnitten, das ihr eigentlich perfekt in die Karten spielte. Denn sie schob schon die ganze Zeit etwas vor sich her, das ihr Unbehagen bereitete, und sie wartete auf den rechten Zeitpunkt. Nun ja ... mit 39 Jahren müsste man allmählich wissen, dass es so etwas wie den ›rechten Zeitpunkt‹ im Leben nicht gab. Sie überlegte, wie sie die Kurve kriegen sollte, als Elvis plötzlich anfing:

»Sag mal, welches Bleigewicht hängt eigentlich an dir

dran? Die ganze Zeit bist du am Grübeln, und deine Gedanken sind sonstwo. Spuck's endlich aus, bevor du dran erstickst.«

Tinne fühlte sich überrumpelt, und wie von selbst kam ihr der Satz über die Lippen, den sie am allermeisten hasste:

»Ich … ich bräuchte deine Hilfe.«

Die Worte brannten in ihrem Mund. Tinne war stolz darauf, alles alleine zu machen – sicher nicht immer perfekt, um ehrlich zu sein sogar meist stümperhaft, aber immerhin. Sie konnte einen Geschichtsabschluss machen und eigenes Geld verdienen und ein Regal an die Wand dübeln und ihr Fahrrad reparieren und einen PC installieren und Hertha BSC von Bayer Leverkusen unterscheiden und sogar einen Knopf annähen. So war sie groß geworden. Der Lieblingsspruch ihres Vaters lautete: »Wenn du willst, dass etwas gescheit gemacht ist, mach es selbst.« Obwohl sie inzwischen ein eher distanziertes Verhältnis zu ihren Eltern hatte und meist nur einmal im Monat mit ihnen telefonierte, merkte sie immer wieder, wie sehr ihre Kinder- und Jugendjahre sie geprägt hatten. Um Hilfe zu bitten, war Schwäche. War peinlich.

Elvis sagte nichts und wartete auf eine Erklärung. Sie überlegte, wie sie anfangen sollte.

»Also, du kennst doch den Philipp von Zabern-Verlag, oder?«

»Ja sicher.« Von Zabern war ein traditionsreicher Mainzer Verlag, dessen Schwerpunkte im historischen, wissenschaftlichen und künstlerischen Bereich lagen. »Ist der nicht vor ein paar Jahren aufgekauft worden?«

»Von der Wissenschaftlichen Buchgesellschaft in Darmstadt, genau, er wird aber dort als eigenständiger Verlagsname weitergeführt. Jedenfalls, letztes Jahr haben zwei

Historiker dort ein Buch veröffentlicht, ›Tatort Mittelalter – berühmte Kriminalfälle‹. Darin beschreiben sie bekannte Verbrechen, die sich vor zig 100 Jahren abgespielt haben – Sachen wie Mord, Verrat, fingierte Prozesse und unschuldig Hingerichtete. Das Ganze ist eine Mischung aus romanmäßigen Szenen und historischer Einordnung. Die Fälle werden quasi authentisch beschrieben und anschließend mit unserem heutigen Wissen neu aufgerollt und gelöst.«

»Aha.« Elvis zog ein dermaßen gelangweiltes Gesicht, dass Tinne wünschte, sie hätte gar nicht erst angefangen. Tapfer fuhr sie fort:

»Kam ziemlich gut an, und deswegen will der Verlag jetzt eine Reihe daraus machen. Und zwar soll in jedem Bundesland ein eigener Band erscheinen, mit historischen Kriminalfällen aus der jeweiligen Region.«

Elvis hob den Kopf. Sein Interesse war erwacht, er schien zu ahnen, worauf Tinne hinaus wollte.

»So ein deutschlandweites Riesenprojekt ist natürlich viel zu groß für einen oder zwei Autoren«, erläuterte sie weiter. »Deshalb ist der Verlag auf der Suche nach neuen Autoren, also nach Fachleuten, die sich mit einem solchen Fall ins Buch einbringen wollen.«

Sie hatten die Böschung der Autobahntrasse erreicht und bogen nach rechts ab. Tinne war so mit ihren Erklärungen beschäftigt, dass sie hinter Elvis zurückgefallen war und er sich zu ihr umdrehen musste.

»Soso. Dann lass mich mal raten: Der Hexenprozess und die Hinrichtung von Merg Scholl passt ziemlich gut in das Konzept des Verlags, oder?«

Tinne schaffte das Kunststück, im Rhythmus ihrer Schritte die Schultern zu zucken, die Hände zu heben und mit dem Kopf zu wackeln.

»Genauso ist es. Ich habe einen Brief vom Zabern-Verlag bekommen. Darin fragen sie an, ob ich mir zutrauen würde, den Merg-Scholl-Fall für ihre neue Reihe aufzubereiten. Vor allem die Sache mit dem gruseligen Kinderskelett hat sie total begeistert. Das Problem ist: Sie brauchen 50 Manuskriptseiten, historisch und wissenschaftlich aufgearbeitet. Erst die geschichtlichen Grundlagen, dann die damaligen Geschehnisse und zum Schluss die Lösung des Falles, also das, was tatsächlich hinter dem Hexenprozess und den Kinderknochen steckt.«

»Mit anderen Worten: Du willst mal eben so einen 400 Jahre alten Prozess neu aufrollen und nebenbei das Rätsel eines verstümmelten Kinderskeletts lösen?«

Tinne musste zugeben, dass ihr Vorhaben in dieser kurzen Form geradezu anmaßend klang.

»Mhm, so ungefähr«, murmelte sie.

»Aha. Und wie kommen die ausgerechnet auf dich? Es gibt einen Haufen Leute an der Uni mit ellenlangen Titeln, die viel bekannter sind und mehr veröffentlicht haben. Im Vergleich dazu bist du eine kleine Magisterleuchte und sonst nichts.«

Sie zog die Mundwinkel nach unten angesichts Elvis' kratzbürstigem Charme.

»Tja, daran bist du nicht ganz unschuldig. Immerhin haben wir beide zwei verzwickte historische Fälle gelöst, die in den Zeitungen und im Fernsehen breitgetreten worden sind. Deshalb ist der Verlag auf den Trichter gekommen, dass die kleine Magisterleuchte wohl die Richtige sein könnte für den Merg-Fall.«

Elvis schaute stoisch geradeaus.

»Und? Ist sie's?«

Tinne seufzte. »Nicht ohne den Mann von der AZ.

Schließlich sind wir's immer gemeinsam gewesen, und ganz ehrlich: Ohne dich traue ich es mir nicht zu.«

»Und wie soll das ablaufen? Ich meine – das ist ja noch nicht mal dein Fachgebiet. Sonst erzählst du immer lang und breit, dass du für Neuere und Neueste Geschichte zuständig bist und keine Ahnung hast von allem, was vor der Französischen Revolution war. Und jetzt willst du auf einmal eine komplette Recherche über ein Thema von Sechzehnhundertirgendwas stemmen?«

»Nein, ja, also schon, irgendwie.« Tinne merkte, dass sie ins Schwimmen geriet. »Was ich machen will, ist, die Sache wie einen echten Kriminalfall anzugehen – Spuren suchen, Hinweise sammeln, alle Details zusammenbringen. Eben richtige Ermittlungsarbeit. Schau mal, es gibt durch den Grabfund eine ganze Menge an neuen Erkenntnissen, und bei so was sind wir beide als Team unschlagbar. Den Überblick behalten. Zusammenhänge finden. Querdenken.«

Als Elvis beharrlich schwieg, warf Tinne ihm einen boshaften Seitenblick zu.

»Außerdem darf ich dich daran erinnern, dass *ich* soeben in meiner knappen Freizeit durch die Bretzenheimer Gemarkung jogge, weil *du* mich hinter meinem Rücken als Trainingspartnerin angemeldet hast.«

Der Reporter schnaufte.

»Hmpf, das ist ja was ganz anderes! In die Sache bin ich ja selbst reingezogen worden, deshalb …«

»Papperlapapp«, unterbrach Tinne ihn, »kein Mensch hat dich gezwungen, ausgerechnet mich auszuwählen. Nein-neinnein, da bist du mir gewaltig was schuldig.«

Elvis stapfte weiter, als wäre sie nicht da. Es war förmlich zu sehen, wie die Empfindungen in ihm kämpften – auf der einen Seite ein weiteres zeitintensives Projekt neben all seinen übrigen Verpflichtungen, auf der anderen Seite ein spannendes Rätsel aus der Kurmainzer Vergangenheit. Schließlich verzog sich sein Bassetgesicht zu einem Grinsen.

»Okay, Ernestine, einverstanden. Dann wollen wir beide mal auf Hexenjagd gehen.«

Tinne merkte, wie sich die Anspannung in ihrem Bauch löste. Elvis' Zusage brachte sie dem Buchartikel ein gutes Stück näher, das war ihr sonnenklar.

Sie konnte freilich nicht ahnen, dass sie mit dieser Entscheidung eine ganze Reihe von Ereignissen losgetreten hatte, die sich bald schon nicht mehr kontrollieren lassen würden.

✻

Sieben ältere Herrschaften aus Dijon gruppierten sich für ein gemeinsames Foto. Ein neutraler Beobachter hätte die Franzosen als durchaus harmlos eingestuft – einige mit altersangemessenen Bäuchlein ausgestattet, zwei mit Vollbärten, einer mit gezwirbeltem Schnauzer, allesamt eher bieder gekleidet. Nichts deutete darauf hin, dass sich diese gesetzten Herren regelmäßig in Generäle verwandelten, in Kanoniere, Füsiliere und Fußsoldaten, dass sie Schlachten ausfochten, im Pulverdampf ihre Truppen voranschickten und dass das Wohl und Wehe ganzer Völker von ihrem Kampfgeschick abhing.

Diese Kriege fanden freilich nicht in Wirklichkeit statt, sondern in einem Anbau des Stadtmuseums von Dijon. Dort tagte die *Association des Anciens Combattants*, der ›Verein der alten Kämpfer‹, dessen einzige Mitglieder ebenjene Herren waren. Die Vereinstreffen hatten eine strenge Abfolge: Zunächst wurden einige Flaschen Wein geköpft und die Tagesordnung verlesen. Danach stellten die ›alten Kämpfer‹ die entscheidenden Schlachten der europäischen Geschichte im Miniaturformat nach und schlüpften dabei in die Rollen von Napoleon, Blücher, von Hindenburg, Wellington und anderen Befehlshabern. Zur Umsetzung der kriegerischen Großtaten waren im Anbau des Museums sechs Tische zusammengeschoben und mit Tüchern abgehängt, sie konnten mit Modellbaugras, Mini-Baumgruppen und Felsen aus Plastik zu immer neuen Landschaften umgebaut werden. Dazu kamen ganze Regimenter an Zinnsoldaten, Kanonen, Pferdetruppen, sogar Ochsenkarren und Zelte waren vorhanden.

Alle zwei Wochen trafen sich die Herren im *Musée de la Ville* und befehligten einen Abend lang ihre Truppen. Mit Stäben wurden die Bataillone sorgfältig nach vorne oder nach hinten bewegt, man stellte dem Gegner Fallen, startete Scheinangriffe und schnitt sich gegenseitig vom Nachschub ab. All das geschah streng nach historischem Vorbild, jeder Zug entsprach den tatsächlichen Geschehnissen. Am Ende des Abends war das österreichisch-russische Koalitionsheer besiegt oder Frankreich im Handstreich genommen, die Herren gratulierten sich und leerten die Reste der kriegswichtigen Weinflaschen. Ihre Frauen schüttelten zwar die Köpfe, wenn die Gatten in die Schlacht zogen, doch sie ließen sie des häuslichen Friedens willen gewähren.

Im Zuge der *Jumelage* zwischen Dijon und Mainz war letztes Jahr die Idee geboren worden, der rheinland-pfälzischen Partnerstadt einen Besuch abzustatten. Der Vorschlag stieß auf allgemeine Zustimmung, denn die *Grand Nation* hatte in ihrer ruhmreichen Militärgeschichte mehrere Kapitel zu verzeichnen, die eng mit der Stadt Mainz verzahnt waren. Darüber hinaus lockte als heimlicher Höhepunkt das Garnisonsmuseum, das mit seinen Exponaten aus fast zwei Jahrhunderten faszinierende kriegerische Einblicke versprach.

Heute war der große Tag, an dem die sieben *Anciens Combattants* von Wolfgang Balzer durch das Museum geführt wurden. Balzer, ein Oberstleutnant der Reserve mit markantem grauem Schnauzer, hatte im Laufe von 30 Jahren alles zusammengetragen, was die Geschichte der Mainzer Garnison lebendig werden ließ. Das Museum war ihm eine Herzensangelegenheit, viele der Umbau- und Ausbauarbeiten der alten Gewölbe waren in Eigenregie erledigt worden.

Die Ausstellung war in drei zusammenhängenden Gewölben der Mainzer Zitadelle untergebracht und umfasste mehr als 200 Exponate, von Fahnen und Ausrüstungsgegenständen über Waffen bis hin zu Original-Uniformen. Die Vorfreude der Franzosen war groß gewesen, doch das Museum übertraf noch die Erwartungen, viele ›aaahs‹ und ›ooohs‹ waren Ausdruck der frankophilen Begeisterung.

Balzer drückte den Auslöser und schoss das zwölfte Gruppenbild. Die Gäste hatten sich dieses Mal vor den französischen Soldaten gesammelt, die zwischen 1918 und 1930 in der Mainzer Garnison stationiert gewesen waren. Er hatte das Gefühl, dass die Männer vor lauter Begeisterung jede Ecke des Museums ablichteten, aber er freute sich natürlich über ihr Interesse.

»Excuse moi, Monsieur Balzeeer, eine Fragge.« Aha, Monsieur Meurzec. Er hatte von Anfang an die Rolle des Leiters übernommen, da sein Deutsch mit Abstand am besten war. Der Mann hatte Lachfalten um die Augen, seine Haare waren streng zurückgekämmt und leuchteten fast weiß, wohingegen sein sorgfältig gezwirbelter Schnurrbart mattschwarz war. Balzer konnte sich lebhaft vorstellen, wie der Monsieur abends mit einem umgeschnallten Bartschoner ins Bett ging, und er fühlte sich an Peter Ustinov in seiner Paraderolle als Hercule Poirot erinnert.

»Monsieur Balzeeer, 'aben Sie vieles … wie sagt man … nachgearbeitet oder machen lassen? Das können doch unmögglisch alles Originale sein, oder?« Er zwinkerte. »Bestimmt ist das alles Requisite vom Kino, und es baumeln noch dran die Preisschilder!«

»Von wegen! Alles von mir gesammelt, jedes einzelne Stück. Alles echt«, lachte Balzer und zeigte ihnen ein Pferdemodell in Originalgröße, das mit Sattel und Zaumzeug der französischen Infanterie ausgestattet war. Balzer bot seine Führungen nicht nur in Deutsch an, sondern auch in Englisch und Französisch, doch die ›alten Kämpfer‹ waren stolz auf ihre Deutschkenntnisse und bestanden auf *commentaire allemand*. Sie beugten sich nach vorne, nahmen die Ausrüstung tuschelnd in Augenschein und ließen ihre Kameras klicken. Im Laufe der letzten Stunde hatten die Herren schon viele Details entdeckt, die sie an ihren Miniatur-Armeen ändern mussten, um originalgetreu zu bleiben. Lehrreich, sehr lehrreich, dieser Ausflug nach *Mayence*!

Elvis öffnete die Tür zum Garnisonsmuseum und warf einen Blick ins Innere. Wie eine eingefrorene Armee standen die Figuren in ihren unterschiedlichen Uniformen aufgereiht, aus dem Hintergrund klangen murmelnde Stimmen. Er machte ein Zeichen zu Sascha Kopp, dem AZ-Fotografen. Die beiden waren oft zusammen unterwegs, und schon mehr als einmal hatte man sie scherzhaft als Pat und Patachon bezeichnet: vorne der kleine dicke Elvis, dahinter Sascha, zwei Köpfe größer und um die Hälfte dünner.

»Führung läuft. Lass uns gleich mal deine Fotos schießen, Wolfgang macht bestimmt 'ne kleine Pause für dich.«

Balzer hatte im Vorfeld das Treffen mit den ›alten Kämpfern‹ bei der Zeitung angemeldet, er wusste, dass die AZ gerne über deutsch-französische Gemeinschaftsprojekte berichtete. Elvis kannte den Museumsgründer und hatte schon mehrere Artikel über die Ausstellung geschrieben, also übernahm er den Termin. Leise traten die beiden Zeitungsleute an die Gruppe heran. Balzer unterbrach seine Erklärung.

»So, meine Herren, jetzt wird's offiziell, unsere Zeitung ist da. Das sind Sascha und Elvis, die dafür sorgen, dass Sie bald schon einen extraschönen Platz in der AZ bekommen!«

Einer der Franzosen legte den Kopf schief, als Balzer Elvis vorstellte. Er trug einen sorgsam gezwirbelten Schnauzbart, seine lustigen Augen verrieten, dass er den Schalk im Nacken hatte. Sein Blick wurde übertrieben groß.

»Mon dieu, Monsieur Balzeeer, Sie 'aben uns ja gar nischt verraten, dass die Geschischte 'hier unten tatsächlich lebendig wird! Das muss er sein, der eschte, der einzigartige King of Rock'n'Roll!«

Er trat auf den verdutzten Reporter zu, spielte ein paar Takte auf einer imaginären Gitarre und ließ seine Hüfte kreisen wie weiland der echte Elvis. Mit seinem starken französischen Akzent intonierte er dazu *»You ain't nothin' but a 'ound dog, cryin' all the time ...«*

Die Szene des tanzenden und singenden Mannes im altmodischen Sakko war so skurril, dass Elvis nicht wusste, ob er schmunzeln oder die beleidigte Leberwurst spielen sollte. Doch Monsieur Meurzec machte es ihm leicht, stoppte sein Tänzchen und schüttelte ihm kräftig die Hand.

»Bonjour, Monsieur Elviiis. Meine Freunde und isch sind serr glücklisch, Sie kennenzulernen – Sie 'aben unsere Jugend versüßt und uns viele Stunden in die Arme von bezaubernden Mädschen geschenkt!«

Ob er wollte oder nicht – Elvis musste lauthals lachen, als die älteren Herren mit genießerischen Gesichtern anfingen, alle möglichen Elvissongs durcheinander zu brummen. Spontan entschloss er sich, die leicht verrückten Franzosen zu mögen und seinerseits auf die Schippe zu nehmen.

»Also dann – herzlich willkommen in Mainz, der heimlichen Hauptstadt des Hüftschwungs. Sie liegen nämlich gar nicht so verkehrt mit Ihrem Tänzchen, denn hier in Mainz hat der echte Elvis sein Markenzeichen entwickelt.«

Er winkte die Franzosen heran, die sich neugierig nach vorne beugten.

»Elvis Presley ist ja während seiner Militärzeit ganz in der Nähe stationiert gewesen, in Bad Nauheim.« Allgemeines Nicken, diese Tatsache war bekannt. »Nun, eine seiner Wochenend-Touren hat ihn nach Mainz geführt, wo ihm ein ›deutsches Frollein‹ einen Ring Fleischwurst geschenkt hat. Und jetzt kommt's: Der Ring mit seinen zwei Enden soll Elvis zu seinem legendären Hüftschwung inspiriert haben – vorne angefangen … einmal ringsherum … und wieder zurück.« Mit steifen Knochen ließ Elvis seine Leibesmitte eine Kreisbewegung vollführen, die mit etwas Fantasie einem Fleischwurstring entsprach. »Hat er am selben Abend ausprobiert und für immer beibehalten. Tja, so und nicht anders ist Elvis zu seinem Hüftschwung gekommen.«

Die alten Kämpfer schauten ihn an, man sah förmlich, wie es in ihren Köpfen ratterte. Er musste mit Mühe das Lachen zurückhalten, bis endlich der Schnurrbart des Wortführers zu zucken anfing.

»Ah, Monsieur Elviiis, da 'aben Sie uns fast … wie sagt man … an der Nase 'erum geführt! Eine tolle Geschischte, und sie passt zu Mainz. Werde isch ab jetzt immer erzählen, und zwar als die Wahr'eit, was sonst!«

Die Franzosen umringten Elvis, klopften ihm auf die Schulter und schienen ihn sogleich in ihre Herzen geschlossen zu haben. Sascha hatte Mühe, für Aufmerksamkeit zu sorgen. Wie alle Zeitungsfotografen hatte er es eilig und vermittelte den Eindruck, als würde der nächste Termin schon auf ihn warten.

Während er die *Anciens Combattants* zu sich winkte, holte Elvis sein Notizbuch hervor. Er folgte Balzer in das Nachbargewölbe, um den Fotografen nicht zu stören, und ließ sich von ihm die Einzelheiten zum Besuch der Franzosen berichten. Als sie fertig waren, machte Elvis eine Kopfbewegung zu einer Schautafel und einem Arbeitstisch, die hinter einer Absperrung standen.

»Und was wird das, wenn's fertig ist? Ein neuer Zeitabschnitt hier in der Ausstellung?«

Der Museumsleiter machte ein geheimnisvolles Gesicht.

»Viel besser! Wir werden bald schon einen neuen Termin brauchen, dann kann die AZ über eine ganz, ganz außergewöhnliche Entdeckung berichten. Und unser Termin muss entweder im Ballplatzcafé oder im Favorite-Hotel stattfinden. Nirgendwo sonst. So, Elvis, jetzt kannst du mal rätseln, bis wir uns wiedersehen!«

»Na, einen geheimnisvolleren Spruch hast du dir ja echt nicht ausdenken können«, brummte Elvis. Neugierig lugte er zu der Schautafel, auf der ein altertümlicher Zeitungsartikel samt Bild angepinnt war. Bevor er näher herangehen konnte, kamen Stimmen und lautes Lachen aus dem anderen Gewölbe. Sascha Kopp und die ›alten Kämpfer‹ waren fertig, nun bestanden die Herren auf einem Gruppenfoto mit Elvis in ihrer Mitte. Unter großem Hallo schoss Sascha eine regelrechte Serie, zu deren Höhepunkten Elvis und Monsieur Meurzec beim gemeinsamen Hüftschwung zählten.

Als die beiden Zeitungsleute kurz darauf das Gewölbe verließen, schaute Wolfgang Balzer den beiden versonnen nach. Monsieur Meurzec und seine *Anciens Combattants* würden noch eine Stunde bleiben, dann würde er sie verabschieden und in die Hände der Kulturdezernentin geben. Er hatte heute Abend noch etwas ganz Besonderes vor, eine Art von Puzzlespiel – ein Puzzle mit dem Ruch der Jahrhunderte. Die Vorfreude ließ ihn jetzt schon ganz kribbelig werden.

*

Tinne schüttelte zum 100sten Mal den Kopf und scrollte weiter durch die Dokumente auf ihrem Laptop. Das ernährungsbewusste Zickentrio Laeticia, Anna-Lena und Carina hatte einen ersten Hausarbeitsentwurf geschickt und in der Begleitmail eine Art Stein der Weisen angekündigt. Doch das, was Tinne vorfand, war eine Aneinanderreihung von unreflektierten Textausschnitten, die mit beliebigen Abbildungen garniert waren. Die eigentliche Fragestellung – *Wandel des Agrarsektors in der Weimarer Republik* – hatten die drei vor lauter Aufzählungen und Definitionen kaum angekratzt. Zu Tinnes Zeit wären sie damit schon in der Schule aufgelaufen, und heutzutage gaben die Leute so etwas ernsthaft als akademische Arbeit ab!

Mit einem klitzekleinen gehässigen Lächeln lud sie die Ergebnisse herunter, die der *Incubator* heute Nachmittag in ihrem Uni-Büro ausgespuckt hatte. Der *Incubator*, ›Brutkasten‹, war ein Programm, das die Nerds vom Fachbereich Informatik als Fingerübung geschrieben hatten und das sich seither bei sämtlichen Lehrkräften größter Beliebtheit erfreute. Er konnte nämlich Textstellen, Grafiken und Tabellen mit den gängigen wissenschaftlichen Datenbanken und einer Vielzahl journalistischer Quellen abgleichen und kam dadurch Copy-and-paste-Schwindeleien rasch auf die Spur. Dabei arbeitete der Algorithmus als Teil des universitären Netzwerks nicht nur auf Textbasis, sondern prüfte sogar das Layout eines Dokuments auf potenzielle Ähnlichkeiten. Eigentlich war das Programm dazu da, Doktorarbeiten und Habilitationen auf Plagiate abzuprüfen, doch Tinne nutzte es auch gerne im normalen Lehrbetrieb, um kopierfreudigen Studenten auf die Schliche zu kommen. Gerade im textlastigen Fach Geschichte war die Versuchung groß, bestehende Arbeiten auszuschlachten und dabei die Quellenangaben zu ›vergessen‹. Und tatsächlich: Nachdem sie nachmittags das Dokument der drei Mädels in die Suchmaske eingefügt hatte, schlug der *Incubator* Alarm. Auf Anhieb fand er vier Textstellen, die wortwörtlich aus anderen Hausarbeiten oder Prüfungstexten herauskopiert waren – freilich ohne die entsprechenden Verweise.

Diese Ergebnisse übertrug Tinne nun fein säuberlich in den Entwurf von Laeticia, Anna-Lena und Carina und fügte eine gepfefferte Antwortmail bei. Die drei Grazien gingen ihr gehörig auf die Nerven, sie schafften es immer wieder, die Seminarveranstaltungen in fruchtlose Diskussionen abgleiten zu lassen. Perfekt, dass sie ihnen nun endlich einen auf den Deckel geben konnte.

Als sie die Mail verschickt hatte, wollte sie eigentlich noch einige andere Hausarbeitsentwürfe querlesen. Doch der Lärm aus der Küche, den sie bis jetzt geflissentlich igno-

riert hatte, ließ sich nun beim besten Willen nicht mehr aus-
blenden: lachende Stimmen und klingende Gläser, hin und
wieder ein Trinkspruch, dazu ein Radio auf voller Lautstärke. Sie verdrehte die Augen. Das war einer der Nach-
teile, wenn man keine eigene Wohnung besaß, sondern in
einer WG hauste.

Tinnes Zuhause, die ›Kommune 47‹, war allerdings weit entfernt von einer typischen Studenten-WG. Denn ihre Mitbewohner Bertie und Axl hatten ein gesetztes Alter, Bertie jenseits der 40, Axl sogar schon 50+. Als Tinne vor drei
Jahren heulend aus dem Haus ihres Ex-Freundes ausgezogen war, hatte sie die WG in der Bretzenheimer Wilhelmstraße als Zwischenlösung gesehen. Aus der Zwischenlösung war dann aber eine dauerhafte Bleibe geworden und
aus den Mitbewohnern echte Freunde.

Tinne, Bertie und Axl waren leibhaftige Beispiele für
das alte Sprichwort ›Gegensätze ziehen sich an‹. Der rothaarige Bertie, der es an Leibesfülle fast mit Elvis aufnehmen konnte, arbeitete als Taxifahrer und liebte kulinarische
und fleischlastige Genüsse jeder Art. Axl, langhaarig, groß
und hager, war strenger Vegetarier, erschuf als Metallkünstler gruselige Stahlskulpturen und spielte in seiner Freizeit
E-Gitarre in einer Hardrock-Band. Und Tinne? Sie fühlte
sich manchmal als Schnittmenge irgendwo dazwischen –
sie mochte handgemachte Rockmusik ebenso gerne wie
Axl, konnte aber auch gemeinsam mit Bertie einen Zwei-
pfünder Leberkäse verdrücken. Dieses leben-und-leben-las-
sen-Motto war das Erfolgsrezept der Kommune 47, dazu
kam, dass die Tür jederzeit für Freunde und Bekannte offen
stand. Mehr als einmal hatte Tinne den Fehler begangen,
sich abends mit Berties Taxikollegen oder Axls Musiker-

freunde ›auf ein Glas‹ in die Küche zu setzen … ein Vorhaben, das in schöner Regelmäßigkeit mit Trinkliedern und Geständnissen peinlicher Jugendsünden endete. Trotzdem – oder gerade deshalb – würde sie die Kommune 47 niemals gegen eine biedere Zweieinhalb-Zimmer-Wohnung tauschen, so viel war klar!

Der Lärm von nebenan erreichte einen neuen Höchstwert, Tinne klappte ihren Rechner zu und war wie so oft froh, dass die ältlichen Vermieter im Erdgeschoss stocktaub waren. Na gut, wenn sich die Kommunenküche heute Abend in eine Art Schankwirtschaft verwandelte, musste sie sich wohl dem Unvermeidlichen fügen. Sie ging hinüber – und bekam große Augen.

Der Anblick war durchaus bemerkenswert und sah nach einer Mischung aus Weinstube und Kreativ-Meeting aus. Sechs Leute saßen mit einer Batterie Schoppengläsern am Tisch, dazwischen standen Brezelchen, Spundekäs und Weintrauben. Alle übrigen Flächen der Tischplatte waren mit Zetteln, bunten Ausdrucken und Listen belegt, in der Mitte thronte ein Notebook, in das Tinnes Gerät zweimal hineingepasst hätte.

»Ei, guggemol, die Frau Professor! Biste nit in de Stadt unn massierst userm Held die Waden?« Allgemeines Gelächter brandete auf, man schien bester Dinge zu sein. Die Frau, die Tinne angesprochen hatte, war eine von Berties Taxi-Kollegen, Margarete. Sie war gerne und oft in der Kommune zu Gast, ebenso wie die übrigen Fahrer vom Taxidienst Laurenzi, die sich gemeinsam die ›Brigade‹ nannten. Tinne war von den Taxileuten ins Herz geschlossen worden und trug wegen ihres Uni-Jobs den Spitznamen ›Frau Professor‹. Heute gab es wohl einige Taxi-Nachtschichten, denn neben Margarete saßen nur noch zwei weitere Brigadiere, der kleine Micha und Dietmar Laurenzi, der Chef des Unternehmens. Auf der anderen Seite des Tisches umringten Bertie und Axl einen schlaksigen jungen Mann mit Wuschelhaaren, der einen Tablet-PC in den Händen hielt. Tinne freute sich, ihn zu sehen.

»Ferdi, hi. Schön, dass du da bist. Was machen Claudi und die Kleine?«

»Hallo, Sorgenkind. Alles gut daheim, Claudi geht jetzt wieder auf 'ne halbe Stelle, weil Leonie in den Kindergarten kommt.«

Der junge Mann war Ferdinand ›Ferdi‹ Frick, Elvis' Neffe, der ihnen bei einem länger zurückliegenden Abenteuer geholfen hatte. Tinne war damals von Elvis als ›Sorgenkind‹ vorgestellt worden, weil sie sich Ärger mit der Polizei eingehandelt hatte, und Ferdi zog sie gerne mit dem Spitznamen auf. Tinne mochte den jungen Mann, der als freiberuflicher IT-Spezialist arbeitete. Sie hatte ihn, seine Freundin und die gemeinsame Tochter einige Male beim samstäglichen Marktfrühstück vor dem Dom getroffen. Dass Ferdi in der WG-Küche saß, wunderte sie nicht. Sie wusste, dass er schon vor Wochen von Axl und der Brigade eingespannt worden war, um deren momentanes Lieblingsprojekt zu unterstützen: den Elvis-Fanclub.

»Wir haben schon über 200 Einträge im Gästebuch!«, berichtete Bertie stolz und drehte den Laptop auf der Tischmitte zu Tinne hin. Der Bildschirm zeigte die Homepage, die Ferdi für die Brigade programmiert hatte. Unter *www.wadenweh.de* gab es ein Sammelsurium an Fotos, Texten und tagesaktuellen Berichten, die allesamt mit Elvis und seinem Halbmarathon-Projekt zusammenhingen. Tinne musste schmunzeln, als sie in der Bildergalerie ein Foto des Reporters sah, der abgekämpft und mit gigantischen

Schweißflecken auf dem T-Shirt in die Kamera glotzte. Schräg dahinter sah sie sich selbst im Sportdress, glücklicherweise etwas besser getroffen. Axl besaß eine gute Spiegelreflexkamera und begleitete sie immer wieder bei ihren Trainingsrunden, um die Seite mit neuen Bildern zu versorgen.

Die Homepage begeisterte viele Leute, die Mainzer nahmen regen Anteil an ›ihrem‹ Elvis, der mit Weck, Worscht und Wadenweh seinem Halbmarathon entgegenschwitzte. Die Einträge im Gästebuch wünschten ihm viel Durchhaltevermögen und drückten die Daumen. Besonders ulkig fand Tinne das Logo, das die Männer für ihren Elvis-Fanclub entworfen hatten und das überall auf der Homepage prangte. Es bestand aus einem Kreis, der rechts und links von gestrichelten, schwarzen Linien begrenzt wurde.

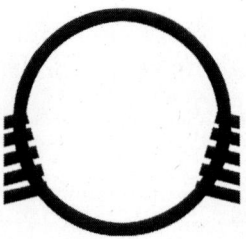

Wenn man ein paar Sekunden darauf schaute, wurde die Ähnlichkeit überdeutlich: eine simple, aber perfekte Karikatur von Elvis' Ballongesicht mit seinen buschigen Koteletten.

Tinne ließ die anderen weiter plaudern und heizte ihre Bezzera hoch. Die silberglänzende Espressomaschine war das letzte und gleichzeitig positivste Überbleibsel der Beziehung zu ihrem Ex-Freund Olaf. Er hatte ihr die Bezzera in einem Anflug von Großmut geschenkt, und Tinne war nach der Trennung drauf und dran gewesen, ihm die Maschine hinterherzuwerfen, am besten direkt an den Kopf. Inzwischen beglückwünschte sie sich, es nicht getan zu haben – die Maschine hatte sich als feste Größe in ihrem täglichen Leben entpuppt, als Koffein-Junkie braute sie sich damit zu fast jeder Tages- und Nachtzeit die geliebte heiße Brühe.

Ein quietschendes Geräusch riss sie aus ihrer Espresso-Konzentration. Unter Gejohle blies Bertie einen Luftballon auf, vor Anstrengung quollen seine Augen hervor. Endlich hatte er es geschafft, knotete den Ballon zu und drehte ihn triumphierend um. Tinne musste laut auflachen – der Ballon war kugelrund, hautfarben und hatte rechts und links die gestrichelten Koteletten aufgedruckt. Eine Elvis-Karikatur zum Aufblasen!

»Gibt's in unserem Shop, der ist seit gestern online. Hier, T-Shirts haben wir auch!« Aus einer Kiste kramte er ein Shirt, das das Elvis-Logo auf der Brust trug und hinten den Schriftzug *Weck, Worscht und Wadenweh 2014 – ich war dabei!*

»Und das gibt's noch dazu!« Er setzte eine zusammengerollte Tröte an den Mund. Als er hineinblies, ertönte ein lang gezogenes Möööp. Dabei entrollte sich die Tröte und zeigte einen gezeichneten 21-Kilometer-Parcours, an dessen Ende eine Ziellinie und ein schwitzender Elvis zu sehen waren.

»Großartig, oder?« Der kleine Micha, den sein rollendes ›R‹ als Franke charakterisierte, strahlte. »Das ist unser Elvis-Fanpaket – fünf Ballons, ein T-Shirt, eine Tröte und eine von Elvis signierte Autogrammkarte. Kostet zusammen 15 Euro, inklusive Porto. Die perfekte Ausstattung für alle Marathon-Besucher!«

»Und die Bestellungen rattern.« Ferdi wischte mit den Fingern über sein Tablet. »Seit gestern sind schon mehr als 50 reingekommen, und man kann zugucken, wie es mehr werden.«

Die Übrigen applaudierten. Tinne schmunzelte, als sie die Begeisterung in den Augen ihrer Freunde sah. Manchmal kam ihr die Brigade vor wie eine Kinderbande: Feuer und Flamme für eine Idee, kaum zu bremsen, und ein bisschen verrückt noch dazu.

»Und was macht ihr mit eurem Reichtum, wenn ihr demnächst eine Million Fanpakete verkauft habt?«, fragte sie mit gelupften Augenbrauen. »Den Taxis goldene Türgriffe verpassen?«

»Von wegen!« Bertie tat empört. »Alles, was an Gewinn übrig bleibt, geht als Spende an die Pfarrer-Landvogt-Hilfe. Wir wollen uns doch an den Schweißtropfen von Elvis nicht bereichern!«

Lachend wandte Tinne sich ihrer Maschine zu und ließ sie einen Espresso speien. Die Pfarrer-Landvogt-Hilfe war ein Verein, der die Mainzer Obdachlosen unterstützte und das Geld der Brigade sicherlich gut brauchen konnte. Prima Idee, Leute.

Hinter ihr stieg die Stimmung, als Bertie sich in ein T-Shirt der Größe S zwängte und sein Bauch die Elvis-Karikatur zu einem Oval dehnte. Man hob die Gläser, die Salzbrezeln gingen herum. Mufti, der Kommunenkater, trieb sich unter dem Tisch herum und tat so, als wäre er dem Hungertod nahe. Eigentlich gehörte er den Vermietern, doch der Kater hatte in unergründlicher Katzenweisheit die WG als sein Zuhause erkoren. Wenn er nicht gerade durch die Gärten der Nachbarschaft strich, hielt er Hof in der Kommunenküche und versuchte, etwas Essbares abzustauben.

Tinne ging in ihr Zimmer zurück. Trotz der ausgelassenen Stimmung merkte sie, dass sie unruhig war. Das Hexengrab und ihr Buchartikel ließen sie nicht los. Hatte sie dem Verlag gegenüber vielleicht zu hoch gepokert mit ihrer Ankündigung, den alten Kriminalfall lösen zu wollen? Andererseits – was gab es Spannenderes, als Stück für Stück die Wahrheit herauszufinden über das, was vor vielen Jahrhunderten passiert war? Morgen, bei der Eröffnung der Bodenheimer Hexenausstellung, würden sie und Elvis vielleicht schon erste Ermittlungsergebnisse vorweisen können.

Tinne legte sich ins Bett und hörte mit halbem Ohr den Stimmen aus der Küche zu. Doch in Gedanken war sie wieder auf dem Brachgrundstück, in jener Regennacht, als die Skelette gefunden wurden. Die grausam zugerichteten Kinderknochen, der Stein, den man mit aller Gewalt in den Schädel gerammt hatte.

So wartete sie auf den Schlaf, der lange nicht kommen wollte.

*

Schön war es, einfach schön! Bardo Geißler hielt die Hand seiner Frau Margot und genoss den Anblick des nächtlichen Bodenheim wie schon viele Male zuvor. Von den höher gelegenen Weinbergen am Reichsritterstift, dort, wo jedes Jahr im Juni die Stände des St.Albansfestes dicht an dicht standen, war der Blick wundervoll: Im Vordergrund glitzerten die Lichter des Ortes, wie eine leuchtende Ader war die Gaustraße zu erkennen, weiter hinten verriet das völlige Fehlen von Lampen, dass hier der Rhein durch sein Bett floss. In der Ferne gruppierten sich Tausende von hellen Punkten zur Silhouette von Frankfurt, die 25 Kilometer Entfernung zu der hessischen Metropole sahen aus wie ein Katzensprung.

»Herrlich, oder?« Margot brachte Bardos Gedanken wie so oft auf den Punkt, noch ehe er einen Ton gesagt hatte. Er drückte ihre Hand fester. Diese Augenblicke waren es, in denen er auch heute noch, nach mehr als 40 Ehejahren, sofort wieder ›Ja‹ sagen würde. Sofort! Mit einem Schmunzeln nickte er.

»Oh ja. Wunderschön!«

Die Eheleute Geißler waren im Potsdamer Hof oberhalb des Ortes essen gewesen und nutzten die milde Abendluft zu einem Verdauungsspaziergang. Wie üblich hatten sie sich für den langen Weg durch die Weinberge entschieden, erst ein Stück nach oben, dann parallel zum Hang und, vorbei am Jüdischen Friedhof, wieder hinunter. Der sanfte Anstieg erlaubte die Illusion, ein paar Dutzend Kalorien mehr zu verbrennen als auf ebenem Weg. Und das war heute nötig! Bardo fuhr sich mit der Hand über den Bauch, als er an das Schlemmerschnitzel zurückdachte. Und erst der Weißwein, der den passenden Namen ›Gauers Sommerlaune‹ trug!

»Wie es wohl hier ausgesehen hat – damals?«

Margot wusste sofort, wovon er sprach. Sie interessierten sich beide für die Geschichte der Region, der Fund der Hexengebeine vor einigen Monaten war für sie eine spannende Sache gewesen. Seither hatten sie vieles zum Thema Hexenverfolgung gelesen und warteten ungeduldig auf die morgige Eröffnung der Ausstellung im Heimatmuseum.

»Dunkler. Kaum Licht, vielleicht ein paar Fackeln, aber sonst … Nacht.« Mit einer Handbewegung wischte Margot die Lichter davon, verdunkelte Bodenheim und löschte die Frankfurter Skyline.

»Und drinnen in den Häusern hocken die Leute und beten zu Gott, dass keiner auf die Idee kommt, ihnen Hexerei nachzusagen«, murmelte Bardo. Welch fürchterliche Vorstellung, in die Mühlen des Verhörapparates zu geraten, weil ein neidischer Nachbar im Dorf schlechte Stimmung machte! Mit Schaudern dachte er an die mittelalterlichen Bilder von Frauen, die mit glühenden Zangen gemartert wurden …

»Was ist denn das?« Margot unterbrach seine Gedanken, sie blieb stehen und hielt den Kopf schräg. »Hörst du das?«

Bardo lauschte. Ein leichter Wind strich durch die Reben, weiter oben erhoben sich einige Bäume im Dreieck einer Wegkreuzung, ihre Blätter rauschten. Der Mond versteckte sich hinter Wolken, alles war schwarz und still, in der Ferne brummte ein Automotor, ein Hund kläffte.

»Was denn? Ist doch alles …« Er verstummte. Nun hörte er auch, was Margot gemeint hatte: Ein Rascheln ertönte ganz in der Nähe, gleich darauf ein Klappern. Da, noch mal! Bardo spürte, wie Margots Hand sich fester um seine schloss. Das Geräusch, es war irgendwie … unpassend. Fremd. Es klapperte erneut, hohl und trocken. *Ein Sack Knochen*, war Bardos spontane Assoziation. *Wie ein Sack Knochen!* Die Härchen auf seinen Armen richteten sich auf, als sich eine unerklärliche Furcht in ihm ausbreitete wie ein Krake.

»Da! Aus dem Wäldchen!« Margot wisperte, er hörte die Angst in ihrer Stimme. Die Bäume an der Wegkreuzung ragten als schwarze Masse in die Höhe, in ihrer Mitte raschelte es wieder, dann folgte das Klappern. Bardo versuchte, die Dunkelheit mit den Augen zu durchdringen, doch es war nichts zu erkennen, keine Kontur, keine Silhouette. Nur das unheimliche Klappern drang an sein Ohr, wie ein Knochensack, der geschüttelt wurde. Schlotternde Gebeine. Ein Gerippe.

»Was ist das denn bloß?« Sein Mund suchte Margots Ohr, als könne jedes laute Wort das hervorlocken, was dort in den Bäumen lauerte. »Leute? Vielleicht … Halbstarke?« Er wusste aber selbst, dass das nicht stimmte. Es waren keine Jugendlichen, man hörte keine Stimmen, kein Lachen, kein Flaschenklirren. Nur das Klappern, spröde und fremd. Ein Geruch zog durch die Luft, fein erst, dann deutlicher. Süßlich, streng. Verdorbenes Fleisch. Verwesung.

»Lass uns gehen! Los!« Margot fuhr herum und zog ihn in Richtung Bodenheim, dorthin, wo Lichter und Menschen waren. Er ließ sich mitziehen und merkte, wie seine Füße fast ohne Zutun nach unten eilten, weg von den schwarzen Bäumen und dem, was dort zwischen ihnen lauerte. Die Mauern des Reichsritterstifts ragten dunkel neben ihnen auf, die Statue des geköpften St. Alban schien ihnen aus ihrer Mauernische hinterher zu starren.

Als die Eheleute Geißler nach einigen Minuten den Schönbornplatz erreichten und erleichtert in das Licht der Straßenlampen traten, merkte Bardo, dass sein Herz hämmerte. Scheu drehte er sich um. Die Anhöhe hinter ihm war in Dunkelheit getaucht und schien ein böses Geheimnis zu hüten. Was, um alles in der Welt, ging dort oben vor?

bestraffung des abscheulichen lasters der zauberey

Das Transparent mit seinen blutroten Buchstaben war quer über den Bodenheimer Dolles gespannt. In dem stattlichen Gebäude waren das Bürgerhaus und das Heimatmuseum untergebracht, das am heutigen Tag so viele Besucher anzog wie schon lange nicht mehr. Das Thema Hexenverfolgung faszinierte viele Bodenheimer, vor allem die Tatsache, dass all das genau hier inmitten ihres Heimatdorfes geschehen war. Wie stets wurden vergangene Geschehnisse sehr viel realer, wenn man die Plätze und Straßen kannte, auf denen Grausames geschehen und Unrecht begangen worden war.

Tinne erreichte im Laufschritt den Dollesplatz vor dem Bürgerhaus. Sie hatte tinnetypisch ihren Bus zum Hauptbahnhof verpasst und deshalb einen späteren Zug nach Bodenheim nehmen müssen. Den Dauerlauf von Bahnhof steckte sie zwar durch das regelmäßige Halbmarathon-Training locker weg, aber zu spät war und blieb zu spät.

Hinter der Tür blieb sie stehen und schaute sich um. Sie kannte das Heimatmuseum, vor einigen Wochen war sie interessehalber hier gewesen, um ihren Uni-Kollegen vom ›Arbeitskreis Hexenforschung‹ bei den Vorbereitungen zuzuschauen. Die Museumsleitung hatte ihnen das große untere Stockwerk überlassen und die eigenen Exponate in den kleineren ersten Stock geschafft, den eine offene Treppe mit dem Hauptraum verband. Damals war außer abgehängten Vitrinen nicht viel zu sehen gewesen, doch nun bot der Raum einen gänzlich anderen Anblick.

Im vorderen Bereich waren Schaukästen und Bildtafeln aneinandergereiht, die Eindrücke des einstigen bäuerlichen Lebens in Bodenheim vermittelten. Weiter hinten standen krumme und augenscheinlich sehr alte Kirchenbänke, ein eisernes Kruzifix und die Schattenrisse von Bischöfen und Pfarrern verdeutlichten, dass hier die Macht der Kirche im Mittelpunkt stand. Tinne meinte, in einer der Vitrinen das eng beschriebene Titelblatt des *Maleus Maleficarum* zu erkennen, des *Hexenhammers*. In hinteren Raumteil änderte sich der Bodenbelag, Sand und Kies waren aufgeschüttet worden, darauf hatte man Stroh verteilt. Auf diesem archaisch anmutenden Untergrund standen mechanische Apparaturen, Folterinstrumente, die im blutroten Scheinwerferlicht wie ungeschlachte Monstren wirkten. Ihr Daseinszweck war es gewesen, Knochen zu brechen, Gelenke aus den Pfannen zu drehen, Finger zu zerquetschen und Haut von bloßen Leibern zu reißen. Ein Holzpult, auf dem nichts zu sehen war außer Tintenfass, Federkiel und Pergament, ließ den Schrecken dieser Installation noch deutlicher werden: *Deine Qual wird ewig weitergehen, schien das leere Blatt zu raunen, solange hier nicht dein Geständnis niedergeschrieben ist.*

Die Wände hinter der Folterkammer waren mit Bildtafeln bedeckt, die Verbrennungsszenen in der typisch zweidimensionalen Malweise des Mittelalters zeigten. Frauen waren an Pfähle gekettet und wanden sich, während Flammen an ihnen hoch züngelten. Auf dem Boden lag, von groben Hölzern eingefasst, eine großformatige Fotografie der beiden Bodenheimer Skelette. Sie hatten annähernd Originalgröße, die halb aus dem Schlamm ragenden Knochen sahen fast plastisch aus.

Die gesamte Ausstellung wurde von einem mannshohen Schandkreuz überragt. Das aus Ästen roh zusammengeschnürte Kreuz schwebte in sechs Metern Höhe schräg über dem Raum, es war mit Seilen und Flaschenzügen an der Decke und am Geländer des oberen Stockwerks befestigt.

Tinne war fasziniert von der intensiven Atmosphäre. Der Arbeitskreis hatte sicherlich kein Budget zur Verfügung gehabt, das mit dem Mainzer Landesmuseum oder dem Historischen Museum der Pfalz in Speyer konkurrieren konnte. Trotzdem war es den Unileuten gelungen, den wissenschaftlichen Fakten einen fast schon beängstigend realen Rahmen zu geben. Wie auf Knopfdruck fing Tinnes Fantasie an, den dargestellten Szenen Leben einzuhauchen … fast konnte sie den Weihrauch riechen, der die alten Kirchenbänke gesättigt hatte, sie hörte das Rascheln, mit dem nackte Füße über das Stroh scharrten, die barschen Befehle der Folterknechte und das Knacken von Gelenken, die weiter und weiter auseinandergerissen wurden. Und über alldem die ruhige, gelassene Stimme des Inquisitors, der immer wieder dieselben Fragen stellte. Immer wieder dieselben Fragen. Immer wieder …

»Na, träumen wir vor uns hin?«

Sie fuhr zusammen, als sie von der Seite angerempelt wurde. Es war aber nicht der Inquisitor, sondern Elvis. Er trug seine übliche brummige Miene zur Schau und hielt ein Sektglas in der Hand. »Die Rede vom Bürgermeister hast du jedenfalls verpasst.«

Tinne verbiss sich den Kommentar, dass es darum wahrscheinlich nicht schade war. Als sie Elvis betrachtete, merkte sie, dass – wie so oft – ihr Fremdschäm-Alarm anging. Die meisten Gäste trugen zur Eröffnung festliche Kleidung, auch sie selbst hatte ein schickes Kostüm gewählt. Nicht so Elvis, er sah aus wie immer: abgetragene No-name-Jeans, ein übergroßes Hemd mit Knitterspuren und hochgekrempelten Ärmeln, zwischen den Kopflöchern lugte Feinripp hervor. Tinne konnte nicht oft genug den Kopf schütteln. Das Bassetgesicht, die Koteletten und die stämmige Statur mochten ja tatsächlich an den späten King of Rock'n'Roll erinnern, doch sie war sicher, dass der echte Elvis niemals in solch entsetzlichen Klamotten herumgelaufen wäre.

Sie machte eine Kopfbewegung in den Raum hinein, in dem die Gäste schwatzten.

»Und, wie findest du's?«

Elvis leerte sein Glas und nickte einen Millimeter, was bei ihm einem Begeisterungssturm gleichkam.

»Gut gemacht. Diese Folterdinger da hinten, die lassen einen echt schaudern. Unglaublich, was sich Menschen gegenseitig antun können.«

Tinne wusste, was er meinte. Es war fast schon skurril – jahrhundertealte Marterinstrumente, die das Blut zahlloser Menschen getrunken hatten, sorgten nun für einen Gruselkick zwischen Kanapees und Winzersekt. Ein Filmteam des SWR stellte den Bürgermeister vor einer Streckbank in Positur, mehrere dralle Damen aus der Lokalpolitik fotografierten sich vor der Schraubzwinge, mit der einst die Kniegelenke der Angeklagten zerbrochen worden waren. Ein kleiner Schauer kroch ihr über den Rücken und nistete sich irgendwo unter ihrer Haut ein.

Elvis ließ sich von einer Servicekraft das Sektglas nochmals vollschenken und wedelte mit seinem Reporterblock.

»So, ich habe genug für meinen AZ-Artikel morgen. Und du? Was machen deine Recherchen zum Wahnsinnsbuchartikel? Fall schon gelöst?«

Sie überhörte die Häme und deutete auf eine Gruppe jüngerer Leute, die den Besuchern Einzelheiten der Exponate erklärten.

»Das sind die Mitarbeiter vom universitären Arbeitskreis ›Hexenforschung‹, die haben das Ganze hier auf die Beine gestellt.«

Eine pummelige Frau um die 50 stand daneben. Mit ihren grauen Haaren, einem grauen Überwurf und schwarzen Hosen verschmolz sie fast mit dem halbdunklen Hintergrund.

»Und das, wer ist das?« Elvis reckte den Kopf. »Die Putzfrau vom Museum?«

Tinne gab ihm ärgerlich Zeichen. Er sprach zwar leise, doch sein brummiger Bass trug weit. Manchmal konnte der Dicke echt unmöglich sein!

»Das ist Frau Professor Leinweber, Magda Leinweber«, zischte sie. »Die Leiterin der Arbeitsgruppe und eine echte Koryphäe, wenn es um die Kurmainzer Hexenverfolgung geht.«

»Na, dann wäre das doch mal ein Anfang für deine Fragestunde.«

»Ich kenne die Professorin leider nur vom Hallo und Tschüss sagen. Aber mit einem von den anderen habe ich schon öfter zu tun gehabt, Felix Monaco, er schreibt seine Diss über die Hexenverfolgung in Kurmainz. Komm mit.«

Mit Elvis im Schlepptau trat sie an einen Mann heran, der groß und schlaksig war und sich etwas gebückt hielt, ganz so, als hätten Arme, Beine und Rumpf noch nicht das passende Größenverhältnis zueinander gefunden. Seine hohe Stirn, Geheimratsecken und eine kleine runde Brille ließen ihn altertümlich gelehrt erscheinen, doch Elvis vermutete, dass er nicht viel älter als 30 war. Der Reporter fand es wundervoll, dass jemand mit dem edlen Nachnamen Monaco ein solch unproportioniertes Äußeres hatte. Er musste an Helmut Fischer denken, der als ›Monaco Franze‹ mit seiner Münchner Lässigkeit das Gegenteil verkörpert hatte.

Tinne tippte Felix auf die Schulter.

»Hi, Felix. Gratulation zu der Ausstellung, das ist echt Hammer. Wirklich gelungen.«

»Hallo, Tinne. Danke, war in den letzten Tagen ein richtiges Rennen gegen die Uhr.«

Er hatte eine helle, fast feminine Stimme, die nicht zu seinem langen Körper passen wollte, seine Augen zwinkerten im Sekundenabstand und ließen ihn nervös erscheinen. Tinne erläuterte ihm in kurzen Worten, wie sie zu ihrem Buchprojekt gekommen war und wie sie weiter vorgehen wollte. Elvis hatte sich derweilen eine Handvoll Brezel und eine Schale Spundekäs von einem Tablett genommen und beobachtete den Dialog. Felix schaute skeptisch, offensichtlich befürchtete er, dass Tinne in seinem Forschungsthema wildern wollte. Erst, als er erfuhr, dass es eine populärwissenschaftliche Veröffentlichung werden sollte, entspannte er sich etwas. Seine Augen blinzelten aber weiter und verrieten, dass er auf der Hut war. Elvis wusste, dass geistiger Diebstahl an vielen Universitäten ein Thema war, und er fragte sich, wie weit der Doktorand Tinne und ihrer Buchanfrage über den Weg traute.

Schließlich standen die beiden sich etwas ratlos gegenüber, Tinne suchte nach Worten. Sie überlegte krampfhaft, wie sie ihre Recherche nun eigentlich anfangen sollte. Die Folterinstrumente im Hintergrund drängten sich in ihre Wahrnehmung und ließen sie kaum einen klaren Gedanken fassen. Sie stotterte einen halben Satz heraus, dann noch einen. Bevor es allzu peinlich wurde, spülte Elvis seinen Spundekäs mit Sekt hinunter und trat heran.

»Tach, ich bin Elvis von der AZ, ich helfe Tinne bei ihrem Artikel.« Tinne war ihm dankbar, dass er ihr unter die Arme griff. Sie ärgerte sich über sich selbst. Was war denn los? War sie ein kleines Mädchen, das sich vor ein paar Ausstellungsstücken fürchtete? Elvis ließ seinen Blick durch die Ausstellung schweifen und suchte nach einem Aufhänger. Seine Augen blieben an der Fotografie der Skelette hängen. »Was hat es mit diesem Stein auf sich? Der bei dem Kinderschädel im Mund gesteckt hat?«

»Oh, das ist eine der, äh, ja …«, Felix kaute an einer Formulierung, »eine der Besonderheiten bei diesem Fund.«

Tinne zwang sich zur Konzentration. Siedend heiß fiel ihr ein, dass sie noch nicht einmal etwas zum Schreiben dabei hatte. Na toll, die Buchrecherche startete als mittlere Katastrophe! Geistig gab sie Elvis einen Kuss, als er ihre Notlage bemerkt und ihr im Schatten seiner breiten Hüfte den Reporterblock und einen Kugelschreiber herüberschob. Felix winkte sie an eine Vitrine heran.

»Wir haben eine Form hergestellt und einen Abguss machen lassen, weil das Original des Steins am Institut für Medizingeschichte aufbewahrt wird, zusammen mit den Skeletten.«

Der Stein sah aus der Nähe grob und klobig aus, viel größer, als Tinne ihn in Erinnerung hatte. Ihr Unwohlsein steigerte sich bei der Vorstellung, wie dieser kantige Brocken mit wahnsinniger Kraft in den Mund eines Kindes gerammt worden war. Das eingemeißelte Schandkreuz sprang förmlich ins Auge, doch die Schriftzeichen waren schwer zu erkennen, zumal der Abguss eine einheitlich helle Farbe hatte.

»*Mergen Heinrich Schollen. Ab insidiis diaboli, libera nos, Domine*«, zitierte Felix, als hätte er ihre Gedanken gelesen. »*Merg Heinrich Scholl. Herr, befreie uns von den Nachstellungen des Teufels.* Wir sehen es als einen Bannspruch, wie man ihn aus älteren Fluchtafeln kennt. Es kam nicht allzu häufig vor, dass solche Wunschgesten im Mittelalter und in der Frühen Neuzeit Verwendung fanden. Der Stein hier muss also bei einer besonders schlimmen Situation eine Rolle gespielt haben.«

Tinne schrieb mit und ertappte sich dabei, dass ihre Zungenspitze von einem Mundwinkel zum anderen wanderte.

»Eine schlimme Situation. Der Fluch einer Hexe?«

»Ja, zum Beispiel. Wir müssen davon ausgehen, dass eine Bedrohung von außen stattgefunden hat, etwas, das das normale Weltbild der Menschen auf den Kopf gestellt hat. In Zusammenhang mit der Namensnennung liegt der Verdacht nahe, dass es um die Frau geht, die als erste Bodenheimer Hexe bekannt geworden ist.«

Allgemeiner ging's wohl nicht. Tinnes Stift stoppte, sie sah, dass Elvis sich ein Grinsen verbiss. Na toll. Für ihn als Reporter war es wohl nichts Neues, dass ein Interviewpartner nicht allzu redselig war und mit dem aktuellen Forschungsstand hinter dem Berg hielt. Sie räusperte sich.

»Hm, wir … wir suchen ja nach der Geschichte hinter der Geschichte. Hast du eine Idee, wie die Anklage und der Prozess damals abgelaufen sein mögen?«

Felix schaute ins Nichts und blinzelte heftig. »Schwierig. Das Problem ist die Aktenlage. Das Meiste, was wir heute über die Kurmainzer Prozesse wissen, stammt aus Verhörprotokollen.«

Er deutete auf einige Schautafeln, die neben den Folterinstrumenten standen und großformatige gelbliche Papiere enthielten. Die Bögen waren mit schwungvoller Handschrift beschrieben, die Worte waren deutsch, aber trotzdem schwer zu lesen. *Herzog Friedrich*, vermochte Tinne zu entziffern, *welchs Alter daz Weyb*, *hinlang befraget*. Links war in roten Zahlen ein Datum notiert: *16. März 1627*.

»Das zum Beispiel sind Verhörprotokolle aus Dieburg, hat ja ebenfalls zu Kurmainz gehört. Hier haben wir detaillierte Angaben über die Vorwürfe, die zur Verhaftung geführt haben, über die Anklagen, die Verhöre, die Geständnisse und die Reaktionen der Klagenden. So etwas würden wir uns für Bodenheim wünschen, aber leider, leider gibt es keine Akten mehr.«

Er machte eine Pause, in der Tinne ihre krakelige Mitschrift vervollständigte. Sie musste sich immer stärker konzentrieren, um Felix' Worten zu folgen. Was war nur mit ihr los? Eine Gänsehaut prickelte auf ihrer Haut, ihr war heiß und gleichzeitig kalt, eine urtümliche Angst hatte von ihr Besitz ergriffen. Am liebsten wäre sie davongelaufen. Aber vor was eigentlich?

»Die hiesigen Prozessakten sind in Mainz in einem der Adelspaläste am Diethmarkt, also dem heutigen Schillerplatz, verwahrt worden, als offizielle Gerichtsprotokolle sogar sehr sorgfältig. Aber das Schicksal spielt ja manchmal nicht ganz fair, und so sind die Unterlagen dann knapp 200 Jahre später einem simplen Diebstahl zum Opfer gefallen, einem Papierdiebstahl. Denn Papier ist damals ziemlich wertvoll gewesen, ein gut zahlender Abnehmer waren Napoleons Truppen, die hier in Mainz stationiert waren. Was haben die Franzosen damit gemacht? Ganz einfach: Sie haben das Papier in Streifen gerissen und zusammen mit Schwarzpulver zu Gewehrpatronen gedreht.«

»Gewehrpatronen?«, fragte Elvis zerstreut. Tinne fiel auf, dass der Dicke sich ständig umdrehte, als würde er sich beobachtet fühlen. Eine merkwürdige Unruhe hatte sich in der gesamten Ausstellung ausgebreitet, die Gespräche der Besucher waren ins Stocken geraten.

»Genau, Gewehrpatronen. Eine Portion Schwarzpulver, in Papier eingerollt, nach ihrem Erfinder *Chassepot* genannt. Konnte man mit den Zähnen aufreißen und in den Lauf schütten, Bleikugel drauf, feststopfen, fertig. Ging schneller als das mühsam Abmessen des Pulvers und das Einfüllen per Hand.« Felix' Augen zuckten hin und her. »Man kann also sagen, dass die Kurmainzer Hexenprotokolle im wahrsten Sinne des Wortes in Schall und Rauch aufgegangen sind.«

Er versuchte ein Lachen, das aber unecht klang, Schweiß stand im auf der Stirn. Tinnes Schrift hatte sich in ein unleserliches Kritzeln verwandelt, sie musste ein Zittern unterdrücken. Der Raum wurde zu klein für sie, die Bilder der brennenden Hexen an der Wand sprangen sie an, qualvolle Schreie, die unendlich laut waren und trotzdem nur in ihrem Kopf existierten. Sie zwang sich, wieder zum eigentlichen Thema zurückzukommen.

»Eh, ja also, keine Verhörprotokolle. Aber … aber was wissen wir denn sonst noch über den Merg-Scholl-Fall? Warum nennt man sie die ›erste Hexe von Bodenheim‹?«

»Also, ganz ehrlich, Tinne – da fragst du besser die Professorin, die kennt sich da 100mal besser aus als ich. Außerdem muss ich jetzt noch ein paar andere Leute begrüßen, sorry, wir können ja demnächst noch mal telefonieren.«

Fast fluchtartig ging er davon. Tinne sah ihm nach, ihr Kopf war leer und gleichzeitig voll. Das Raunen der Menschen schwoll in ihrer Wahrnehmung an wie ein aggressiver

Hornissenschwarm, ihre Hände waren eiskalt. Sie machte einen Schritt in Richtung der anderen Universitätsleute, doch ihre Knie gaben nach. Elvis konnte sie gerade noch auffangen. Aus der Nähe roch er säuerlich nach Schweiß, sein Hemd war nass und seine Gesichtsfarbe teigig.

»Mir … mir ist nicht gut«, murmelte Tinne und schmeckte Galle. »Ich glaube, ich muss mal an die frische Luft.«

»Geht mir genauso. Irgendwie … ich weiß nicht.«

Unsicher tapsten die beiden voran. Eine unerklärliche Gereiztheit hielt die Menschen umfangen. Mehrere Besucher saßen auf dem Boden, eine Frau schluchzte leise, andere fächelten sich mit den Ausstellungsprospekten Luft zu, viele waren schon gegangen. Es war, als würden alle Nerven vibrieren und auf den großen Knall warten.

In diesem Augenblick fing eine der Servicekräfte an zu schwanken und ließ ein Tablett voll Gläser fallen. Der scharfe metallische Klang und das Klirren der Scherben schnitten durch den Raum, rissen die Menschen aus ihrer Erstarrung und ließen die mühsame Beherrschung zusammenfallen wie ein Kartenhaus. Tinnes Kopf explodierte, Panik knipste ihre Vernunft aus. Wie durch einen Tunnel sah sie den Ausgang vor sich und rannte darauf zu, harte Schläge trafen sie, als die anderen Besucher in dieselbe Richtung stürmten. *Raus, nur raus!*, gellte es in ihr, die Hexenfratzen an den Wänden schnappten nach ihr, die Eisenketten der Folterinstrumente schepperten misstönend. Raus, nur raus!

*

Die Buchstaben führten einen Tanz auf, schoben sich ineinander und bildeten ein Geflecht aus Bögen und Strichen.

Kriminalhauptkommissar Laurent Pelizaeus blinzelte. Dann schob er seinen Stuhl zurück und massierte mit Daumen und Zeigefinger die Nasenwurzel dort, wo sich eine steile Falte der Konzentration gebildet hatte.

Pelizaeus saß auf seiner Terrasse in Gonsenheim, eine Tasse Kaffee neben sich, das Notebook davor. Ein Blick auf die Zoomfunktion des Mailprogramms zeigte ihm, dass er inzwischen bei 140 % Vergrößerung angekommen war, doch der Rechner stand noch immer auf Armlänge entfernt. Er musste tatsächlich etwas tun. Vielleicht so etwa wie … eine Lesebrille?

Nach kurzem Grübeln stand er auf. Wenn er sich nicht täuschte, lag eine Lesebrille im Nachttisch seiner Frau. Als Mona eines Tages damit angekommen war, hatte er sie augenzwinkernd eine Omama genannt und gefragt, wann sie denn nun endlich anfangen würde, im Schaukelstuhl zu häkeln. Tatsächlich, da lag die Brille. Es war ein feminines Modell, der Rahmen aus halb transparentem rotem Plastik, aber egal, es schaute je keiner zu.

Der Kommissar setzte sie auf und schaute auf dem Monitor. Die Buchstaben waren klar abgegrenzt und deutlich lesbar. Er spürte, wie sich seine Stirn glättete. Brille weg – die Zeichen verwandelten sich erneut in kleine bucklige Wesen. Innerlich seufzte er. Wieder ging ein Stück Jugend dahin. Adieu, Adlerauge, willkommen, Fehlsicht. Er nahm sich vor, demnächst beim Baumarkt-Wühltisch eine Fünfeurolesebrille zu kaufen, die einen etwas maskulineren Eindruck machte. Nur versuchsweise natürlich.

Pelizaeus wandte sich wieder seinem Mailprogramm zu. Eigentlich war er kein Zauderer, was getan werden musste, wurde getan, basta. Doch diesmal tat er sich schwer, mehrmals zuckten seine Hände zur Tastatur und wieder zurück. Wie sollte er anfangen? Probeweise tippte er zwei Worte.

Hallo Tinne.

Nein, viel zu banal.

Liebe Tinne.

Hm, vielleicht ein bisschen zu vertraut.

Liebe Ernestine.

Mein Gott, wie gespreizt. Er ärgerte sich über sich selbst. Herrje, konnte er nicht mal eine kurze Mail schreiben? Vielleicht sollte er sich erst mal einen frischen Kaffee machen. Und dann seine Kleidung für morgen heraussuchen. Aber natürlich war ihm klar, dass er sich damit nur vor der Email drücken wollte. War ja fast peinlich, wie er sich aufführte!

Pelizaeus entschloss sich, seine eigene Unsicherheit auf die Schippe zu nehmen. Er ließ die Knöchel knacken, beugte sich vor und fing an zu tippen.

Liebe Ernes-Tinne …

*

Wie von Sinnen stürmte Tinne die Außentreppe nach unten, Menschen hasteten an ihr vorbei, jemand stürzte, Füße trampelten darüber, endlich erreichte sie die Grünfläche des Dollesparks vor dem Bürgerhaus. Außer Atem blieb sie stehen, ihr Herz klopfte bis zum Hals, ganz allmählich setzte ihr Verstand wieder ein. Was um alles in der Welt war denn das gewesen?

Die Übrigen standen verwirrt auf dem Rasen, sie begriffen genauso wenig wie Tinne, was sie aus dem Gebäude getrieben hatte. Sie schaute sich nach Elvis um. Der Reporter trottete heran und warf Blicke nach links und rechts.

»Mannomann, so was hab ich ja selten erlebt«, brummte er und kratzte sich am Rücken. »Wir sind da ja gerade alle raus wie vom Teufel gejagt.«

Tinne sah vor ihrem geistigen Auge den gemalten Beelzebub vor sich, der in der Ausstellung mit runzligen Weibern gebuhlt hatte. Pferdefuß, Bocksbart, Hörner. Eine wirre Sekunde war sie überzeugt, dass irgendetwas im Museum eine grausame Macht herbeigerufen hatte, eine Besessenheit, die von ihnen allen Besitz ergriffen und sie herausgejagt hatte.

»Verdammt noch mal, was geht denn hier ab, was ist denn mit den Leuten los?« Felix trat neben sie. »Mitten in der Ausstellungseröffnung! Drei Monate Arbeit und dann …« Er ließ resigniert die Luft aus seinen Lungen. Tinne war viel zu voll mit Adrenalin, um eine vernünftige Antwort zu geben. Sie schrak zusammen, als auf der anderen Seite des Parks Metall klirrte und Stimmen laut wurden. Noch immer hatte der Fluchtinstinkt sie voll im Griff, sie zwang sich, ruhig zu bleiben und tief zu atmen. Dann schaute sie genauer hin. Der Anblick war mehr als absonderlich.

Eine Gruppe merkwürdiger Gestalten stand unter den Bäumen des Parks, Männer und Frauen, in mittelalterlich anmutende Gewänder gehüllt. Die Männer trugen knielange Überwürfe, zwei hatten sich sogar eiserne Helme mit Nasenschutz aufgesetzt. Die Frauen steckten in wollenen Gewändern, die mit Bordüren bestickt waren, ihre Haare waren schlicht geflochten oder hingen formlos nach unten.

Einer der Männer, ein wahrer Recke mit Nietengürtel und Schwert, trat vor.

»Schluss damit!« Er hob trotzig das Kinn wie ein Ritter vor dem Kampf, seine Stimme war voll und trug weit. »Ihr entweiht und schändet und macht ein Spektakel daraus. Schluss damit, sage ich!«

»Nicht die schon wieder!« Felix verzog entnervt das Gesicht. »Die machen den Tag ja echt perfekt!«

Elvis streckte sich. Er war einen Kopf kleiner als Tinne und Felix und sah nur die Hälfte.

»Hui, von welcher Ritterburg sind die denn weggelaufen?«

»Das sind Mittelalterfreaks. Ein paar Typen hier aus Bodenheim, die in einer Art Rollenspielwelt leben, so eine Mischung aus *Name der Rose* und *Herr der Ringe*. Ziehen an den Wochenenden über Gauklermärkte und bilden sich ein, das Mittelalter total authentisch nachzuleben. Die haben uns schon bei den Vorbereitungen Nerven gekostet – sie sind der Meinung, wir begehen einen Frevel, weil wir das Hexengrab untersuchen und die Knochen entnommen haben.«

Der Recke ergriff erneut das Wort. Er war ein stattlicher Mann, Tinne schätzte ihn irgendwo um die 30.

»Gwendolyn«, er deutete auf ein schmales Mädchen mit Nasenringen, dessen Kleid am Körper hing wie ein Sack, »Gwendolyn ist ein Medium, und sie hat Merg Scholl im Traum gesehen. Merg fleht um Gnade, sie will endlich, endlich, nach so vielen Jahren, in Frieden ruhen. Aber was passiert?«

Seine Stimme schwoll an.

»Ihre Knochen werden herausgezerrt aus der Erde, sie werden entweiht, vom Licht angestrahlt und von 1000 Händen berührt! Sie leidet, versteht ihr das nicht? Sie will schlafen, sie will hinübergehen in die andere Welt, und ihr lasst sie nicht! Das muss ein Ende haben!«

Die Übrigen johlten und rasselten mit Kettenhemden und metallenen Gürteln.

»Wir fordern euch auf: Bringt Merg Scholl zurück zu dem Platz, der ihr angestammt ist, und das Kind auch! Legt die beiden Seite an Seite, dorthin, wo ihr sie geraubt habt! Und dieser … dieser …«, er zeigte auf das Museum und suchte nach Worten, »dieser Tand da drinnen, der hört auf! Merkt ihr nicht, dass ihr die Wut der Toten auf euch zieht?«

Nun brüllte er, Speichel flog aus seinem Mund.

»Wenn der Bann erst einmal gebrochen ist, kehrt der Fluch der Hexe zurück! Seit Jahrhunderten begraben, aber längst noch nicht tot!«

Mit einem letzten brennenden Blick in die Menge drehte er sich um und stapfte davon. Die anderen folgten ihm, wie eine Prozession verließen sie den Park. Nach einigen Sekunden erhoben sich entrüstete Stimmen, die Menschen stemmten die Arme in die Hüften und machten ihrer Empörung Luft.

Tinne stand zwischen Felix und Elvis. Sie versuchte, sich einzureden, dass der Mann Blödsinn geredet hatte und man ihn nicht ernst nehmen konnte. Doch irgendetwas hatte sie und die anderen Besucher aus dem Museum vertrieben, sie hatte es gespürt, die Angst, die in sie gekrochen war wie ein widerlicher Wurm. Die letzten Worte des Recken hallten als düstere Prophezeiung in ihr nach:

Seit Jahrhunderten begraben, aber längst noch nicht tot.

*

Wolfgang Balzer schaute über den Rhein auf das gegenüberliegende Geinsheimer Ufer. Der Strom lag glatt wie ein See vor ihm, im Abendlicht war die Wasserbewegung kaum sichtbar. Es schien, als würde das Gewässer in sich ruhen. Doch das Gluckern an der Uferböschung zeigte, welche Kräfte in der Tiefe wirkten. Sein Blick verlor sich in dem trüben Wasser, das sich schon seit Jahrhunderten von den

Bergen ins Meer wälzte, und plötzlich schienen die mächtigen Flussgötter gar nicht so weit entfernt, an die die Menschen in früheren Zeiten geglaubt hatten. Wesen, die unter der Oberfläche hausten und mit grausamen Augen über ihr nasses Reich herrschten.

Er schaute sich um. Die flache Betonfläche, die ins Wasser führte und nach und nach unsichtbar wurde, hieß im Volksmund NATO-Rampe. Das Überbleibsel aus dem Kalten Krieg lag im Oppenheimer Naturschutzgebiet jenseits der B9, es diente heutzutage Bootsbesitzern zum Wassern, dem DLRG als Übungsfläche und den Anglern als bequemer – weil mit dem Auto erreichbarer – Treffpunkt. Heute allerdings war die NATO-Rampe leer bis auf ihn.

Balzer fragte sich, was an diesem Platz besonders sein sollte – und was ihn mit der Entdeckung verband, die ihn seit einigen Tagen mit Vorfreude erfüllte. Denn es schien, als habe Balzer das große Los gezogen, das sich jeder Sammler wünschte: Durch Zufall auf ein wahrhaft einzigartiges Artefakt zu stoßen.

»Das ist eine Sensation, Herr Balzer«, so hatte sein Kontakt gesagt, »eine echte Sensation.« Seine Entdeckung, so erfuhr er, würde nämlich ein weiteres Rätsel lösen, das genau hier zu finden sei, an der Oppenheimer NATO-Rampe. Sein Kontakt schlug ihm vor, diesen Ort gemeinsam zu besuchen. »Dann werden Sie die Dinge im Zusammenhang verstehen. Sie haben da etwas herausgefunden, das Geschichte schreiben wird, das verspreche ich Ihnen.«

Nun stand Wolfgang Balzer also hier und wartete. Ganz schön weit vom Schuss, der Platz, obwohl das Katharinen-Gymnasium keine 300 Meter entfernt lag. Doch die Bäume schotteten die Rampe ab und sperrten den Verkehrslärm aus. Wieder wanderten seine Augen über die Uferböschung und den schrägen Betonstreifen, an dem das Wasser gluckerte. Was auch immer sein Kontakt ihm zeigen wollte, es musste sich direkt am Wasser oder sogar unter der Oberfläche befinden. Bei den Flussgöttern. Seine kribbelnde Vorfreude stieg, er griff zur Innentasche seiner Jacke. Plastik knisterte, er spürte die vertrauten Umrisse gefalteter Blätter.

Eine halbe Stunde später schaute Wolfgang Balzer zum wiederholten Mal auf die Uhr. Die Zeit ging voran, die abendlichen Schatten wurden länger. Nach wie vor war er alleine, die Person, auf die er wartete, hatte sich noch nicht blicken lassen. Er fragte sich, ob etwas dazwischen gekommen sein mochte. Aber nein, dann hätte er sicherlich einen Anruf bekommen. Seltsam. Vorhin hatte etwas im Gebüsch geraschelt, doch er war sicher, kein Auto gehört zu haben. Also ein Tier, eine Bisamratte vielleicht. Verstimmt ging er in die Knie und plätscherte mit der Hand durch das Wasser. Seine jüngste Entdeckung faszinierte ihn dermaßen, dass er förmlich darauf brannte, weitere Zusammenhänge zu erfahren. Hoffentlich hatte sich sein Kontakt nur verspätet und würde in den nächsten Minuten auftauchen.

Mitten im Grübeln schrak er hoch. Erneut ertönte ein Rascheln, diesmal sehr viel näher. Bevor Balzer sich umdrehen konnte, biss ihn etwas in den Nacken. *Eine Schlange*, das war sein letzter Gedanke, als sein Körper auch schon verkrampfte und schwer nach vorne kippte, ins Reich der uralten Flussgötter.

*

Vor dem lang gestreckten Bürgerhaus stand ein verlorenes Häuflein. Viele Gäste hatten sich nicht mehr hineingetraut und waren nach Hause gegangen. Auch Tinne fühlte sich unbehaglich, die klaustrophobische Atmosphäre und ihre Angstattacken waren noch präsent. Doch ihr war klar, dass die Ausstellung die nächstliegende Möglichkeit war, Details für ihren Buchartikel zu erfahren. Sie hoffte, ein paar Worte mit Frau Leinweber wechseln zu können, vielleicht war die Professorin ja etwas auskunftsfreudiger als Felix.

Als sie das Museum betrat, klopfte ihr Herz. Halb erwartete sie, halb fürchtete sie, von einer neuen Angstattacke heimgesucht zu werden. Doch sie spürte – nichts. Auch die wenigen Besucher schlenderten ruhig umher, niemand war in Aufregung oder schien sich unwohl zu fühlen. Seltsam.

Tinne schaute sich um und erspähte einige bekannte Gesichter, drei Mitglieder des Arbeitskreises ›Hexenverfolgung‹ wurden von einer Radioreporterin interviewt. Doch Frau Leinweber war nicht dabei, also suchte sie eine Infotafel über die Organisatoren der Ausstellung und wählte auf gut Glück die Mainzer Institutsnummer der Professorin. Zu ihrer Überraschung war diese am Platz, hörte sich Tinnes Bitte an und schlug ihr vor, sich am nächsten Morgen in Bodenheim zu treffen. Tinne war regelrecht aus dem Häuschen und suchte nach einem passenden Wort des Dankes, als die Tür des Museums aufflog. Unruhe machte sich breit, es wurde getuschelt. Sie erkannte Felix' schlaksige Figur inmitten mehrerer junger Leute, schnell verabschiedete sie sich von der Professorin. Der Doktorand winkte hektisch zu seinen Kollegen, die das Radiointerview unterbrachen und nach kurzer Unterredung die Reporterin nach draußen baten. Im Gehen fiel Felix' Blick auf Tinne, er gab ihr Zeichen und deutete zur Tür. Sie fackelte nicht lange und rannte hinterher.

»Tinne, du interessierst dich doch für das Hexenthema, oder?«

Obwohl sie nicht gerade klein war, konnte sie kaum Schritt halten mit Felix, dessen lange Beine durch die Luft wirbelten. Er bog in die Straße am Reichsritterstift ein. Sie nickte und wusste nicht, worauf er hinauswollte.

»Also vorhin, als wir alle draußen standen, haben ein paar Leute von komischen Sachen erzählt, die hier oben im Wingert passiert sein sollen letzte Nacht.« Mit dem Kopf deutete er nach oben auf eine Baumgruppe, die sich zwischen den Rebzeilen an einer Wegkreuzung erhob. Zwei Wege kreuzten sich, eine Picknickbank stand daneben und eine alte Weinkelter. Mehrere Personen waren am Diskutieren.

»Ich bin also hin und habe mir die Sache angeschaut. Das sind die Geißlers«, er deutete auf ein älteres Ehepaar, »die waren spazieren, ziemlich spät, und zwischen den Bäumen haben sie komische Geräusche gehört. Rascheln und Klappern und so. Wie ein Sack Knochen, so meinte Herr Geißler. Und es hätte eklig gerochen, wie verdorbenes Fleisch. War wohl ziemlich unheimlich, sie sind abgezischt. Heute haben die beiden aber noch mal nachgeschaut … und das da entdeckt.«

Er deutete nach oben in die Bäume. Tinnes Blick folgte seiner Geste. Äste und Zweige, sprossendes Grün, ein Vogelnest. Nichts Besonderes. Doch dann sah sie es: Zwischen den Ästen hing etwas, das wie ein Klumpen aus Stoff aussah, ein Beutel oder eine Art Tasche. Die Übrigen standen um den Baum herum und beratschlagten, einer riss mit einem Stock an dem Stoffsack. Das, was herausfiel, sah zerknittert und federleicht aus.

»Was … was ist das?« Sie schaute genauer hin und gab sich selbst die Antwort: »Das ist ja ein Hemd. Ein altes Hemd, vollgestopft mit Blättern! Und … was soll das, bitteschön?«

Felix schaute mit einer Begeisterung nach oben, als würde er himmlische Heerscharen erblicken.

»Ich kenne das aus Beschreibungen und alten Texten. Ein Ritual, ein magisches Ritual.«

Eine Stimme erklang so nah an Tinnes Ohr, dass sie zusammenzuckte.

»Es ist ein Zeichen.«

Sie fuhr herum. Hinter ihr stand der Mann, der vorhin die flammende Ansprache vor dem Museum gehalten hatte. Seine Nähe überrumpelte sie regelrecht, sodass sie ein paar Schritte zurück stolperte, um Distanz zu schaffen. Statt Nietengürtel und Schwert trug er nun einen weiten Stoffmantel und ein altertümliches Hemd mit Schnüren, dazu einen breitkrempigen Hut. Aus der Nähe sah sie, dass er keineswegs so jung war, wie sie aus der Ferne vermutet hatte, sondern eher auf die 50 zuging. Er sah auf eine nicht uninteressante Weise verlebt aus, Falten zeichneten die Linien seines Gesichtes nach, ein Bartschatten machte seine Wangen dunkel. Ein unbestimmter Geruch ging von ihm aus, eine Mischung aus Leder, Stoff, Tabak und einer sehr körperlichen Note.

»Es ist ein Zeichen«, wiederholte er und deutete mit einer fast ehrfürchtigen Bewegung auf die Baumgruppe. »Ein Schadenszauber.« Seine Stimme war leise, besaß aber einen knorrigen Bass, der an einen Geschichtenerzähler aus alten Zeiten erinnerte.

»Ein … Schadenszauber?«, fragte Tinne begriffsstutzig. Sie war durch das plötzliche Auftauchen des Mannes noch immer irritiert, er musste irgendwo jenseits der Bäume gewesen sein, als sie angekommen war.

»Kleider, mit Blättern gefüllt und in einen Baum gehängt. Sie schwächen denjenigen, dem die Sachen gehören. Er ist müde und fahrig, ihm passieren Fehler, er fühlt sie wie gerädert und schläft schlecht. Ein einfacher, aber wirkungsvoller Zauber. Wird von Hexen angewandt, damals wie heute.«

Der Tonfall des Mannes besaß eine solche Selbstverständlichkeit, dass Tinne nicht wusste, was sie sagen sollte. Der Mann redete Unsinn, doch seine Stimme und seine Körpersprache waren so einnehmend, dass sie sich regelrecht bemühen musste, ihm nicht zu glauben. Ohne weiter auf sie zu achten, trat er an den Baum heran, an dem das Hemd hing. Die Radioreporterin, die mit der Studentengruppe aus der Ausstellung gekommen war, stürzte sich auf ihn und hielt ihm ihr Mikrofon unter die Nase. Tinne wandte sich an Felix und senkte ihre Stimme.

»Was soll das denn alles? Was ist das für ein Typ, der ist ja echt spooky.«

»Als das Ehepaar dieses Kleiderdings im Baum entdeckt hatte, hat sich das ziemlich schnell rumgesprochen, und im Nu war dieser Kerl da. Er ist wohl so etwas wie der Anführer dieser Mittelalterbande, Rasmus, so nennt er sich. Na ja, und weil du doch nach der Bodenheimer Hexengeschichte gefragt hast, dachte ich, dass du dich vielleicht auch dafür interessierst.«

Tinne schwieg. Sie wusste, dass Felix es gut meinte und ihr helfen wollte. Aber ihr Interesse galt den tatsächlichen Ereignissen während der Hexenprozesse und nicht einem Hemd, das irgendwelche Witzfinken in die Bäume gehängt hatten und dem ein Freizeitmagier nun einen Zauber andichtete. Weil Felix aber an sie gedacht hatte, bemühte sie sich um ein freundliches Lächeln, erfand einen wichtigen Unitermin und verabschiedete sich.

Der gesunde Menschenverstand sagte ihr, dass die ganze Sache zu lächerlich war, um auch nur ein einziges Wort darüber zu verlieren. Doch als sie die Anhöhe hinter sich ließ, meldete sich ihre Intuition mit einem kaum merklichen Ziehen, ganz so, wie ein kranker Zahn einen leichten, aber stetigen Schmerz aussandte. Pass auf, Tinne, raunte die Intuition, dein Verstand kann vieles begreifen. Vieles, aber nicht alles.

*

Paco und Mike mochten ihren spätabendlichen Spaziergang, wenn auch aus verschiedenen Gründen. Paco, der zweijährige American Bulldog, konnte seinen Bewegungsdrang ausleben, weil kaum Leute unterwegs waren und er deshalb nicht an die Leine musste. Sein Herrchen Mike genoss das Ritual, vor dem Schlafengehen 20 Minuten durch Bodenheim zu schlendern, eine Zigarette zu rauchen und Biancas Dauertelefonaten mit ihren Freundinnen zu entkommen. Unglaublich, wie viele Stunden das Mädel damit verbringen konnte, über unwichtiges Zeug zu palavern!

Er hatte seine Stöpsel im Ohr, Will.I.am dröhnte in voller Lautstärke. Ab und an, wenn ein später Passant entgegenkam, ließ er einen Pfiff ertönen und nahm Paco am Halsband. Seit der Rüde letzten Monat den Yorkshire einer alten Frau verbissen hatte und sich vor lauter Kampfeswut nicht zurückrufen ließ, ging Mike lieber auf Nummer sicher.

Die beiden betraten die Grünanlage am Bürgerhaus. Normalerweise drehten sie ihre Abendrunde in den Weinbergen um den Benefiziathof, denn Mike und Bianca wohnten im Ebersheimer Weg direkt am Rand der Wingert. Doch heute war es schon spät, kurz nach Mitternacht, deshalb hatte Mike sich für die kurze Runde am westlichen Ortsrand entschlossen.

Der Dollespark lag in Dunkelheit, die umstehenden Bäume sperrten das Licht der Straßenlampen aus. Paco schoss davon, Mike ließ ihn laufen – es war ziemlich unwahrscheinlich, dass um diese Zeit noch jemand anders hier war. Sicherheitshalber nahm er die Ohrhörer heraus, bevor er sich eine weitere Zigarette anzündete. Eine Anzeige wegen einer zerbissenen Hose war so ziemlich das Letzte, was er sich einhandeln wollte.

Mit den Händen in den Taschen schlenderte Mike durch die Grünfläche. Hier und dort raschelte es, Getier war unterwegs, irgendwo dudelte ein Radio. Wie ein schwarzer Klotz lag der Dolles jenseits der Bäume. Dort war diese Hexenausstellung, ein Arbeitskollege hatte davon erzählt. Ob sich ein Besuch lohnte? Normalerweise war Mike nicht besonders scharf auf Museen und so etwas, aber Hexen? Das könnte schon interessant sein, zumal der Kollege von schaurigen Folterinstrumenten berichtet hatte.

Mike fiel auf, dass von Paco nichts zu sehen und zu hören war. Er pfiff und wartete auf das Rascheln, mit dem der Hund durch die Büsche brach. Doch nichts geschah. Nanu?

»Paco! Hierher! Fuß!«

Noch immer nichts. Er beschleunigte seine Schritte und war erleichtert, als er Paco einige Meter weiter als graue Schattengestalt entdeckte. Der Hund stand stocksteif auf dem Weg, die Ohren aufgestellt, den Schwanz kerzengerade nach oben. Er knurrte verhalten und fixierte eine Stelle in der Dunkelheit.

»Paco, Alter, was geht? Was ist los?«

Er griff nach dem Halsband, um zu verhindern, dass Paco davonstürmte. Wer weiß, vielleicht hatte er ein knutschendes Liebespaar aufgestöbert oder ein paar Jungs beim Kiffen.

Doch der Rüde machte keine Anstalten, vorzupreschen, sondern stand weiterhin wie erstarrt, das Grollen in seiner Kehle ließ das Halsband vibrieren. Mike versuchte, die Dunkelheit mit Blicken zu durchdringen. Er nahm eine schemenhafte Bewegung wahr, etwas Großes, mehr konnte er nicht erkennen.

»Hallo?«, fragte er zaghaft. Die Tatsache, dass Paco so verhalten reagierte, ließ ihn vorsichtig werden. Der American Bulldog, das wusste Mike, war alles andere als ein Feigling.

»Hallo? Ist da wer?«

Wie als Antwort ertönte ein Geräusch, ein Rasseln, einmal, zweimal, dann herrschte wieder Stille. Hühnerknochen, war Mikes erster Gedanke. Hühnerknochen, die geschüttelt wurden. Das Klappern ertönte erneut, dazu ein zähes Schleifen. Mike zog sein Handy heraus und schaltete die Lichtfunktion an, doch das Gerät funzelte nur einen Meter weit. Ein Geruch stieg ihm in die Nase, eklig, wie etwas, das schon lange tot war. Er überlegte, ob er sich mit Paco an der Seite in die Dunkelheit wagen sollte. Vielleicht war ja jemand in Not oder so.

Da geschah etwas, das er noch nie erlebt hatte: Paco zuckte zusammen, als hätte er einen Schlag abbekommen. Sein Knurren verwandelte sich in ein Winseln, er schob sich näher an Mikes Beine und machte gleichzeitig einen Schritt zurück. Das Knochenrasseln war wieder zu hören, Mike merkte, wie sich eine Gänsehaut über seine Arme und über seinen Rücken ausbreitete. Paco fiepte kläglich, klemmte den Schwanz zwischen die Beine und drückte sich an ihn. Mike konnte das Zittern seiner Flanken spüren.

»Scheiße, Alter, was ist das?«, murmelte Mike eher zu sich selbst. Das Ding im Gebüsch bewegte sich erneut, und ohne dass er etwas dafürkonnte, liefen seine Füße plötzlich den Weg zurück. Paco brachte ihn fast zu Fall, der verängstigte Hund wich keinen Zentimeter von seiner Seite und gab eine Mischung aus Hecheln und Winseln von sich, die furchtbar klang. Als Mike in den Laufschritt fiel und gehetzt die dunkle Grünanlage hinter sich ließ, hörte er ein letztes Mal das Geräusch des Knochensacks.

Herrchen und Hund rannten durch die nächtlichen Straßen von Bodenheim, als wäre der Leibhaftige hinter ihnen her.

Montag, 5. Mai 2014

Der Mann mit dem blauen Umhang und dem roten Schild hielt einen Speer in der Hand, so groß, dass er sogar noch über den metallenen Helm hinausragte. Das Schwert, das in einer Lederhülle am Gürtel steckte, machte ihn nicht unbedingt vertrauenswürdiger, ebenso wenig das grimmige Gesicht, das sich hinter einem schwarzen Bart versteckte.

Tinne war froh, dass der fränkische Krieger nur eine Schaufensterpuppe war und sie deshalb mit hoher Wahrscheinlichkeit in Ruhe lassen würde. Der Kämpfer war eine von mehreren Figuren, die im Obergeschoss des Bodenheimer Heimatmuseums ausgestellt waren – Römer in edler Toga, Kelten mit Fellumhang und weitere Völker, die im Laufe der Jahrtausende die Region Rheinhessen beeinflusst hatten. Neben dem grimmigen Mann war eine fränkische

Edeldame ausgestellt, deren Kleidung sehr viel eleganter aussah – schwarze Felljacke, roter gewickelter Rock, dazu Broschen und Schmuck. Sogar eine Handtasche gab es, klein, eckig und aus Leder, die am Arm einer modernen Frau inmitten der Fußgängerzone nicht weiter aufgefallen wäre. Die Ausstattung der lebensgroßen Puppen war von den Museumsbereitern mit großer Sorgfalt gearbeitet, jedes Detail zeugte von unendlicher Geduld in der Herstellung.

Es war Punkt neun, Tinne hatte es ausnahmsweise sogar geschafft, pünktlich zu sein. Sie wartete auf Elvis und auf Frau Leinweber, um gemeinsam mit der Professorin auf Spurensuche im Fall Merg Scholl zu gehen. Die Folterinstrumente verursachten ihr nach den gestrigen Geschehnissen eine Gänsehaut, deshalb war sie dem Hinweis ›Dauerausstellung‹ gefolgt und die Treppe nach oben gegangen. Alte Weinbaugeräte waren aufgereiht, weiter hinten stand eine Sammlung von Blechmodellen, die Jahrmarktsattraktionen wie Riesenräder und Geisterbahnen darstellten. Tinne mochte solche alten Dinge mit dem nostalgischen Charme früher Kinderspielzeuge, als noch nicht alles aus Plastik gefertigt war.

Ebenso faszinierend fand sie eine riesengroße aufrecht stehende Baumscheibe, mehr als eineinhalb Meter im Durchmesser. Sie stammte, so verriet die Beschriftung, von einer Eiche, die 1986 in der Bodenheimer Gemarkung gefällt worden war. Fähnchen in den Jahresringen markierten wichtige Ereignisse. Sie ging einen Schritt zurück. Wahnsinn, was dieser Baum alles erlebt hatte: den 30-jährigen Krieg, die Erfindung der Eisenbahn, die Kaiserzeit, den Ersten und den Zweiten Weltkrieg, die Einführung der D-Mark, die Mondlandung. Ihr eigenes Leben kam ihr im Vergleich dazu regelrecht kurz und unwichtig vor.

Obwohl – auch ein klitzekleines Menschenleben konnte durchaus Überraschungen bereithalten. Tinne musste an die Email denken, die gestern Abend auf sie gewartet hatte. *Liebe Ernest-Tinne*, so hatte die Mail angefangen. Absender war Kommissar Pelizaeus – Laurent, denn sie waren ja seit einiger Zeit per Du. Was dann folgte, war eine waschechte Einladung zu einem gemeinsamen Abend. Laurent schlug den Mittwoch vor, übermorgen, um in der Martinstube beim Naturhistorischen Museum etwas zu essen und zu trinken.

In ihrem Inneren wusste sie nicht so recht, was sie von dieser Verabredung halten sollte. Natürlich hatte sie sich wahnsinnig gefreut und ihm zugesagt, die Schmetterlinge in ihrem Bauch waren prompt zu einem Rundflug gestartet. Doch dann kam die Erinnerung an den Ehering an seinem Finger. Was war los? War sie ein dummes Huhn, das sich von einem verheirateten Mann ausführen und anbaggern ließ? Oder war der Kommissar ein Windhund, der alles nicht so eng sah? Oder – fast am Schlimmsten! – plante er einfach nur ein kameradschaftliches Treffen, eine Plauderstunde über Job, Stadtpolitik und Mainz 05?

Eine trampelige Schrittfolge war auf der Treppe zu hören und brachte sie in die Realität zurück. Tinne musste sich nicht umdrehen, um zu wissen, dass die MS Elvis einlief. Der Reporter hatte eine Mischung aus schlurfendem Schritt und hartem Fersenknallen an sich, die ihn unverwechselbar machte.

»Moin«, brummte er und sah so misslaunig wie immer aus. »Guck mal, die Mädels haben sich schon von ein paar 100 Jahren femininer angezogen als du.« Er deutete auf die fränkische Edeldame.

Tinne blieb ihre Begrüßung im Hals stecken. Ernüchtert

schaute sie an sich herunter. Okay, sie war kein Fan von Schickimickioutfit und steckte meist in Jeans und einem einfachen Oberteil. Aber dass ausgerechnet Wühltisch-Elvis beim Thema Mode eine Lippe riskierte, ärgerte sie. Boshaft zeigte sie auf den Keltenkrieger und dessen Fellumhang.

»Tja, für dich hätte man damals ein ganzes Mammut gebraucht. Dann wüssten wir wenigstens, warum die ausgestorben sind.«

»Haha«, gab Elvis zurück und schlurfte an das Geländer heran, von dem man einen Blick über das Erdgeschoss hatte. Das Schandkreuz, das aus der Nähe riesig aussah, stand mit seinem Fuß am Geländer, der Hauptbalken ragte schräg nach vorn in die Luft. Felix und seine Kollegen mussten zig Stunden investiert haben, um das Kreuz aus einzelnen Ästen zusammenzuschnüren. Sogar die Aufhängung an der Decke war stilecht, statt moderner Flaschenzüge hatten sie irgendwoher alte, hölzerne Exemplare aufgetrieben. Elvis prüfte die Knoten am Geländer, die die Konstruktion hielten.

»Na, hoffentlich kann Monaco Franze besser knoten als reden«, war sein Kommentar, dann drehte er sich um. »So, und wir sind hier mit der Putzfrau verabredet, oder? Wie heißt sie noch mal, Leinenweber?«

»Leinweber«, gab Tinne schnippisch zurück. Wie aufs Stichwort erschien die Professorin auf der Treppe. Sie war kurz geraten und stämmig gebaut, hielt sich aber sehr gerade. In ihrem Auftreten lag etwas Resolutes, ihre Bewegungen waren zackig, der Kopf reckte sich tatendurstig nach vorne. Wenn sie in ihrem Mantel und mit wippender Tasche durch die Gänge des Philosophicums marschierte, erinnerte sie frappierend an Miss Marple, es fehlte nur noch der kleine Hut.

Tinne hoffe, dass Elvis' Putzfrauen-Kommentar nicht zu hören gewesen war, als die Professorin mit hurtigen Schritten herannahte, die unvermeidliche Aktentasche in der Hand.

»Morgen, Frau Leinweber. Danke, dass Sie sich Zeit nehmen. Das ist Elmar Wissmann von der AZ Mainz.«

»Frau Nachtigall, Herr Wissmann, hallo. Na, wie gefällt Ihnen die Hexenausstellung? Gelungen, oder?«

»Oh ja, echt beeindruckend.« Tinne trat an das Geländer und schaute nach unten. »Wahnsinn, was Ihre Leute da in so kurzer Zeit zusammengestellt haben.«

»Felix. Felix hat da am allermeisten gemacht. Unermüdlich. Hängt ja auch viel dran, er hat für seine Dissertation Fördergelder vom Land in Aussicht. Bedingung: Er muss seine Ergebnisse öffentlich machen. Die Ausstellung hier, ein Versuchsballon vom Ministerium. Wenn genug Besucher kommen, wird das Projekt weiter gefördert. Wenn nicht, war's das mit dem Geld.«

Als Tinne sie reden hörte, erinnerte sie sich an eine Eigenart der Professorin: Sie sprach in kurzen abgehackten Sätzen, manchmal sogar nur in Stichworten. An der Uni war das Phänomen bekannt, dass die Studenten in ihren Veranstaltungen über kurz oder lang anfingen, diese knappe Art zu übernehmen. Tinne war als Gasthörerin in einem ihrer Hauptseminare gewesen und hatte sich bald schon wie auf einem Kasernenplatz der Bundeswehr gefühlt.

Sie ließ ihren Blick über die Exponate im unteren Stockwerk wandern. Soso, die Finanzierung von Felix' Diss hing vom Erfolg der Ausstellung ab. Kein Wunder, dass er gestern so aufgelöst gewesen war, als die Besucher panisch heraus gerannt kamen.

»Jetzt aber. Schießen Sie los, was genau wollen Sie wissen? Worum geht es?« Die Professorin schaute erwartungsvoll von unten hoch, immerhin war Tinne zwei Köpfe größer als sie. Trotzdem kam Tinne sich irgendwie klein vor angesichts ihrer geballten Energie. Sie kramte nach ihrem Block und erklärte umständlich, wie sie an das Buchprojekt geraten war, und was sie und Elvis nun vorhatten.

»Aha, soso. Und jetzt wollen Sie quasi Puzzleteil für Puzzleteil zusammenfügen. Komplettes Bild, richtig?«

Elvis trat vor.

»Na ja, zumindest wollen wir's versuchen. Deshalb würden wir von Ihnen gerne wissen, was es mit dem Prozess gegen Merg Scholl auf sich hatte. Ich meine – die Kirche muss ja irgendeine Grundlage für die Anschuldigungen gegen sie gehabt haben.«

Frau Leinweber stemmte die Arme in die Hüften.

»Erster Denkfehler, Herr Wissmann. Vergessen Sie die Kirche. Die Bodenheimer Hexenprozesse waren ein reines Politikum. Böse Mächte, Teufelsbuhlinnen, Rettung der Seele – alles nur der Lack. Hat man genutzt, um die Hinrichtungen zu legitimieren. In Wirklichkeit eiskaltes politisches Kalkül, nicht mehr und nicht weniger.«

Sie machte eine Handbewegung in Richtung Treppe.

»Kommen Sie. Lassen Sie uns rausgehen und ein Stück durch Bodenheim gehen. Ich zeige Ihnen die Plätze, die für unsere Geschichte eine Rolle spielen.«

Gemeinsam verließen sie das Heimatmuseum und wandten sich nach rechts in die Gaustraße. Tinne machte sich schreibbereit. Endlich bekam sie Details zu hören, die Licht auf den Fall Merg Scholl warfen! Elvis nestelte derweilen an dem Rotkreuzbeutel, den er am Handgelenk baumeln hatte, und dreht sich eine Zigarette. Er hatte seinen Nikotinkonsum während der Marathonvorbereitungen zwar eingeschränkt, aber ein komplett rauchfreier Tag lag noch in weiter Ferne.

»Im Kino und in vielen historischen Romanen ist die Sache simpel«, begann Frau Leinweber. »Jemand ruft ›Hexe‹, und schon brennt der Scheiterhaufen. Das greift aber zu kurz. Die abendländische Hexenverfolgung ist komplexer gewesen. Viel komplexer. Gehen wir also zurück in die Zeit von Merg Scholl. 1600, da waren die dörflichen Strukturen anders. Gerade einmal 300 Einwohner hier. Bäuerliche Großfamilien und verwandtschaftliche Verflechtungen, das war der Kern des Dorfes.«

Vor Tinnes geistigem Auge verschwanden die Gebäude, die Straßenlampen und die Autos. Bodenheim schrumpfte zu einer Ansammlung buckliger Fachwerk- und Steinhäuser mit einfachen Stallungen, die durch festgestampfte Pfade miteinander verbunden waren. Die Menschen trugen schlichte Kleidung, eine Familie kehrte müde vom Feld zurück, ein Winzer und sein Sohn machten sich auf den Weg zu ihrem Wingert. In den Stuben saßen die Frauen beim Spinnen, die Alten erledigten Näharbeiten und hüteten die kleinen Kinder.

»Ein enges soziales Netz reagierte empfindlich auf Störungen. Ein Unglück, eine Krankheit, ein Todesfall, das brauchte eine Erklärung. Einen Schuldigen.«

Tinne sah die Dorfbewohner auf dem Platz bei der Kirche zusammenstehen. Es wurde gestikuliert und geschimpft, vielleicht, weil das Vieh nicht mehr fressen wollte oder weil den Winzern die Reben erfroren waren. Der Ton war rau, Fäuste wurden geschüttelt. Es ging um die Existenz, es ging um das Überleben während des nächsten Winters.

»Nun wissen Sie, dass die Menschen zu Anfang des 17. Jahrhunderts in einer stark religiös geprägten Gesellschaft lebten. Klare duale Ausrichtung: Alles Gute kam von Gott, alles Böse von seinem Widersacher, dem Satan. Und der Satan war in der Vorstellung der Leute eine konkrete Gefahr. Ein reales Wesen. Suchte sich Verbündete, heimliche Handlanger in der Welt der Menschen, die unerkannt unter Ihresgleichen lebten.«

Die Dorfbewohner bildeten Grüppchen, jeder bei seinen Verwandten und engen Freunden, man schottete sich nach außen ab. Misstrauen lag in der Luft, Blicke schossen wie giftige Pfeile von Gruppe zu Gruppe, Halbwahrheiten machten hinter vorgehaltener Hand die Runde. Nun fehlte nur noch der Funke, der das Fass zum Explodieren brachte.

»Es kam zu dem, was die Soziologen heute Ventilfunktion nennen: Die Masse stärkt ihr Gemeinschaftsgefühl, indem sie ein Individuum auswählt. Darauf wird alles Negative projiziert. Wenn jemand schon das Stigma des Außenseiters trug, umso besser. Denn keiner konnte oder wollte Partei für diese Person ergreifen.«

Die Wut der Menge war fast mit den Händen zu greifen, hasserfülltes Zischen wogte hin und her. Wer hatte das Unglück ins Dorf gebracht? Der schwachsinnige Junge, der tagaus, tagein im Hof seiner Eltern kauerte und viehische Laute von sich gab? Der Bucklige, der abseits des Ortes hauste und von dem man sagte, er könne mit den Tieren reden? Das Weib, das mit Kräutern und Tinkturen hantierte und sich darauf verstand, ungewollte Kinder aus den Leibern der Frauen ausfahren zu lassen?

»Häufig schoss man sich auf alte alleinstehende Frauen ein. Warum? In der Frühen Neuzeit war die Lebenserwartung gerade einmal 40, vielleicht 45 Jahre. Hart arbeiten, früh sterben. Wenn jemand ein höheres Alter erreichte, wurde man misstrauisch. Verlängertes Leben konnte Satans Belohnung für geleistete Dienste sein. Nun werden Frauen statistisch gesehen älter als Männer, damals wie heute. Der

Mann starb, die Frau blieb alleine zurück. Sie hatte keinen Fürsprecher mehr an ihrer Seite. Ein Grund mehr, sie zu denunzieren.«

Die Dorfbewohner hatten ihr Opfer gefunden. Die Augen der alten Frau waren groß vor Angst, sie stolperte rückwärts, als die Männer drohend herantraten. Doch ihre gestotterten Beteuerungen nützten nichts, Finger zeigten auf sie, Mäuler waren aufgerissen, man spuckte und trat zu, als der Büttel ihren dürren Arm packte und sie in Richtung Kerker zerrte. Da war sie, die Hexe! Nun sollte sie für das büßen, was sie im Dorf angerichtet hatte!

Tinne stoppte abrupt, um ein Haar wäre sie an Elvis' breite Kehrseite gestoßen. Frau Leinweber und der Reporter waren stehen geblieben. Ohne dass Tinne es gemerkt hatte, hatten sie die Kreuzung zwischen Gau- und Pfarrstraße erreicht. Sie schauten auf ein schmuckes Fachwerkhaus mit grünen Fensterläden. Davor erhob sich ein winziges vergittertes Häuschen, in dem Blumenschmuck und eine Heiligenfigur zu sehen waren.

»Also: äußere Umstände und religiöse Prägung, dazu eine gesellschaftliche Außenseiterrolle. Hier in Bodenheim kam noch eine weitere Dimension dazu – die Politik. Die Hexenprozesse waren ein politisches Druckmittel unter dem Deckmäntelchen der Frömmigkeit. Reine Machtdemonstration.«

Frau Leinweber deutete auf das Fachwerkhaus.

»Der Erbauer dieses Hauses spielte dabei eine wichtige Rolle. Es war der damalige Probst von St. Alban, Anton Waldbott von Bassenheim.«

»Bassenheim?«, fragte Elvis. »Wie der Bassenheimer Hof in der Stadt?«

Den Bassenheimer Hof kannte in Mainz jedes Kind, er

erhob sich als stolzes weiß-rotes Gebäude am Schillerplatz und war Sitz des Innenministeriums. Etwas zurückgesetzt gab es ein gleichnamiges Restaurant mit überregionalem Ruf.

»Richtig. In Mainz aber erst 1750 errichtet, als Witwensitz für eine der Bassenheimer Gräfinnen. Das Haus hier, Gaustraße Nummer 17, ist von 1616. Kurz nach der Hexenverfolgungswelle. Und damit sind wir mittendrin. Frau Nachtigall, Herr Wissmann, die landes- und ortsherrlichen Rechte in jener Zeit. Kennen Sie sich einigermaßen aus damit?«

Tinne vervollständigte die Halbsätze der Professorin und fing an, in ihrem Gedächtnis zu suchen. Sie erinnerte sich dunkel, dass die kleinräumige Territorienlandschaft des 16. und 17. Jahrhunderts zu einem wahren Flickenteppich an Leibeigenschaften und Abhängigkeiten geführt hatte. Doch Elvis schnaufte.

»Nee, um ehrlich zu sein, keine Ahnung. Ein bisschen Nachhilfe würde gut tun.«

»Nun denn, ganz kurz: An Bodenheim zerrten damals drei große Herren. Ein Drittel des Ortes gehörte den Kurmainzer Landesherren. Das Mainzer Ritterstift St. Alban hat deren Ansprüche hier umgesetzt. Ein weiteres Drittel waren Kurpfälzer Leibeigene, das letzte Drittel dann reichisch, also dem Kaiserreich zugehörig. Die Kurmainzer und damit Anton Waldbott von Bassenheim sahen sich als die eigentlichen Herren des Dorfes. Er residierte zu dieser Zeit noch in Mainz, ließ sich hier von seinem Amtmann Adam Ebersheim vertreten, dem auch die Gerichtsbarkeit unterstand. Klar soweit?«

Tinne schrieb, dass die Finger glühten. Die Kritzelei war wüst, sie fragte sich, ob sie im Nachhinein auch nur ein einziges Wort würde entziffern können. Doch jedes Detail schien ihr wichtig. Die Professorin ging die Gaugasse wieder nach oben und gab ihnen Zeichen, ihr zu folgen.

»Nun passierte Folgendes: Die Kurpfälzer Herren drängten an die Macht. Untergruben die Autorität der Kurmainzer. Zwangen ihre Leibeigenen sogar, jeden Sonntag bewaffnet und in Wittelsbachischem Blau-Weiß in die Kirche zu gehen. Das schmeckte weder dem St.Albans-Stift noch ihren Bodenheimer Untertanen. Also verbündeten sich die *meintzischen* und die *reichischen* gegen die *pfaelzischen*.«

Sie wartete, bis Tinne mit dem Schreiben nachkam. Elvis machte den Eindruck, als würde er sie gleich anschubsen, damit es endlich weiterging.

»Jetzt brauchte man nur noch ein Werkzeug, um die Machtansprüche der Kurpfälzer Herren zu stutzen. Und das war bald schon gefunden. Denn die Pfälzer waren strikt gegen jede Art von Hexenverfolgung. Glaubten schlicht und einfach nicht dran, duldeten auf ihrem Boden keine Prozesse. Aber in Kurmainz, da sah man das anders. Erzbischof Johann Schweikard war seinerzeit im Amt. Felsenfest davon überzeugt, dass das Hexenwesen eine Bedrohung für seine Gefolgsleute darstellte.«

Elvis machte große Augen.

»Das heißt, man hat Menschen gefoltert und verbrannt, nur um einen politischen Herrschaftsanspruch durchzusetzen?«

»Das trifft es, Herr Wissmann. Die Zahlen dazu: Die *pfaelzischen* stellten zwar nur ein Drittel der Bodenheimer Bevölkerung. Aus ihren Reihen kamen aber zwei Drittel der Hingerichteten. Zwei Drittel! Noch deutlicher wird's bei der Organisation des Dorfes. Sämtliche Leibeigenen, die die Kurpfalz in Führungspositionen vertraten – massiv verfolgt. Von den *meintzischen* oder *reichischen* Führern – kein Einziger betroffen. Man hat den Kurpfälzern ihren Machthunger mit dem Gestank von verbranntem Fleisch ausgetrieben.«

Die drastische Formulierung verfehlte ihre Wirkung nicht, Tinne und Elvis schauten sie betroffen an. Die Professorin machte eine Handbewegung zur Zwerchgasse und forderte sie zum Weitergehen auf.

»Und jetzt endlich Ihr konkreter Fall. Wie passt die Witwe Merg Scholl in diese politischen Winkelzüge? Was ist damals genau geschehen, hier in Bodenheim?«

*

Lego, Lego, Lego. Das war ein Dauerbrenner auf Jochen Kerns Wunschliste gewesen, egal, ob es um Weihnachten, Geburtstage oder Verwandtschaftsgeschenke ging. Am Anfang baute der kleine Jochen Ritterburgen und Fantasiegefährte, später dann Raumschiffe und U-Boote. Neue Horizonte taten sich auf, als Lego die *Technik*-Reihe einführte, Fahr- und Flugzeuge mit vielen Funktionen und Details. Der Werbespruch dazu lautete ›Technik wie in Wirklichkeit‹, und genauso war es. Mit leuchtenden Augen kauerte Jochen in seinem Zimmer und konstruierte Bagger mit beweglichen Schaufeln, lenkbare Traktoren und Autos, deren Motorkolben sich auf und ab bewegten und deren Gangschaltung tatsächlich funktionierte.

Ungekrönter König der Sammlung war ein gelber Helikopter. Mithilfe einer Kurbel konnten Haupt- und Heckrotor in Bewegung gebracht werden, die Rotorachse ließ sich kippen und – der Clou! – ein Hebel im Cockpit veränderte den Anstellwinkel der Blätter. Jochen liebte diesen Helikopter heiß und innig, und da er neben seiner Technikbegeisterung auch eine lebendige Fantasie besaß, erlebte er mit dem gelben Fluggerät haarsträubende Abenteuer. Schiffs-evakuierung bei Windstärke 12, Bergrettung am schwie-rigsten Hang des Mount Everest, Aufklärungsflüge mit-ten im Feindesland – es gab nichts, was der Hubschrauber und sein unerschrockener elfjähriger Pilot nicht meisterten.

Den gelben Helikopter gab es noch immer. Heute, exakt 30 Jahre später, zierte er ein gläsernes Regal in Jochens Büro. Es kam manchmal vor, dass ein Kunde auf das Modell zeigte und scherzhaft fragte, ob die Rundflüge etwa damit statt-finden würden. Doch Jochen konnte seinen Gästen stets glaubhaft vermittelt, dass der Lego-Technik-Heli zwar den Grundstein für seine Flugleidenschaft gelegt hatte, die gebuchten Flüge aber in weitaus größeren Exemplaren durchgeführt wurden.

Aus den Träumen eines Elfjährigen war ein florieren-des Unternehmen geworden, JK-Aviation, mit Sitz auf dem Finther Flugplatz. Jochen und vier weitere Piloten boten Segel-, Motorflug- und Helikopterrundflüge an, darüber hinaus VIP-Shuttles, Airport-Transfers und Kurierflüge. Ihre Fluggäste bestaunten Mainz, Wiesbaden und Frank-furt von oben, längere Rundflüge führten über das Rhein-hessische Tafel- und Hügelland oder über das Mittelrhein-tal. Und die Geschäfte liefen gut. In einer Zeit, in der jeder schon alles erlebt, gesehen und gemacht hatte und Geld häu-fig keine Rolle spielte, war es en vogue, das Geburtstagskind oder den Geschäftspartner zu einem zig-100-Euro-Rund-flug einzuladen. Nun denn, das sollte Jochen nur recht sein.

Heute Vormittag hatte er keine Flugverpflichtung. Statt-dessen blätterte er in seinem Büro den Poststapel durch, klaubte Werbung heraus und sortierte die Briefe nach Wich-tigkeit. Nebenbei hielt er ein Auge auf seinen Rechner, wo die tägliche Mailflut in Outlook hineinschwappte.

Jochen war groß gewachsen und hielt sich mit regelmäßigem Training fit. Er wusste, dass viele Gäste nicht nur einen Heliflug, sondern gleichzeitig den Mythos Luftfahrt buchten, deshalb gehörte ein attraktives, standesgemäßes Aussehen für ihn mit zum Geschäft. Mutter Natur hatte ihm ein kantiges Gesicht mit wasserblauen Augen beschert, ein Geschenk, das er sehr bewusst einsetzte. Wenn er in seinem schicken Pilotendress lässig an die Maschine gelehnt war, die Ray Ban auf der sonnen(bank)gebräunten Nase, dann waren die Gäste schon glücklich, bevor überhaupt die Turbine anging.

Eine der E-Mails sprang ihm ins Auge. Er kannte den Absender gut und freute sich stets, von ihm zu hören oder zu lesen. Der Betreff machte ihn neugierig:

Ein Fall für Jochen MacGyver :-)

Nachdem er die Mail gelesen hatte, lief sein Verstand bereits auf Hochtouren und lieferte erste Lösungsvorschläge. Im Gedanken versunken trat er an das Regal heran und drehte mit seinen Fingern den Rotor des gelben Lego-Helikopters. Endlich mal wieder eine technische Herausforderung, die der elfjährige Junge in ihm nicht ablehnen konnte!

*

In Bodenheim folgten Tinne und Elvis der Professorin, als diese die Zwerchgasse entlang ging. Die beiden waren gefangen von dem Bild, das Frau Leinweber entworfen hatte – ein zerrissenes Dorf, lahmgelegt durch politische Ränke, soziale Spannungen und Machtkalkül.

»Man sucht die erste Schachfigur, um das Spiel zu eröffnen. Man hört sich um. Man findet eine Person, eine Witwe, also wahrscheinlich eine ältere Frau. Es wird ihr nachgesagt, allerlei dunkle Geheimnisse zu verbergen. Wer weiß, Hebamme vielleicht oder Heilerin. Am allerwichtigsten aber: Sie ist *pfaelzisch*. Die Würfel fallen. Am 8. Oktober 1612 wird die Witwe Merg Scholl in Haft genommen.«

Die Professorin öffnete ihre Aktentasche und zog ein kopiertes Blatt heraus.

»Das hier ist die Anklageschrift. Basis der Verhaftung.«

Verzeichnis, was die justificierte personen in Beckingheim ... menschen
und vieh, wie auch unsern ... melh ... vich
beschädigt und verrichtet, wie
hernach beschrieben steht

Merg Heinrich Schöllen witib, pfaltzisch, hat
Georg ... einen
kindt bezaubert, ist seiliger Becker, ein Teuflich
... gewesen.

Item Philips Meuwen, so meinigisch, 2 kinder
bezaubert, das sie gestorben.

Item ein Knecht Daniels itzt zu Geinsheim
wohnhaft sein solle und ihm
bezaubert, doch ihme wie ... geholffen.

Tinne und Elvis beugten sich gleichzeitig nach vorne und versuchten, die schwungvolle Schrift zu entziffern. Frau Leinweber schaute ihnen ein paar Sekunden zu, dann schnippte sie mit dem Zeigefinger an das Papier.

»Drehen Sie das Blatt um. Da ist die Transkription.«

Verzeichnis, was die justificierte personen in Bodenheim ahn menschen
undt vieh, wie auch andern schaden mehr volbracht und verrichtet, wie
hernach beschrieben volgt.
Merg Heinrich Schollen wittib, pfaltzisch, hat Georg Plumenscheinen ein
kindt bezaubert, ist selbiger Becker, ein taglöhner gewesen.

Item Philips Meurern, so meintzisch, 2 kälber bezaubert, dass sie gestorben.

Item ein Knecht Danieln itzt zu Geinsheim wohnhaft sein haltz und arm
bezaubert, doch ihme wiederumb geholffen.

Tinne las die wenigen Zeilen und schaute ungläubig auf.

»Das ist alles? Die paar Zeilen haben gereicht, um Merg Scholl auf den Scheiterhaufen zu bringen?«

»Nun ja, erst einmal Verhaftung. Schauen Sie, klares politisches Muster: Der Knecht Daniel ist aus Geinsheim, ist also *reichisch*, Philip Meurer: *meintzisch*. Hauptkläger ist Georg Plumenschein, der ein Kind verloren hat. Er wird als Bäcker bezeichnet, der auf Tageslohn arbeitet. Also ein selbstständiger Handwerker, kein Bauer, kein Knecht. Das lässt den Schluss zu, dass er ebenfalls Leibeigener von Kurmainz war. Warum? Die sogenannten *billigen* Berufe, Handwerker oder Dienstmann, wurden in der Regel von *meintzischen* ausgeübt. *Billig* hier nämlich im Sinne von ›billigend‹, also durchaus positiv.«

Tinne konnte ihren Blick nicht von den dürren Zeilen

abwenden, die einem Todesurteil gleichkamen. Auch Elvis war still und raschelte an seinem Rotkreuzbeutel. Schließlich hob er den Kopf.

»Wie ging's weiter?«

Statt einer Antwort ging Frau Leinweber noch einige Schritte auf der Rathausstraße entlang und zeigte nach vorne. Die drei standen vor dem historischen Rathaus, einem stattlichen Fachwerkgebäude, dessen unteres Geschoss glatt verputzt und sandfarben gestrichen war.

»Das neue Gerichtsgebäude. Ebenfalls von Anton Waldbott von Bassenheim errichtet. 1608 fertiggestellt, also vier Jahre vor Scholls Verhaftung. Auch heute noch beeindruckend, nicht?«

Tinne und Elvis nickten. Beide kannten das Bodenheimer Rathaus, waren aber – wie so oft im Leben – stets nur eilig daran vorbei gegangen, statt sich Zeit zu nehmen, es näher zu betrachten. Nun entdeckten sie immer mehr Details, filigrane Schnitzereien im Holz des Fachwerks, bemalte Gesichter, auf einem Erker prangte das Bodenheimer Wappen, der Esel unter einem Palmwedel.

»Kommen Sie. Ich zeige Ihnen die weniger schönen Seiten des Gebäudes.«

Die Professorin führte die beiden auf die rechte Seite des Rathauses zu einer niedrigen halbrunden Holztür. Dahinter lag ein kahler Raum mit niedrigen Bogendecken, der nach altem feuchtem Stein roch. Frau Leinweber zog die Tür hinter sich zu und tauchte den Raum in Dämmerlicht.

»Willkommen im Kerker. Hübsch renoviert, damals aber ganz sicher nicht. Im Gegenteil. Schlimme Haftbedingungen, Ungeziefer, Kälte, Dreck und Hunger – alles gewollte Faktoren, um die Gefangenen weich zu klopfen.«

Tinne schaute sich scheu um. Ebenso wie vorhin entflammte ihre Fantasie, schon füllte sich der Boden mit schmutzigem Stroh, Eisenketten rasselten an den Wänden, der Gestank von schwärenden Wunden ließ das Atmen schwer werden. Klagende Stimmen mischten sich in das Rascheln von Ratten, während die Gefangenen auf den winzigen Lichtschein starrten, der durch den Türschlitz fiel und Freiheit versprach, Sonne und Wärme. Sie atmete unwillkürlich auf, als Professor Leinweber die Tür aufstieß und sie wieder nach draußen führte.

»Schlimme Haftbedingungen werden aber nicht das Einzige sein, was Merg erdulden musste, oder?«, vermutete Elvis. Seine sonstige Kaltschnäuzigkeit war einer Zurückhaltung gewichen, die Tinne kaum von ihm kannte.

»Nein. Frau Nachtigall, die *Constitutio Criminalis Carolina*? Noch da?«

Tinne nickte halbherzig angesichts der knappen Frage. Eine Schublade in ihrem Hirn öffnete sich minimal und ließ ein paar Brocken der Vorlesung *Rechtssysteme des Mittelalters* herauspurzeln.

»Eh, ja, die Carolina von Fünfzehnhundertirgendwas. Die Peinliche Halsgerichtsordnung, sie gilt als erstes allgemeines deutsches Strafgesetzbuch. So was in der Art.«

»1532, richtig, von Kaiser Karl V. verabschiedet. In der Carolina war genau festgelegt, wie das Prinzip der Wahrheitsfindung vonstattenzugehen hatte. Fand auch hier in Bodenheim Anwendung.«

Inzwischen gingen sie die Mainzer Straße nach unten, doch Tinne hatte keinen Blick für die Umgebung. Sie klebte förmlich an ihrem Block und geriet mehr als einmal ins Stolpern. Elvis drehte eine weitere Zigarette. Das Thema schien ihn so zu beschäftigen, dass er ein Mehr an Rauchwerk brauchte.

»Wahrheitsfindung – also Folter?«

»Zunächst einmal nicht. Die *Carolina* modernisierte das mittelalterliche Beweissystem. Machte Schluss mit fragwürdigen Gottesurteilen. Von nun an lag die Beweispflicht beim Gericht. Absolute Bedingung: das Geständnis des Angeklagten. Ohne Geständnis kein Urteil. Und nur bei ausreichendem Tatverdacht und beharrlichem Leugnen konnte – musste aber nicht – die peinliche Befragung eingesetzt werden. Folter also. Gerade bei Hexenprozessen war der Ermessensspielraum der Richter aber sehr weit gefasst. Willkürliche Anwendung, fast immer.«

Die Professorin hob die Hände.

»Genaueres über diesen Teil von Mergs Prozess wissen wir nicht. Leider oder zum Glück, wie man's nimmt. Die Verhörprotokolle, also Näheres über die Anklage und den Verlauf der Befragung – alle vernichtet. Zu Napoleons Zeiten aus den Archiven gestohlen, als Pulverpapiere an die französischen Soldaten verkauft.«

Tinne nickte während des Schreibens. Das hatte sie schon von Felix erfahren.

»Wenn wir uns andere zeitgenössische Protokolle anschauen, können wir einigermaßen nachvollziehen, was geschehen sein muss. Die bevorzugten Foltermethoden in Kurmainz: Daumen- und Fingerschrauben haben die Fingerknöchel zerbrochen. Dann die Kniepresse, zerquetscht die Kniegelenke. Auch beliebt: das Schulterhängen, also das Hochbinden der Arme hinter dem Rücken. Dann wurde das Seil gestrafft und der gesamte Körper in die Höhe gezogen. Die Schultern kugelten aus und bereiteten höllische Schmerzen. Konnte man dann nach Belieben steigern mit Gewichten an den Füßen. Tja, das waren wohl die letzten Tage, Wochen und Monate von Merg Scholl.«

»Mein Gott. Dabei gesteht doch jeder alles«, murmelte Elvis. Der stakkatoartige Redestil der Professorin ließ ihre Schilderung umso drastischer erscheinen. Die Lust auf seine Zigarette war ihm vergangen.

»Richtig. Deshalb galt eine Aussage unter Folter auch nicht als Geständnis. Die *Carolina* verlangte ausdrücklich die Urgicht. Also ein Geständnis, das ohne Folter wiederholt wird. Aus freien Stücken.«

»Und … wenn das nicht kam?«

Frau Leinweber hob die Schultern ein paar Millimeter.

»Dann fing die Folter wieder von vorne an. Immer und immer wieder.«

Schweigend gingen die drei die Mainzer Straße weiter bergab und unterquerten die Bahngleise entlang der Rheinallee. Jeder hing seinen Gedanken nach. Tinne merkte, dass es ihr schwerfiel, all die schrecklichen Geschehnisse mit dem sauberen und gepflegten Bodenheim zu verknüpfen, durch das sie gerade liefen. Waren tatsächlich erst 400 Jahre vergangen, seit Merg Scholl und viele andere so schrecklich hatten leiden müssen?

»Wir wissen nicht, wie stark Merg Scholl war. Ob sie nach der ersten Folter gestanden hat oder nach der zwanzigsten«, nahm die Professorin den Faden wieder auf und führte sie nach rechts in die Hilgestraße. »Aber gestanden hat sie. Denn das Urteil wurde im Frühjahr 1613 vollstreckt: Tod durch Verbrennen auf dem Scheiterhaufen.«

Sie blieb stehen und deutete auf das Straßenschild ›Am Anger‹, hinter dem sich eine schmale Straße bis zum Schienenschutzwall erstreckte. Eine Weinschenke, die Straußwirtschaft *Zum Hannes*, bildete den Anfang, dahinter erhoben sich Mehrfamilienhäuser. Ein kleiner Junge schob sein Fahrrad und hielt inne, um die drei Fremden zu beäugen.

»Der Anger. Früher in vielen Dörfern ein Platz außerhalb der Ortsgrenzen, für die Allgemeinheit. Festplatz, Weidefläche, Versammlungsort. Hier in Bodenheim auch Richtplatz.«

Sie verstummte und überließ es Tinnes Fantasie, den Anger mit aufgeschichtetem Holz zu füllen und in der Mitte einen Stamm aufzustellen, an dem eine Kette hing. Dann kamen auch schon die Honoratioren: der Richter, der Schultheiß, die Schöffen, die hohen Herren aus Mainz, sicherlich war auch Anton Waldbott von Bassenheim angereist. Der Büttel zog ein elendes Weib hinter sich her, die Glieder geschunden, die Haare verfilzt, die Kleidung nur noch Lumpen – Merg Scholl, oder vielmehr das, was Kerker und Folter von ihr übrig gelassen hatten. Die Bodenheimer standen um den Platz, gierig nach Blut, sie wollten verkohltes Fleisch riechen. Da kommt sie, die Hexe, da kommt sie!

Keiner sagte ein Wort, während sie durch die Bahnhofsunterführung in die Rheinstraße gingen. Linker Hand passierten sie den Liebrecht'schen Garten, Tinne und Elvis fühlten sich in die Regennacht zurückversetzt, als die beiden Skelette freigespült worden waren.

»Der Fundort, der passt zu alldem.« Die Professorin deutete hinüber. »Denn wer das christliche Heil verwirkt hatte, wurde nicht auf dem Friedhof beerdigt. Wurde verscharrt, in ungeweihter Erde. Hingerichtete üblicherweise auf halbem Weg zwischen Richtstätte und Friedhof. Schauen Sie mal auf eine Bodenheimer Karte. Der Liebrecht'sche Garten liegt genau dort. Zwischen der Kirche und dem heutigen Bahnhof.«

Durch die Zwerchgasse gingen sie weiter in Richtung Bürgerhaus am Dolles.

»Die Anklage gegen Merg Scholl, das war der Anfang einer ganzen Reihe von Prozessen. Wenn man die Einwohnerzahl nimmt, war Bodenheim tatsächlich eine der Hochburgen der Hexenverfolgung in Deutschland. Mehr als 30 Leute tot, fast zehn Prozent der Bevölkerung.«

»Da sind die Scheiterhaufen ja gar nicht mehr ausgegangen.« Elvis hatte sich nun doch entschlossen, eine Zigarette zu rauchen, und raschelte mit seinem Rotkreuzsack.

»Ja und nein. Scheiterhaufen waren nicht immer Todesursache. Hier in Bodenheim starb ein Teil der Angeklagten während der Folter. Andere überlebten schlicht und einfach die grauenvollen Haftbedingungen nicht. Schauen Sie mal hier.«

Sie waren am Bürgerhaus angekommen, im Park daneben herrschte Betrieb, doch der Dollesplatz war leer. Frau Leinweber trat an eine halbrunde Sitzgruppe heran. Sie bestand aus hölzernen Bänken, dazwischen waren Stelen und beschriftete Flächen aus rotem Sandstein angebracht.

»Das ist die ›Sitzgruppe Dollespark‹. Zeigt symbolisch die wichtigsten Ereignisse der Bodenheimer Geschichte, zum Beispiel die erste urkundliche Erwähnung oder das Hochwasser von 1882. Sie sehen, warum ich Sie hergeführt habe?«

Tinne und Elvis nickten unisono. Unter einer der Bänke lag, halb im Schotter verborgen, der Sandstein-Torso einer Frau. Ihr Gesicht war fast zum Schädel geworden, steinerne Rippenbögen wölbten sich aus dem Boden, die Arme lagen starr darüber.

»Die erste Hexenverfolgungswelle in Bodenheim endete 1615. Friedrich V. übernahm die Herrschaft, die Kurpfälzer ließen Militär aufmarschieren gegen die Ankläger. Man befreite die Gefangenen. Aber für die ›letzte Hexe von

Bodenheim‹, Elisabeth Metzler, kam jede Hilfe zu spät. Sie war kurz vorher an den Folgen der Haft gestorben. Man fand nur noch ihre Leiche im Kerker.«

Sie deutete auf den Leichnam aus Stein. Neben der Sitzbank gab es einen eingemeißelten Text, der schwer zu entziffern war. Tinne las stockend vor:

**nach eröffnung der gefängnusz
sie darinnen todt
und albereit stinkend
auch schimlecht brot
bey ihr gefunden.**

Die Professorin schwieg eine Weile.

»Das schwere Erbe der Hexenverfolgung – lange nicht aufgearbeitet in Bodenheim. Erst in den letzten Jahren thematisiert als grausamer, aber trotzdem wichtiger Teil der Ortsgeschichte. Deshalb hat man 2004 bei der Neugestaltung des Dollesplatzes der ›letzten Hexe‹ dieses Denkmal gesetzt. Stellvertretend für all die Frauen, die hier gemartert und verbrannt wurden.«

Tinne schaute lange in das steinerne Knochengesicht, das sich in ihrer Vorstellung allmählich in den Schädel von Merg Scholl verwandelte. Merg hatte ganz ähnlich im Boden gesteckt wie die Statue von Elisabeth Metzler … ein Hexenopfer, halb im Boden vergessen, halb in die Realität zurückgekehrt. War es nach so vielen Jahren nicht endlich Zeit für Gerechtigkeit?

Elvis schien ähnliche Gedanken zu haben und nahm ihr die Anklageschrift aus der Hand, die sie von der Professorin bekommen hatten.

Verzeichnis, was die justificierte personen in Bodenheim ahn menschen
undt vieh, wie auch andern schaden mehr volbracht und verrichtet, wie
hernach beschrieben volgt.

Merg Heinrich Schollen wittib, pfaltzisch, hat Georg Plumenscheinen ein
kindt bezaubert, ist selbiger Becker, ein taglöhner gewesen.

Item Philips Meurern, so meintzisch, 2 kälber bezaubert, dass sie gestorben.

Item ein Knecht Danieln itzt zu Geinsheim wohnhaft sein haltz und arm
bezaubert, doch ihme wiederumb geholffen.

»Unser Buchartikel soll ja erklären, was damals wirklich passiert ist. Die echte Geschichte, nicht das, was die politischen Strippenzieher die Leute glauben machen wollten.« Er wedelte mit dem Blatt. »Was ist mit Merg als Person? Mit dem Menschen hinter dem Prozess, hinter den Anklagen? Wissen wir etwas über sie, das über diese paar Worte hinausgeht?«

Frau Leinweber lächelte ein dünnes Lächeln.

»Ich fürchte, da muss ich passen. Hier endet mein Beitrag zu Ihrer Detektivarbeit. Mehr Quellenmaterial und gesicherte Erkenntnisse über das Schicksal von Merg Scholl gibt es nicht. Leider.« Sie schaute auf die steinerne Hexendarstellung. »Glauben Sie mir, mein Arbeitskreis und ich würden viel dafür geben, die Prozesse aufarbeiten zu können. Merg Scholl, Elisabeth Metzler, all die anderen. Aber die Aktenlage ist mehr als dürftig. Und ohne Quellen sind wir aufgeschmissen, das wissen Sie, Frau Nachtigall. Aus Knochen können wir Historiker leider nichts herauslesen. Papier und geschriebene Worte brauchen wir, keine Knochen.«

Tinne nickte langsam und blätterte geistesabwesend durch ihre Mitschrift. Sicher, sie hatten viel erfahren, aber der Fall Merg war nach wie vor unscharf und formlos, wie ein Nebelfetzen, den man nicht packen konnte. Wieder fiel ihr Blick auf die liegende Statue. Hier Stein, dort Mergs Knochen. *Aus Knochen können wir Historiker leider nichts herauslesen.*

Sie wollte eine Frage stellen, als Rufe aus dem Dollespark herüber schallten. Zu den Menschen, die schon vorhin da gewesen waren, hatten sich weitere dazugesellt, man belagerte einen Bereich unter den Bäumen und stritt. Bei genauerem Hinsehen erkannte Tinne, dass die Mittelalterleute dabei waren und gestikulierten.

Die Professorin folgte ihrem Blick und zog hörbar die Luft zwischen den Zähnen ein.

»Was wollen die denn schon wieder hier?« Ihre Stimme klang angespannt.

In Elvis erwachte der AZ-Reporter.

»Gehen wir doch mal schauen«, meinte er und machte sich auf den Weg, die beiden Frauen folgten. Aus der Nähe waren erregte Worte zu verstehen.

»… wird immer weiter gehen, das sage ich euch! Solange ihr die Zeichen nicht versteht, werden die Schatten dichter. Sie kommen näher, und ihr wollt es nicht wahrhaben!«

Der Recke, den Tinne als Rasmus kennengelernt hatte, führte wie immer die Rede. Er trug ein ledernes Gewand, sein stechender Blick und sein markantes Gesicht verliehen ihm Charisma. Seine Mitstreiter standen weiter hinten, eine der Frauen weinte leise. Im Mittelpunkt des Interesses befand sich etwas Weißes, das auf der Erde lag. Erst als die drei sich durch die Bodenheimer Bürger drängten, erkannten sie, was es war. Tinne spürte, wie die Professorin neben ihr zurückzuckte, als hätte sie sich verbrannt.

Abgerissene Äste und Zweige waren zu einem Stern mit fünf Zacken zusammengelegt, dem klassischen Hexen-Pentagramm. Das Symbol maß etwa zwei Meter und machte durch die krummen Hölzer einen uralten, archaischen Eindruck. Doch das, was die Leute tuscheln ließ, war sorgfältig in der Mitte platziert. Zwei große Tierschädel lagen da, lang gezogene Köpfe mit breiten Zahnreihen. Sie waren blutig verschmiert, als hätte man ihnen gerade eben das Fleisch von den Knochen geschabt. Am Schlimmsten waren aber die Augenhöhlen – in ihnen steckten die losgelösten Augäpfel der Tiere und starrten blicklos ins Nichts.

Tinne spürte, wie ein Schauer über ihren Rücken kroch. Was sollte das denn? Ein … ein Opfer? Eine Gabe?

Rasmus deutete auf die Schädel.

»Merg ist angeklagt worden, weil sie zwei Kälber verhext haben soll. Hier liegen zwei Kalbsschädel im Drudenfuß. Deutet die Zeichen! Spürt ihr nicht, dass sie uns etwas sagen will? Dass sie hier zum Anfassen nahe ist? Ihr Geist, ihre Wesenheit?«

Tinne trat an die gruselige Installation heran. *Item Philips Meurern, so meintzisch, 2 kälber bezaubert, dass sie gestorben*, so lautete die Anklageschrift. Die blutigen Augen schauten sie stumpf an, mit Willensanstrengung musste sie den Blick abwenden. Sie ertappte sich bei dem Gedanken, dass ihr Buchprojekt auf dem besten Weg war, zu einem Albtraum zu werden.

»Was ist denn da los?«, fragte Elvis derweilen eine grauhaarige Frau neben sich.

»Ei, der junge Mann do dribbe, hat gemaant, es wär ebbes mit seim Hund gewese, heut Nacht. Unn als er vorhin gugge gegange is, do lag des Gelärsch do. Hexekram soll's sei, irgendwas.«

Der junge Mann, auf den sie zeigte, stand etwas abseits und hielt einen bulligen Hund am Halsband. Er hatte gegelte Haare, einen akkurat gestutzten Dreitagebart und trug einen silbernen Stecker in der linken Augenbraue.

»Also, ich bin gestern Nacht mit Paco spazieren gegangen, so wie oft«, berichtete er auf Elvis' Frage. »Und hier im Park war er auf einmal weg und ist dann ganz still auf dem Weg gestanden. Ich hin und hab was Komisches gehört, ein … ein Knochenklappern, wie Schütteln oder so. Und gestunken hat's, irgendwie eklig.«

Tinne musste an das Ehepaar in den Weinbergen denken. Ein Sack Knochen und ein Geruch wie verwestes Fleisch, so hatten sie es beschrieben.

»Aber dann war auf einmal was, das hab ich noch nie erlebt, echt nicht.« Der junge Mann senkte die Stimme, als wäre es ihm peinlich. »Weil, der Paco, also, das ist normalerweise kein Schisser.« Das glaubte Tinne aufs Wort, als sie das plumpe Maul und den breiten Brustkorb des Tieres sah. Der Hund hechelte und schnappte mit hängenden Lefzen ins Nichts, als würde er etwas Unsichtbares jagen.

»Aber gestern, da ist er zu mir gekrochen und hat angefangen zu jaulen, so richtig zu winseln, wie ein Welpe. Voll geduckt und so. Und dann bin ich weg, ab heim, das war mir echt ein bisschen zu hart.« Er lächelte unsicher. »Weil, wenn der Paco kneift, dann kneif ich erst recht.«

Elvis machte sich Notizen in seinem Reporterblock, während Tinnes Blick magisch von den Schädeln angezogen wurde. Sie hatte Rasmus' Rede für Plattitüden gehalten, seine Tirade über Mergs ›Wesenheit‹. Doch nun fragte sie sich, was einen Hund wie Paco so erschrecken konnte, dass er winselnd zu seinem Herrchen gekrochen kam. Die Ausstellungseröffnung kam ihr in den Sinn, die unerklärliche Panik, die sie und die übrigen Besucher aus dem Museum getrieben hatte.

Sie wandte sich zu Frau Leinweber, um deren Meinung zu hören. Doch die Professorin stand einige Schritte entfernt und war leichenblass im Gesicht. Alles, was Tinne in ihrem Gesicht lesen konnte, war Angst. Nackte Angst.

*

Empfänger: Prof. Dr. Gregor Bisson,
Institut für Geschichte, Theorie und Ethik
der Medizin
<Bissong@uni-mainz.de>
Absender: Ernestine Nachtigall, M.A.,
Historisches Seminar
<nachtigalle@uni-mainz.de>

Betreff: Analyse »Hexenknochen« Bodenheim

Sehr geehrter Herr Professor Bisson,
mein Name ist Ernestine Nachtigall, ich unterrichte am Historischen Seminar und verfasse einen Artikel für eine Buchveröffentlichung, in der der Bodenheimer »Hexenfall« themati-

siert und in den zeitgenössischen historisch-
sozialen Rahmen eingebunden werden soll. Deshalb hätte ich großes Interesse an einem
kurzen Abriss der Ergebnisse, die Sie und Ihre
Mitarbeiter aus der Untersuchung der Gebeine
gewonnen haben. Ich versichere Ihnen, dass
diese Angaben ausschließlich dem genannten
Zweck dienen und keinesfalls ohne Ihr Wissen
und Ihr Einverständnis veröffentlicht werden.
Über eine positive Rückmeldung und die Möglichkeit zum persönlichen Gespräch würde ich
mich sehr freuen.
Mit freundlichen Grüßen,
Ernestine Nachtigall, M.A.

Empfänger: Ernestine Nachtigall, M.A.,
Historisches Seminar
<nachtigalle@uni-mainz.de>
Absender: Prof. Dr. Gregor Bisson,
Institut für Geschichte, Theorie und Ethik
der Medizin
<Bissong@uni-mainz.de>

Betreff: RE: Analyse »Hexenknochen« Bodenheim

Sehr geehrte Frau Nachtigall,
eine Inaugenscheinnahme der Skelettfunde und
eine Einsicht in unsere Analyse-Ergebnisse
sind völlig ausgeschlossen. Bitte nehmen Sie
zur Kenntnis, dass die Untersuchungsresul-

tate dieser hochsensiblen Funde erst nach mehrfacher Gegenprüfung veröffentlicht werden und auch dann nur einem eng begrenzten Kreis von Fachkollegen aus dem In- und Ausland zur Verfügung stehen. Da diese Vorgehensweise mit meinen Mitarbeitern sowie dem Forschungsfachkreis Anthropologie Mainz abgestimmt ist, bitte ich Sie, von weiteren Anfragen abzusehen.
MfG
Prof. Dr. Dr. h.c. Gregor Bisson

»Arschgesicht.«

Erbost malte Tinne mit dem Mauszeiger Fratzen auf den Bildschirm ihres Notebooks. Sehr viel deutlicher hätte die Abfuhr ja wohl nicht ausfallen können, die sie sich bei Professor Bisson eingehandelt hatte. ... *bitte ich Sie, von weiteren Anfragen abzusehen.* Arschgesicht.

Sie schlurfte misslaunig in die Kommunenküche, ignorierte einen Stapel Schmutzgeschirr von Axl und Bertie und ließ ihre Bezzera hochheizen. Während sie die Espressobohnen mahlen ließ und den Siebträger füllte, grübelte sie. Die Begehung mit der Professorin hatte ihr klargemacht, dass sie nur anhand der politischen und gesellschaftlichen Rahmenbedingungen des damaligen Bodenheim keine Chance hatte, den ›Fall Merg‹ zu lösen. Also hatte sie den Nachmittag im Rathaus verbracht und versucht, sich den Hexenvorfällen mithilfe des Ortsarchivs zu nähern. Nachdem sie weder im Gerichtskader noch im Findbuch Erfolg hatte, lag ihre letzte Hoffnung auf der öffentlichen Bücherei St. Alban, die aus der katholischen Pfarrbibliothek hervorgegangen war. Die Büchereileiterin, Frau Bingenheimer, war zwar sehr hilfsbereit, musste Tinnes Entdeckerdrang jedoch bremsen. Die Bücherei, so erfuhr sie, war früher im Dachgeschoss des Pfarrhofs untergebracht gewesen und 1902 einer Feuersbrunst zum Opfer gefallen. Dabei waren auch sämtliche Kirchenakten unwiederbringlich zerstört worden. Also blieb nur der Nebensatz der Professorin über das Knochenlesen. Tinne war klar, dass sie eine Einsicht in die Knochenanalyse der Skelette brauchte. Doch Bisson stellte sich stur. Also was tun?

Als die schwarze Flüssigkeit in das Tässchen tröpfelte, hatte sie eine Idee. Eine fingierte Persönlichkeit! Sie könnte sich als, sagen wir mal, berühmter englischer Hexenforscher bei Bisson melden, unter einem Namen, der in Oxford lehrte. Bisson würde sich gebauchpinselt fühlen, wenn ein solcher Experte per Brief nach den Untersuchungsergebnissen fragen würde! Kaum war der Espresso durchgelaufen, sah Tinne sich allerdings schon auf der Anklagebank, verurteilt wegen Hochstapelei und Titelanmaßung. Blöde Idee. Dann also den Gegner infiltrieren! Sicherlich könnte sie einen von Bissons Mitarbeitern für ihren Artikel als Co-Autor gewinnen, und er würde sie insgeheim mit Informationen versorgen. Als sie Zucker in die Tasse rührte, war ihr aber bereits klar, dass die Co-Autorenschaft bei einem populärwissenschaftlichen Buchprojekt keinen halbwegs vernünftigen Doktoranden dazu verleiten würde, seinen Doktorvater in die Pfanne zu hauen und Untersuchungsergebnisse auszuposaunen.

Ernüchtert schlürfte sie ihren Espresso und gab dem beständigen Stupsen an ihrem Bein nach. Mufti rieb seinen Kopf an ihrer Wade.

»Na, Mufti, wie soll ich die Sache denn anpacken, hm?« Tinne bückte sich. Der Kater knuffte ihre Hand, unbeeindruckt von solcherlei Menschenproblemen. Sie kraulte sein garfield-gemustertes Fell. Es dauerte keine zehn Sekunden, da schnurrte er auch schon wie ein Moped. Wider Willen musste Tinne lächeln. Mufti schaffte es immer wieder, ihre Laune zu verbessern, egal, wie mies sie drauf war.

Ihre Ideen schossen weiter ins Kraut und wurden immer wilder. Mit Ferdis Hilfe den Server der Anthropologen anzapfen und die Dateien heimlich kopieren? Sich in einem Schrank verstecken und nachts im Taschenlampenlicht nach den Ergebnissen suchen? Mit einer geliehenen TV-Kamera ein Fernsehprojekt vorgaukeln und … Moment! Ihre Hand verharrte, was Mufti mit einem unzufriedenen Nasenstüber quittierte. Das Fernsehen! Eine Erinnerung durchzuckte sie, etwas, das mit einem Fernsehbeitrag über den Hexenfund zusammenhing. Sie hatte einen Bericht darüber geschaut, gemeinsam mit Elvis. SWR, Landesschau!

»Sorry, Süßer, die Arbeit ruft.« Mufti blinzelte ihr nach, gähnte spitzzahnig und tappte nach unten, um Katzenabenteuer in Nachbars Garten zu erleben. Tinne fuhr ihren Rechner hoch. Die Mediathek des SWR lieferte ihr einen Treffer, am 11. Februar hatte die Landesschau einen Beitrag über Merg Scholl gebracht. Tinne klickte auf den Titel, ›Der Zauberey Laster auzureutten‹. Der Studiohintergrund zeigte eine Bildcollage aus Mergs Schädel und altertümlichen Hexendarstellungen, im Vordergrund drehte sich die Moderatorin Daniela Schick zur Kamera um.

Bei dem Wort »Hexe« denken wir zuallererst, ganz klar, an die »Fassenacht«, an Kinderkostüme, an Bibi Blocksberg vielleicht oder an Otfried Preußlers »kleine Hexe«. Es gab aber eine Zeit …

Tinne schaute konzentriert zu, als der Film ablief. Die Grabungsarbeiten an der Fundstelle. Immer wieder alte

Gemälde, auf denen Hexenweiber um das Feuer tanzten und durch die Luft ritten. Das Interview mit Professor Leinweber, das Kinderskelett. Die Knochen während der Untersuchung im Anthropologischen Institut ... da! Da war die Szene, die Tinne im Gedächtnis geblieben war!

Die geheimnisvollen Knochen sind inzwischen an das Institut für Medizingeschichte nach Mainz gebracht worden. Der Fall ist so außergewöhnlich, dass sich neben Archäologen und Historikern sogar die Rechtsmedizin für die Gebeine interessiert. Gemeinsam versuchen die Fachleute, die Rätsel der Vergangenheit zu lösen und die Knochen zum Sprechen zu bringen.

Zu sehen war die Arbeit an den Gebeinen, Wissenschaftler in weißen Kitteln schabten Proben ab und drehten die Knochen unter starken Lampen hin und her. Tinne schaute genau hin – tatsächlich, ihre Erinnerung hatte sie nicht getäuscht. Im Hintergrund stand, halb verdeckt, aber klar zu erkennen, Dr. Tara Feh! ... *dass sich neben Archäologen und Historikern sogar die Rechtsmedizin für die Gebeine interessiert.*

Tinne spürte, wie sich ein Lächeln in ihr Gesicht stahl. Sie witterte eine winzige Chance, Arschgesicht Bisson eine lange Nase zu zeigen und auch ohne seinen Segen an die Ergebnisse der Knochenanalyse zu kommen.

Die Nummer von Dr. Feh fand sie auf der Homepage der Rechtsmedizin, und die Pathologin erinnerte sich tatsächlich an die große Frau, die gemeinsam mit Elvis tropfnass beim Fund der Skelette dabei gewesen war. Und wie schon bei Professor Leinweber war Tinne das Glück hold: Tara Feh fand das Buchprojekt spannend und bot Tinne an, sie gleich am nächsten Morgen bei einer eh anstehenden Skelettuntersuchung zu begleiten. Auf die Frage, ob Elvis auch dabei sein dürfe, antwortete sie mit einem trockenen »Wenn's denn sein muss.«

Zufrieden legte Tinne auf. Nun endlich hatte sie das Gefühl, dass ihre Hexenermittlungen Fahrt aufnahmen.

Knall! Tinne fuhr in ihrem Bett hoch und starrte in die Dunkelheit. Ein Geräusch hatte sie aus dem Tiefschlaf gerissen. Aber was und wo? Knall! Sie zuckte zusammen, als etwas an ihr Fenster schlug. Verängstigt lauschte sie. Ihr Herz raste, während ihre Finger nach dem Lichtschalter tasteten. Nach zwei, drei bangen Atemzügen legte sie den Schalter um, blinzelte im hellen Licht – und prallte erschrocken zurück.

Außen an ihrer Fensterscheibe hing eine klebrige Masse, schwärzlich, rötlich, mit öligen Schlieren. Es dauerte einen Augenblick, bis Tinne begriff, dass es Blut war. Blut und Innereien.

In dieser Sekunde klatschte etwas Massives an das Glas, sie schrie auf und krabbelte panisch nach hinten. Ein nasser roter Klumpen glitt an der Scheibe entlang, klebte einen Augenblick am Fensterrahmen und fiel nach unten. Alles hatte nur wenige Wimpernschläge gedauert, doch Tinne hatte etwas gesehen, das ihr das Blut in den Adern gefrieren ließ: rotbraun gestreiftes Fell.

»Mufti!« Sie sprang aus dem Bett, riss ihre Zimmertür auf und wäre beim Hinausrennen fast hingeschlagen, so eilig hatte sie es. »Muftiiiiiii!«

Ihre Schreie hallten durch die Küche, die Türen von Bertie und Axl öffneten sich fast gleichzeitig und offenbarten verschlafene Gesichter. Doch Tinne war längst schon auf der Treppe, die die Kommune mit dem kleinen Innenhof verband. Ihr Fenster war zu diesem Hof ausgerichtet, sie rannte hinaus, umrundete die Stahlskulpturen aus Axls Werkstatt und kam an der hinteren Wand an. Das Licht in ihrem Zimmer brannte und ließ das Fenster wie einen monströsen Rorschachtest glühen. Auf dem Boden des Hofes lag ein Bündel, sie sah Knochen und Blut und Garfield-Fell. Tinne merkte, wie ihr der Atem wegblieb. »Mufti!«, hauchte sie, ihre Beine wurden schwach. Als sie vor dem zerschmetterten Tierkörper auf die Knie fiel, waren Axl und Bertie auch schon zur Stelle. Die Männer nahmen sie vorsichtig bei den Schultern, das Entsetzen stand ihnen ins Gesicht geschrieben.

»Das … das …«, fing Tinne an. Vor Schluchzen konnte sie nicht reden, Tränen verschleierten ihre Augen. Katzen – Hexenwesen!, gellte es in ihrem Kopf, während ihrer Recherchen hatte sie darüber gelesen. Verkörperung des Satans. Man mauerte sie unter der Schwelle eines Hauses ein, um Schutz vor bösen Geistern zu haben. Man schlug sie tot, damit die Hexen nicht in ihre Körper einfahren konnten. Nun war es geschehen: Der Fluch von Merg Scholl hatte sie erreicht.

Wie ein Baby wiegte Tinne sich hin und her, Tränen liefen ihr über die Wangen. Sie musste an sich halten, um das blutige Fellbündel nicht zu streicheln und zu liebkosen. Mufti … ihre Schuld!

»Hey, wart mal. Das … das gibt's noch nicht!«

Axls Stimme klang dermaßen verblüfft, dass Tinne herumfuhr. Was sie sah, ließ ihre Kinnlade herunterklappen – aus der Wilhelmstraße kam, seelenruhig und mit lässig pendelndem Schwanz, Mufti hereinmarschiert!

»Mufti!«, riefen alle drei wie aus einer Kehle und stürzten auf den Kater zu. Dieser ließ es gnädig über sich ergehen, hochgenommen und geherzt zu werden, ganz so, als sei solch ein Willkommen gang und gäbe. Tinne drückte Mufti an sich und konnte gar nicht genug von seinem warmen, weichen Fell bekommen, das sie mit ihren Tränen nass machte. Derweilen schoben die beiden Männer den toten Tierkörper mit einem Stock hin und her. Es war eine Katze mit einer ähnlichen Fellmusterung, mehr ließ sich in diesem schlimmen Zustand nicht mehr feststellen.

Tinne schauderte und hielt Mufti fest. Sie hatte das Gefühl, als würde Merg Scholl sie aus leeren Augenhöhlen beobachten und jeden ihrer Schritte mit knöchernen Fingern nachzeichnen.

Dienstag, 6. Mai 2014

Ilja Marfel starrte empört auf das handgeschriebene Schild an der Labortür, das in dürren Worten verkündete: *Bis 10.00 Uhr geschlossen wegen rechtsmedizinischer Untersuchung.*

Im Flur hinter ihm herrschte trotz der frühen Stunde schon reger Betrieb, viele Studierende und Doktoranden des Instituts für Rechtsmedizin hatten bereits ihre Analysen gestartet und bereiteten Probenmaterial auf. Das Kellergeschoss war von Leben erfüllt, Stimmen schwirrten, Geräte piepten, ein Rüttelpult ließ sein sonores Brummen ertönen. Lediglich die Tür zu Labor 4, das für die Untersuchung größerer Objekte vorgesehen war, rührte sich keinen Millimeter.

Verärgert zog Ilja seine Karte durch den Scanner und tippte den Zugangscode ein, wie er es schon fünfmal getan hatte. Piep – Zugang freigegeben. Doch die Tür blockierte, jemand hatte offensichtlich von innen abgesperrt.

Labor 4 war separat gesichert, da hier manchmal wertvolle und unersetzliche Untersuchungsobjekte aufbewahrt wurden. Im Moment waren das die beiden Bodenheimer Skelette. Ilja wollte eben noch einen Blick auf die Kulturen im Brutschrank werfen, deren Zellwachstum Einzelheiten über den mikroskopischen Flechten- und Pilzbewuchs der Knochen verraten sollten. Doch nun musste er nach oben, sein Hauptseminar begann gleich. Von seinem Chef, Professor Bisson, wusste er zwar von der Zusammenarbeit mit der Mainzer Rechtsmedizin. Dass die Pathologen aber gleich das Labor komplett dichtmachten, wurmte ihn. Er fragte sich, was zum Teufel die Gerichtsmedizin überhaupt mit 400 Jahre alten Knochen zu tun hatte. Frechheit! Zum letzten Mal klopfte und rüttelte er an der Tür, bevor er sich umdrehte und verstimmt zu seinem Seminar eilte.

Im Inneren von Labor 4 deutete Dr. Tara Feh spöttisch zur Tür.

»Es war eine gute Idee, unseren Termin eher privat zu halten. Die Damen und Herren vom Institut können manchmal ein wenig, wie soll ich sagen, hochnäsig sein.«

Tinne hatte Dr. Feh von ihrer Korrespondenz mit Bisson erzählt, und die Pathologin bestätigte ihr, dass der Professor sehr von sich eingenommen war.

»Als ich um eine Zusammenarbeit gebeten habe, hat er mir die Tür vor der Nase zugehauen«, berichtete sie. »Erst als ich im Justizministerium ein paar Strippen gezogen habe und die dann wiederum beim Ministerium für Bildung und Forschung, ging's auf einmal, und Bisson war butterweich.«

Tinne konnte nur den Hut ziehen – diese Möglichkeiten waren ihr als kleiner Lehrkraft am Historischen Seminar leider verwehrt. Umso besser, dass sie Tara Feh für ihr Merg-Scholl-Projekt gewinnen konnte.

Die Pathologin trug eine cremefarbene Hose, eine weiße Bluse und einen dunklen Blazer mit einem einzigen überdimensionalen Knopf, darüber hatte sie leger ihren offenen Laborkittel geworfen. Die hellen Haare fielen wie ein Wasserfall nach hinten, ihre Sommersprossen ließen sie jugendlich aussehen, sie war dezent, aber vorteilhaft geschminkt. Tinne musste neidlos anerkennen, dass Tara Feh eine stilsichere Frau war.

Elvis hingegen war mit einem besonders schauderhaften Hemd ausstaffiert, es zeigte eine Horde missgelaunter Mainzelmännchen, die mit Steinen bewaffnet Krawallschilder hochhielten. Er hatte sich eine knurrige Begrüßung für Dr. Feh abgerungen und seither kein Wort gesagt. Doch auch er konnte sich der besonderen Atmosphäre nicht entziehen, die in Labor 4 herrschte. Die Wände waren von Untersuchungsgeräten gesäumt, überall summte und blinkte es, beschriftete Probegläser und Chemikalien füllten die Regale. Das moderne Ambiente bildete einen merkwürdigen Rahmen für das, was in der Mitte des Raumes auf einem Edelstahlrolltisch lag: die Knochen von Merg Scholl.

Das uralte Skelett lag sortiert und ausgebreitet da, durch die Abstände zwischen den einzelnen Knochen wirkte es unproportioniert, die Wirbelsäule zu lang, die Hände wie Krallen, der Schädel aufgesetzt. Die Gebeine waren inzwischen gesäubert, hatten ihre erdig-braune Färbung jedoch nicht verloren. Daneben stand ein zweiter Rolltisch, der mit einem Tuch abgedeckt war.

Dr. Feh streifte sich Untersuchungshandschuhe über und gab ihnen Zeichen, es ihr gleichzutun.

»Ein spannendes Projekt, das Sie da bearbeiten, Frau Nachtigall.« Wieder fiel Tinne der leichte Akzent auf, den sie partout nicht einzuordnen vermochte. Die Gerichtsmedizinerin drückte auf einen Schalter, eine Untersuchungslampe ging an. Nun warfen die Knochen scharf abgezirkelte Schatten. »In der Forensik haben wir ja oft die Aufgabe, anhand sterblicher Überreste die Geschehnisse zu rekonstruieren, die zum Tod geführt haben. Aber ein Fall, der 400 Jahre in der Vergangenheit liegt, ist schon etwas ganz Besonderes.«

Tinne kämpfte noch immer mit den hauchdünnen Handschuhen, die biestig aneinander klebten. Sie fühlte sich erbärmlich. Die Geschehnisse der Nacht wirkten noch nach, der Schlafmangel und die Aufregung schlugen sich auf ihre Konzentration nieder. Eine unerklärliche Scheu vor dem Skelett umfing sie. *Seit Jahrhunderten begraben, aber längst noch nicht tot.*

Dr. Feh schaute ihre beiden Gäste an.

»Okay, fangen wir an. Die große Frage ist: Welche Geschichten können uns die Knochen erzählen? Was war das für eine Person, deren Überreste wir hier vor uns sehen, was hat sie für ein Leben geführt?«

Elvis machte sich schreibbereit, er hatte ohne zu murren den Protokolldienst übernommen. Tinne vermutete, dass er so wenig wie möglich mit Tara Feh reden wollte, und das hielt sie für eine gute Idee. Sie hatte nämlich keine Lust, dass der Reporter mit seiner spitzen Zunge einen Streit anzettelte und sie hochkant hinausflogen.

»Der grobe Rahmen ist rasch abgehandelt. Das Geschlecht hatte ich ja schon am Fundort als weiblich eingestuft, und der zweite Punkt ist damals meine Schätzung bezüglich der Liegezeit der Gebeine gewesen.«

Dr. Feh nahm den linken Oberarmknochen zur Hand, der in zwei Teile zerbrochen war.

»Sie erinnern sich an diesen Bruch, den der Hangabriss verursacht hat? Aufgrund der starken Entmineralisierung hatte ich auf eine Liegezeit von 300 bis 400 Jahre getippt. Die Radiokarbonmethode hat das inzwischen bestätigt, 400 Jahre plus/minus 20 sind als realistisch anzusehen.« Sie schaute Tinne an. »Damit kommen wir sehr gut an das Jahr 1613 heran, in dem Ihr Untersuchungsobjekt den Tod gefunden hat.«

Ihr Untersuchungsobjekt. Die wissenschaftlichen Formulierungen der Pathologin klangen spröde in Tinnes Ohren, so, als würde sie über einen x-beliebigen Gegenstand reden und nicht über die Knochen eines Menschen. Deshalb brauchte sie eine Sekunde, um den letzten Satz zu verstehen.

»Oh, das … das ist gut, wirklich«, murmelte sie einfallslos. Sie war selbst genervt von ihrer lethargischen Art, aber ihr Kopf war wie in Watte gepackt. Natürlich war diese Neuigkeit ›gut‹! Wenn das Skelett nämlich 100 Jahre länger oder kürzer in der Erde gelegen hätte, wäre ihr komplettes Buchprojekt von einer Sekunde zur anderen futsch gewesen.

»Sag mal, was ist denn mit dir los?« Elvis ließ seinen Stift in nervigem Rhythmus auf den Block schlagen. »Hast du gestern mit der Brigade einen Schoppenwettbewerb veranstaltet oder was?«

Tinne winkte ab und versuchte, sich zu konzentrieren. Sie wollte die knappe Zeit, die sie mit Tara Feh hatte, so effektiv wie möglich nutzen.

»Ja klar, die Liegezeit. Aber können Sie denn auch etwas über das Lebensalter von Merg sagen? Ich meine – wie alt war sie, als sie gestorben ist?«

Tara Feh legte die zwei Bruchstücke des Oberarmknochens zurück und schob sie so lange hin und her, bis sie wieder perfekt in die Symmetrie des Skeletts passten.

»Nicht ganz so leicht zu beantworten, denn das menschliche Skelett verändert sich im Laufe des Lebens ständig, es gibt Wachstums- und Abbau-Phasen. Die größten Veränderungen finden in der Jugend und den frühen Erwachsenenjahren statt, danach wird es schwierig. Hier haben wir es definitiv mit einer erwachsenen Person zu tun, das verrät uns die Skelettreife, vor allem die vollkommen geschlossenen Wachstumsfugen der Hände. Ü 14 auf jeden Fall.«

Elvis kritzelte mit und sprach, ohne aufzuschauen.

»Na ja, das nützt uns nicht gerade viel.« Sein Tonfall war regelrecht aufsässig. »Schließlich war Merg Scholl ja Witwe gewesen, da ist es doch klar, dass sie älter war als 14.«

Dr. Feh tat, als habe er nichts gesagt, und nahm den Schädel zur Hand.

»Frau Nachtigall, schauen Sie sich bitte mal die Zähne im Oberkiefer an.«

Tinne überwand ihre Scheu und griff nach dem Schädel. Er war überraschend leicht, sie spürte durch die Handschuhe die raue Knochenoberfläche. In der oberen Zahnreihe fehlten einige Zähne, die Übrigen waren dunkelbraun und halbrund, wie poliert.

»Ein gutes Mittel zur Altersbestimmung ist die Abrasion der Zahnhartsubstanz, also der Grad der Abschleifung. Im Mittelalter und in der Frühen Neuzeit war Zahnpflege ein Fremdwort, dazu kam, dass viele Nahrungsmittel hart waren und eine schleifende Wirkung hatten. Korn zum Beispiel wurde mit Steinmühlen gemahlen, das Mehl enthielt Steinstaub und wirkte über die Jahre wie ein Schleifmittel. Je älter ein Mensch wurde, umso mehr Abrasion findet sich an den Zähnen.«

Die Pathologin nahm einen Spatel und zeigte auf die Oberseite der Backenzähne. »Hier, die gesamte Okklusalfläche, also der Kaubereich, ist abradiert, die Zähne haben eine dunkle Färbung. Das spricht für ein Alter zwischen

50 und 60, also eine für damalige Verhältnisse außergewöhnlich lange Lebenszeit.«

»Satans Belohnung für geleistete Dienste«, sagte Tinne mehr zu sich selbst und legte den Schädel behutsam zurück. Elvis machte sich Notizen, brummte aber etwas, das verdächtig nach ›Zahn-Feh‹ klang. Er konnte das Sticheln nicht lassen, doch Dr. Feh nahm ihn nicht weiter zur Kenntnis.

»Sehr aufschlussreich ist die Verletzungshistorie des Körpers«, fuhr sie fort und deutete mit dem Spatel auf die Handknochen. »Die Daumen- und Fingerknöchel sind durch starken Anpressdruck gebrochen worden, die Frakturen sind zu regelmäßig, um beispielsweise bei einem Unfall oder einer unabsichtlichen Handquetschung entstanden zu sein.« Tinne und Elvis beugten sich nach vorne. Im hellen Licht sahen sie die Fingergelenke, die waagrechte und senkrechte Sprünge aufwiesen – Spuren der Folter.

»Dieselben Verletzungen finden wir am linken Knie.« Sie nahm den Beinknochen hoch und hielt ihn ins Licht. »Zersplitterte Kniescheibe, Patellafraktur, dazu längsseitiger Bruch des Oberschenkelknochens am Femoropatellargelenk. Stumpfe Gewalt, hoher Pressdruck. Eiserne Beinschrauben wären als Ursache ohne Weiteres denkbar.«

Sie legte die Beinknochen zurück.

»Mikroskopisch sichtbar ist in beiden Fällen eine nichtosteonale Bruchheilung, also die Ausbildung eines Geflechtknochens. Die erste Stufe zur Knochenregeneration. Dieser Prozess ist aber immer wieder gestoppt worden durch erneute Frakturen. Die Knochen sind wiederholt gebrochen worden, im Abstand von etwa einer Woche.«

Stille senkte sich über das Labor, nur die Computer summten weiter. Jede Woche waren die Folterknechte wiedergekommen und hatten Merg mitgenommen. Vielleicht hatte sie geweint und gefleht, vielleicht hatte ihr dazu aber auch schon die Kraft gefehlt.

Elvis waren die frechen Kommentare vergangen, Tinne merkte, wie sie mit ihrem Kreislauf kämpfen musste. Sie ließ sich auf einen Schreibtischstuhl fallen und versuchte, klar zu denken.

»Warum ... warum haben wir überhaupt noch Knochen? Ich meine, Merg Scholl ist ja verbrannt worden. Und da bleibt doch eigentlich nur Asche übrig, oder? Wie bei der Einäscherung im Krematorium.«

»Nein, nicht ganz. Im Krematorium werden Temperaturen bis 1200 Grad erreicht, das schafft ein Scheiterhaufen niemals. Letztlich ist es ja ein brennender Holzstapel, und da reden wir über 800 Grad, mit Verwehungen durch Wind eher weniger. Bei diesen Temperaturen kommt es zur Verkohlung von Haut, Fleisch und Muskeln, also Massenreduktion, Entwässerung und Verbackung zu organischem Substrat. Das Skelett bleibt davon mehr oder weniger unberührt.«

Tinnes Gedanken trieben davon wie Wolken, die schutzlosen Gebeine auf dem Untersuchungstisch zogen sie merkwürdig an. *Verbackung zu organischem Substrat.* Ob Merg Scholl das gewollt hätte – fremde Menschen, die nach Jahrhunderten ihre Knochen aus der kühlen Erde holten und sie berührten, drehten, betasteten, Proben herauskratzten und ihnen im grellen Licht jedes Geheimnis nahmen. Was hatte Rasmus gesagt, damals vor dem Museum? *Sie will schlafen, sie will hinübergehen in die andere Welt, und ihr lasst sie nicht!* Tinne warf einen scheuen Blick auf den Schädel und ertappte sich dabei, dass sie sich im Geiste bei Merg entschuldigte für das, was hier gerade geschah.

»Frau Nachtigall, Sie sehen aus, als würden Sie gleich aus den Schuhen kippen. Was ist, sollen wir eine Pause machen für Kaffee und ein paar Minuten Frischluft?« Tara Feh schaute sie mit einem kleinen Lächeln an. Doch Tinne schüttelte den Kopf, obwohl sie ein Monatsgehalt für einen Espresso gezahlt hätte, und Elvis aussah, als würde er das Gleiche für eine Zigarette tun.

»Nein, jetzt sind wir mittendrin, jetzt machen wir weiter.«

»Na gut. Wir kommen jetzt nämlich zu denjenigen Bereichen, die auch für mich Neuland waren. Ich hatte die Gelegenheit, den Osteoarchäologen über die Schulter zu schauen, also den Knochenspezialisten für antike Gebeinefunde. Mein Freund Bisson hätte mich zwar am liebsten auf seiner Schulter aus dem Labor getragen, aber er hatte ja einen Maulkorb von ganz oben bekommen und musste gute Miene zum bösen Spiel machen.« Sie zauberte einen herrlich fiesen Gesichtsausdruck hervor, den Tinne köstlich fand und der ihre Mattigkeit zumindest ein Stück weit vertrieb. Die Pathologin faszinierte sie – hochprofessionell, aber trotzdem mit einem Sinn für hintergründigen Humor. Zum wiederholten Male fragte sie sich, warum Elvis sie nicht ausstehen konnte.

»Durch das Verhältnis von Kohlenstoff und Stickstoff im Knochenkollagen haben die Osteoarchäologen herausgefunden, dass Merg Scholl fast ausschließlich pflanzliche Nahrung zu sich genommen hat.«

Tinne verstand, worauf die Pathologin hinauswollte.

»Oh klar, das ist in der frühneuzeitlichen Gesellschaft ein klarer Sozialindikator – Fleisch konnte sich nur die wohlhabende Oberschicht leisten, alle anderen haben Getreide und Gemüse gekaut.«

»Eine ärmliche Frau also.« Dr. Feh trat an das Skelett heran. »Das bringt uns direkt zur nächsten Frage: Können wir etwas darüber sagen, wie sie ihr Leben verbracht hat? Wie ihr Alltag ausgesehen hat?«

Elvis zog die Mundwinkel nach unten. »Ho-ho, jetzt erleben wir die Kathy Reichs von Mainz in voller Fahrt!«, kommentierte er halblaut, aber mit giftigem Unterton. »Ihr Röntgenblick durchschaut jedes Geheimnis!«

Tinne wäre vor Scham am liebsten im Boden versunken. Da nahm sich Dr. Feh extra Zeit, um mit ihnen die Ergebnisse der Knochenanalyse durchzugehen, und Elvis hatte nichts Besseres zu tun, als eine abfällige Bemerkung nach der anderen herauszuschießen!

Doch bevor sie etwas sagen konnte, fuhr die Pathologin herum und funkelte ihn an.

»Weißt du was, Elmar – zisch doch einfach ab und schreib einen Artikel über die Gehsteigreinigung in Kastel-Süd. Das passt wohl eher zu deinem journalistischen Niveau.«

Der Reporter schaute sie mit einem Gesichtsausdruck an, der irgendwo zwischen Beleidigung und Enttäuschung lag, dann ließ er seinen Schreibblock zu Boden fallen, öffnete die Türverriegelung und verschwand ohne ein weiteres Wort. Das Ganze dauerte keine fünf Sekunden.

Dr. Feh holte tief Luft, ihre Zunge wanderte über die Lippen. Schließlich drehte sie sich zu Tinne um. Ihre Stimme war beherrscht.

»Sorry, Frau Nachtigall, das tut mir leid. Ich … ich … er schafft es einfach immer wieder, mich auf die Palme zu bringen.«

Tinne schaute zwischen der Tür und der Pathologin hin und her. Sie hatte noch nie erlebt, dass Elvis dermaßen kampflos das Feld räumte. Unsicher suchte sie nach Worten.

»Wow. Das … also, das ist, äh …«

»Ich schulde Ihnen wohl eine Erklärung.« Tara Feh setzte sich halb auf einen der Schreibtische und zupfte an ihrem Laborkittel. »Also, Elmar und ich, wir, hm, wir waren früher einmal zusammen, und es ist nicht besonders schön zu Ende gegangen.« Sie schaute hoch und suchte Tinnes Blick. »Das ist zwar schon eine halbe Ewigkeit her, aber Sie wissen, wie das ist. Verletzte Gefühle werden nicht alt, sondern stecken auch nach vielen Jahren noch wie ein Stachel im Fleisch.«

Tinne glotzte die Frau an, als hätte sie ihr erzählt, die Erde sei eine Scheibe. Elvis … und Tara Feh? Der dicke, oft ungehobelte Reporter mit seinen Wühltisch-Klamotten und die elegante, stets gepflegte Pathologin?

Dr. Feh sah ihr die Verblüffung an und musste trotz der ernsten Situation lachen.

»Ich weiß, ich weiß – kann man sich heutzutage kaum vorstellen. Aber damals, 1984, da hatte ich mein erstes Jahr in Mainz und habe in der Kinderklinik angefangen, noch als kleine Assistenzärztin, und Elmar ist gerade aus Berlin zurückgekommen, wo er ein paar wilde Jahre beim Radio verbracht hatte. Er war 25 und ich 21.« Eine verklärte Erinnerung huschte über ihr Gesicht. »Da sahen wir beide noch etwas anders aus, glauben Sie mir, und naja, es hat einfach gepasst. Für ein Jahr zumindest.«

Tinne war völlig von den Socken. Sie wusste, dass Elvis eine Zeit lang in Berlin gewesen war, aber beim Thema Beziehungen hatte er sich stets bedeckt gehalten. Sie versuchte, sich den dicken Reporter als jugendlichen Bohemien vorzustellen … schlank und mit geflickten Jeans an den Türrahmen gelehnt, die Zigarette lässig in der Hand, vielleicht sogar mit langen Haaren. Auch heute konnte Elvis sehr gewinnend sein, wenn er wollte, er war gebildet, blitzgescheit und verbog sich niemals, wenn es darum ging, seine Meinung zu vertreten. Doch, Tinne konnte nachvollziehen, dass er in seinen jungen Jahren durchaus anziehend gewesen sein mochte.

»Wissen Sie, ich komme ursprünglich aus Irland. Mein Vater ist Ire, meine Mutter Deutsche, und mit 20 bin ich dann nach Deutschland gekommen.« Sie lächelte verloren, als würde sie an grüne Täler und verfallene Castles denken. »Elmar war der erste Mann, mit dem ich hier eine längere Beziehung hatte. Es war eine spannende Zeit, er war so … so anders als meine irischen Freunde.«

In einem Winkel ihres Gehirns registrierte Tinne, woher der leichte Akzent kam, den sie so schwer hatte einordnen können. Irland, soso. Gleichzeitig wusste sie nun, warum Elvis so biestig war und immer wieder gegen die Pathologin stänkerte. Es sah so aus, als wäre die Trennung nicht gerade zu seinen Gunsten ausgegangen.

Dr. Feh straffte sich, als wäre ihr der Ausflug in die Vergangenheit ein wenig peinlich.

»So, genug Gefühlsduselei. Was ist? Trauen wir beide uns zu, die restlichen Untersuchungen auch ohne Protokollanten zu besprechen?«

Tinne lachte. »Na klar. Zwei Frauen über 1,80 – das klappt auch ohne Mann.«

Gemeinsam traten sie an das Skelett heran.

»Also, die Frage nach Merg Scholls Alltag hat Bisson und sein Team lange umgetrieben, und schließlich sind sie fündig geworden. Und zwar bei einer Substanz, die erst mal gar nichts im menschlichen Körper verloren hat – Quecksilber.«

Tinne nahm Elvis' Block vom Boden auf und fing an, mitzuschreiben. Die Notizen des Reporters erinnerten an die Abdrücke eines Huhns, das aufgescheucht über den Block gerannt war, doch Tinne vertraute auf seine Entzifferungsfähigkeiten.

»Viele Elemente, die im menschlichen Körper vorkommen oder sich anreichern, gehen bei der Verwesung wieder in den Naturkreislauf über. Eisen, Aluminium oder Magnesium verschwinden spurlos. Aber Quecksilber verhält sich anders, es verbindet sich mit Schwefel zu Quecksilbersulfid, und das ist sehr stabil, selbst auf Jahrhunderte hinaus.«

»Aber Quecksilber kommt doch im Körper kaum vor, es ist ja schließlich giftig. Man macht ja schon einen Riesenaufstand, wenn in alten Amalgamplomben ein paar Gramm drin sind.«

»Richtig, heute ist man da schlauer. Aber im Mittelalter und in der Frühen Neuzeit war Quecksilber ein beliebtes Heilmittel, man hat alle möglichen Krankheiten damit behandelt, Frauenleiden, Darmverschluss, sogar Syphilis. Und das Quecksilber hat sich nach und nach abgelagert, vor allem in der Leber, in der Lunge und in den Nieren.«

Tinne stockte beim Schreiben.

»Moment. Okay, es lagert sich in den Organen ab. Aber die verwesen doch nach dem Tod. Nach zig 100 Jahren ist doch kein Fitzelchen mehr von der Leber oder der Lunge übrig.«

»Das stimmt. Deshalb haben Bisson und seine Leute einen Trick angewandt: Sie haben *in sito*, also direkt an der Fundstelle, Bodenproben genommen. Und zwar an den Stellen, an denen die Organe gewesen waren.« Dr. Feh deutete im Hüft- und Brustbereich des Skeletts auf diejenigen Stellen, über die sie sprach. »Das Skelett lag ja noch im anatomischen Verbund, also konnten sie klar ablesen, wo sich Leber, Lunge und Nieren befunden hatten. Der

Lehmhorizont, in den die Knochen eingebettet waren, hat es sogar besonders einfach gemacht.« Aus einem der Regale nahm sie ein verschraubtes Laborglas heraus, das mit klumpiger braunschwarzer Erde gefüllt war. Daneben standen mindestens 30 ähnliche Gläser, im Nachbarschrank nochmals so viele. »Diese Bodenproben wurden alle einzeln analysiert, und dabei hat man tatsächlich Quecksilbersulfid gefunden. Es ist also bei der Verwesung in die Erde übergegangen und wurde dort konserviert – bis zum heutigen Tag.«

»Also, das nenne ich mal echten Forscherehrgeiz.« Tinne musste zugeben, dass Bisson und seine Leute ganze Arbeit geleistet hatten. »Aber bringt uns das weiter? Ich meine, vielleicht hatte Merg irgendeine Krankheit, und man hat mit Quecksilber an ihr herumgedoktert.«

»Bissons Team hat Vergleichsproben genommen und festgestellt, dass die Menge an Quecksilbersulfid viel zu groß war, um auf eine vorübergehende medizinische Behandlung zu schließen. Nein, Merg Scholl muss viele Jahre intensiv mit dem Stoff in Berührung gekommen sein. Und das lässt nur einen Schluss zu.«

Tinne brauchte keine Sekunde, um Dr. Fehs Gedanken zu folgen. »Sie war selbst eine Heilerin! Sie hat Quecksilber benutzt, um medizinisch tätig zu werden!«

»Genauso ist es. Und damit ist die Botschaft komplett, die wir aus dem Gebeinefund herauslesen können: Merg Scholl war eine alte Frau zwischen 50 und 60 Jahren, die einen eher niederen sozialen Status innehatte und die ihren Lebensunterhalt als Heilerin oder Kräuterfrau verdient hat.«

Als Tinne diesen druckreifen Satz aufschrieb, schaute sie hoch. Bei aller Faszination angesichts der archäologischen

Detektivarbeit wurde ihr klar, dass die Erkenntnisse insgesamt doch eher mager waren. Sie räusperte sich.

»Hm, kommen wir … kommen wir damit dem eigentlichen Hexenfall näher?«, fragte sie vorsichtig. »Also dem, was damals tatsächlich geschehen ist?«

Dr. Feh hielt noch immer das Glas mit der Bodenprobe in der Hand und drehte es hin und her, als könne sie die Antwort darin erkennen.

»Die Details, die wir aus Mergs Knochen erfahren, sind eine ideale Grundlage für die zweite Untersuchung, die Bissons Team durchgeführt hat.« Sie stellte das Glas zurück und trat an den anderen Untersuchungstisch heran, der nach wie vor mit einem weißen Tuch abgedeckt war.

»Denn hier, Frau Nachtigall, wird unsere Geschichte erst richtig geheimnisvoll.«

Sie hob das Tuch in die Höhe. Tinne merkte, wie sich ihre Nackenhaare sträubten beim Anblick dessen, was darunter lag.

*

In der Bodenheimer Schubertstraße passierte wenig, und das war den Anwohnern durchaus recht. Es waren keine protzigen, aber durchaus stattliche Häuser mit großen Grundstücken, die von Ärzten, Apothekern und Rechtsanwälten bewohnt wurden. Die seltsamen Geschehnisse der letzten Nächte, die die Leute hinter vorgehaltener Hand bereits den »Fluch der Hexe« nannten – das war etwas, das man beim abendlichen Gießen am Gartenzaun erörterte, aber nichts, was Unruhe in der Schubertstraße hervorrief.

Umso mehr störten die grässlichen Schreie die vormittägliche Ruhe, die aus dem Haus mit der Nummer 3 erklangen. Hartmut Sellinger, Steuerberater im Ruhestand, schaute alarmiert von der Zeitungslektüre auf. Schreie – auf dem Nachbargrundstück!

»Hartmut, um Gottes willen, was ist denn das?« Seine Frau Elena war ins Zimmer gestürzt, ihre Augen waren groß.

Er fuhr hoch. »Das … kommt von drüben. Von Frau Leinweber!«

Die Schreie veränderten sich, es wurde eine Art Wimmern daraus.

»Pass bloß auf!«, wisperte Elena, als Hartmut in seine Gartenschuhe schlüpfte. Sicherheitshalber zog er einen Schläger aus seiner Golftasche, bevor er das Haus verließ. Nebenan bei Frau Leinweber war nichts zu sehen, doch das Wimmern schwoll an und ab. Es kam aus dem Garten. Mit der bebenden Elena im Schlepptau trat Hartmut vorsichtig auf den Fußweg, der um das Haus herumführte. Frau Leinweber lebte alleine, sie hatte keinen Mann, der sich um den Garten kümmerte, das wussten die Sellingers. Deshalb waren die Pflanzen wild am Wachsen, Hartmut bog Zweige und Lavendel mit dem Golfschläger zur Seite. Das Klagen wurde lauter.

»Frau Leinweber? Frau Professor, ist alles in Ordnung?« Keine Antwort, nur Wimmern.

Als Hartmut schließlich um die letzte Ecke bog, gefror er, der Golfschläger polterte zu Boden. Hinter ihm gab Elena einen erstickten Laut von sich. Der Anblick, der sich den Eheleuten Sellinger bot, war grauenvoll.

Frau Leinweber kauerte auf ihrer Terrasse – blutüberströmt. Sie hatte die Knie mit den Armen umschlungen und wimmerte vor sich hin, blutige Rinnsale troffen aus ihren Haaren und aus ihren Kleidern. Die Terrasse sah aus wie ein Schlachtfeld, rote Spritzer und rohe Fleischfetzen erweckten den Eindruck einer Hinrichtung.

Hartmut merkte, dass er den Atem anhielt. So viel Blut ... was war der Professorin bloß zugestoßen? War sie in die Terrassenscheibe geknallt und hatte sich dabei aufgeschnitten? Dann aber wurde ihm klar, dass es viel zu viel Blut war, um aus einer Schnittwunde zu stammen. Außerdem sah Frau Leinweber nicht aus, als hätte sie Schmerzen, sondern eher, als stünde sie unter Schock. Er trat heran, seine Gartenschuhe schmatzten auf den blutigen Fetzen.

»Frau Leinweber, was ... was ist denn los? Was ist passiert? Sind Sie verletzt?« Sie reagierte nicht. Erst als Elena an ihm vorbei trat und die Professorin ungeachtet des Blutes und der klebrigen Klumpen in den Arm nahm, erwachte diese aus ihrer Starre. Pfeifend holte sie Luft, ein kläglicher Laut, der an ein gequältes Tier erinnerte.

Elena murmelte beruhigend auf die Frau ein. Schließlich lockerte Frau Leinweber ihre verkrampften Arme und deutete schwach auf einen Metalleimer, der neben der halb geöffneten Terrassentür lag. Die Scheibe und die Steinplatten waren regelrecht in Blut getränkt, Innereien lagen herum.

Nun endlich verstand Hartmut: Jemand hatte der Professorin eine bösartige Falle gestellt. Ein Eimer mit Blut und Schlachtabfällen war auf der Terrassentür so platziert gewesen, dass er beim Öffnen nach unten gestürzt war und seinen Inhalt entleert hatte. Als er einen Schritt zur Seite trat und die Wand neben der Tür in seinen Blick geriet, sah er, dass dort etwas hingeschmiert war. Grobschlächtig, aber unübersehbar hatte jemand mit Blut ein Zeichen gemalt, das Hartmut kannte: das Zaubersymbol aus dem Grab, das die Zeitung ›Schandkreuz‹ nannte.

Die beiden wechselten einen Blick. Sie wussten, dass Frau Leinweber Spezialistin für Hexenforschungen war und hier in Bodenheim mit den Skeletten gearbeitet hatte. Es sah so aus, als sei der Fluch der Hexe nun auch in der Schubertstraße angekommen.

*

Das Kinderskelett wirkte genauso gruselig wie in der Nacht, als es vom Regen freigespült worden war. Zwar hatte man es ebenso wie Mergs Knochen gesäubert und geordnet, doch nichts konnte darüber hinwegtäuschen, dass Grauenvolles damit geschehen war.

»Wir haben hier das Skelett eines etwa zehnjährigen Kindes. Bissons Team hat DNS-Fragmente aus den Fingerknochen entnehmen können. Dadurch ist das Geschlecht klar, ein Junge. Keine erstgradigen oder zweitgradigen verwandtschaftlichen Beziehungen zu Merg Scholl.«

Tara Feh richtete die runde Lampe über den Edelstahltischen besser aus, sodass die Knochen voll beleuchtet wurden. Von den zerschmetterten Gelenken waren nur noch Bruchstücke übrig, die sorgfältig nebeneinander ausgerichtet waren und an groteske Auswüchse erinnerten. Die Wirbelsäule war so verdreht, dass sie wie ein Fragezeichen aussah, neben dem Schädel reihten sich Zähne und Zahnfragmente auf. Auf der rechten Seite des Tisches lagen dunkle Metallreste, dicke krumme Nägel und Kettenglieder. An oberster Stelle erkannte Tinne den Fluchstein, groß und hässlich. Im Vergleich zu dem hellen Abguss, den ihr Felix im Museum gezeigt hatte, wirkte er dunkel, fast schwarz.

»Bezüglich der atypischen Begräbnissituation kann ich mich kurz fassen, Frau Nachtigall, Sie waren schließlich dabei. Wir haben Rippenserienfrakturen, eine systematische Zerschlagung der zentralen Gelenke, die untere Körperhälfte wurde durch starke Distorsionskräfte um 180 Grad gedreht, sodass die Knie Richtung Boden zeigten. Dazu kommt beiderseits die Penetration des *Metacarpus*, der Mittelhand, mit schmiedeeisernen Nägeln von ca. 30 Zentimetern Länge, dasselbe passierte an beiden Fußwurzelknochen. Der Torso ist von einer Kette umschlungen gewesen, dreifach, diese wurde ebenfalls mit Nägeln fixiert.«

Die Pathologin nahm den Schädel und den Stein zur Hand und hielt beides ins Licht.

»Am auffälligsten war natürlich die Intrusion dieses konisch geformten Steins in den Rachenraum. Der Stein ist mit einer solchen Wucht eingeführt worden, dass sämtliche Frontzähne aus dem Kiefer gebrochen sind, auch der Oberkiefer und das rechte Jochbein weisen Fissuren auf. Der Unterkiefer wurde aus dem Verbund gerissen, die Spitze des Steins ist bis zur Halswirbelsäule durchgedrungen.«

Tinne schaute wie gebannt auf den Schädel und versuchte, die Ansammlung von Grausamkeiten mit derselben klinischen Distanz zu sehen wie Tara Feh. Da sah sie, dass die Hand der Pathologin zitterte. Sofort stellte Dr. Feh den Schädel ab, als hätte sie sich verbrannt. Nanu, ließ sie dieser Fall doch nicht so kalt, wie es den Anschein hatte? Sie wartete, dass Dr. Feh etwas sagte, doch die Gerichtsmedizinerin schwieg.

»Was ist Ihre Einschätzung – ist das alles vor oder nach dem Tod passiert?«

»Also, es finden sich keinerlei Anzeichen für einen Regenerationsprozess der Knochensubstanz, wie es bei Merg Scholl der Fall gewesen ist. Deshalb können wir davon ausgehen, dass die Gewaltanwendung *post mortem* durchgeführt worden ist. Und wenn nicht, dann war sie zweifellos todesursächlich.«

Tinne war dankbar, dass ihre sonst sehr zuverlässige Fantasie diesmal nicht die passenden Bilder lieferte. Mit einer vorsichtigen Bewegung nahm sie den Schädel hoch und betrachtete ihn, versuchte, Sehnen, Knorpel, Muskeln, Fleisch und Haut hinzuzufügen. Augen, Lippen, Haare. Kleiner Mann, was hat man dir angetan, wer bist du gewesen? Kein Kind von Merg Scholl, auch kein Enkelkind. Aber warum hat man dich dann neben ihr verscharrt? Was ist damals passiert?

»Genau das ist die Frage.« Dr. Feh schaute Tinne an, und diese merkte, dass sie die letzten Sätze wohl laut gesprochen hatte. »Was meinen Sie, Frau Nachtigall – könnte es eine Strafe gewesen sein?«

Behutsam legte Tinne den Schädel zurück und dachte nach.

»Hm, wäre eigentlich nicht sehr typisch. Es war damals eher üblich, Strafen so zu wählen, dass sie zur jeweiligen Missetat passen. Einem Dieb zum Beispiel hat man die Hand abgehackt, oder einem, der Meineid geschworen hat, die Schwurfinger. Ein Lügner bekam die Lippen abgeschnitten. So was in der Art. ›Spiegelstrafe‹ hat man das genannt, weil sie wie ein Spiegel dem Übeltäter sein Vergehen vorhalten sollten. Aber hier«, sie deutete auf das Kinderskelett, »herrje, da ist ja alles kaputt gemacht worden. Ich wüsste nicht, wie man aus diesem Skelett eine spezielle Spiegelstrafe herauslesen könnte.«

Die Pathologin rührte sich nicht, es sah aus, als würde sie Tinnes Antwort in einem inneren Karteisystem ablegen. Ihr kühler analytischer Verstand faszinierte Tinne.

»Bisson und seine Leute haben bei dem Kinderskelett dieselben Untersuchungen wie bei Merg Scholl durchgeführt. Die Isotopenverteilung hat gezeigt, dass dem Jungen eher pflanzliche als tierische Nahrung zur Verfügung stand, also können wir vom Sozialstatus hier auch auf die Mittel- oder Unterschicht schließen.« Dr. Feh war inzwischen wieder an das Regal mit den Bodenproben getreten und deutete auf eine Reihe Gläser. »Es stellte sich heraus, dass in seinem Körper ebenfalls Quecksilber angereichert war. Nun ist es nicht sehr wahrscheinlich, dass ein zehnjähriges Kind als Heiler tätig gewesen ist, also dürfte es krank gewesen sein. Man hat es wohl, wie zur damaligen Zeit üblich, mit Quecksilber behandelt. Allerdings – und das macht die Sache interessant – sind die Mengenverhältnisse der Proben sehr unterschiedlich. Dazu müssen Sie wissen, wie die einzelnen Organe damit umgehen. Am schnellsten bauen es die Lungen ab, Quecksilber verweilt darin gerade einmal zwei Tage. Die Leber ist nicht ganz so schnell, die Halbwertszeit beträgt dort zwei bis vier Monate. Die Nieren als Ausscheidungsorgan sind dann sozusagen das Quecksilbergedächtnis, hier lagert der Organismus über lange, lange Zeit ein. Nicht sehr viel, aber mit den Jahren wird die Menge größer.«

Sie machte eine Pause und wartete, dass Tinne mit dem Schreiben nachkam.

»Die Proben haben gezeigt, dass in den Nieren kaum etwas vorhanden war. In den Lungen konnte man deutlich mehr Quecksilber nachweisen, und die Leber war geradezu voll davon. Was können wir daraus schließen? Man hat dem Kind offenbar einige Monate vor seinem Tod aufgrund einer Krankheit hohe Dosen Quecksilber verabreicht. Diese Menge war in der Leber eingelagert. Wäre die Behandlung schon früher losgegangen, hätten wir mehr davon in den Nieren finden müssen. Aber verbessert scheint sich sein Zustand nicht zu haben, denn in seinen letzten Lebenstagen bekam das Kind wieder Quecksilber. Der Körper konnte es aber nicht mehr abbauen. Das waren die Reste, die in den Lungen verblieben sind.«

Tinnes Gedanken rasten. Ein krankes Kind – und Merg eine Heilerin. Hatte sie das Kind behandelt, es war trotzdem gestorben, und dafür war sie auf dem Scheiterhaufen gelandet? *Merg Heinrich Schollen wittib, pfaltzisch, hat Georg Plumenscheinen ein kindt bezaubert*, so lautete die Anklageschrift. Aber warum hatte man das tote Kind dann so grausam zugerichtet und neben ihr in ungeweihter Erde verscharrt? Sie konzentrierte sich, als Tara Feh fortfuhr.

»Mit diesen Erkenntnissen hat sich das Team dann daran gemacht, die Krankheit des Jungen näher zu erforschen. Manche Krankheiten hinterlassen Spuren im Knochenbau, vor allem bei Kindern, wenn das Skelett noch im Wachstum begriffen ist. Und tatsächlich gab es nach einigen Fehlversuchen einen Hinweis.«

Die Pathologin nahm einen der Oberschenkelknochen hoch. Sein Ende war gesplittert, man hatte ihn zusammen mit dem Kniegelenk zerschlagen.

»Knochen legen während ihres Wachstums ein regelrechtes Tagebuch an, die sogenannten Harris-Linien, die den Gesamtzustand des Organismus widerspiegeln. Zeiten von Nahrungsmangel oder Stress werden ebenso festgeschrieben wie gute Jahre. Hier in unserem Fall liefern die Harris-Linien ein verblüffendes Ergebnis: Dem Jungen ging es in seiner frühen Kindheit verhältnismäßig gut, er war sicherlich nicht überernährt, litt aber auch keinen Mangel. Ungefähr ein halbes Jahr vor seinem Tod tritt eine

Änderung ein: Die *Ossifikation*, das Knochenwachstum, geht auf null zurück. Kümmerwuchs tritt ein, es wird keine weitere Substanz mehr aufgebaut. Und zwar so plötzlich, dass es nicht an einem gesamtgesellschaftlichen Phänomen wie einer Nahrungsmittelknappheit gelegen haben kann.«

»Er ist krank geworden und hat aufgehört zu essen«, vermutete Tinne. »Die Eltern haben gewartet und gehofft, vielleicht allerlei Naturheilmittel ausprobiert. Nach einer Weile kam dann das Quecksilber als Kur. Mehr davon, immer mehr. Zwecklos, der Junge ist gestorben.«

Tara Feh wiegte den Kopf. »Ein naheliegendes Szenario, Frau Nachtigall, aber nicht ganz richtig. Dass das Kind krank wurde, stimmt sicherlich. Aber dass es aufgehört hat, zu essen und deshalb die Knochen ihr Wachstum eingestellt haben, ist definitiv falsch. Passen Sie auf, jetzt wird's ein bisschen kompliziert. Denn die Paläoarchäologen haben nicht nur die anorganischen Stoffe der Knochen analysiert, sondern auch die organischen, und das sind zu 95 Prozent Kollagenfasern. Kollagen ist ein Protein, das aus Aminosäuren gebildet wird, und dieser Vorgang reagiert empfindlich auf Nährstoffreduktion. Wir haben also erwartet, dass die Kollagendichte parallel zur Menge des anorganischen Knochenmaterials in den letzten Lebensmonaten zurückgegangen ist. Zu unserer großen Überraschung war sie aber völlig normgerecht, keine Spur von einem Mangel.«

Tinne merkte, dass Dr. Feh gerade ein paar Schritte zu weit war. Sie schüttelte den Kopf.

»Wie? Was? Die eine Substanz war knapp, aber die andere nicht, und das zusammen in einem Knochen?«

»Ganz genau. Und das wiederum heißt, dass der Junge keinen Nahrungsmangel erlitten haben kann. Seine Ernährung war nach wie vor gesichert und konstant, sonst hätte sein Körper die Kollagendichte nicht halten können. Aber gleichzeitig ist das Knochenwachstum zurückgegangen, als hätte man es abgeschaltet. Klick, aus, Kümmerwuchs. Ein paar Monate vor seinem Tod. Keinerlei Regeneration. Keine Wiederaufnahme.«

Beide schwiegen. Tinne schaute auf ihren Block, dessen letzte Zeile aus einer Reihe von hingekritzelten Fragezeichen bestand. Genauso fühlte sich ihr Kopf an.

»Haben Sie eine Idee, was es sein könnte? Oder sind Bissons Leute weitergekommen?«

Die Pathologin zuckte mit den Achseln.

»Nicht wirklich. Eine Allergie oder eine Vergiftung, das waren die einzigen Ideen. Aber eine so plötzlich einsetzende Allergie würde voraussetzen, dass ein Allergen dazugekommen ist, das es vorher nicht gab. Und das passt nicht zu den Ernährungsgewohnheiten in der Frühen Neuzeit, da war der Tisch, ich sag's mal flapsig, jeden Tag gleich gedeckt. Und eine Vergiftung müsste so komplex sein, dass sie dem Kind den Appetit lässt, aber gleichzeitig verhindert, dass anorganisches Knochenmaterial aufgebaut wird. Ich habe keine Ahnung, welche Substanz so etwas bewirken könnte.«

Sie legte den Knochen zurück auf den Tisch, wieder beobachtete Tinne, dass ihre Hand zitterte. Dr. Feh machte einen unruhigen Eindruck, eine Haarsträhne hing ihr ins Gesicht, die sie fahrig wegstrich. Ihre Augen waren unstet, als sie auf die Uhr schaute.

»Ich fürchte, wir müssen los. Meine exklusiven zwei Stunden hier im Labor sind um, und ich möchte es mir nicht auf ewig mit Bisson und seinen Jüngern verderben. Kommen Sie, lassen Sie uns Licht und Sonne genießen.«

Während Tinne der Pathologin durch das Gebäude folgte,

schwirrten ihr 1000 Fragen durch den Kopf. Eine geheimnisvolle Krankheit … zerschlagene Kinderknochen … ein Stein im Mund … eine Heilerin, die man für eine Hexe gehalten und verbrannt hatte.

Draußen auf der Straße trat Dr. Feh an einen schicken weißen Range Rover Evoque heran.

»Hat es … hat es vielleicht etwas mit diesen Misshandlungen zu tun? Die Krankheit, meine ich«, fragte Tinne leise. Das Bild des geschundenen Skeletts stand ihr noch immer vor Augen.

Dr. Feh lächelte, es sah aber bemüht aus.

»Da wissen wir einfach nicht genug. Bisson hat in einem Nebensatz erwähnt, dass solche Gewaltexzesse oft mit Aberglauben zusammenhängen, mit der damaligen Jenseitsvorstellung. Aber ich bin Ärztin, ich kenne mich mit Fakten aus und nicht mit Geistergeschichten.«

Sie öffnete die Fahrertür, drehte sich aber nochmals zu Tinne um.

»Sorry, Frau Nachtigall, ich habe jetzt einen wichtigen Termin und muss los. Lassen Sie mich wissen, wenn ich Sie noch in irgendeiner Form unterstützen kann. Ich …«, sie überlegte an ihren nächsten Worten, »… ich würde mir wünschen, dass Sie der alten Frau und dem Kind ihre Geschichte zurückgeben könnten. Irgendwann muss Unrecht gesühnt werden, egal, wie lange es her ist, oder?«

Eine halbe Stunde später hatte Tinne in der Cafeteria des Instituts für Rechtsmedizin ihren dritten Espresso vor sich. Ihre Koffeinsehnsucht war so übermächtig gewesen, dass sie sich entschlossen hatte, in den gläsernen Anbau einzufallen und bei der Gelegenheit ihre Stichworte ins Reine zu schreiben.

Sie musste an Tara Feh denken und schüttelte versonnen den Kopf. Mit Elvis zusammen gewesen! Unglaublich! Demnächst würde sie den Dicken löchern, um Einzelheiten über diese amouröse Eskapade herauskriegen, das war ja wohl mehr als klar.

Doch sie musste zugeben, dass sie aus der Pathologin nicht recht schlau wurde. Sicher, Dr. Feh war sehr hilfsbereit, ohne ihre Ergebnisse hätte Tinne das Buchprojekt gleich einstampfen können. Aber trotzdem ... im Lauf des Gesprächs war die Frau immer unruhiger geworden, ganz so, als würde sie sich mehr und mehr unwohl fühlen. Warum? Hatte sie das Gefühl bekommen, zu viel zu verraten? Tinne dachte an die zitternden Hände, als es um das Kinderskelett gegangen war. Nein, Tara Feh hatte keine Angst gehabt, sich fachlich zu weit aus dem Fenster zu lehnen. Es war etwas anderes gewesen, etwas sehr viel ... Persönlicheres.

Tinnes seltsames Gefühl verstärkte sich, als sie wenig später zu ihrem Fahrrad ging. Hatte Dr. Feh nicht gesagt, sie müsse dringend weg?

Am Straßenrand stand der weiße Range Rover, leer und verlassen.

✳

Mohn, bei Vollmond geerntet. Rinde von einer zehnjährigen Eiche. Wasser, das eine Nacht lang zusammen mit einem Bergkristall im Glas gelegen hatte. Mädesüß, zerstoßene Alantwurzel, gehackte Gundelrebe, der Saft von frischem Schöllkraut. Das alles zerstoßen und in ein Tuch gebunden. Hilft gegen böse Gedanken und Neid, unterstützt die Rauchentwöhnung und heilt Sonnenbrand.

Felix Monaco kniff die Lippen zusammen und schüttelte den Kopf. Er saß in seinem Büro im Philosophicum, draußen hörte er schon die Stimmen der Studenten, die gleich seine Sprechstunde belagern würden. Gerade hatte er, wie schon so oft, die Seite www.hexenhueterbodenheim.de geöffnet. Auf schwarzem Grund gab es hier aus dem Netz geklaute Bilder von Hexen auf dem Besen, dazu schwülstige Ölschinken mit barbusigen Weibern, die von lüsternen Folterknechten auf die Streckbank gespannt wurden, alles garniert mit Möchtegern-tiefsinnigen Zitaten. Der Besucher konnte sich durch mehrere Bereiche klicken, ›Folter und Marter‹, ›Wiedergeburt und Körperwanderung‹ und eben ›Hexenrezepte‹. Das böse-Gedanken-Nichtraucher-Sonnenbrand-Rezept war neu hinzugekommen, ebenso wie ein weiterer Seelenwanderungsbericht eines selbst ernannten Mediums.

Er musste an sich halten, um nicht mit der Faust auf die Tastatur zu hauen. Genau dieser Pseudo-Hexenkult war es, der sein Bodenheimer Projekt infrage stellte. Hexen? Hoho, da wussten die Leute ja gleich Bescheid – runzelige Muhmen mit Warzen auf der Nase, muffige Folterkeller inklusive Großinquisitor, ein Scheiterhaufen, und fertig war der Lack. Wozu braucht man dann noch eine Ausstellung? Dass das System ›Hexenverfolgung‹ ein Geflecht aus gesellschaftlichen und politischen Strömungen war, dass die kirchlichen und weltlichen Interessen dabei untrennbar verknüpft waren, dass die Prozesse oft nur sichtbarer Ausdruck einer herrschaftlichen Machtdemonstration waren – davon hatte kaum jemand eine Ahnung.

Im Moment war die Ausstellung im Dolles noch gut besucht, aber er fürchtete, dass das Interesse schnell nachlassen würde. Wozu auch? Wer etwas über Hexen wissen wollte, brauchte doch nur das Internet zu öffnen und sich Seiten wie hexenhueter-bodenheim.de anzuschauen. Felix scrollte die Seite nach unten bis zu einem Gruppenfoto, das die selbst ernannten Hexenhüter zeigte – alle in dunklen Kutten, in der Mitte dieser Rasmus mit brennendem Blick und wirren Haaren. Rannten herum, setzten den Leuten Flausen in den Kopf und sorgten dafür, dass die Ausstellung als Lachnummer angesehen wurde. Er atmete zwei-, dreimal tief durch, um sich zu beruhigen. Wenn die Besucherzahlen nach unten gingen, konnte er die Anschlussfinanzierung und damit seine Forschungen vergessen. Dissertation gestorben. R.I.P.

Schwerfällig erhob er sich, um die Studenten hereinzulassen. Da öffnete sich die zweite Tür seines Büros, die in den Raum von Frau Leinweber führte. Er hatte die Professorin heute noch nicht gesehen, doch die Begrüßung blieb ihm auf der Zunge kleben. Seine Chefin sah fürchterlich aus, sie war aschfahl und ging gebückt, als würde sie die Last der ganzen Welt auf ihren Schultern schleppen.

»Frau Leinweber! Geht es Ihnen nicht gut?« Besorgt trat er heran, doch sie winkte ab.

»Alles in Ordnung. Nichts, nichts. Bin etwas … müde.« Ihr wie üblich abgehackter Stil klang geradezu brüsk. »Felix, das Doktorandenkolloquium nachher. Entschuldigen Sie mich? Ich … geh heute früher nach Hause.«

»Eh, ja klar, mach ich. Kann ich denn irgendwas tun für Sie?«

Die kleine Frau reagierte nicht und verschwand in ihrem Raum. Felix sah ihr nach. Er kannte die Professorin schon einige Jahre und er glaubt ihr nicht, dass sie nur ›etwas müde‹ war. Während er seine Studenten hereinließ und sich für deren Anliegen wappnete, fragte er sich, was wohl mit ihr los war.

*

Auf dem Flugplatz Mainz-Finthen ließ die Betriebsamkeit des Tages nach. Das Flugfeld mit seinen zwei Bahnen – eine aus Gras, eine aus Asphalt – konnte auf eine lange und bewegte Geschichte zurückblicken: In der NS-Zeit wurde der Finther Wald gerodet, um eine Landefläche für die Nachtjagdgeschwader zu schaffen. Dabei grub man ein solch ausgeklügeltes Drainagesystem, dass das Gelände heute noch davon profitiert. Nach dem Krieg war der Flugplatz zunächst in französischer, dann in amerikanischer Hand. Erst 1992 kam er wieder an die Bundesrepublik zurück und wurde seither zivil genutzt.

Eine einsame Cessna holperte über die Graspiste, die Asphaltbahn daneben war schon leer. Auch die Gäste des Restaurants ›Tower One‹ traten allmählich den Heimweg an, es gab Geschrei, als ein Vater seine Buben von der Aussichtsterrasse holte und ihnen klarmachte, dass es heute keine Starts und Landungen mehr geben würde.

Nur im Hangar von JK-Aviation war noch Betrieb. Das Tor stand offen und ließ Licht hinein, zusätzlich warfen Neonlampen ihren Schein auf die zwei Helikopter, die wie riesige Libellen nebeneinanderstanden. Alle beiden waren in den Farben von SK lackiert, rot mit einem rundherum laufenden weißen Streifen.

Der größere, ein Eurocopter AS 350 Écureuil, wurde von zusätzlichen Baustrahlern beleuchtet. Jochen Kern und sein technischer Leiter, ein Tscheche namens Matej, lagen unter dem Bauch der Maschine und plagten sich mit Haltestangen und mechanischen Bauteilen.

»Es *muss* aber hier dran, weil der Auslöser sonst keinen Kontakt kriegt!« Jochen drückte einen Doppelkarabinerhaken an eine der Stahlösen, die am Rumpf des Eurocopters angebracht waren.

»Des geht not really!« Matej, der eine ulkige Mischung aus Meenzerisch und Englisch sprach, schüttelte den Kopf. »Ei, da haste too much Schwingunge, look doch emol!«

Jochen robbte ein Stück nach vorne und deutete auf eine andere Öse.

»Dann halt hier. Da geht's links und rechts an der Kufenaufhängung vorbei und hat genug Luft nach unten.«

Matej wiegte zweifelnd den Kopf.

»Abber guggemol, die air pressure kimmt von obbe and makes a terrible Verwirbelung, wenn de nit aufpasse tust.«

Die zusammengebissenen Zähne ließen Jochens kantiges Gesicht noch kantiger werden. Teufel auch, der Tscheche hatte recht. Die Anfrage, die gestern per Mail hereingeflattert war, entpuppte sich als größere Sache. Seit dem Mittag waren Matej und er am Schweißen, Schrauben und Ausprobieren, nichts klappte wie geplant, und wenn ein Problem gelöst war, kamen zwei neue dazu. Aber genau das liebte Jochen: tüfteln und experimentieren wie damals mit seinen Lego-Baukästen. Matej war vom selben Schlag, die beiden gaben ein gutes Team ab und hatten in der Vergangenheit sämtliche Herausforderungen gemeistert.

»Abber sagemol, Boss, do muss ordentlich money reinkomme. That's really Aufwand, what wir hier machen, oder?«

»Schön wär's! Ist eher so was wie 'ne Gefälligkeit, bei der für uns nicht viel raus springt.«

»Not emol e Bonus?« Matej tat entsetzt, obwohl er ebenso wie Jochen solche Projekte liebte und nie auf die Idee käme, dafür Extrastunden aufzuschreiben.

»Nee, not emol a Bonus«, äffte sein Chef ihn nach und wehrte lachend einen riesigen Schraubenschlüssel ab. »Aber dafür werden uns die Herzen zufliegen, du wirst sehen!«

Die beiden krochen unter dem Eurocopter hervor und nahmen den nächsten Schritt ihrer Arbeit in Augenschein. Eine riesige Stoffbahn, über 200 Quadratmeter groß, lag ausgebreitet auf dem Hallenboden. Jochen und Matej schauten sich an und grinsten schief. Geht nicht gibt's nicht – getreu diesem Motto krempelten sie die Ärmel hoch und gingen ans Werk.

*

SMS Servicedienst / Pagan 13/13/344
Sendezeit: 06-05-2014, 19h47
Absender: 0049+176+26733898
(Jacobs, Michael, Allgemeine Zeitung)
Empfänger: 0049+171+2992882
(Wissmann, Elmar, Allgemeine Zeitung)

elvis, könntest du vl übermorgen einen job machen, der noch offen ist? projekttage am frauenlob-gym, ohne foto, 2000 zeichen. klappt? gruss michael

---

```
SMS Servicedienst / Pagan 13/13/344
Sendezeit: 06-05-2014, 19h53
Absender: 0049+171+2992882
(Wissmann, Elmar, Allgemeine Zeitung)
Empfänger: 0049+176+26733898
(Jacobs, Michael, Allgemeine Zeitung)

meinetwegen. wenns sonst keiner macht.
```

Mittwoch, 7. Mai 2014

»Doof.«

»Geht gar nicht. Voll omamäßig.«

Tinne verdrehte die Augen, als ihre Mitbewohner Bertie und Axl unisono die Köpfe schüttelten. Die beiden Männer saßen am Küchentisch der Kommune 47 wie eine doppelte Ausgabe von Dieter Bohlen und zogen kritische Gesichter. Sie fuhr auf dem Absatz herum und verschwand in ihrem Zimmer. Im großen Spiegel drehte sie sich hin und her. Omamäßig! Von wegen!

Das Spiegelbild zeigte ihre große, schlanke Figur, die letzten Zentimeter ihrer 1,85 Meter ragten über den Rahmen hinaus. Aber die schwarze Wollhose und die dezent geblümte Bluse waren deutlich zu sehen, braune und rote Blüten, die hatte sie schon in ihren Studententagen gerne getragen. Hm, na gut, war ja inzwischen ein paar Jahre her.

Tinne riss den Kleiderschrank auf und wühlte. Elvis' lästerlicher Kommentar kam ihr wieder in den Sinn, dass die fränkischen Edeldamen schon schicker gekleidet gewesen waren als Tinne heutzutage. Stimmte schon, Klamotten waren tatsächlich nicht so ganz ihre Sache, vor allem, wenn es mal etwas edler sein sollte. Zum Beispiel für ein Rendezvous!

Sie gab der schwarzen Wollhose eine zweite Chance und kombinierte sie mit einem ebenfalls schwarzen Rolli. Mit schief gelegtem Kopf überprüfte sie das Spiegelbild. Bisschen farblos, das Ganze. Aus ihrer recht überschaubaren Schmuckkiste kramte sie eine bunte Kette hervor, Ethnoschmuck mit riesigen Glasperlen. Dazu ein dunkelblaues Tuch mit Streifen locker über die Schulter gelegt, na bitte, ging doch!

»Willst du zur Beerdigung, oder was?«

»Höhö, die Kette ist cool. Aber das Tuch, das passt ja mal gar nicht! Die Farbe! Die Streifen! 'ne schlechte 2 in der B-Note!« Bertie und Axl wieherten und hielten imaginäre Schilder hoch. Tinne biss die Zähne zusammen und erinnerte sich daran, dass sie selbst die Männer gebeten hatte, ihr als Typberater zur Seite zu stehen. Inzwischen bedauerte sie diesen Anfall von Leichtsinn, kam aber aus der Nummer nicht mehr heraus. Sie ging ins Zimmer und knallte die Tür zu.

Die Zeit tickte unbarmherzig. Sie hatte den Tag an der Uni verbracht und sich durch den Papierberg auf ihrem Schreibtisch gewühlt. Am Nachmittag war das Zickentrio Anna-Lena, Laeticia und Carina aufgetaucht, die Mädels hatten sich über den Rüffel beklagt, den sie wegen ihrer

Quellenschwindelei bekommen hatten. Bis Tinne sie davongescheucht hatte, war es schon kurz nach fünf gewesen.

Zu aller Zeitnot kam dazu, dass heute ein klassischer *bad hair day* war: Ihre braunen halblangen Locken, von Natur aus schon wild, standen nach dem Duschen in alle Richtungen ab wie drahtige Antennen. Erst mithilfe mehrerer schriller Haarspangen schaffte sie es, die Pracht soweit zu bändigen, dass sie überhaupt ans Schminken denken konnte. Doch das war das nächste Fiasko – sie nutzte ihr Make-up so selten, dass sich der Kajalstift als stumpfer Stummel entpuppte und die Wimperntusche zu einer bröckeligen Masse verkleistert war. Sie hätte schreien können!

Unter gemurmelten Verwünschungen riss sie sich die Kleider vom Leib. Dann eben schlicht! Ihre Esprit-Jeans passten perfekt wie immer, darüber zog sie eine auberginefarbene Tunika. Frauen mit normaler Größe würde die Tunika bis zu den Knien reichen, bei Tinne sah sie eher aus wie ein Minikleid. Sie trat in die Küche.

»He-ho, jetzt wird's langsam besser!« Axl nickte anerkennend, und auch Bertie zeigte einen Daumen nach oben. Wider Willen musste Tinne schmunzeln.

»Obwohl … es fehlt noch ein bisschen Pfiff.« Bertie kratzte sich in seinen karottenroten Haaren. »Du könntest – wie soll ich sagen? Ein bisschen mehr sexy Hexy sein.« Er schnippte mit den Fingern und klimperte mit den Augendeckeln.

Tinne starrte ihn an. »Sexy Hexy?! Spinnst du jetzt total? Ich will doch nicht auf den Strich gehen!«

»Nee, ohne Quatsch, das ist noch zu gewöhnlich«, mischte Axl sich ein. »Du hast doch schöne Beine, dann zeig sie auch. Der Kommissar darf ruhig mal was zu gucken haben.« Er wechselte einen verschmitzten Blick mit Bertie.

Tinne hätte sich ohrfeigen können, dass sie den beiden auch noch erzählt hatte, was hinter ihrer Umkleideaktion steckte. Dass die Männer ein Riesentrara daraus machen und alle möglichen halberotischen Seifenopern spinnen würden, hätte ihr eigentlich von vorneherein klar sein müssen.

Sie atmete tief durch und zog sich in ihr Zimmer zurück. Noch immer wusste sie nicht so recht, was sie von der Verabredung mit Pelizaeus – Laurent! – halten sollte. Sein Ehering glitzerte tückisch in ihren Gedanken und nagte an ihrer Vorfreude. Ein Blick auf den Wecker ließ sie hektisch werden – verdammt, schon kurz nach sieben! Um halb acht erwartete sie der Kommissar in der Martinstube, und weil Tinnes spärliches Unigehalt kein Auto zuließ, war sie auf ihr Fahrrad angewiesen.

Fahrig grub sie sich durch den Schrank. Sexy Hexy … die Kerle da draußen hatten wohl einen Schaden! Da fiel ihr eine dunkelblaue Strumpfhose in die Finger, die sie schon ewig nicht mehr getragen hatte. Ein Versuch war es wert. Und tatsächlich, zusammen mit der Tunika sah die Strumpfhose richtig gut aus und brachte ihre Beine zur Geltung, sogar das blaugestreifte Schultertuch passte perfekt dazu. Die Glasperlenkette lieferte einen frechen Farbtupfer, und der Applaus der Männer beseitigte die letzten Zweifel.

»Wow! Großartig! Ein Hingucker! Das ziehst du ab jetzt immer an, wenn du beim Putzen dran bist!«, riefen sie durcheinander und handelten sich damit je einen Klaps ein. Doch Tinne merkte, wie sie der guten Laune ihrer WG-Genossen nicht widerstehen konnte. Sie entschloss sich, den Abend auf sich zukommen zu lassen und das Beste daraus zu machen.

Gehetzt schlüpfte sie in ihre braunen Wildlederstiefel, die an den Seiten zwar schon ein wenig abgegriffen waren, aber trotzdem gut zum Outfit passten. Im Ausverkauf hatte sie letzte Woche einen karierten Dufflecoat erstanden, den sie sich nun überwarf. Trotz aller Eile verriet ihr die Uhr an der Küchenwand, dass sie es selbst mit Tour de France-Tempo nicht mehr schaffen würde. Und nun? Viel zu spät und nass geschwitzt zur Verabredung erscheinen? Sie schluckte und drehte sich zu Bertie um.

»Ich weiß, es ist jetzt echt doof, aber ... könntest du mich fahren? Bitte!«

Als Taxifahrer war Bertie prinzipiell der richtige Ansprechpartner für Chauffeurdienste aller Art. In Tinnes Fall lag die Sache allerdings ein wenig anders: Da sie chronisch knapp bei Kasse war, konnte sie ihm in den seltensten Fällen den regulären Tarif bezahlen. Natürlich fuhr er seine WG-Genossin trotzdem gerne, wenn Not am Mann war. Tinne revanchierte sich dafür mit gelegentlichen Kochaktionen, bei denen Bertie der alleinige Bestimmer über Fleischgehalt und Portionsgröße war.

Nun musste der Rotschopf über Tinnes betretenes Gesicht schmunzeln.

»Na klar, kein Problem, Pelizaeus soll ja keine Wurzeln schlagen vor lauter Warten. Wirf mal meine Jacke rüber.« Sie tat es und öffnete erleichtert die Eingangstür der Kommune. Soeben waren ihre Chancen von null auf 100 gestiegen, einigermaßen pünktlich in der Martinstube zu sein.

Während sie die Treppe nach unten zum Hauseingang lief, sah sie aus den Augenwinkeln, wie Bertie und Axl sich abklatschten und ein Lachen unterdrückten.

»Was war denn das gerade?«, fragte sie misstrauisch.

»Wir haben gewettet.« Bertie folgte ihr die Treppe hinunter. »Axl hat gesagt, du bist flott und schaffst es. Ich habe dagegen gehalten und getippt, dass du dich beim Fertigma-

chen total verzettelst und ich dich am Ende fahren muss.«
Er wedelte vergnügt mit dem Autoschlüssel. »Tja, was soll
ich sagen: Axl schuldet mir eine Flasche Spätburgunder Bar-
rique vom Weingut Fleischer.«

Tinne schnaufte und wusste nicht so recht, was sie davon
halten sollte, dass ihre Mitbewohner sie offensichtlich *zu*
gut kannten.

*

Bier ... Wein ... Bier ... Wein ... oder doch noch ein Bier?
Gregors Wahrnehmung war auf diese grundsätzliche
Überlegung zusammengeschnurrt, die beiden Getränke
gaukelten vor seinem geistigen Auge wie Irrlichter. Er
schüttelte den Kopf, um die Benommenheit loszuwerden.
War wohl doch nicht die allerbeste Idee gewesen, den ganzen Tag über alle möglichen Alkoholsorten querbeet zu
trinken!

Gregor und seine 16 Begleiter feierten heute ein ganz
besonderes Jubiläum: Vor genau zehn Jahren hatten sie ihre
Ausbildung bei der Mainzer Schott AG abgeschlossen und
waren danach als Mechatroniker, als technische Produktde-
signer oder als Fachinformatiker ins Berufsleben gestartet.
Einige wurden von Schott übernommen, andere wechselten die Firma und verstreuten sich über ganz Deutschland.
Doch der harte Kern blieb in Kontakt, und so reifte der
Entschluss, das Zehnjährige wiederum gemeinsam in Mainz
zu zelebrieren.

Für die Organisation hatte man in Gregor einen echten Lokalpatrioten gefunden. Als Redakteur der Stadt-
illustrierten ›Der Mainzer‹ kannte er viele extravagante
Locations und nutzte seine Kontakte, um ein außerge-

wöhnliches Programm auf die Beine zu stellen. Eine Speed-boatfahrt auf dem Rhein hatte er organisiert, eine Runde Segway quer durch die Stadt, anschließend eine Gin-, Rum- und Whiskyprobe in der Mainzer Altstadt, danach ging es nach Hechtsheim zum Kartfahren. Den Sundowner nahm die Gruppe nun an einem ganz besonderen Ort ein, näm-lich an Bord des stolzen Dreimasters ›Pieter van Aemstel‹, der als Restaurantschiff auf der Kasteler Rheinseite sei-nen Liegeplatz hatte. Das Schiff war zwar für den regulä-ren Betrieb geöffnet, doch der Betreiber hatte für Gregor an Deck eine Ecke als exklusive Wein-und-Bier-Lounge abgeteilt.

Die Stimmung auf dem weißen Dreimaster mit seinen grünen Pavillons war gut. Die Gäste hatten sich das Innere des Schiffes angeschaut, die alten Ladeböden, die Kapitäns-kajüte und das riesige hölzerne Steuerrad. Immerhin war die ›Pieter van Aemstel‹ in den 1960er und 70er Jahren als Heringsfänger auf der Nordsee unterwegs gewesen und verströmte reichlich maritimes Flair. Nun herrschte eine entspannte Atmosphäre an Deck, die Sonne war am Unter-gehen, Jack Johnson groovte, man prostete den Spaziergän-gern auf der nahen Theodor-Heuss-Brücke zu. Nur Gregor merkte, dass er es übertrieben hatte. Rheinhessen-Riesling-schorle, Bier, Bacardi-Cola, Hugo, Single Malt, Doornkaat und Kleiner Feigling waren keine gute Mischung, egal, in welcher Reihenfolge. Er war vor den Trinksprüchen der anderen geflüchtet und lehnte sich ermattet an die Reling, die das Heck des Schiffes umschloss.

»Gregor, huhu!«

Mit leichter Verzögerung fuhr er herum – klick!

»Perfekt fürs nächste Zombie-Casting!« Eine hübsche Brünette mit knusprig-dunklem Teint hielt ihm lachend ihr

Handy hin, auf dessen Display sein Konterfei mit grenzdebilem Gesichtsausdruck zu sehen war. Na toll!

Die junge Frau hörte auf den etwas betulichen Namen Margot, doch das machte sie – zumindest in Gregors Augen – doppelt interessant. Schon damals in der Ausbildungsklasse hatte er ein Auge auf sie geworfen, und nun, zehn Jahre später, tanzten seine Hormone noch immer. Er hatte sich umgehört und wusste, dass sie Single war. Deshalb war der Tag als groß angelegte Margot-Flirt-Kampagne geplant, doch nun torpedierten die diversen Alkoholika diesen Plan.

»Wadde mal, mach … mach nocheins!«, nuschelte er und versuchte, eine lockere Jack-Sparrow-Pose einzunehmen. Kichernd schoss Margot zwei weitere Fotos, ihre hochgezogenen Augenbrauen verrieten, dass das Ergebnis nicht besser wurde.

»Eena geht noch, eena geht noch noi …« Weiter hinten huben die Gesänge an, man war drauf und dran, ein weiteres Glas auf die erfolgreich absolvierte Ausbildung zu trinken. Gregor spürte Übelkeit aufwallen und konzentrierte sich auf Margots Augen. Jetzt oder nie – solange er noch stehen konnte!

»Komm ma, holde Maid, der Käpt'n lässt bitten!« Trotz seiner schweren Zunge hob er einladend den Arm und deutete auf die Seite des Schiffes, die dem Rhein zugewandt war und im Abendlicht geradezu wildromantisch aussah. Margot kam näher und ließ sich anstandslos unterhaken, was Gregor als Erfolg verbuchte. Gemeinsam traten sie an die Reling heran, vor der sich der Fluss und die Silhouette von Mainz ausbreiteten. Das Hilton, die Rheingoldhalle und das kantige Rathaus sahen in Gregors Wahrnehmung geradezu lächerlich nah aus, und er fragte sich einen Augenblick, ob er Margot durch eine unvermutete Schwimmeinlage ans andere Ufer beeindrucken konnte. Doch die Vernunft behielt trotz Promille überhand, also begnügte er sich damit, ihr sanft das Handy aus den Fingern zu winden und in klassischer Selfie-Pose das Mädchen, die Stadtsilhouette und sich selbst abzulichten. Klick!

»Fürs nächste Käpt'ns Dinner«, kommentierte er etwa einfallslos, erntete aber doch ein Lächeln. Na also, lief doch! Er drehte sich um, nahm Margot in den Arm und reckte das Handy zum nächsten Selfie, diesmal mit dem Deck und den feiernden Freunden im Hintergrund.

»Big smile!«, befahl er und tastete nach dem Auslöse-Symbol. Da geschah es – das Telefon rutschte ihm aus der Hand. »Neiiin!«, quietschte er und klang dabei wie Homer Simpson. Fahrig griff er zu, doch viel zu langsam. Das Gerät verschwand jenseits der Reling.

»Ey – du Arschidiot!« Vollkommen undamenhaft stieß Margot ihn weg. »Mein Handy! Du – du Arschidiot!«

Wie ein Fisch auf dem Trockenen öffnete und schloss Gregor den Mund, während sie zur Reling sprang und sich beängstigend weit nach vorne lehnte.

»Da war alles drauf, meine Fotos und …«

Sie verstummte, nur ein erschrockener Laut kam aus ihrem Mund. Gregors Hirn schaltete sich endlich wieder ein, er trat heran. Unter ihm fiel das genietete Heck des Schiffes ab, direkt über dem Wasserspiegel war eine hölzerne Balustrade festgezurrt, eine Art Steg. Das dunkle Flusswasser rauschte und warf Gischt nach oben, ein wirrer Haufen Äste und allerlei Treibgut hatten sich in der Konstruktion verfangen. Einen aberwitzigen Augenblick hoffte Gregor, das Handy sei auf die schwankenden Äste gefallen und dadurch trocken geblieben. Doch dann sah er, warum Margot verstummt war, und innerhalb einer Sekunde verflüchtigte sich die Wirkung des Alkohols.

Das, was an dem Steg hing, waren nicht nur Äste und Treibgut. Mittendrin steckte der Körper eines Mannes, grotesk verdreht und von der Macht des Wassers in das Holz gepresst wie eine kaputte Gliederpuppe.

Das Schlimmste daran war jedoch, dass Gregor den Mann kannte.

*

Tinne konnte ihren Blick nicht losreißen von Laurents linker Hand, die beiläufig durch die Menükarte der Martinstube blätterte. Die langen, für einen Mann ungewöhnlich schlanken Finger … der Ringfinger … und vor allem: der fehlende Ehering. Ihre Augen verengten sich zu Schlitzen, nach einer lauernden Sekunde hieb sie dermaßen laut auf den Tisch, dass sämtliche Gäste im Raum zusammenzuckten und zu ihnen herumfuhren.

»So, und jetzt will ich wissen, was Sache ist. Glaubst du, ich habe nicht bemerkt, dass du sonst immer einen Ehering trägst?« Ihre Stimme war nur halblaut, aber genau das ließ sie gefährlich klingen. Laurent wich zurück, als sie sich langsam erhob.

»Sind wir heute auf Beutefang, oder was? Schnell mal den Ring in die Tasche gesteckt und ab zum Date, während die Frau daheim hockt und die Hemden bügelt?«

Selbstbewusst verschränkte sie die Arme und merkte, wie ihre Körpersprache alle Aufmerksamkeit auf sich zog. Die anderen Gäste waren beeindruckt von der großen Frau, die offensichtlich sehr genau wusste, was sie wollte.

»Du hast eine Minute, um mir die Sache vernünftig zu erklären. Schieß los, die Zeit läuft.« Die Spannung im Raum war mit den Händen zu greifen, endlich räusperte sich Pelizaeus und ergriff das Wort.

»Das Wiener Schnitzel.«

Tinne blinzelte und erwachte aus ihrem Tagtraum.

»Eh ... was?«, fragte sie lahm.

»Ich sagte: Ich nehme das Wiener Schnitzel. Dafür ist die Martinstube bekannt, der Chef hat sogar mal einen Preis dafür gewonnen.«

Sie nickte matt. Wie eine Seifenblase zerplatzte ihre abenteuerliche Fantasiewelt – Tinne, die Mutige, Tinne, die Starke, Tinne, die vor Ego nur so strotzte und sich in jeder Situation behauptete. In Wirklichkeit hatte sie sich die letzten fünf Minuten hinter ihrer Menükarte verkrochen und stillschweigend über die leere Stelle an Laurents Finger gegrübelt. Über den fehlenden Ehering.

Dabei hatte der Abend richtig schön angefangen. Dank Bertie war Tinne pünktlich gewesen, die Martinstube bot ein schönes Ambiente ohne altbackenen Weinstubenmuff, der reservierte Tisch war lauschig und ein wenig abseits. Pelizaeus begrüßte sie mit einer herzlichen Umarmung und machte ein Kompliment über ihr Outfit, das ehrlich klang und sie puterrot werden ließ. Doch schon nach ein paar Sätzen sprang ihr der ringlose Finger ins Auge, und seither kreisten ihre Gedanken unaufhörlich darum. War es vielleicht gar kein Ehering gewesen, sondern irgendein Familienerbstück? Aber welcher Mann käme schon auf die Idee, Opas Goldschmuck am linken Ringfinger zu tragen? Andererseits – warum nicht? Aber weshalb hätte ihn Laurent dann ausgerechnet heute ausziehen sollen? Nach und nach hatte sie sich tinnetypisch in eine Fantasiewelt hineingesteigert, in der sie alle Herausforderungen bei den Hörnern packte und sich nichts gefallen ließ. In der Realität war sie natürlich viel zu feige, um den fehlenden Ehering direkt anzusprechen.

Pelizaeus plauderte munter drauflos und kommentierte noch immer das Speisen- und Weinangebot, ihre Befangenheit schien ihm nicht aufzufallen. Er hatte für beide eine Vorspeisenplatte mit Oliven, spanischem Schinken und gebratenem Gemüse bestellt, dazu trank er Montepulciano, Tinne hatte sich für einen Grauburgunder entschieden. Sie pickte an den Oliven herum und merkte, wie der Wein ihre Gedanken benebelte.

Verstohlen beobachtete sie den Kommissar beim Essen. Ein schöner Mann war er ja nun wirklich nicht, sein längliches Pferdegesicht mit leichtem Überbiss wäre eine Freude für jeden Karikaturisten gewesen. Don Camillo, das war ihr heimlicher Spitzname für ihn, seit sie ihn zum ersten Mal gesehen hatte und spontan an den französischen Schauspieler Fernandel denken musste. Ihr Ex Olaf, ein sehr von sich eingenommener Wirtschaftswissenschaftler, kam ihr in den Sinn. Er hatte auf eine distanzierte Art gut ausgesehen, maskulin, gepflegt und stets top gekleidet. Tinne war sich neben ihm manchmal regelrecht zweitklassig vorgekommen, sie hatte nie viel Geld für Kleidung gehabt und konnte sich teure Accessoires wie Uhren oder Schmuck erst recht nicht leisten. Bei gesellschaftlichen Anlässen hatte sie sich oft wie eine graue Maus gefühlt inmitten der aufgedonnerten Frauen und der breit lächelnden Männer, die sich allesamt wahnsinnig gut in Wirtschaft und Politik und Kultur und Promiklatsch auskannten. Wenn sie nach Studium oder Beruf gefragt wurde und anfing, von ihrem Magister in Geschichte zu erzählen und dem damaligen Job bei einem Mainzer Fachbuchverlag, merkte sie, wie die Ohren auf Durchzug gingen. Kein lohnender Kontakt, war in den Augen zu lesen, kein Networking, kein beruflicher Nutzen. Vertane Zeit. Mit fadenscheinigen Begründungen ließ man sie alsbald stehen und versuchte, die wertvollen Minuten gewinnbringender zu investieren.

Und Olaf immer mittendrin! Er wusste alles am besten, hatte das passende Zitat auf der Zunge, den Film gesehen, das Buch gelesen, war schon hier und dort gewesen und hatte mit diesem und jenem eine Debatte geführt. Es dauerte sechs Jahre, bis Tinne seine Blendermasche durchschaut hatte und sich eingestehen musste, dass sie selbst längst schon zu einem Teil seiner Selbstinszenierung geworden war. Denn neben einer Partnerin, die Langweilergeschichte studiert hatte und klitzekleines Geld in einem Verlag verdiente, strahlte sein Stern umso heller. Und trotzdem hatte sie nicht den Mumm in den Knochen, ihn zum Teufel zu schicken, sondern log sich selbst etwas vor. Eine Mischung aus Bequemlichkeit, Angst vor Verletzung und verzweifelter Hoffnung auf ein Märchen-Happy-End ließ sie Monat für Monat weitermachen und immer kleiner werden, bis … ja, bis Olaf ihr eines Tages kühl mitteilte, dass er eine Neue habe. Seine blonde Doktorandin mit zerbrechlichem Mädchenkörper, Stupsnase und riesengroßen Kulleraugen nahm Tinnes Platz ein, und wenngleich Tinne es hätte besser wissen müssen, heulte sie wochenlang und fühlte sich so elend wie noch nie zuvor.

»Was ist denn los? Du siehst aus, als hättest du ein Gespenst gesehen.« Laurent lächelte sie an, sie merkte, dass sie seit geschlagenen zwei Minuten eine Olive in der Hand hielt, ohne sich zu rühren. Sie lächelte zurück, obwohl die Erinnerung an die damaligen Ereignisse sie noch immer aufwühlte.

»Ein Gespenst aus der Vergangenheit«, murmelte sie und wich seinem Blick aus. Sie schämte sich für das, was Olaf damals aus ihr gemacht hatte, und wollte nicht, dass Laurent sie für eine schwache Frau hielt. »Die kommen manchmal aus ihren Löchern gekrochen und bringen staubige alte Geschichten mit.«

Sein Lächeln wurde traurig. Mit einem Mal war die Stimmung zwischen ihnen nah und vertraut, ganz so, als würden sie die Plaudereien der letzten Stunde hinter sich lassen und nun eine Schicht tiefer gehen, dorthin, wo ihre Gefühle, Hoffnungen und Ängste lagen. Mit großer Selbstverständlichkeit legte Laurent seine Hand auf ihre, sie spürte die Wärme und die federleichte Berührung.

»Welche ist denn deine staubige und alte Geschichte?«

Sie antwortete nicht. Die Zeit verstrich, der Augenblick blieb trotzdem derselbe. Seine Finger erkundeten sachte ihre Hand, fanden die Knöchel und die feinen Hautlinien an den Gelenken. Schließlich schlug er die Augen nieder, seine Lider zuckten und ließen eine Anspannung sichtbar werden, die irgendwo in ihm begraben war.

»Dann erzähle ich dir jetzt meine staubige und alte Geschichte.« Seine tiefe Stimme war kaum hörbar. Tinne rührte sich nicht, ihre Wahrnehmung reduzierte sich auf ihre Ohren und auf das Gleiten seiner Finger auf ihrer Haut.

»Zuallererst musst du wissen, dass …«

Ein altmodisches Telefonklingeln ertönte. Innerhalb eines Augenblicks zerplatzte die vertraute Stimmung, Pelizaeus holte sein iPhone heraus. Kaum hatte er den Anruf entgegengenommen, als er auch schon aufstand und der Bedienung dringende Zeichen gab.

»Entschuldigung, ich muss weg. Wir haben einen Leichenfund.« Seine Miene war ernst und professionell. »Tut mir echt leid, Tinne … scheinbar haben wir heute ein Abendessen mit Überraschungspaket gebucht.«

Tinne starrte ihn an. Auf eine schrille Art fühlte sie sich an den Abend im Weinhaus Michel vor vier Monaten erinnert, als Elvis ebenfalls einen Anruf bekam und von einem Leichenfund berichtete. War sie denn nur mit Männern unterwegs, die auf morbide Nachrichten gepolt waren? Ihre Gefühle wirbelten durcheinander. Laurents vertraute Nähe, die Unsicherheit wegen des fehlenden Rings, das Bedauern über den Ausgang der Verabredung – all das vermischte sich zu einem Kloß aus Emotionen, der ihr die Tränen in die Augen trieb. Und nun? Sie blinzelte, während der Kommissar der Kellnerin einige Geldscheine gab. Er drehte sich zu Tinne um, zögerte einen Augenblick und nahm sie dann fest in den Arm.

»Ist nicht ganz so gelaufen, wie wir uns das vorgestellt haben.« Sein Mund an ihrem Ohr kitzelte, er roch gut, nach Mann und Haut und Cool Water. »Aber wir starten demnächst einen zweiten Versuch, okay? Romantisches Dinner 2.0 – ohne Leiche.« Tinne konnte nur nicken, während immer mehr Tränen in ihren Augen brannten.

Der Kommissar trat hinaus in die Nacht, Tinne ließ sich auf ihren Stuhl fallen. Sie fühlte sich so alleine, als wäre sie der einzige Mensch auf der ganzen weiten Welt.

*

Im Kapellengraben, einem baumbestandenen Bereich am südlichen Rand von Bodenheim, stand eine alte Scheune, die Bretter gegerbt von Wind und Regen, das Dach schief, Wurzeln hoben das Fundament in die Höhe. Sie gehörte zum Kilianshof im Schreiberweg, wurde aber schon lange nicht mehr genutzt. Vor zwei Jahren waren die Bodenheimer ›Hexenhüter‹ auf den Hof gekommen und hatten Winzer Becker sen. gefragt, ob sie in der Kapellenscheune ihre Sitzungen abhalten dürften. Der rotgesichtige Winzer hatte seine Kappe in den Nacken geschoben, einen Blick auf die Gruppe in ihren mittelalterlichen Gewändern geworfen und gemeint: »Wenn's schee macht …«

Seither hatte sich viel getan in der Scheune. Die Ritzen waren gestopft, ein Kanonenofen sorgte auch im Winter für erträgliche Temperaturen, zusammengewürfelte Teppiche färbten den Boden bunt. Die ›Hexenhüter‹ nutzen den Raum zum Meditieren, manchmal in Grüppchen, oft auch nur einer alleine. Bodenheim war für sie ein besonderer Ort, die schrecklichen Ereignisse vor 400 Jahren ließen sie eine starke Aura spüren.

Einmal im Monat kamen alle zusammen, um alte Rituale zu zelebrieren, Kerzen erhellten die Scheune, Kräuter wurden verbrannt, Beschwörungen wie Gebete gemurmelt. Es gab vier Leute in der Gruppe, die das ›Innere Auge‹ hatten und in Trance in die Vergangenheit blicken konnten. Die monotonen Formeln und der Geruch der schwelenden Kräuter halfen ihnen bei ihrer Rückführung, bald schon steckten sie in fremden Körpern und erlebten das neu, was sie in einer anderen Zeit schon einmal hatten durchmachen müssen.

Seit dem Gebeinefund im Liebrecht'schen Garten waren die ›Hexenhüter‹ wie elektrisiert. Ihre Beschwörungen, die Rückführungen, all das hatte mit einem Mal ein Ziel. Denn eines der Medien fand endlich den Körper, den es damals bewohnt hatte – es war Merg Scholl! Das dünne Mädchen, das sich Gwendolyn nannte, reiste seither regelmäßig in das frühneuzeitliche Bodenheim und berichtete in schillernden

Farben von Mergs Alltag, ihrer Zeit im Kerker und der Verbrennung auf dem Scheiterhaufen.

Heute Abend waren die ›Hexenhüter‹ in der Mitte der Scheune versammelt, sie bildeten schneidersitzend einen Kreis. Kerzen brannten, doch es wurden keine Beschwörungen gemurmelt. Man hatte sich zu einer Problemerörterung zusammengefunden.

»Es geht so nicht weiter.« Hadubrand, ein schlaksiger Jüngling mit weichen Zügen und original 80er Vokuhila-Frisur, machte eine Bewegung zu Gwendolyn hin. Sie war seine Freundin, die beiden wohnten in der Jahnstraße, eineinhalb Zimmer, Souterrain. Das Mädchen kauerte an der Wand, die Streichholzbeine wie Stelzen weggestreckt, Tränen ließen die schwarze Schminke ihrer Augen nach unten fließen. »Gwendolyn ist heute Nacht …«

»Merg!«, schrie sie dazwischen, dass alle zusammenzuckten. Hadubrand zwinkerte nervös.

»'tschuldigung, ja, also, Merg ist heute Nacht schon wieder auf den Scheiterhaufen gezerrt worden. So schlimm war's noch nie, so … so qualvoll. Eh, Gwendolyn musste sich …«, er machte eine vorsichtige Pause und wartete, ob es erneuten Widerspruch gab. Doch alles blieb still, er hatte offensichtlich von der richtigen Person im richtigen Körper gesprochen. »Also, Gwendolyn musste sich heute sogar krankmelden, sie hätte es einfach nicht geschafft.«

Die anderen nickten besorgt. Sie wussten, dass Gwendolyn halbtags bei der Sparkasse arbeitete, um ihr dröges neuzeitliches Leben zu finanzieren. Zu erkennen war sie dort freilich kaum – auf Druck ihres Chefs trug sie ein braves Kostüm, war ordentlich frisiert und versteckte ihre Tattoos unter einer langärmeligen Bluse.

Ein feister Mann, der seine wallenden roten Haaren mit

einem Lederriemen gebändigt hatte und sich ›Meister Konrad‹ rufen ließ, erhob die Stimme.

»Sie hören nicht auf. Ich habe gelesen, dass sie Mergs Knochen jetzt in irgendein medizinisches Labor gebracht haben. Noch mehr Untersuchungen, noch mehr Herumgestocher.«

Gwendolyn schien die Werkzeuge der Wissenschaftler am eigenen Leib zu spüren, vor lauter Schluchzen bekam sie einen Schluckauf.

»Wir müssen diese Sache beenden!« Hadubrand hieb auf den Boden, eine Geste, die durch seine schlaksige Figur an eine Heuschrecke erinnerte. »Wir müssen Merg zurückbringen, zurück in die Erde, dorthin, wo sie Ruhe hat und nicht von gierigen Händen betatscht wird! Diese … diese Freakshow im Heimatmuseum, das ist ein Schlag in ihr Gesicht. Als würde sie ein zweites Mal vor Gericht gezerrt und verurteilt, all die Gaffer, all die Neugierigen.«

Zustimmendes Gemurmel ertönte, das von Gwendolyns Schluckauf übertönt wurde. Nur Rasmus beteiligte sich nicht an der Diskussion. Er saß stumm da, seine Augen schweiften von einem zum anderen.

Meister Konrad warf ihm einen Blick zu. Er konnte Rasmus gut einschätzen und musste sich schon sehr täuschen, wenn der Mann mit den tiefen Falten und dem grauen Bartschatten nicht seinen ganz eigenen Plan verfolgen würde.

*

Die Nacht hatte den Rhein in Besitz genommen. Das beschauliche Kasteler Ufer war mit Polizeiautos, Notarztwagen und dem schwarzen Bus der Spurensicherung vollgeparkt, ihre zuckenden Lichter gaben der geschäftigen Aktivität einen Herzschlag. Ein weißer Range Rover Evoque stand daneben. Gregor und seine Freunde wurden von zwei Beamten flankiert und gaben ihre Beobachtungen zu Protokoll, hinter den Autos reckten späte Spaziergänger ihre Köpfe, ein Hund zerrte kläffend an seiner Leine.

Auf dem hell erleuchteten Restaurantschiff standen zwei Sanitäter und rauchten, während der Notarzt seinen Koffer zusammenpackte. Nachdem der Körper von Einsatzkräften aus dem Wasser geborgen worden war, hatte er nur noch den Tod feststellen können.

Kommissar Pelizaeus schaute den Sanitätern versonnen zu, die ihre aufgerauchten Kippen in den Fluss schnickten. In Augenblicken wie diesem sehnte er sich nach einer Zigarette. Zwar hatte er das Rauchen schon vor mehr als 15 Jahren aufgegeben, aber die Lust auf den allerersten Zug packte ihn doch immer wieder.

Ein Kollege des hessischen Landeskriminalamtes trat heran. Seine Nase war knallrot, er sprach nasal und hatte sich offensichtlich einen Frühsommerschnupfen eingefangen.

»Danke, dass Sie und Ihre Leute so schnell da waren.«

Pelizaeus winkte ab. Die Zusammenarbeit zwischen der Wiesbadener und der Mainzer Kripo funktionierte in aller Regel gut, auch heute arbeiteten die Beamten ohne jedes Reviergehabe zusammen. Der Finder der Leiche, der sich als Gregor Fassbender vorstellte und geradezu widerlich nach Alkohol roch, konnte bei der Identifizierung helfen. Bei seiner Arbeit für den ›Mainzer‹ hatte er Kontakt mit dem Garnisonsmuseum gehabt und die Sammlung als Freizeittipp vorgestellt. Deshalb erkannte er in dem Toten den Museumsleiter Wolfgang Balzer. Das Wiesbadener Präsidium hatte ohne Umschweife bei den

Mainzer Kollegen um Amtshilfe gebeten, da Balzer aus Mainz stammte und durchaus eine Person des öffentlichen Interesses war.

So kam es, dass nicht nur der Kommissar auf dem Restaurantschiff anwesend war, sondern auch Dr. Tara Feh. Auf dem Deck lag die Leiche in einer Pfütze. Die Pathologin kniete daneben, ein Assistent half ihr, den Körper hin und her zu bewegen.

»Was wissen Sie denn über ihn?« Der hessische Beamte deutete auf den Toten. »Er soll ja ziemlich umtriebig gewesen sein, das meinte zumindest der Typ, der ihn gefunden hat.«

Pelizaeus nickte.

»Oh ja, bei uns in Mainz ist er bekannt wie ein bunter Hund. Er hat quasi in Eigenregie das Garnisonsmuseum aufgebaut und viel Grundlagenforschung betrieben. Komplette Bücher verfasst und viele Einzelschicksale recherchiert und so. In Frankreich und auch hier bei uns hat er dafür Preise bekommen, er ist, glaube ich, zum französischen Ordensritter ernannt worden und trägt das Bundesverdienstkreuz und noch einiges mehr.«

Er machte eine Kopfbewegung zum Notarzt, der gemeinsam mit den Sanitätern die ›Pieter van Aemstel‹ verließ.

»Was hat er denn gemeint?«

Sein Kollege zog geräuschvoll die Nase hoch und wühlte nach einem Taschentuch.

»Ertrunken. Keine Anzeichen von Kampf oder Gegenwehr, keine offensichtlichen Wunden, keine Abwehrverletzungen. Könnte beim Spazierengehen ausgerutscht sein oder einen Schwächeanfall bekommen haben. So etwas in der Art. ›Ertrinken nach erster Augenschau‹, hat er ins Einsatzregister geschrieben.«

Pelizaeus verabschiedete sich von dem schniefenden Mann und trat an die Leiche heran. Ihr Mund stand offen und sah durch die eingefallenen Lippen wie ein Loch aus, Tropfen hingen in den Augenbrauen und in dem grauen Schnauzbart. Tara Feh trug den weißen Overall der Spurensicherung und machte sich Notizen in einem Heft, den Kugelschreiber steckte sie pragmatisch hinters Ohr.

Pelizaeus schaute ihr eine Weile zu, dann ergriff er das Wort.

»Ausgerutscht beim Spazierengehen. Schwächeanfall. Ertrinken nach erstem Augenschein, sagt der Notarzt.«

Sie drehte den Kopf des Toten vorsichtig und schrieb eine weitere Notiz in ihr Buch. Dann erhob sie sich.

»Nach erstem Augenschein – ja. Nach genauerer Untersuchung – nein.«

Pelizaeus wurde hellhörig. Er wusste, dass man von Dr. Feh niemals vage Vermutungen oder halb fertige Überlegungen zu hören bekam.

»Es ist nur eine Kleinigkeit, die mich stutzig gemacht hat. Es fehlen nämlich Schleifspuren an den Händen und der Stirn, und seine Hose ist an den Knien völlig intakt.«

Der Kommissar schaute sich den Leichnam an. Die Hände waren weißlich und verschrumpelt, zeigten jedoch keine weiteren Verletzungen, ebenso wenig die Stirn. Die Hose klebte unbeschädigt an den Beinen.

»Warum ist das wichtig?«

»Bei Tod durch Ertrinken dreht sich der Körper nach dem Untergehen in die Bauchlage, Arme, Beine und Kopf hängen herab. So wird der Tote dann von Wasser- und Strömungsbewegungen weitertransportiert. Gerade bei starker Strömung wie hier im Rhein schleifen die Extremitäten und der Kopf am Boden entlang, über Sand und Steine und alles Mögliche. Diese Treibspuren fehlen hier. Stirn und Hände müssten aufgeschürft sein, ebenso der Hosenstoff an den Knien.«

Pelizaeus drehte die Informationen eine Weile im Kopf, um selbst auf die Lösung zu kommen.

»War er gefesselt?«

»Nein, da würden wir Einschnittspuren sehen. Meine Vermutung ist, dass irgendetwas seine Muskeln so stark kontrahiert hat, dass er nach dem Eintritt des Todes nicht in die übliche hängende Lage gefunden hat. Er ist von der Strömung wie … tja, wie ein Ball über den Flussboden gerollt worden.« Sie deutete mit ihren Händen eine kugelnde Bewegung an. »Und erst hier am Schiffsheck haben Wasserdruck und der Widerstand des Holzes dafür gesorgt, dass er diese zusammengekrampfte Haltung aufgegeben hat.«

»Kontrahierte Muskeln.« Pelizaeus wippte auf den Fußballen hin und her. »Vielleicht Epilepsie. Ein Herzinfarkt. Oder es sind Medikamente im Spiel.«

»Wäre möglich. Aber ich habe weitergesucht und bin auf etwas anderes gestoßen. Schau her.«

Mit ihren behandschuhten Händen drehte Tara Feh die Schultern des Toten, sodass der Kopf zur Seite kippte. Ihr Zeigefinger deutete auf eine Stelle am Nacken, knapp über der linken Schulter. Der Kommissar bückte sich, kniff die Augen zusammen und versuchte, das Bild scharf zu bekommen. Verflixt, hatte er sich nicht letztens schon eine Lesebrille holen wollen? Alles, was er sah, waren zwei winzige Punkte, fünf Zentimeter auseinander und etwas dunkler gefärbt als die umgebende Haut.

»Was ist das? Einstiche?«

»Verbrennungen. Kaum zu sehen und durch die mechanische Reibewirkung des Hemdkragens fast weggehobelt.

Dem Notarzt sind sie nicht aufgefallen. Aber sie sind nun mal vorhanden, und deshalb tippe ich auf ein Tötungsdelikt.«

Sie hielt zwei Finger über den Hals des Ertrunkenen, als wolle sie zustechen.

»Ein Taser. Ein Elektroschocker. Meine Vermutung: Der Mann hat sich übers Wasser gebeugt, und von hinten hat ihm jemand einen Taser an den Nacken gehalten. Ein paar 100.000 Volt sorgen dafür, dass die Muskeln reflexartig kontrahieren und in dieser Position verharren. Er verliert das Bewusstsein, kippt ins Wasser und ertrinkt. Die Muskeln verfestigen sich in der Kontraktion, während er von der Strömung über den Flussboden gerollt wird.«

Dr. Feh stand auf und zupfte ihren Overall zurecht.

»Nach der Obduktion kann ich dir mehr sagen, aber ich bin mir ziemlich sicher, dass ich richtig liege.«

Pelizaeus schaute auf den Toten und ließ seine Gedanken kreisen. Herrje, der gute Wolfgang Balzer. Einen harmloseren Zeitgenossen konnte man sich kaum vorstellen. Welches Interesse sollte jemand haben, ihn zu ermorden? Hatte er etwas gesehen, das er nicht hätte sehen sollen? Vielleicht war er zur falschen Zeit am falschen Ort gewesen?

Dr. Feh reichte dem Kommissar eine transparente Asservatentüte mit etwas Weißem darin.

»Das haben wir bei ihm gefunden, in der Innentasche seiner Jacke. Zum Glück war es laminiert, sonst wäre nicht viel davon übrig.«

Vorsichtig drehte Pelizaeus die Tüte. Ein Blatt Papier steckte darin, gefaltet und zerknickt. Er bemühte sich, den störrischen Beutel glatt zu streichen. Das Papier war eine schwarz-weiße Kopie, die auf den ersten Blick nach roh zusammengefügten Schnipseln aussah. Senkrechte Streifen waren aneinandergelegt und kopiert worden, die teils gerissenen und teils geschnittenen Ränder hatten dunkle Schatten erzeugt. Eine altertümliche Handschrift war zu erkennen, Sätze, die sich dünn und hellgrau über die Risskanten zogen, ganz so, als hätte jemand einen Brief geschrieben und ihn anschließend erbost zerfetzt. Mit gerunzelter Stirn hielt Pelizaeus das Blatt am ausgestreckten Arm vor sich, doch die Mischung aus Dunkelheit, schwungvollen Buchstaben und Fehlsichtigkeit machten das Lesen unmöglich.

»Auf der anderen Seite ist noch ein Papierstück. Das war allerdings nicht laminiert, es ist kaum etwas zu erkennen.«

Der Kommissar entdeckte einige Fetzen mit aufgeweichten Rändern. Einzelne Buchstaben waren zu erkennen, schwach und verwischt, nur eine Strichzeichnung hob sich einigermaßen deutlich heraus. Die Linien waren nachlässig hingeworfen, in der Art, wie man beim Nachdenken oder beim Telefonieren unbewusst kritzelt.

»Das – das kenne ich irgendwoher.«

»Ein Schandkreuz. Ist nach dem Hexenfund von Bodenheim eine Weile durch die Presse gegeistert, da hast du's vielleicht gesehen.«

Pelizaeus nickte langsam. Richtig, da war etwas in der Zeitung gewesen und auch im SWR-Fernsehen. Damals hatte er nur halb hingesehen, doch nun, in Verbindung mit einem Toten, drängte eine andere Erinnerung an die Oberfläche. Bilder erschienen in seinem Kopf … ein Keller, ein aufgedunsener Leichnam … keine Augen, keine Ohren, keine Zunge. Skeletthände, die im Sterben ein Zeichen hinterlassen hatten … Es dauerte noch zwei Sekunden, dann durchschoss es den Kommissar so grell, dass es fast schmerzte.

»Partenheim«, flüsterte er.

Tara Feh legte den Kopf schief. »Wie bitte?«

»Partenheim«, wiederholte der Kommissar lauter. »Mein allererster großer Fall, damals noch als Anwärter. Ein Mann, Walter Gurock, in seinem eigenen Keller zu Tode gefoltert. Hat mit seinem Blut dieses Symbol gemalt.«

Sein damaliger Chef Seithkorn. Der Pathologe mit dem Hotzenplotz-Bart. Die Eindrücke, die Gerüche, die Fliegen – all das wurde wieder lebendig. Die grauenvollen Wucherungen am Bauch des Leichnams. Hautkrebs, Endstadium. Ein sterbenskranker Mann, der trotzdem keine Gnade bei seinem Henker gefunden hatte.

»Wir haben monatelang ermittelt, in alle Richtungen, bis hin zu Interpol. Erfolglos, keine vernünftige Spur. Nach über einem Jahr haben wir die Akte zugemacht. Ich habe nie wieder etwas von dem Fall gehört – bis jetzt.«

Er brauchte keinen kriminalistischen Instinkt, um zu wissen: Irgendetwas verband den Toten aus dem Rhein, einen 25 Jahre alten Mordfall und die Knochen einer Frau, die man von vier Jahrhunderten als Hexe verbrannt hatte.

Wäre der Kommissar nicht so in Gedanken versunken gewesen, hätte er vielleicht Tara Fehs Blick wahrgenommen. Die Augen der Pathologin brannten sich förmlich in das Schandkreuz hinein, ganz so, als wäre ihre Welt auf das Symbol reduziert.

*

»Alexander Mohr, ja bitte?«

»Hallo, Axl, Laurent hier, entschuldige die späte Störung. Sag mal, ist Tinne noch wach?«

»'n Abend, Laurent, ja, die ist in ihrem Zimmer. Hat die Musik auf und das Telefon wohl nicht gehört. Wart mal, ich hol sie.«

»Tinne, hallo?«

»Hallo, Tinne, Laurent hier.«

»Oh, … hi.«

»Du, wegen vorhin, also, tut mir echt leid. Das ist halt, naja, Job und so. Bist du denn noch gut heimgekommen?«

»J … ja. Jaja.«

»Okay, schön. Eh, hör zu, ich habe eine eher fachliche Frage an dich. Dienstlich, sozusagen.«

»Mhm, okay. Was ist los?«

»Tja, also, du kennst doch das Zeichen auf diesem Stein, den ihr bei dem Hexengrab gefunden habt. Schandkreuz, so heißt es, glaube ich.«

»Mhm.«

»Mich würde interessieren, was eigentlich hinter diesem Zeichen steckt. Im Fernsehen hieß es, es sei ein Schutzsymbol oder so, und ich habe eben mal handymäßig im Internet geblättert, aber da gibt es nur ein ähnliches Symbol, nämlich das von *Blair Witch Projekt*. Aber über das Zeichen auf dem Stein habe ich nichts finden können. Weißt du mehr darüber?«

»Na ja, geht so. Die Leiterin vom Forschungskreis ›Hexenverfolgung‹ kann dir da mehr sagen, Frau Professor Leinweber, sie ist ja ziemlich im Hexenthema drin. Aber es war auf jeden Fall die Grundlage von diesem *Blair-Witch*-Kreuz, das habe ich mal irgendwo gelesen, die Filmemacher haben sich da wohl inspirieren lassen. Das Schandkreuz ist aber viel, viel älter, es ist eine keltische Rune, die dann vom Christentum übernommen und umgedeutet worden ist. Kam ziemlich häufig vor, viele christliche Symbole haben heidnischen Ursprung. Es war ein Schutz vor bösem Zauber und vor den Hexenmächten, man hat es an Häuser und Ställe gemalt, meistens mit Tierblut. Und es stand, aus Stöcken zusammengebunden, an Wegkreuzungen und Hohlwegen, also dort, wo man böse Mächte gefürchtet hat.«

»Ah ja, okay, das ist schon mal eine ganze Menge. Und hatte dieses Schandkreuz denn auch etwas mit Hinrichtungen zu tun oder mit Folter oder so? Oder mit Ertränken?«

»Hm, na ja, es war natürlich in den Verhörräumen zu finden und in den Kerkern. Man wollte schließlich verhindern, dass der Keim des Bösen von den Eingesperrten auf die anderen Prozessbeteiligten übersprang. Einen speziellen Zusammenhang gab es da aber nicht, so viel ich weiß. Das solltest du aber echt noch mal mit der Professorin besprechen.«

»Oh, das reicht mir erst mal, super, vielen Dank.«

»Bitte, kein Ding. Und, eh, warum wolltest du das jetzt wissen?«

»Hm, tja, ich kann da jetzt nicht allzu viel drüber sagen. Ich bin noch am Fundort, also, am Leichenfundort, und es sieht nicht nach einem natürlichen Todesfall aus. Das Opfer hat dieses Symbol bei sich gehabt. Du verstehst sicher, dass ich deshalb mehr darüber wissen will.«

»…«

»Hallo? Tinne?«

»Ja … oh, wow, das … das, äh, das haut mich gerade um.«

»Gaube ich gerne. Aber bitte behalt's erst mal für dich, das soll noch nicht an die große Glocke. Wir sprechen die Tage mal, ich melde mich, einverstanden?«

»J… ja, mach das. Bis dann.«

»Tschüss, gute Nacht, und danke für deine Hilfe.«

Tinne starrte auf das Telefon wie das Kaninchen auf die Schlange, ihre Gefühle schossen durcheinander. Am Anfang des Telefonats war sie wie elektrisiert gewesen, Laurents Stimme zu hören, dann war ein Klumpen Enttäuschung gewachsen. Nur ein dienstliches Telefonat. Nur eine Informationsquelle. Google war zu vage, dann eben Nachtigall. Die letzten Sätze von Laurent hatten ihr dann einen regelrechten Schock versetzt. Eine Leiche und dazu das Schandkreuz aus Mergs Grab.

Wieder kamen ihr die Worte des Bodenheimer Recken in den Sinn: *Seit Jahrhunderten begraben, aber längst noch nicht tot.*

Donnerstag, 8. Mai 2014

Empfänger: Laurent Pelizaeus
<laurenzaeus@t-online.de>
Absender: Kirsten Strasser,
Allgemeine Zeitung Mainz
<strasser.k@vrm.com>

Betreff: Leichenfund Rhein?

Guten Morgen Laurent, ich habe gehört, ihr
habt Wolfgang Balzer drüben beim Schiff gefunden. Was ist, kannst du mir etwas geben für
die morgige Ausgabe? Unfall? Oder gibt es Ver-
dachtsmomente in irgendeine Richtung? Ein paar
Infos wären gut, wir haben hier schon jede
Menge Anrufe von Lesern. Kannst auch gerne
mal anrufen, ich bin in der Redaktion. Danke!
Gruß Kirsten

Empfänger: Kirsten Strasser,
Allgemeine Zeitung Mainz
<strasser.k@vrm.com>
Absender: Kriminalhauptkommissar Laurent
Pelizaeus,
Kommissariat K 11, Kriminalpolizei Mainz
<laurent.pelizaeus@polizei.rlp.de>

Betreff: AW: Leichenfund Rhein?

216

Hallo Kirsten,
zum o.g. Fall gibt es noch keine Informationen für die Öffentlichkeit. Ich bitte Dich,
vor allem keine Spekulationen zu drucken,
die unsere Arbeit ggf. behindern könnten.
Die Presseabteilung verschickt wie immer eine
Pressemitteilung, die mit der Staatsanwaltschaft abgestimmt ist, wenn neue Erkenntnisse vorliegen.
KHK Laurent Pelizaeus, Kriminaldirektion
Mainz

Pelizaeus verschickte die Mail mit einem Mausklick und schüttelte verärgert den Kopf.

»Ich frage mich, wie die Strasser zum Teufel noch mal an meine private Mailadresse gekommen ist. Theoretisch sollten Zeitungsanfragen in der Pressestelle landen und nirgendwo anders.«

Axel Börner schaute noch nicht einmal von seiner Arbeit auf.

»Theoretisch«, war sein einziger Kommentar.

»Und was machen wir jetzt mit dem Balzer-Fall?«

Die Antwort war ein Achselzucken, worauf Pelizaeus die Augen verdrehte. Sein Kollege war kein Mann großer Worte, was er in aller Regel schätzte. Manchmal allerdings wünschte er sich dann doch zwei, drei zusammenhängende Sätze mehr.

Die beiden Kommissare hatten in den heutigen Morgenstunden im Fall des Toten aus dem Rhein recherchiert, ohne zu einem echten Ergebnis zu kommen. Kein Mensch hegte einen Groll gegen Balzer, seine Finanzen waren geordnet, seine familiären Verhältnisse unverdächtig. Auf geradezu fatale Art und Weise fühlte Pelizaeus sich an die Ermittlungen in Partenheim erinnert – auch bei Walter Gurock waren keine Ansatzpunkte für eine tiefer gehende Ermittlung zu finden gewesen. Der Mann hatte kaum Spuren im Leben hinterlassen, ganz so, als wäre er vor etwas geflohen, bis es ihn dann doch eingeholt hatte. Genau wie gestern auf dem Restaurantschiff drängte Pelizaeus' Bauchgefühl ihm einen Zusammenhang zwischen dem Hexenfall und den beiden Toten auf. Eine Sekunde lang gab er sich dieser Vermutung hin und starrte Löcher in die Luft. Der Mann ohne Vergangenheit und der allseits beliebte Museumsleiter. Gab es ein unsichtbares Spinnennetz, das die beiden verband? Und wenn ja – wer war die Spinne?

Das Telefon riss Pelizaeus aus seinen Gedanken. »Der nächste Pressefuzzi, oder was?«, murmelte er und nahm ab.

Der Anrufer war offensichtlich kein Journalist, denn Pelizaeus hörte eine Weile zu, ohne etwas zu sagen. Das Schweigen wurde lang, Börner beobachtete, wie sich das Gesicht seines Kollegen verfinsterte und eine Falte über der Nasenwurzel erschien. Schließlich knurrte Pelizaeus ein Dankeschön und legte auf. Seine Miene verhieß nichts Gutes.

»Axel, würdest du mir eben mal einen Gefallen tun?«

*

Tinnes Füße trommelten den immer gleichen Rhythmus auf den Boden, während ihr Geist dahintrieb. Sie war hundemüde und fühlte sich ausgewrungen wie ein Waschlappen. Das Telefonat mit Laurent war ihr noch stundenlang durch den Kopf gegangen und hatte den Schlaf vertrieben. Grüblerisch schob sie ihre Gedanken von einer Hirnwindung zur nächsten, ohne zu einem Ergebnis zu kommen. Wie sollte sie mit der Situation umgehen – das Gespräch mit ihm suchen? Warten, bis er sich meldete? Sie hatte sich schon immer schwergetan, in Beziehungsfragen Entscheidungen zu treffen. Das Unangenehmste daran war allerdings, dass sie selbst nicht recht wusste, was sie eigentlich wollte.

Sie hob den Kopf und entschloss sich, das Thema erst einmal abzuhaken. Jetzt war Laufzeit, keine Grübelstunde, Punktum. Ihr Weg führte sie die Große Bleiche entlang Richtung Rhein, und gerade öffnete sich die Straße zum Fluss hin. Welch ein Panorama! Eingerahmt zwischen dem altehrwürdigen Kurfürstlichen Schloss zur Linken und dem im selben Rot gestrichenen Deutschhaus zur Rechten sah der Rhein aus, als habe ein expressionistischer Maler die gesamte Farbpalette zwischen Grün, Blau und reflektierendem Weiß auf seine Leinwand gebracht. Weiter rechts überspannte die Theodor-Heuss-Brücke das Wasser, ihre klassischen Lampen und das Ebenmaß ihrer Bögen passten perfekt in die Szenerie. Vollendet wurde die Komposition vom warmen Sonnenlicht und den Sportbooten, die als kecke weiße Punkte zwischen den Lastschiffen hindurch schossen und den Strom mit Leben füllten.

Tinne war keine gebürtige Mainzerin, sondern erst zum Studium hierhergekommen. Ursprünglich stammte sie aus Göttingen, hatte dort ihr Abitur und eine Lehre gemacht und wäre wohl wie viele ihrer damaligen Freundinnen mit einem soliden, unaufregenden Job zufrieden gewesen, wenn … ja wenn sie nicht eines Morgens in ihrer standardisierten eckig-langweiligen Wohnung aufgewacht wäre und den Rest ihres Lebens in der neutralgrauen Raufasertapete über ihrem Kopf gesehen hätte. Mit sofortiger Wirkung nutzte sie das Kündigungsrecht ihrer Probezeit und machte ihren Mädchentraum wahr: Sie schrieb sich als ordentliche

Studentin im Fach Geschichte ein. Denn während andere junge Frauen von einer Karriere als Model, Designerin oder Tierärztin träumten, hatte sie schon immer den Geruch von Büchern und Pergamenten geliebt.

Als die Entscheidung gefallen war, suchte Tinne die infrage kommenden Universitäten heraus. Sie wollte auf jeden Fall weit weg von Göttingen, ansonsten hatte sie keinen blassen Schimmer, wofür sie sich entscheiden sollte. Dass sie im Jahr 2000 ausgerechnet in Mainz anfing, war einer tinnetypischen Überlegung geschuldet. Sie hatte Mainz spontan mit der Person des Johannes Gutenberg verbunden, dem geistigen Vater aller Druckwerke, und damit war die Entscheidung für sie als Bücher- und Leseratte klar.

Inzwischen hatte sie sich oft gefragt, wie ihr Leben verlaufen wäre, wenn die Wahl auf eine andere Stadt gefallen wäre, auf Heidelberg, auf München oder Dresden. Vielleicht hätte sie dann längst schon den Mann ihrer Träume gefunden und geheiratet, anstatt auf einen Blender wie Olaf hereinzufallen. Andererseits – vielleicht wäre alles furchtbar schief gelaufen, und sie würde ohne Freunde und ohne Jobperspektive im Flur der Agentur für Arbeit hocken.

Als die Fußgängerampel an der Rheinallee auf Rot sprang, kehrte Tinne in die Wirklichkeit zurück und spähte nach rechts und links. Sie war hier mit Elvis verabredet. Am Telefon war der Dicke mehr als kurz angebunden gewesen, und auch Tinne hatte kein Wort zu viel gesagt. Sie war sauer wegen der Show, die er vorgestern im Labor abgezogen hatte – was war das denn bitteschön für eine Art, sich aufzuführen? Und wenn es zehnmal gebrochene Herzen gegeben hatte, gab ihm das noch lange nicht das Recht, Tinnes Besprechung mit Tara Feh zu bombardieren!

Entlang des Rheins kam Elvis mit hochgezogenen Schultern angewatschelt. Die Ampel sprang auf Grün, Tinne überquerte die Straße und erntete ein knappes Begrüßungsnicken. Na gut, dann eben nicht. Sie schaute geradeaus und entschloss sich, die Klappe zu halten. Sollte Mister Mimose doch den Anfang machen!

Schweigend liefen sie das Stresemann-Ufer entlang, das jeder nur ›die Rheinpromenade‹ nannte. Weiße Ausflugsschiffe lagen an den Anlegern der KD-Linie, die gepflegten Häuser der Uferstraße reihten sich dahinter auf. Es war viel los auf der Promenade, Senioren genossen die Sonnenstrahlen, Pärchen und andere Jogger waren unterwegs, zwei Hunde balgten sich, Studenten mit Jonglierbällen sorgten für ein fast mediterranes Flair.

In Augenblicken wie diesem wusste Tinne, dass sie mit Mainz eine gute Wahl getroffen hatte. Immerhin wohnte sie nun schon fast 15 Jahre hier, und sie mochte das ›goldene Meenz‹ sehr. Es war gerade so groß, um als echte Stadt durchzugehen, aber doch so klein, dass man zu Fuß keine halbe Stunde quer durch die Innenstadt brauchte und man eigentlich immer jemanden traf, den man kannte. Auch an die rustikale Mentalität der Mainzer hatte sie sich inzwischen gewöhnt. Anfangs war es für sie befremdlich gewesen, wie eng man in den Weinstuben mit wildfremden Personen zusammensaß und wie selbstverständlich man in Plaudereien eingebunden wurde. Sie hatte den Verdacht gehegt, dass die leutseligen älteren Herren in Wirklichkeit notgeile Säcke waren, die die Studentinnen am gemeinsamen Tisch in verfängliche Gespräche verwickeln wollten. Doch im Lauf der Monate war ihr klar geworden, dass es hier ganz normal war, mit den Tischnachbarn einen Schwatz zu halten, und dass sich daraus manchmal sogar witzige Situationen ergaben – eine unverkrampfte Nähe, die sie aus Göttingen nicht kannte.

Elvis schnaufte mit hochgezogenen Schultern vor sich hin. Tinne wurde die Sache nun doch zu bunt, sie warf ihre Vorsätze über Bord und machte den Mund auf.

»So, jetzt mal raus mit der Sprache. Was ist das denn für ein Auftritt gewesen im Labor? Ich hab erfahren, dass ihr beide mal zusammen wart, aber ehrlich, dein Getue ist mehr als kindisch.«

Er zog ein griesgrämiges Gesicht.

»Soso, hat sie gesungen, die gute Fee. Na dann. Hat sie dir denn auch erzählt, warum es auseinandergegangen ist?«

Tinne schüttelte den Kopf.

»Weil sie einen anderen angeschleppt hat. Einen Herrn Doktor.«

Elvis verdrehte die Augen und ließ seine Stimme höhnisch klingen. Doch Tinne merkte, dass verletzter Stolz mitschwang. Sie schwieg und ließ sich vom Rhythmus ihrer Schritte weitertragen. Elvis war ihr bis jetzt immer als Fels in der Brandung vorgekommen, als jemand, der mit sich und seiner Rolle im Leben völlig zufrieden war. Dass er mit Bitterkeit über einen ›Herrn Doktor‹ sprach, überraschte sie. Scheinbar gab es eine Seite an dem Reporter, die sie noch nicht kannte. Eine Seite, die das alte was-wäre-gewesen-wenn-Spielchen genauso gut spielen konnte wie sie selbst.

»Okay, aber ist das ein Grund, so dermaßen biestig zu sein? Ich meine, immerhin hilft sie uns bei unserem Projekt weiter, und damit tut sie uns einen Riesengefallen.«

Er schaut stur geradeaus.

»Soso, einen Riesengefallen. Ich sag dir was: Ich kenne die Lady gut, und Tara Feh tut niemandem einfach so einen Riesengefallen. Die nicht, glaub mir. Die kocht immer ihr ganz eigenes Süppchen.«

Tinne wartete, ob er noch mehr sagen würde, es kam aber nichts mehr außer Schnaufen. Die Szene vor dem Labor kam ihr wieder in den Sinn – Tara Feh, die sich eilig verabschiedete, und später das Auto, das nach wie vor an der Straße stand. Wie ein böser kleiner Gnom schob sich eine Frage in ihr Hirn … warum interessierte sich eine viel beschäftigte Pathologin eigentlich für einen Haufen zig Jahrhunderte alter Knochen? Und zwar so sehr, dass sie über das Ministerium Druck machte, um bei den Analysen dabei sein zu können?

Ihre Gedanken kreisten weiter, während Elvis und sie die kleine Brücke beim Winterhafen überquerten und in Richtung Eisenbahnbrücke liefen. Sie hatten sich angewöhnt, abwechselnd eine Runde in Bretzenheim bei Tinne zu laufen und eine Runde unten in der Stadt, wo Elvis seine Wohnung hatte. Die Felder westlich der Koblenzer Straße waren ideal für die Bretzenheimer Runde, als Stadttour bot sich die allseits beliebte Brückentour an: auf der Eisenbahnbrücke hinüber nach Hessen, die Kostheimer Brücke über den Main, die Maaraue entlang und dann wieder zurück auf die Mainzer Seite.

Tinne wollte eben nochmals das Thema anschneiden, als sie von einem mehr als ungewöhnlichen Anblick abgelenkt wurde. Vor dem Bootshaus des Mainzer Kanu-Vereins holperte ein Taxi über den Grünstreifen, der selbstredend für Fahrzeuge aller Art gesperrt war. Nachdem das Auto, ein Passat Kombi, mehrere Bremsspuren in der Grasfläche hinterlassen hatte, stiegen ein rothaariges Dickerchen und ein hochgewachsener dünner Mann mit langen Haaren aus.

»Och nö. Nicht schon wieder, oder?« Elvis stöhnte, sein rotes Gesicht wurde noch ein bisschen röter. Tinne musste sich das Lachen verbeißen, als sie ihre beiden Mitbewohner sah. Bertie hatte eines der Elvis-Fanclub-Hemden mit dem stilisierten Kotelettenkopf übergezogen, Axl trug ein verwaschenes Motörhead-Shirt und kecke Boxershorts, aus denen seine Spargelbeine herausragten und in abgetragenen Laufschuhen endeten. In der Hand hielt er eine Spiegelreflexkamera und winkte damit, als wäre es der Staffelstab der Olympioniken.

»Heute nicht, heute ist bescheuert«, knurrte Elvis und schaute stur geradeaus.

»Vergiss es!«, Bertie wackelte verführerisch mit seinem Fanclub-Shirt. »Du bist der Mann der Stunde, das Volk will Frischfleisch!« Er klatschte Axl ab, der in den Knien wippte, losspurtete und sich zwischen Tinne und Elvis einfädelte.

»Die Leute klicken wie doof auf die Wadenweh-Seite, und sie wollen dauernd aktuelle Fotos«, meinte Axl fast entschuldigend. »Trainingsfortschritt und so, du weißt ja.« Er spurtete nach vorne und schoss einige Bilder, während seine langen Beine rückwärts schlackerten. Tinne musste erneut grinsen, als sie den hartgesottenen Altrocker in seinem 8oer-Jahre-Läuferoutfit sah – herrlich ›old style‹ wie immer, aber genau das machte seinen Charme aus.

Axl hatte sich seit dem Start der Wadenweh-Seite alle paar Tage mit auf den Weg gemacht, um die passenden Schnappschüsse beizusteuern. Zur allgemeinen Verwunderung entpuppte er sich als wahres Läufertalent, seine dünne, drahtige Figur schien wie gemacht für lange Strecken. Ohne jede Mühe hielt er Kilometer für Kilometer mit, überholte regelmäßig, fiel zurück, holte von hinten wieder auf und plauderte dabei so entspannt, als würde er am Kaffeetisch sitzen.

Während Bertie sein Taxi auf dem Grünstreifen wendete, kamen die drei an die Rampe, die auf die Eisenbahnbrücke am Volkspark hochführte. Die Brücke mit ihren kastenförmigen Stahlträgern bot neben den beiden Schienensträngen einen schmalen Weg für Fußgänger, auf dem sie nun den Rhein überquerten. Tinne bemühte sich, ein konzentriertes und sportliches Gesicht zu ziehen, wenn sie vor Axls Linse geriet, doch sie fürchtete, die Ergebnisse würden eher nach Leidensgefährtin aussehen. Aber egal, gegen Elvis und seine Schweißbäche machte sie allemal eine gute Figur.

Am anderen Ende der Brücke liefen sie nach unten auf hessischen Boden. Axl schwenkte neben Tinne ein.

»Wir haben uns übrigens mal umgehört in der Nachbarschaft, der Bertie und ich. Wegen … naja, du weißt schon. Keiner vermisst eine Katze, und natürlich hat um diese nachtschlafende Zeit keiner etwas gesehen oder gehört. Ein echter Albtraum, das Ganze.«

Mit Wucht kehrten die schlimmen Erinnerungen an die Nacht mit der toten Katze zurück. Trotz des warmen Wetters schauderte Tinne, als sie an das blutige Fellbündel dachte.

»Was war los? Was für'n Albtraum?«, knurrte Elvis, ohne sich umzudrehen. Nach Reporterart hatte er seine Ohren überall, auch wenn er scheinbar uninteressiert voran stapfte.

Tinne wollte gerade abwiegeln, um nicht noch mehr abergläubischen Ballast auf das Buchprojekt zu laden, doch Axl war schon ein paar Schritte voran geschossen.

»Letztens hat jemand eine tote Katze an Tinnes Fenster geschmissen. Ganz schön zugerichtet, das arme Vieh. Wir haben in der ersten Sekunde gedacht, es sei Mufti, aber der ist ein paar Minuten später herangeschlendert gekommen und hat uns ein paar Felsbrocken vom Herzen geräumt.«

Tinne kaute auf ihrer Unterlippe und wich Elvis' Blick aus. Sie schämte sich, dass sie den Dicken nicht ins Vertrauen gezogen hatte. Aber je mehr seltsame Sachen geschahen, umso stärker wurde ihr Wunsch, die Hexenforschungen weitertreiben zu wollen und ein Ergebnis zu finden. Gleichzeitig fürchtete sie, dass Elvis irgendwann die Reißleine ziehen könnte. Der Reporter war ein rational denkender Mensch – wenn die Sache auf eine echte Gefahr hinauslaufen würde, wäre er der Erste, der das Buchprojekt stoppen würde. Sie hingegen fühlte sich wie ein Kind, das mit dem Feuer spielt und vor lauter Faszination nicht merkt, dass es sich verbrennt.

Inzwischen hatten sie den Main überquert und erreichten die Maaraue, das Naherholungsgebiet zwischen Kostheimer Hafen und Rhein.

Axl griff das Thema wieder auf.

»Was macht eure Hexensache denn sonst so? Seid ihr weiter gekommen?«

Tinne wartete, ob Elvis etwas sagen würde, doch er schwieg. Also brachte sie Axl auf den aktuellen Stand und berichtete ihm von der Bodenheim-Tour mit der Professorin und den Analysen von Dr. Feh. Wie vorhin wuchsen Elvis' Ohren fast nach hinten, während er scheinbar uninteressiert weiterlief. Es war ihm anzumerken, dass er sich ärgerte, die Ausführungen der Pathologin verpasst zu haben. Tinne schloss mit Tara Fehs Ernährungsanalyse, den Kinderknochen und den mysteriösen Wachstumsstörungen. »Jedenfalls meint sie, dass das alles, die Misshandlungen und so, vielleicht mit Aberglauben zu tun haben könnte«, schloss sie.

»Wow, heidnische Rituale oder so etwas?« Axl schüttelte seine langen Haare und strich sie zurück, was ihn wie eine spindeldürre Loreley aussehen ließ. »Na, das ist ja mal ein heißes Thema, um es 400 Jahre später noch mal aufzukochen.«

»Tja, und ich habe leider keine Ahnung, wie ich das machen soll.« Tinne zog ein Gesicht, während die drei an der Reduit vorbeiliefen. »Volksfrömmigkeit und Aberglaube sind klassische Forschungsbereiche der Kulturanthropologen. Aber die stehen leider völlig im Bann Seiner Arschgesichtigkeit, König Bisson I.«

Axl musste lachen. Tinne hatte ihm und Bertie von Bissons überheblicher Absage erzählt und von ihrem Trick, mit Tara Feh gemeinsame Sache zu machen.

»Er muss irgendwie spitzgekriegt haben, dass Dr. Feh mir zwei exklusive Stündchen in seinem heiligen Labor gegönnt hat, und jetzt ist er am Kochen. Ich habe mal unauffällig bei KAVK vorgefühlt, bei Kulturanthropologie und Volkskunde, und nach alten Begräbnisbräuchen gefragt. Aber kaum haben die meinen Namen gehört, da fauchte ein solcher Gegenwind, dass es mir fast den Hörer aus der Hand geweht hätte. Eine halbwegs sachliche Einführung ins Thema kann ich erst mal vergessen, fürchte ich.«

Sie erreichten den futuristischen Kostheimer Busbahnhof und betraten die Theodor-Heuss-Brücke. Hier war viel los, die vier Autospuren waren voll, auf den Fußwegen wimmelte es von Passanten und Radfahrern. Hin und wieder winkte ein entgegenkommender Jogger und signalisierte Elvis mit breitem Grinsen, dass er den Reporter erkannt habe und man doch Brüder im Geiste sei. Elvis schaute stur geradeaus und tat, als würde ihn all das nichts angehen.

Tinne ärgerte sich über die beleidigte Leberwurst. Immerhin hatte Elvis ihr seine Hilfe bei der Buchrecherche versprochen, aber im Moment bremste er das Projekt eher aus. Und nun? Die Knochen gaben keine weiteren Geheimnisse preis, und die Volkskundler stellten auf stur, wenn es um Fragen zum Aberglauben ging. Sie war an einem toten Punkt angekommen.

Plötzlich fing wildes Geklingel an, eine muntere Stimme riss sie aus ihren Gedanken.

»Ho-hooo, Monsieur Elviiis!«

Die drei Läufer fuhren herum. Von der Kasteler Seite näherte sich im Schneckentempo ein seltsames Gefährt, das von den Autos umkurvt wurde. Es sah aus wie ein altertümlicher hölzerner Lieferwagen mit offenen Seiten und Überdachung, an dessen Front statt der Motorhaube ein Bierfass prangte. Rechts und links waren Barhocker mit Fahrradpedalen installiert, darauf saß eine Gruppe älterer Herren, ordentlich frisiert und in gepflegter Kleidung. Sie winkten euphorisch, zückten Fotoapparate und traten doppelt in die Pedale, um möglichst schnell heranzukommen.

»Ach nee, der Franzosenhaufen«, brummte Elvis, doch Tinne sah, dass seine Mundwinkel zu zucken anfingen. Auf ihren fragenden Blick hin erzählte er vom Zusammentreffen mit den *Anciens Combattants* und der guten Stimmung im Garnisonsmuseum. Neugierig beäugte Tinne das herannahende Gefährt. Sie hatte es schon öfter gesehen und wusste, dass es ›BierBike‹ hieß – eine rollende Zapfanlage, mit der Partyvolk und Junggesellenabschiede von einem professionellen Fahrer durch Mainz gelenkt wurden.

»Was machen Sie denn 'ier in diese Outfit, Monsieur Elviiis?« Die Männer kletterten von ihren Barhockern, einer, dessen gezwirbelter Schnurrbart himmelwärts strebte, führte das Wort. »Trainieren Sie für Ihrre nächste Bühnenshow den original Fleischwurst-'üftschwung?« Belustigt sah Tinne, dass er seine Taille zum Kreisen brachte und dabei gar nicht mal unelegant aussah.

»Von wegen. Halbmarathontraining«, knurrte Elvis. Der Mann riss die Augen auf.

»'albmarrathon! Parbleu!« Sein Hüftschwung wechselte zu einem auf-der-Stelle-Rennen. »Wussten Sie, dass meine Freunde und isch auch schon eine Marrathon 'inter uns gebracht 'abben?«

Elvis warf einen abschätzigen Blick auf die alten Kämpfer, die mit Spitzbäuchlein und runden Gesichtern ausgestattet waren und in etwa so sportlich aussahen wie Reiner Calmund.

»Aha. Auf der Rolltreppe der Galerie Lafayette, oder was?«

»Fast«, lachte sein Gegenüber. »Es ist der *Marathon des Châteaux du Médoc* gewesen – 42 Kilometer durch schönste Weinberrge, mit viel Ausschank und Probierständen, es 'at unterwegs sogar Austern und Livemusik gegebben. Wirr 'abben …«, er überlegte, »… 16 Stunden gebraucht. Und eine Übbernachtung.«

Tinne musste mitlachen. Elvis' neue Freunde waren tatsächlich Stimmungskanonen, der dicke Reporter hatte Mühe, sein miesepetriges Gesicht beizubehalten. Mit dem Kinn deutete er auf das BierBike.

»Soso. Und heute ist Party-Tag angesagt?«

»Mais non! Wir 'aben selbstverständlisch die ›Kul(t)tour‹ gebucht mit einer sehrr freundlischen Stadtführerin«, er verbeugte sich charmant in Richtung einer jungen Frau, die auf einem der hinteren Hocker saß, »und strampeln uns einmal quer durch die Geschischte von Mayence. Très intéressante! Außerdem ist es eine perrfekte Geleggen'eit, um Rhein'essen-Bräu aus Ebbers'eim zu probieren.« Liebevoll tätschelte er das Fass, das an der Front des BierBikes montiert war. »Wir können ja nicht 'eimfahren, ohne lokales Bier getestet zu 'aben, odder?« Wie auf Stichwort hoben die übrigen *Anciens Combattants* ihre Krüge, prosteten Elvis zu und nahmen Aufstellung zum unvermeidlichen Gruppenfoto. Ehe Tinne und Axl sich versahen, steckten sie inmitten der Männer und wurden ein halbes Dutzend Mal mit verschiedenen Kameras abgelichtet. Am Ende der Fotosession zauberte Axl aus seiner Gürteltasche einige leicht zerknitterte Infoflyer über den ›Wadenweh‹-Fanclub und verteilte sie.

»Kommen Sie doch zum Marathon, ist ja schon am kommenden Sonntag. Internationale Unterstützung kann unserem Helden nur guttun!«

Die Herren bedankten sich artig für die Flyer, doch der Mann mit Schnauzbart hob bedauernd die Schultern. »Merci beaucoup, mais … das ist leiderr unser Abreisetag, der Zug geht schon früh. Isch fürchte, Monsieur Elviiis, Sie werdden Ihren 'albmarathon ohne unsere Jubelrufe schaffen müssen.«

»Schade aber auch, dann hätte ich zumindest genügend Zielfotos gehabt«, brummte Elvis mit Blick auf die Kameras der Männer und klappte seine Arme zur Laufhaltung an. Die Franzosen enterten ihr BierBike, wünschten den drei Läufern alles Gute und zockelten unter lautem Geklingel weiter.

»Na, das sind ja mal lustige Gesellen«, meinte Axl und schoss seinerseits ein Foto der Herren auf ihrem Gefährt. »Die könnten wir gut als Außendienstler beim Wadenweh-Club brauchen, da wäre im Nu die halbe Stadt Mitglied.«

Tinne hörte nur mit halbem Ohr zu. Axls beiläufige Bemerkung zum kommenden Sonntag sickerte ihr ins Bewusstsein. Er hatte recht, der Gutenberg-Marathon würde ja schon in drei Tagen stattfinden. In drei Tagen! Der Hexenfall hatte sie so eingenommen, dass das Lauftraining viel zu kurz gekommen war. Viel schlimmer aber: Bis jetzt hatte Elvis noch kein einziges Mal die anvisierte Strecke von 21 Kilometern geschafft, sein Rekord waren 15 Kilometer im Ober-Olmer Wald gewesen – in mehr als zwei Stunden, mit Sturzbächen aus Schweiß und einem Puls, der einem Presslufthammer glich. Morgen, spätestens übermorgen würden sie gemeinsam die 20 schaffen, als psychologische Schallmauer sozusagen, das nahm sie sich felsenfest vor.

»Hör mal«, unterbrach Elvis ihre Gedanken. Das Treffen mit den Franzosen schien seine schlechte Laune verscheucht zu haben, er sah nicht mehr aus wie die beleidigte Leberwurst in Person. »Super-Tara hat doch gemeint, dass die Merg-Sache vielleicht etwas mit der damaligen Ernährung zu tun haben könnte, oder?«

»Ja und nein. Die seltsamen Ergebnisse bei der Kinderknochen-Analyse, die haben sie stutzig gemacht. Aber es passt alles nicht so recht, man müsste wissen, wie …«

»Jaja, schon klar«, fiel er ihr ins Wort. Tinne klappte den Mund zu. Elvis verstand es meisterhaft, von gekränkter Primadonna nahtlos auf ungehobelten Klotz umzuschalten. Einen Mittelweg, den zivilisierte Menschen ›gepflegte Konversation‹ nannten, gab es für ihn nicht.

»Ich habe von der AZ einen Termin aufs Auge gedrückt bekommen, jetzt gleich im Anschluss, im Frauenlob-Gymnasium. Hat mich erst mal geärgert, aber es könnte sein, dass wir da einen Schritt weiterkommen mit dieser Ernährungssache.«

»Aha. Wieso, was …«

Es schien Tinne nicht vergönnt zu sein, einen ihrer Sätze zu vollenden. Diesmal war es ein Auto, ein silberblauer Polizeiwagen, der so knapp an ihr vorbeizog, dass sie unwillkür-

lich die Luft anhielt. Der Wagen bremste, die Warnblink-
lichter gingen an. Bevor sie sich darüber wundern konnte,
stiegen zwei Männer aus. Einer, der Fahrer, trug eine Poli-
zeiuniform, der andere Zivilkleidung.

»Kommissar Börner!« Tinne hatte den großen musku-
lösen Mann in Zivil sofort erkannt.

»Tag, Frau Nachtigall. Würde es Ihnen etwas ausmachen,
mit uns mitzukommen?«

Tinne schaute ihn an, als hätte er Chinesisch geredet.

»W… was?«

Börner blieb seiner wortkargen Art treu und öffnete
lediglich die hintere Tür.

»Ist das jetzt eine Verhaftung oder was?«, fragte sie
dümmlich und rührte sich nicht vom Fleck. Sie war völlig
überrumpelt von der Situation.

»Höhö, haben sie dich endlich erwischt!« Elvis schien das
Ganze eher lustig zu finden. Mit überkreuzten Armen tat
er so, als würde man ihm gleich Handschellen anlegen. Axl
war auch keine große Hilfe, er hob die Kamera und machte
einen Schnappschuss von Tinne vor dem Polizeiwagen.

»Nein, Frau Nachtigall, natürlich ist das keine Verhaftung,
Sie müssen nicht mitkommen. Aber wenn es Ihnen nichts
ausmacht …« Börner deutete geduldig auf die Rückbank.

Tinne warf einen Hilfe suchenden Blick zu den Männern,
doch außer einem frechen Grinsen und einem weiteren Foto
kam nichts zurück. Also krabbelte sie hinein, Börner schloss
die Tür hinter ihr, und schon brauste der Wagen davon.

✳

Pascal Rodrians Blick hing wie festgefroren am Monitor,
während in seinem rechten Ohr Walter White mit Jesse

Pinkman stritt. Nach langem Suchen hatte Pascal endlich eine Streaming-Plattform gefunden, die die fünfte Staffel von *Breaking Bad* bereitstellte, und seither war nur noch sein Körper anwesend. Sein Geist hingegen wandelte mit dem drogenkochenden Chemielehrer Walter durch Albuquerque.

Die Tatsache, dass Pascal im kleinen Empfangsbüro der Abteilung für Gebäudewirtschaft arbeitete, machte diese cineastischen Ausflüge leicht. Denn der Bau E der Mainzer Zitadelle war nicht gerade für üppigen Publikumsverkehr bekannt, die meisten Leute waren Mitarbeiter und nickten Pascal nur flüchtig zu. Er hatte durch minimale Umbauten dafür gesorgt, dass der Bildschirm seines Dienst-PCs von außen nicht mehr gesehen werden konnte. Im Menü der Verwaltungssoftware war dem Medienplayer höchste Priorität zugewiesen worden, um zu verhindern, dass sich dienstliche Benachrichtigungen im Vordergrund öffneten, und ein Mini-Kopfhörer, versteckt unter seinem Hemd, führte zum rechten Ohr. Derart präpariert saß Pascal Stunde um Stunde da und war mit allerhöchster Konzentration in offensichtlich wichtige Bildschirmarbeiten vertieft.

Nur heute war der Wurm drin. Dauernd wandten sich Leute mit allen möglichen Nichtigkeiten an ihn, sodass er immer wieder zwischen Albuquerque und Mainz am Rhein hin und her schalten musste. Zweimal war Pascal sogar gezwungen gewesen, seinen Platz zu verlassen, um begriffsstutzigen Teilzeitkräften die verschiedenen Archive des Gebäudes zu zeigen. Nun endlich hingen seine Augen wieder am Bildschirm, während er mit den Händen sinnlose Tippbewegungen auf der Tastatur vollführte. Hartnäckig ignorierte er alle Störungsversuche, auch das blinkende Telefonlicht übersah er gekonnt. Wo kämen wir denn hin, wenn er wegen jeder Kleinigkeit quer durch die Zitadellengebäude rennen würde?

Bald schon war Pascal so sehr in die *Breaking Bad*-Handlung vertieft, dass er seine Umgebung komplett ausblendete. Sicherlich wäre ihm sonst eine ungewöhnliche Hektik aufgefallen, die man in der Abteilung für Gebäudewirtschaft sonst nicht kannte. Auch die aufgeregten Stimmen, die über die Flure schallten, hätte er zur Kenntnis genommen, erst recht die Leute, die mit Handys am Ohr nach draußen eilten. Weil aber nichts von alldem zu ihm vordrang, erschrak er fast zu Tode, als zwei Fäuste direkt vor ihm auf den Empfangstresen knallten. Herr Mertens, der Büroleiter, hatte die Arme abgestützt und schob sein gerötetes Gesicht bedrohlich nach vorne. Die Mundwinkel zeigten steil abwärts, Pascals atmete eine Mischung aus Zigaretten, Kaffee und Magensäure ein. Innerhalb eines Augenblicks vollführten seine Finger die oft geübte Tastenkombination Alt+Tab, wodurch der Medienplayer in den Hintergrund rückte und Platz machte für die dienstlichen Meldungen. Ihm wurde heiß und kalt zugleich, als er ein rot blinkendes Fenster sah – FEUERALARM IN GEBÄUDE 7, AUTOMATISCHE LÖSCHFUNKTION AKTIVIERT.

»Rodrian, kriegen Sie hier denn gar nichts mit? Und haben Sie Ihr Telefon aus dem Fenster geschmissen, oder was?« Herr Mertens, der sonst eine ruhige, fast schüchterne Art an sich hatte, brüllte fast. »Wir brauchen die Schlüssel, aber dalli!«

Nach einer Schrecksekunde schoss Pascal hoch, wobei das Kopfhörerkabel schmerzhaft aus seinem Ohr gerissen wurde. Verdammt, die Priorität des Medienplayers hatte offensichtlich nicht nur die Standardanwendungen in den Hintergrund treten lassen, sondern auch Alarmhinweise!

»Los, los, los jetzt!« Mertens machte den Eindruck, als wolle er Pascal anschieben, als dieser die Sicherheitsschublade öffnete und mit fahrigen Fingern nach dem passenden Schlüssel wühlte. Gebäude 7 – das war das Garnisonsmuseum neben dem Kommandantenbau. Endlich hatte er den Schlüssel gefunden und stürmte gemeinsam mit seinem Chef nach draußen. Sie bogen nach links ab und überquerten im Laufschritt den Parkplatz. Vor der Eingangstür zum Museum hatten sich schon zahlreiche Mitarbeiter versammelt, viele telefonierten, einige trugen sogar Feuerlöscher bei sich. In der Ferne war das lang gezogene Heulen der Feuerwehr zu hören. Pascal fluchte in sich hinein. Ausgerechnet das Museum! Die meisten Gebäude standen tagsüber offen, und wenn nicht, dann gab es genügend Kollegen, die aufschließen konnten. Doch für das Garnisonsmuseum galt eine eigene Regelung: Nur der Betreiber, Wolfgang Balzer, besaß einen Schlüssel, der zweite war in Pascals Sicherheitsschublade weggesperrt.

»Jetzt machen Sie schon, verflixt und zugenäht!« Der altmodische Fluch, über den Pascal sich normalerweise amüsiert hätte, klang aus Herrn Mertens Mund ausnehmend schlimm. Eilig schloss er die eiserne Tür auf. Eine Steintreppe führte nach unten zum eigentlichen Gewölbe. Herrn Mertens' Warnung, sich in Acht zu nehmen, verhallte ungehört, als die Übrigen hinter Pascal her drängten. Eine orangefarbene Warnlampe rotierte auf halber Höhe der Treppe und ließ die Gesichter in Sekundenabständen zu unnatürlich gefärbten Fratzen werden. Vor der zweiten Eisentür, die die drei Museumsgewölbe verschloss, hatte sich eine Pfütze ausgebreitet, aus dem unteren Bereich der Tür sickerte Wasser. ›Automatische Löschfunktion aktiviert‹ – Pascal erinnerte sich an die Computermeldung. Also hatte wohl die Sprinkleranlage losgelegt. Er musste dreimal ansetzen, bevor er den Schlüssel hineinbekam und drehen konnte, doch noch immer blockierte die Tür. Erst als sich zwei weitere Männer dagegen stemmten, ließ sich die Klinke bewegen. Im selben Augenblick schoss eine regelrechte Welle aus dem Inneren heraus und drückte die Tür vollends auf. Das Wasser hatte zwar nur Kniehöhe, der Druck war trotzdem enorm. Pascal verlor das Gleichgewicht, die schlüpfrigen Steine boten keinen Halt, und ehe er sich's versah, klatschte er mit einem Schrei in das eiskalte Wasser. Voller Panik kniff er die Augen zusammen und versuchte, sich abzustützen, doch seine Hände glitten immer wieder weg. Er spürte, wie die anderen nach ihm griffen, jemand packte seinen Gürtel, ein anderer seine Schultern. Kurz bevor er hochgehoben wurde, berührte etwas seine Stirn. Reflexartig öffnete er die Augen – und erstarrte.

Direkt vor ihm schwamm ein Körper im Wasser, das Gesicht mit starrem totem Blick war nur Zentimeter von seinem eigenen entfernt. Als Pascal schrie und Wasser in seine Lunge geriet, merkte er, wie ihn eine gnädige Ohnmacht übermannte.

✳

Yasmin und Lennart hielten den Mann scharf im Auge, als dieser zwischen den einzelnen Tischen hin und her ging. Zwar machte er einen eher uninteressierten Eindruck und zog ein brummiges Gesicht, doch seine Leibesfülle ließ vermuten, dass das nur Tarnung war. Bei der Süßgrütze hatte er schon einen Löffel genascht, das hatten die beiden genau gesehen, und ein Kanten vom Graupenbrot war ebenfalls in seinem Mund verschwunden. Nun steuerte der Dicke zielsicher auf ihren Tisch zu, worauf Lennart und Yasmin wie auf geheime Absprache nach vorne traten und ihre Schüssel verdeckten. Schließlich hatten sie sich nicht stundenlang mit ihrem ›Rheingauer Hähnchen‹ abgemüht, damit sich jeder dahergelaufene Besucher damit den Bauch vollschlagen konnte!

Der Mann reckte den Kopf und versuchte, zwischen den beiden durchzuschauen. Schritt für Schritt kam er näher, sie glaubten, ein gieriges Funkeln in seinen Augen wahrzunehmen. Sie drückten sich aneinander und suchten panisch nach einer Ausrede, um den Zugang zur Schüssel zu reglementieren. Als der Dicke nur noch zwei Meter entfernt war, geschah es: Hinter ihm erhob sich ein Arm, holte aus und schlug zu!

Als die Hand auf Elvis' Schulter klatschte, fuhr er herum. Ihm gegenüber stand ein schlanker junger Mann mit dunklen Haaren und sorgfältig gestutztem Kinnbart.

»Darf man fragen, was Sie hier machen?« Die Stimme des Mannes war verhalten aggressiv, seine braunen Augen fixierten Elvis starr.

Dieser streckte den Kopf nach vorne wie ein Bulle.

»Darf man fragen, was Sie das angeht?«, knurrte er zurück. Eine Sekunde funkelten sich die beiden an, dann zuckten die Augenbrauen des jungen Mannes. Ein breites Lächeln erschien, auch Elvis konnte nicht länger ernst bleiben.

»Haha, der Gorilla steht dir gut, Philipp. Solltest du öfter machen!« Lachend traten die beiden aufeinander zu und schüttelten sich herzlich die Hand.

»Elvis! Du hier? Hätte ich mir ja denken können, dass du dir einen solchen Termin nicht entgehen lässt. Bevor du vor lauter Marathontraining vom Fleisch fällst …«

Mit einer schnellen Bewegung zwickte der Mann Elvis in den Bauch, was diesem einen belustigt-genervten Blick entlockte.

»Pass bloß auf, Stein, gleich ist dein Promi-Bonus verspielt, und dann gibt's auf die zwölf!«

Der Mainzer Profikoch Philipp Stein war einer der Wenigen, der so respektlos mit Elvis umspringen durften – eine Ehre, die gleich beim ersten gemeinsamen Termin zustande gekommen war. Elvis berichtete für die AZ, als Stein im Dezember 2013 Küchenchef des Gourmetrestaurants im Favorite Park Hotel wurde. Er mochte den Koch und dessen unkomplizierte Art auf Anhieb, der die Küche nicht als Heiligtum, sondern als abenteuerliche Versuchsfläche ansah. Der Termin endete mit einem grandiosen Trinkgelage, in dessen Verlauf Stein die edelsten Weine aus dem Restaurantkeller zauberte und Elvis Anekdoten aus seiner Mainzer Reporterlaufbahn beisteuerte. Der Kontakt blieb bestehen, und seither freuten sich die beiden stets über ein Wiedersehen.

»Promibonus, von wegen! Hier bin ich Kinderbespaßer und sonst gar nichts, also blas' dich nicht auf«, schmunzelte Stein. Die Männer gingen ein paar Schritte ins Freie und standen im Hof des Frauenlob-Gymnasiums in der Mainzer Neustadt. Das altehrwürdige Gebäude, die neu angebaute Mensa und die Freifläche waren gefüllt mit Schülern, Lehrern und Eltern, überall standen Infotafeln, Musik klimperte, Lachen und Gespräche füllten die Luft. Am Gymnasium fanden die alljährlichen Projekttage statt, die Schülerschaft tauschte in dieser Zeit Englisch- und Matheunterricht gegen Themen wie Filmdokumentation, Schulhausverschönerung, Webseitengestaltung, Street Dance und vieles mehr.

»Also dann, willkommen in einer Zeit jenseits von Pizza Hut und Burger King.« Stein machte eine Bewegung zur

Mensa hin. Dort waren Strohballen aufgeschichtet, an denen ein altes Wagenrad lehnte, rostige Töpfe und Pfannen hingen daneben. Eine Fahne mit handgemalten Buchstaben kündete vom Motto dieses Projekts: *Wildu machen ayn guet essen – Tafeln wie im Mittelalter.*

Die Idee dahinter war eher ein Versuchsballon gewesen: alte Rezepte nachkochen und ausprobieren, wie man vor zig 100 Jahren gegart und gegessen hatte. Die Resonanz bei den Schülern war dann allerdings so groß, dass die verantwortlichen Lehrer händeringend nach professioneller Unterstützung suchen mussten. Über mehrere Ecken kam der Kontakt zu Philipp Stein zustande, der Sternekoch erklärte sich zur Überraschung des Kollegiums spontan bereit, das Projekt zu betreuen. So kam es, dass mehr als 40 Schülerinnen und Schüler unter seiner Anleitung in der Mensa schnippelten, rührten, kneteten, einkochten und buken, um längst vergessene Kochanleitungen und Zutaten neu zu beleben. Sogar auf der Freifläche im Hof wurde gewerkelt, hier hatten handwerklich geschickte Väter eine steinerne Feuerstelle nachgebaut.

»Soso, hier bringst du den Kids also bei, was in Zeiten vor Chicken McNuggets auf dem Teller gelegen hat.« Elvis schaute sich um und zückte seinen Reporterblock. »Und was war das so? Mittelalter, das klingt für mich nach Ritterschmaus und Saufen aus Hörnern und Knochen nach hinten schmeißen.«

»Oh, da bist du genauso schief gewickelt, wie es die Schüler am Anfang waren.« Stein schob Elvis durch die offene Mensatür auf einen der Tische zu, an dem zwei Kinder standen, Fünft- oder Sechstklässler. Elvis war vorhin bereits darauf zugelaufen und hatte das Gefühl gehabt, der Junge und das Mädchen wollten ihn mit ihren Blicken erdolchen.

Auch jetzt zogen die beiden motzige Gesichter und schoben sich vor eine Schüssel.

»Was gekocht wurde, hing natürlich immer vom sozialen Umfeld und den Jahreszeiten ab. Aber zum Teil waren die Rezepte ziemlich lecker und gar nicht mal so unkompliziert. Lennart, Yasmin, erklärt unserem Besucher doch mal, was ihr hier gemacht habt.«

Widerwillig gaben die beiden ihre Schüssel frei. Elvis musste sich ein Lachen verbeißen – sie fürchteten wohl, er würde ihr Werk mit einem einzigen Bissen verschlingen. Der Inhalt des Topfes sah aus wie eine wilde Mischung aus Pfannkuchen, Obstsalat und Eintopf.

Der Junge ergriff das Wort.

»Das ist ›Rheingauer Hähnchen‹, ein ganz altes Rezept«, erklärte er leicht altklug. »Es ist, öh«, mit rasch zwinkernden Augen überlegte er, doch erst, als das Mädchen ihm etwas zuzischte, fand er wieder den Faden, »400 Jahre alt. Mehr sogar.«

Elvis verzog keine Miene und beäugte den Topf. Sah ja nicht gerade lecker aus. Doch schon hatte Stein einen Holzspatel genommen und einen üppigen Bissen darauf geschaufelt.

»So, Mund auf, probieren.«

Elvis wollte widersprechen, hatte in derselben Sekunde aber schon den Spatel zwischen den Zähnen. Zu seiner Überraschung schmeckte das Gericht gut, fleischig und fruchtig zugleich mit einer intensiven Gewürznote.

»Aha, mhm, und was isses genau?«, mampfte er.

Der Futterneid der Kinder verwandelte sich innerhalb eines Augenblicks in Stolz, als sie sahen, dass es ihm schmeckte. Yasmin strahlte und offenbarte eine Zahnspange von beeindruckender Größe.

»Also, es ist Huhn, Biohuhn, haben wir vom Bio-Hof gekriegt, klein geschnitten, und dann Schmalz, auch Bio. Und dann Brotecken und Birnen und Honig.«

»Und dann«, fiel ihr Lennart eifrig ins Wort, »wird das alles klein geschnitten, und es kommt Anis dazu, und dann wird alles gekocht, voll lang.«

»Und zum Schluss«, Yasmin übernahm wieder das Ruder, »haben wir Eierkuchen gemacht, mit Mehl und so, und alles drin eingewickelt und gebacken.«

Elvis nahm nochmals einen Bissen. Das Gericht schmeckte nicht nach Schickimicki, sondern schlicht nach den Grundzutaten. Er begann zu verstehen, was Philipp Stein meinte: Das alte Rezept war meilenweit entfernt von dem, was beim touristischen ›Rittergelage‹ aufgetischt wurde. Ein eiskalter Riesling würde ideal dazu passen, er fürchtete allerdings, dass das auf dem Schulgelände ein vermessener Wunsch war.

»Wo habt ihr solche Rezepte her? Wer hat das damals aufgeschrieben?«, fragte er Stein mit vollem Mund. »Mönche?«

Bevor dieser antworten konnte, drängte sich das Mädchen mit der Zahnspange vor. Yasmin hatte offensichtlich Vertrauen zu Elvis gefasst.

»Das wissen wir von einem berühmten Mann, von Marx Rumpolt. Der ist damals Koch gewesen, und zwar vom Mainzer Kurfürsten, vom Daniel Brendel von Hamburg!« Yasmin nickte mit großer Ernsthaftigkeit.

»… von Homburg«, verbesserte Stein mit einem verschmitzten Lächeln und gab ihr Zeichen, fortzufahren. Er war sichtlich stolz, dass seine Hintergrundinformationen von den Schülern so gut behalten worden waren.

»Der Marx Rumpolt ist vorher ganz viel herumgekommen und hat bei vielen Adeligen gekocht, und hier bei uns in Mainz hat er dann ein Kochbuch geschrieben, das *New*

Kochbuch, so hieß das, und das ist ganz oft neu aufgelegt worden. Fast bis heute!«

»Na ja, zumindest bis ins 18. Jahrhundert«, ergänzte Stein. »Die Sammlung von Rumpolt ist von 1581 und gilt als *die* Quelle schlechthin, wenn es um mittelalterliche Kochkunst und die damalige Ernährung geht.«

Elvis spitzte die Ohren. Normalerweise spielte ein Artikel über gymnasiale Projekttage bei der AZ in keiner allzu hohen Liga, doch der Termin versprach durchaus interessant zu werden. Bei der Vorrecherche war er auf das mittelalterliche Kochprojekt und den Namen Philipp Stein gestoßen, und heute hatte Tinnes Zusammenfassung die Verbindung zum Merg-Scholl-Fall hergestellt. Er überlegte, wie er das Gespräch auf das frühneuzeitliche Bodenheim und die dortige Situation bringen konnte.

»Hm, solche Leckereien wie das Rheingauhähnchen waren aber wohl eher etwas für die besser gestellten Kreise, oder?«

»Ganz klar. Die einfachen Bauern oder Handwerker konnten von Fleisch, Wild, Gewürzen und Süßigkeiten nur träumen, das war alles unerreichbar für sie.«

»Und was haben die einfachen Leute gegessen hier bei uns in der Gegend, so im späten Mittelalter und in der Frühen Neuzeit? Das, was auf ihren Feldern gewachsen ist, vermute ich mal.«

Yasmin hatte dem Gespräch zugehört und winkte Elvis, ihr zu folgen. Sie nahm ihre selbst gewählte Aufgabe als Gästebetreuerin sehr ernst.

Die drei verließen die Mensa und erreichten im Hof eine Tischreihe, an der fleißig gearbeitet wurde. Mehrere Schüler hatten flache Steine vor sich und waren damit beschäftigt, verschiedene Getreidesorten zu mahlen. Das grobe Mehl wurde mitsamt Kleie und Schrot zusammengefegt und in einem Leinensack gesammelt.

»Getreide ist das A und O der damaligen Landbevölkerung gewesen«, erklärte Stein und nahm eine Handvoll Mehl aus dem Sack. Es sah klumpig aus, Spelzen und Grannen hingen darin. »Je ärmer die Leute, umso grober das Mehl. Man hat einfach alles mitgemahlen und es manchmal sogar mit Bucheckern oder Eicheln gestreckt, damit es mehr Masse gab.«

»Und dann«, Yasmin nutzte Steins Redepause und übernahm nahtlos die Führung, »dann haben die Menschen Brot daraus gemacht und gegessen. Jeden Tag!«

Mit großer Geste deutete sie auf einen Tisch, an dem das Mehl weiterverarbeitet wurde. Die beiden Männer wechselten einen amüsierten Blick. Elvis mochte die Kleine, sie legte einen geradezu missionarischen Eifer an den Tag und hatte offensichtlich einen Narren an ihm gefressen. Folgsam wandte er sich dem Tisch zu, der neben der Feuerstelle stand.

Drei Oberstufenschüler hatten die Ärmel hochgekrempelt und kneteten das grobe Mehl mit Salz und Wasser zu Fladen. Ihre Kleidung, ihre Gesichter und sogar die Haare waren grau gescheckt, doch sie waren guter Dinge und formten unermüdlich Brote in der Größe von Untertellern. Auf den Steinen der Feuerstelle buken die kleinen Laibe vor sich hin, Schüler und Eltern standen mit erhitzten Gesichtern daneben. Eine Debatte über Bräunungsgrad und Bodenkruste war losgebrochen, Elvis fühlte sich an das sommerliche Wettrüsten am Gartengrill erinnert. Er schaute zu, wie Yasmin mit einigen Kameradinnen flüsterte, kichernd auf ihn zeigte und eines der Brote vom heißen Stein geholt bekam.

»Hier. Kostet normalerweise einen Euro. Aber für Sie hab ich's so bekommen.«

Er bedankte sich brav, Yasmin ließ die Zahnspange blitzen. Das warme Brot war flach und hart, eher wie ein Schüttelbrot, und krachte beim Abbeißen förmlich auseinander. Besonders lecker schmeckte es nicht, es kratzte im Mund und blieb trocken, bis er es hinunterzwängte. Die Lust auf einen Riesling wurde übermächtig, um das mehlige Gefühl in der Kehle loszuwerden.

Stein sah ihm amüsiert zu, als er sein Hemd abklopfte und dabei Krümel rieseln ließ wie Frau Holle den Schnee.

»Grob vermahlen, keine Hefe, kein Öl, viel Kleie drin und andere Reste. Das macht den Teig spröde. Die Familien haben ihre Fladen geformt und zum Dorfbäcker gebracht, der hat sie dann gebacken und seinen Lohn dafür gekriegt, den Backpfennig.«

Der Dorfbäcker? Mitten in seiner Weinsehnsucht fiel Elvis die Anklageschrift ein, die die Professorin ihnen gezeigt hatte: *Merg Heinrich Schollen wittib, pfaltzisch, hat Georg Plumenscheinen ein kindt bezaubert, ist selbiger Becker, ein taglöhner gewesen.* Konnte die Krankheit, die das Kind befallen hatte und die man Merg Scholl zur Last legte, mit der Backstube zusammenhängen?

»Also solches Brot haben die Leute gegessen so um 1600, 1620, hier in der Gegend, zum Beispiel auch in Bodenheim?«

»Das einfache Volk, ja, die Bauern und die Handwerker. Reines, feines Weizenbrot, wie wir's heute in jedem Supermarkt haben, gab es natürlich auch. Aber das konnten sich nur die hohen Herren leisten, die Adligen und natürlich die Kirchenleute.«

»Warum? Weizen war doch ein gängiges Getreide, oder?«

»Ja und nein. Weizen wurde zwar tatsächlich oft angebaut, war aber ziemlich empfindlich bei Wetterkapriolen. Wenn der Sommer zu feucht war und der Boden zu nass, dann ist ein Großteil des Weizens verdorben. Und das wenige, das es noch gab, war dann natürlich unbezahlbar für die Bauern. Denen blieben dann die robusteren Sorten. Roggen, Hirse, Hafer, Gerste. Und Buchweizen natürlich, der war sozusagen der Weizen des kleinen Mannes. Hat man damals *Hadenkorn* dazu gesagt. Davon steckt übrigens eine ganze Menge in unserem Brot hier.«

»Und solche feuchten Sommer hatten wir damals in Bodenheim?«

Stein zuckte übertrieben die Schultern.

»Hey, Elvis, ich bin Koch und kein Wetterfrosch. Es gab sicher immer mal wieder verregnete Sommer, aber in welchem Dorf vor 400 Jahren wie viel Regen gefallen ist, das überfragt mich ein klitzekleines bisschen.«

Die neuen Informationen drehten sich in Elvis' Hirn, automatisch fing er an, den halben Brotfladen in seiner Hand genauso hin und her zu drehen. Konnten die Zutaten schuld gewesen sein an der Krankheit des Kindes? Eine Allergie vielleicht?

»Philipp, mal eine andere Frage: Konnte jemand krank werden von diesem Brot? Waren da vielleicht manchmal irgendwelche, na ja, schädlichen Stoffe drin? Allergene oder so?«

Stein schaute überrascht und überlegte.

»Hm, Allergene, tja, die Üblichen halt, damals wie heute. Gluten natürlich, also Klebereiweiß, das hast du ja in ganz vielen Getreidesorten. Dann Laktose, weil manchmal Buttermilch in den Teig kam, und Fruktose natürlich auch. Aber wenn jemand eine allergische Reaktion bekommt, heißt das ja, dass ein Allergen dazukommt, das es vorher nicht gab. Und das entspricht nicht den damaligen Ernährungsgewohnheiten, vor allem nicht denen des einfachen Volkes. Es gab schlicht und einfach jeden Tag dasselbe zu essen, es war immer das Gleiche im Napf.«

Elvis hörte schweigend zu. Das entsprach haargenau dem, was Tinne von Tara erfahren hatte. Keine Hinweise auf irgendwelche Einflüsse, die die seltsamen Veränderungen in den Kinderknochen hervorgerufen haben könnten.

Er malte Kringel in seinen Block, während die neuen Informationen im Kopf kreisten. Immer das Gleiche im Napf. Ein Allergen, das dazukam und vorher nicht da war. Ernährungswechsel. Feuchte und trockene Sommer. Wetter und Klima in Bodenheim vor 400 Jahren.

»So, Elvis, ich hoffe, du hast genug für deinen Artikel.« Stein gab ihm einen Klaps auf den Rücken. »Ich muss gucken gehen, dass die Kids beim Kochen nicht die Schule flambieren. Und wenn du vor lauter Marathontraining demnächst nur noch ein Strich in der Landschaft bist, dann komm doch mal wieder in der Favorite vorbei.«

Der Reporter lachte. »Du weißt, ich brauche keinen Marathon, um euch da oben den Weinkeller leerzusaufen!«

An einem der Stände ließ er sich eine Handvoll Loombänder geben, die dort von Oberstufenschülern geflochten und verkauft wurden. Er fand die bunten Handgelenkskringel zwar abgrundtief hässlich, wusste aber, dass sie im Moment *der* Hype waren. Und tatsächlich, als er sie Yasmin als Dankeschön in die Hand drückte, strahlte sie über ihre komplette Zahnspangenbreite.

Elvis verließ den Schulhof und fühlte sich regelrecht durcheinander. Je mehr Einzelheiten zum Hexenfall Merg Scholl zusammenkamen, umso verwirrender wurde die

Geschichte. Was mochte damals, in dem schicksalhaften Jahr 1612, geschehen sein? Was hatte Merg Scholl auf den Scheiterhaufen gebracht und die Knochen des Jungen so merkwürdig verändert? Er war so in seine Gedanken vertieft, dass er die Rufe hinter sich erst nach einer Weile hörte. Philipp Stein kam ihm mit langen Schritten hinterher.

»Hast du Tomaten auf den Ohren, oder was?« Er war außer Atmen, so hatte er sich beeilt. »Hör zu, mir ist noch etwas eingefallen. Du hast gefragt, ob das Essen damals krankmachen konnte. Das konnte es tatsächlich, und zwar durch Mutterkorn.«

Elvis brauchte eine Sekunde, bis er mit dem Begriff etwas anfangen konnte.

»Das ist irgendeine Giftpflanze, oder?«

»Ein Getreidepilz. Befällt vor allem Roggen, wenn die Sommer feucht sind, und ist in den Ähren kaum zu erkennen. Heute hat man das Problem im Griff, aber in früheren Zeiten gab es immer wieder schlimme Vergiftungsfälle. ›Antoniusfeuer‹ hat man die Krankheit genannt, die Leute haben Krämpfe gekriegt und Lähmungen und so. Also wenn du etwas suchst, das das Essen damals giftig gemacht hat, dann ist Mutterkorn ein prima Kandidat.«

Nachdem Stein wieder zurückgeeilt war, stand Elvis noch lange bewegungslos vor der Schule. Er hatte das Gefühl, als habe sich der Schleier um das Merg-Scholl-Rätsel soeben ein klein wenig gelüftet.

*

Die Mitarbeiter im zweiten Stock des Polizeipräsidiums waren einiges gewohnt, wenn es um die Dialoglautstärke in den einzelnen Räumen ging. Immer wieder kam es vor, dass Kollegen beim Debattieren über Ermittlungsergebnisse lauter wurden oder dass eine Arbeitsgruppe eher nach Brüllwettstreit als nach konstruktivem Miteinander klang. Insofern wunderte sich niemand über die erregten Stimmen, die aus dem Büro der Kommissare Pelizaeus und Börner schallten. Nur Maja, die rothaarige Sekretärin, hielt einen Augenblick inne und neigte den Kopf. Sie kannte ihre Pappenheimer, und sie wusste, dass dieses Büro normalerweise zu den stilleren Räumen zählte. Von Börner hörte man eh nie viel, und Pelizaeus' dunkle Stimme erhob sich selten. Doch nun dröhnte der Bass des Kriminalhauptkommissars durch die geschlossene Tür, immer wieder unterbrochen von einer Frauenstimme. Klang nach einer hitzigen Diskussion. Maja packte ihren Aktenordner und ging weiter. Was mochte da nur los sein?

»Schön, Laurent, danke für die tolle Erfahrung, wie ein kleiner Ladendieb hinten im Polizeiwagen zu hocken und durch Mainz gefahren zu werden.« Tinne sprühte vor Ärger, sie hatte das Gefühl, ihre Haare würden zu Berge stehen. »Und es fühlt sich super an, nach zehn Laufkilometern nass geschwitzt durch die Gänge des Präsidiums geführt und angeglotzt zu werden. Das wollte ich schon immer mal erleben, und du hast es wahr werden lassen. 1000 Dank!«

Ihr gegenüber saß Laurent Pelizaeus am Schreibtisch und sah aus, als wolle er jeden Moment aufspringen.

»Entschuldige bitte, Tinne, dass ich dir keine förmliche Einladung geschickt habe mit Schleifchen und Zuckerkuchen. Was glaubst du denn, warum ich dich hierher geholt habe? Vielleicht, weil ich ein paar Läufertipps von dir haben will?«

Die beiden funkelten sich an. Sie waren alleine im Büro,

Börner hatte in weiser Voraussicht das Weite gesucht, nachdem er Tinne abgeliefert hatte.

»Ja, gute Frage. Was soll ich hier? Wollen wir vielleicht ein paar Takte privat reden, bevor wieder etwas Dienstliches dazwischenplatzt?«

Tinne merkte, dass sie ätzend wurde, weil sie nahe am Heulen war. Das überraschende Treffen mit Laurent, ihre angespannte Situation, die Erniedrigung, von der Polizei auf der Straße aufgelesen worden zu sein, all das wirbelte in ihr herum. Automatisch wanderte ihr Blick zur Hand des Kommissars. Na klar, der Ehering.

Pelizaeus atmete tief ein und aus, er zwang seine Stimme zur Ruhe.

»Nein, Tinne, ganz und gar nicht privat. Ich habe dich hergeholt, und zwar dienstlich, weil ich das Gefühl habe, dass du dich in Gefahr begibst.«

Sie klappt ihren Mund zu. Wie bitte?

»Bertie hat mich vorhin angerufen und mir von der Sache mit der Katze erzählt. Und bevor du ihn steinigst oder als Petze darstellst – er macht sich wahnsinnige Sorgen um dich und fürchtet, dass noch schlimmere Sachen passieren könnten. Von ihm weiß ich, dass du mit Elvis und Axl die Dreibrückentour laufen warst, und deshalb habe dich abpassen lassen.«

Tinne brauchte eine Sekunde, um die Neuigkeit zu verdauen. Bertie hatte Laurent angerufen? Wegen der Katzensache? Einen Augenblick lang war sie fast gerührt über die Fürsorge ihres Mitbewohners, doch dann gewann Gereiztheit die Überhand. War sie denn ein kleines Mädchen, das nicht auf sich selbst aufpassen konnte?

»Ach so, und weil irgendwelche Rotzlöffel mir nachts einen Streich spielen, kommt die Polizei und nimmt mich mit. Und jetzt? Darf ich jetzt nur noch an der Leine raus, oder was?«

Der Kommissar kämpfte sichtlich um Ruhe. Übertrieben parallel legte er seine Hände auf den Tisch.

»Nein, Tinne, du bist frei in allem, was du tust. Ich fürchte nur, dass es hier um weit mehr als einen Streich von irgendwelchen Rotzlöffeln geht. Die Sache mit diesen Hexenknochen entwickelt eine Eigendynamik, die mir Angst macht, und es ist kein gutes Gefühl, dich mittendrin zu wissen.«

Sie riss übertrieben die Augen auf.

»Uiuiui, hat die Polizei jetzt Panik wegen einem bösen Hemd im Baum und wegen ein paar Tierknochen im Drudenfuß? ›Hexenzauber als Kripofall‹ – ich sehe schon die Schlagzeile vor mir!«

Pelizaeus fuhr hoch, griff einen Ordner aus dem Regal und knallte einige Fotos vor Tinne.

»Vielleicht magst du mal eine Sekunde hier drauf schauen. Na los, mach schon.«

Tinne merkte, wie ihre Welt auf Zeitlupe schaltete. Das Gesicht auf den Bildern zeigte einen älteren schnurrbärtigen Mann, den sie kannte – im Rahmen von Uniseminaren war sie einige Male im Garnisonsmuseum gewesen und hatte den dortigen Leiter kennengelernt. Doch die Fotos hatten wenig gemein mit dem gut gelaunten Wolfgang Balzer, der die Studenten und Dozenten stolz durch die Ausstellung geführt hatte. Der Tod hatte ihn einfallen lassen, der Mund war faltig, die Haut schlaff, die Haare klebten nass an der Stirn.

»Wegen ihm habe ich dich gestern Abend angerufen. Ertrunken im Rhein, Verdacht auf Fremdeinwirkung. Und das hier, das hat er in der Tasche gehabt.«

Weitere Papiere klatschten auf den Tisch, es waren Kopien von Ermittlungsakten mit Post-its und farbigen

Ordnungsnummern. Obenauf lag ein Blatt, auf dem Fetzen mit fast unleserlichen Buchstaben aneinandergefügt waren. Einzig ein Zeichen war klar zu sehen, ein Symbol, das mit flüchtigen Strichen hingeworfen war und das Tinne gut kannte. Das Schandkreuz.

»Das ist aber noch nicht alles. Bereit für einen kleinen Nachschlag?«

Die Fotos, die nun folgten, schienen schon recht alt zu sein und zeigten die intensiven, fast übertriebenen Farben analoger Filme der 1980er Jahre. Nach zwei, drei flüchtigen Blicken merkte Tinne, dass ihr heiß wurde. Sie sah Bilder, die wie Kinoplakate eines Gruselschockers aussahen: ein aufgedunsenes verwestes Gesicht, skelettierte Hände, Wunden mit Insektenlarven, eingetrocknete Körperflüssigkeiten.

»Das ist ein *Cold Case* von 1989.« Pelizaeus' Stimme war beherrscht. »Ein Mann aus Partenheim, systematisch zu Tode gefoltert. Sein Mörder hat ihm die Ohren abgetrennt, die Augen herausgerissen und die Zunge aus dem Hals geschnitten. Alles bei lebendigem Leib und bei vollem Bewusstsein, der Mann hatte solche Schmerzen, dass die Muskelreaktionen seine eigenen Knochen gebrochen haben. Zum Schluss ist er an seinem eigenen Blut erstickt, und bevor er elendiglich verreckt ist, hat er uns das hier hinterlassen.«

Er warf ein letztes Bild auf den Tisch. Tinne brauchte keine Sekunde, um inmitten der Blut- und Sekretspuren ein Schandkreuz zu erkennen – zittrig gemalt, aber eindeutig.

»Der Fall wurde nie aufgeklärt. Und jetzt, 25 Jahre später, gibt es eine zweite Leiche mit diesem Symbol. Und das ist noch nicht alles.« Der Kommissar ließ sich schwer hinter seinen Schreibtisch fallen. »Gestern haben wir eine

Anzeige reinbekommen. Ein böser Streich, ähnlich wie mit deiner Katze. Du kennst Frau Magda Leinweber, die Professorin, oder?«

Tinne nickte stumm. Sie spürte, wie sich ein dumpfes Gefühl der Angst in ihr ausbreitete.

»Jemand hat ihr eine Falle gestellt, einen Eimer mit Tierblut und Innereien, der sich über ihr entleert hat. Nichts Tödliches, nichts, was ein Sondereinsatzkommando auf den Plan ruft. Aber ein Zeichen war an die Wand geschmiert, mit Blut. Das Schandkreuz. Ein weiteres Puzzleteilchen. Eines unter verdammt vielen.«

Er schaute Tinne in die Augen, sie konnte den Blick nicht abwenden.

»Ich darf dir die Sache mit der Professorin eigentlich gar nicht erzählen, Tinne, und die Fotos sind auch tabu, das sind laufende Ermittlungen. Aber ich mache mir Sorgen, dass hinter diesem Hexenfall mehr steckt als ein Haufen alter Knochen. Verstehst du das? Ich will nicht, dass du in Gefahr gerätst.«

Seit Jahrhunderten begraben, aber längst noch nicht tot. Wie ein Mantra kam der Satz in Tinnes Kopf und blockierte ihre Gedanken. Der Kommissar fuhr fort.

»Ich weiß von Bertie, dass Elvis und du an einem Buchartikel über den Bodenheimer Fall arbeitet. Und das, ganz ehrlich, macht mich unruhig. Ich habe das Gefühl, dass ihr zwei auf einem gefährlichen Weg seid. Etwas lauert da draußen, und dieses Etwas ist böse, durch und durch.«

Tinne schwieg. Natürlich wusste sie, dass Laurent es nur gut meinte. Und natürlich fühlte sie sich gebauchpinselt, dass er sich Sorgen um sie machte und sie herholen ließ, um ihr das zu sagen. Aber die ich-kann-alles-alleine-Tinne war schon immer stärker gewesen als die ich-fühle-mich-wieein-kleines-Mädchen-Tinne, und deshalb ging sie nach ein paar Augenblicken auf die Barrikaden.

»Danke für die Blumen, Laurent. Was soll ich also machen? Die Buchrecherche aufstecken, zu Hause Däumchen drehen und zuschauen, wie andere beruflich weiterkommen?« Sie merkte, wie sie durch ihre eigene Unsicherheit immer mehr in Rage geriet. »Klar, kein Problem, als Superduperkommissar mit A-wasweißich-Besoldung kann man immer kluge Ratschläge austeilen – hey, du musst dein Leben so und so gestalten, du musst dich hiervor und davor in Acht nehmen. Bleib am besten daheim und buddel dich ein, dann passiert dir auch nichts!«

Pelizaeus wurde lauter.

»Tinne, du weißt ganz genau, dass ich so nicht denke. Du bist eine erwachsene Frau und kannst tun und lassen, was du willst. Ich bitte dich nur, ein klein wenig deinen Verstand zu gebrauchen. Es passieren Sachen, die wir im Moment nicht erklären können. Schlimme Sachen. Tödliche Sachen. Und wenn mich meine Berufserfahrung etwas gelehrt hat, dann die Gewissheit, dass schlimme Sachen nie alleine kommen.«

Seine dunkle Stimme flutete den Raum.

»Und ich will nicht, dass die nächste schlimme Sache dich trifft, ist das so schwer zu kapieren?«

Er machte eine Bewegung auf sie zu, als wolle er sie in den Arm nehmen. Tinne stand da und hätte ihn am liebsten umschlungen und ihm gleichzeitig eine heruntergehauen. Eine halbe Sekunde schwankte sie, dann gewann mit vorhersehbarer Genauigkeit ihr innerer Panzer das Rennen – lieber angreifen als die Deckung aufgeben. Danke, Olaf.

Mit einer schnellen Bewegung nahm sie Laurents Hand und riss sie hoch. Der Ehering funkelte vor ihren künstlich aufgerissenen Augen.

»Oh, Laurent, mach dir nur nicht zu viel Mühe mit mir. Am Ende kommst du deswegen später nach Hause, und deine Frau wartet mit dem frisch gekochten Essen und muss mit dir schimpfen. Das will ich nicht.«

Eine Sekunde lang konnte sie in Laurents Blick lesen – eine abgrundtiefe Enttäuschung, die seine Augen dunkel machte. Dann fuhr der Kommissar herum, stürmte aus dem Raum und knallte die Tür hinter sich zu.

Tinne stand einfach da und ließ ihren Tränen freien Lauf, die sich in den letzten Minuten angestaut hatten und die Welt nun in weiche Konturen zerfließen ließen. Sie hatte als Mädchen einmal eine Kurzgeschichte gelesen, an die sie sich bis heute erinnerte. Ein Mann kam in den Besitz eines Medaillons, an dem ein kleiner Knopf die Zeit zurückdrehte. Nicht um Jahre, Jahrhunderte oder Jahrtausende, sondern nur um eine einzige Minute. Der Gedanke faszinierte Tinne, etwas gerade Geschehenes ungeschehen zu machen, und genau dieses Medaillon wünschte sie sich jetzt. Doch das hier, das war das echte Leben und keine Kurzgeschichte, hier musste sie die Konsequenzen tragen für das, was sie sagte und tat.

Große Erschöpfung griff nach ihr und gab ihr das Gefühl, eine wirbellose Masse zu sein. Mit leerem Kopf ließ sie sich auf den Besucherstuhl fallen, stützte ihre Ellbogen auf den Tisch und vergrub ihr Gesicht in den Händen. Und nun?

Zwischen Tränen sah sie die schrecklichen Fotos, die Maden, die Wunden. Zu Tode gefoltert. Das leblose Gesicht von Wolfgang Balzer. Ertrunken. Das Schandkreuz, das er als flüchtige Strichzeichnung in der Tasche gehabt hatte. In welchen Sog war sie da nur hineingeraten?

Halb verdeckt war ein weiteres kopiertes Blatt zu sehen, es zeigte zerrissene und wieder zusammengefügte Papierstreifen, die mit einer altertümlichen Schrift bedeckt waren. Die engen und schwungvollen Buchstaben waren kaum leserlich, doch Tinnes Blick blieb an einem Wort hängen: *Bodenheym.*

Unwillkürlich richtete sie sich auf und griff nach dem Blatt. Ihre Augen zuckten über die engen Zeilen, buchstabierten Worte, suchten Zusammenhänge, fügten halbe Sätze zusammen. Tinne hatte das Gefühl, ihr Nackenhaar würde sich sträuben. Konnte es sein … war es möglich? Als sie einen kompletten Abschnitt entziffert hatte, wurde ihre Vermutung zur Gewissheit.

Sie fuhr hoch und hielt das kopierte Blatt fest wie einen Schatz. Fahrig blätterte sie durch die Akten, die Laurent auf den Tisch geknallt hatte, doch es gab keine weiteren Blätter mit alten Handschriften. Lediglich zwei, drei weitere Kopien desselben Schriftstücks waren noch da. Gut, dann würde keiner ein einzelnes Exemplar vermissen.

Den Weg durch die Flure des Präsidiums hinaus auf den Valenciaplatz fand sie wie ein Schlafwandler. Alles, was Platz hatte in ihrem Kopf, waren Laurents traurige Augen und die handgeschriebenen Zeilen auf dem Blatt.

*

Elvis zupfte an seinem Baumwoll-T-Shirt, das wie eine zweite Haut an ihm klebte. Der Schweiß lief ihm in Strömen vom Kopf über den Hals und den Kragen, kitzelten ihn am Rücken und machten am Bauch seine Hose schwer. Schwitzen, immer nur schwitzen! Es wunderte Elvis, wo die ganze Flüssigkeit herkam. Seit Anfang des Marathon-Trainings musste er schon ein komplettes Schwimmbad ausgeschwitzt haben, wenn nicht noch mehr.

Mit der Faust versuchte er, das T-Shirt in eine Form zu zwingen, die einen Zentimeter Luft zwischen dem Stoff und dem Bauch ließ, doch vergebens. Mit einem hörbaren Schmatzen saugte sich die Baumwolle an seinen Speckrollen fest und glitt im Rhythmus seiner Beine auf und ab.

Er hockte auf seinem Hometrainer und trat in die Pedale, als wäre er auf der Flucht vor untoten Horden. Das Trainingsgerät genoss eine privilegierte Position in Elvis' Wohnung, eine Louis-Philippe-Vitrine hatte weichen müssen, damit der Reporter beim Strampeln zumindest nach draußen auf seine Dachterrasse und damit auf Himmel und Wolken schauen konnte.

Wenn ihm jemand vor einem halben Jahr gesagt hätte, dass er dereinst sein Domizil umräumen würde, um einem Hometrainer Platz zu machen – Elvis hätte sich an die Stirn getippt. Doch inzwischen gab es nicht nur den ›Multispeed X7 Comfort‹, sondern auch Bücher mit Trainingstipps, Schuheinlagen mit Airpressure XL (Gewichtsklasse 100+), ein Diätpulver mit Himbeergeschmack und eine 2er-DVD ›Bauch-Beine-Po für harte Männer‹, letztere im AZ-Shop am Markt erstanden, allerdings erst, als die neue und ahnungslose Kassiererin Dienst hatte und ihn für einen gewöhnlichen Kunden hielt.

Der Halbmarathon war für Elvis ein zweischneidiges Schwert. Einerseits hielt er das Lauftraining für Zeitverschwendung und eine Vergeudung von Ressourcen – wozu hatte die Menschheit schließlich bequeme Dinge wie Autos und Busse erfunden, mit denen man eine Distanz von 21 Kilometern spielend und ohne einen einzigen Schweißtropfen zurücklegen konnte? Andererseits reizte ihn die Herausforderung, es trotz aller Unkenrufe zu schaffen. Die abschätzigen Blicke seiner Kollegen, als er die Leserwahl zum AZ-Halbmarathon-Mann angenommen hatte ... das vernichtende Urteil der Uniklinik-Ärztin bei der Anfangsuntersuchung ... sogar Tinnes mildes Lächeln bei seinen ersten kläglichen Laufversuchen – all das spornte ihn an. Genau dieser Ehrgeiz war es, der ihn nach seinem Schultermin nun auf den Heimtrainer gebracht hatte. Eine kleine Extra-Trainingsrunde konnte schließlich nicht schaden.

Elvis nahm seine Finger vom iPad, packte den zweiten Griff des X7 und versuchte, wieder seine Tretfrequenz zu finden. Am schwierigsten war es, seinen Appetit im Zaum zu halten. Manchmal kam es ihm vor, als würde mitten im Training eine gigantische Fleischwurst vor ihm schweben, prall und rund, daneben wippte ein Schoppenglas und neckte ihn mit dem Versprechen eines herrlichen Riesling-Geschmacks, so nah und doch so fern.

Oft, fast immer, war er standhaft geblieben, er hatte sogar seine eiserne Wohnungsreserve (eine Kiste Riesling vom Hechtsheimer Weingut Karthäuserhof, vier Dosen Leberwurst vom Metzger Riechardt in der Klarastraße gegenüber, eine Tube mittelscharfen Senf) der Redaktion gestiftet und neben einem Dankeschön ein paar verwunderte Blicke geerntet. Doch ein paarmal war es trotz aller guter Vorsätze passiert: Er hatte sich all das gekauft, was fett, ungesund und herrlich geschmacksintensiv war und sich mit zufriedenem Schmatzen geschätzte 10.000 Kalorien einverleibt.

Grimmig gab Elvis Gas, bis sich die Tempo-Anzeige bei 25 km/h eingependelt hatte und er sich wieder auf das iPad konzentrieren konnte. Mit einer gefalteten Ausgabe der AZ, einer Rolle Tesa und einem Lineal hatte er das Tablet an seinem Hometrainer angebracht, sodass er während des Trainings daran arbeiten konnte. Denn Philipp Steins Bemerkung über die Mutterkornvergiftung ließ ihn nicht los.

Die ersten Ergebnisse seiner Recherche waren durchaus vielversprechend: Das ›Antoniusfeuer‹, das mit wissenschaftlichem Namen Ergotismus hieß, rief eine Vielzahl von Symptomen hervor, von allgemeinem Unwohlsein über Schüttelfrost, Lähmungen und Halluzinationen bis hin zum Absterben ganzer Gliedmaßen. Elvis konnte sich gut vorstellen, dass ein solches Leiden, für das man keine Ursache fand, den Verdacht auf Hexerei nährte.

Konkret wurde es, als er einen Artikel mit dem Titel ›Hexenverbrennung in Salem – Fluch des Mutterkorns?‹ entdeckte. Vor lauter Aufregung steigerte er das Tempo, bis seine Beine wirbelten.

In Salem, einem Städtchen in Neu-England, war es 1692 zu einer Reihe von Hexenprozessen gekommen. Am Anfang standen zwei Mädchen, Elizabeth und Abigail, die anfingen, sich auffällig zu verhalten. Sie sprachen seltsam, krochen auf dem Boden und wurden, so beschrieben es Zeugen, ›von einer unsichtbaren Hand verrenkt‹. Ein hinzugerufener Arzt konnte weder eine körperliche noch eine psychische Erkrankung finden, damit stand für die puritanische Gemeinde das Urteil fest – die Mädchen waren vom Teufel besessen! Als weitere Personen erkrankten, setzte eine Verfolgung von erschreckender Intensität ein. Mehr als 350 Menschen wurden der Hexerei beschuldigt, 55 legten unter der Folter falsche Geständnisse ab, 20 verbrannte man schließlich.

Die Geschehnisse in Salem waren inzwischen Gegenstand der wissenschaftlichen Forschung. Elvis blätterte weiter, bis er an dem Stichwort ›Mutterkorn‹ hängen blieb. Eine der gängigsten Erklärungsversuche war eine massenhafte Vergiftung mit dem Getreidepilz. Mehrere kühle, regenreiche Sommer hatten demnach das Pilzwachstum begünstigt, der geerntete Roggen wurde zudem noch in feuchte

Scheunen gelagert. Als man schließlich aus dem befallenen Korn Brot machte, griffen nach und nach die Symptome des Ergotismus um sich. Bei Kindern, deren Gesundheit durch die schlechte Witterung ohnehin bereits angegriffen war, wurden die Auswirkungen rasch sichtbar, Erwachsene mit stärkerem Immunsystem erkrankten erst später und nicht so stark.

Elvis konnte seine Augen nicht vom Bildschirm nehmen. Vergiftung durch Nahrungsmittel … kranke Kinder … Frauen, die dafür auf dem Scheiterhaufen sterben. Auf eine gespenstische Art fühlte er sich ins Bodenheim der Frühen Neuzeit versetzt. Das Kind im Hexengrab – Opfer einer Mutterkornvergiftung?

Es klingelte. Vor Schreck verheddterte sich Elvis in den Pedalen, das Gestänge knallte an sein Schienbein und ließ ihn aufjaulen. Fluchend humpelte er zur Tür. Wehe, es war nichts Wichtiges!

Tinne hob den Kopf, als Elvis die Tür öffnete. Er war verschwitzt, hatte wirre Haare und rieb sein Schienbein. Gerade wollte er zu einer Schimpfkanonade ansetzen, da merkte er, dass etwas ganz und gar nicht stimmte. Tinne brauchte keinen Spiegel, um zu wissen, dass sie erbärmlich aussah. Der Streit mit Laurent nahm sie mehr mit, als sie vor sich selbst zugeben wollte, dazu kam, dass das kopierte Blatt förmlich in ihrer Hand brannte. Sie wurde von Elvis am Arm genommen, ins Wohnzimmer geführt und mit sanfter Gewalt in einen Sessel gedrückt. Ohne ein Wort humpelte er in der Küche und kam mit einem gefüllten Tablett zurück – seine typische Reaktion auf eine seelische Notlage.

»Sorry, normalerweise würde ich dir eine Scheibe Brot und eine anständige Fleeschworscht bringen, aber na ja, mein Kühlschrank ist gerade im Halbmarathon-Modus«, murmelte er. Tinne musste unter Tränen lächeln, als sie auf das Tablett schaute: eine Handvoll Möhren und eine Schüssel Quark. In der Prä-Marathon-Zeit wäre es unvorstellbar gewesen, dass sich solche Lebensmittel in Elvis' Wohnung befunden hätten.

Sie nagte an einer Möhre, und plötzlich kamen die Worte wie von selbst: wie wohl sie sich in Laurents Gegenwart fühlte, wie sehr sie seine Art und seinen Humor mochte. Wie unsicher sie war, weil er einen Ehering trug oder manchmal eben nicht. Wie er damals in der Martinsstube gerade anfangen wollte, von seiner ›staubigen alten Geschichte‹ zu erzählen, als ihn das Telefon unterbrochen hatte. Wie gerne sie ihn eben im Präsidium in den Arm genommen hätte und stattdessen die böse Spitze mit der wartenden Ehefrau herausgeschossen hatte. Wie seine Augen daraufhin traurig und verschlossen wurden, ganz so, als hätte er es noch ein letztes Mal versuchen wollen.

Elvis schwieg und hörte zu. Als sie fertig war und unter Tränen Möhrenmuster in den Quark zog, beugte er sich vor.

»Okay, willst du wissen, was Sache ist? Willst du Bescheid wissen?«

Tinne ließ ihr Möhrenschiff weiter auf dem Ozean aus Quark kreuzen.

»Weißt du denn etwas über … über sein Privatleben?«

Er schüttelte den Kopf.

»Nein. Aber wenn du willst, kriege ich es für dich raus.«

Sie zögerte, dann nickte sie schwach. Jetzt war der Zeitpunkt gekommen, um herauszufinden, woran sie bei Laurent war.

Elvis nahm sein Uralthandy vom Tisch, ging in die Küche und schloss die Tür hinter sich. Mehrere Telefonate folgten. Tinne hörte seine Stimme brummen, manchmal bekamen die Gespräche einen Plauderton, manchmal wurden sie leise und vertraulich. Wie ein Roboter zerbiss sie die Karotten, nur, um irgendetwas zu tun. Nach einer Weile kam Elvis zurück und ließ sich schwer in den gegenüberstehenden Sessel fallen. Er schaute an ihr vorbei und suchte nach einem Anfang.

»Also hör zu. Vor sechs Jahren, 2008. Unfall mit Todesfolge oben am Essenheimer Fernsehturm. Nachts, Frau auf dem Fahrrad, von einem Auto erfasst. Fahrerflucht, Notaufnahme, aber keine Chance. Ich erinnere mich sogar daran, da oben ist ja schon der eine oder andere böse Unfall passiert.«

Tinne hatte das Gefühl, Elvis' Stimme aus weiter Entfernung wahrzunehmen. Frau auf dem Fahrrad? Unfall mit Todesfolge?

»Wir haben in der AZ darüber berichtet, aber nur auf Sparflamme, es gab kaum Informationen. Bei so etwas ermittelt die Polizei mit Hochdruck und will nicht mehr Details als nötig rausgeben. Und, na ja, in diesem speziellen Fall hat die Kripo natürlich alles aufgefahren, was in ihrer Macht stand. Vergebens, bis heute. Ein Tod ohne Sühne.«

Tinnes Lippen fühlten sich regelrecht taub an, als sie die Worte formte.

»Seine … seine Frau?«

Elvis' Nicken war kaum zu sehen.

»Mona Pelizaeus. Laurent ist seit sechs Jahren Witwer.«

Ein Sturm aus Gedanken entführte Tinne aus Elvis' Wohnung und überließ sie dem freien Fall. Laurent … Witwer? Der Ring an seinem Finger – die Erinnerung an eine Tote. Sie wusste, dass Ehepartner nach dem Tod des anderen den Ring oft weitertrugen, als Erinnerung, als Bekenntnis zur

Treue. Vielleicht gab der sanfte Druck des Eherings Laurent das Gefühl der Normalität, ganz so, als würden Zuneigung und Vertrautheit in dem Metall eine Form bekommen. Jeden Morgen dasselbe Ritual – Ring überstreifen, hallo Liebling.

Und dann das Treffen in der Martinsstube. Kein Ring. Absichtlich. Vorsichtiges Ausprobieren, wie es sich anfühlt. Vielleicht auch eine Geste gegenüber Tinne – schau her, ich komme ohne die Schatten der Vergangenheit.

Was aber, wenn die Schatten der Vergangenheit nicht im Ring steckten, sondern im Kopf und im Herzen? Der Kampf gegen eine Tote, der Wettstreit mit jemandem, der nur noch aus schönen Erinnerungen bestand – war der nicht von vorneherein verloren?

Sie musste an ihre hässliche Bemerkung mit der kochenden Ehefrau denken. Wie sehr musste sie Laurent damit verletzt haben. Sein Versuch, sie vor Schaden zu bewahren und ihr klarzumachen, dass er sich Sorgen um sie machte … und dann dieser Tiefschlag von ihr. Wieder sah sie seine Augen groß werden vor Enttäuschung. Super, Tinne, ganz weit vorne! Das hast du ja mal wieder prima hingekriegt!

Elvis saß wie ein nachdenklicher Buddha im Sessel und ließ seinen Blick auf ihr ruhen. Eine Weile verfloss die Zeit zäh, dann zog er die Luft zwischen den Zähnen durch.

»Sie hat sich damals sehr verändert, aber irgendwie … heimlich. Schleichend. So, dass ich es gar nicht gemerkt habe.«

Tinne versuchte, ihm zu folgen. Verändert? Mona Pelizaeus?

»Auf einmal war ein komplett anderer Lebensplan fertig. In dem war ich aber nicht mehr drin.«

Erst als sie Elvis' Augen wahrnahm, die auf eine unsichtbare Vergangenheit gerichtet waren, merkte sie, dass er von Tara Feh sprach.

»Und dann ging alles ganz schnell. Ihr erstes halbes Jahr in der Kinderklinik war noch nicht mal herum, da hatte sie schon die Koffer gepackt. Ein paar Monate später mit ihrem Neuen zusammen, dem Herrn Oberarzt mit weißem Kittel und Schmalzlocke und dickem Scheckbuch. Da war kein Platz mehr für den kleinen Reporter mit seinem Schreibblock und seinen Zeilenhonoraren.«

Noch niemals hatte Tinne ihn so offen über seine Vergangenheit sprechen hören. Ihre Gefühlswirren um Laurent schienen auch in ihm lange geschlossene Schranken geöffnet zu haben.

»Und du? Hast du nicht um sie … gekämpft?«

Er machte eine unwirsche Handbewegung.

»Gekämpft? Sie hat sich so schnell an den neuen Luxus gewöhnt, dass unsere Zweieinhalbzimmer-Butze in der Neustadt für Madame bald nur noch eine peinliche Erinnerung war. Und ich ebenso.«

Die Bitterkeit in seiner Stimme war nicht zu überhören. Tinne musste an Tara Fehs gepflegtes Äußeres denken, an die stilsichere Kleidung und den weißen Range Rover. Oh ja, sie hatte tatsächlich keinen billigen Geschmack, das musste man sagen.

»Hat aber auch nicht ewig gehalten, und sie ist dann weitergezogen in die Pathologie. Auch hier natürlich – allererste Sahne, ein Wunderkind, alle Türen öffnen sich, durchgestartet bis zum Chefposten der Mainzer Gerichtsmedizin.«

Tinne merkte, wie ihre Gedanken bei Dr. Feh weilten. Welch ein seltsamer Wechsel – von der Kinderklinik mit jungem, blühendem Leben hin zur Pathologie, wo der Tod das tägliche Geschäft war. Sie fragte Elvis danach, doch er zuckte nur mit den Schultern.

»Keine Ahnung, irgendwann hat es mich einfach nicht mehr interessiert. Vielleicht hat sie gemerkt, dass sie mit den Toten noch mehr Geld verdienen kann als mit den Lebenden.«

Doch das glaubte Tinne nicht. Wieder kamen ihr Tara Fehs zitternde Hände in den Sinn, als sie die Kinderknochen gehalten hatte.

Elvis legte den Kopf schief.

»Und jetzt? Wie geht's weiter? Bei euch, meine ich.«

Tja, wie ging's weiter? Tinne hatte den Eindruck, als hätten sich alle Gefühle der Welt in ihr versammelt, wenn es um Laurent ging. Von Zuneigung über Wachsamkeit und Mitleid bis hin zu größter Skepsis war alles dabei, und zwar in solchen Gewichtsanteilen, dass sie sich regelrecht darunter begraben fühlte.

»Sendepause erst mal. Laurent meinte ziemlich deutlich, dass wir die Finger von dem Hexenfall lassen sollen. Ich denke aber nicht im Traum dran, den Artikel aufzustecken.« Sie zuckte die Achseln und versuchte ein Lächeln, das es aber nicht bis zu ihren Augen schaffte. Innerlich bemühte sie sich, das Gefühlswirrwarr um Laurent zur Seite zu drängen und sich auf das Hexenthema zu konzentrieren. Während sie nach dem kopierten Blatt griff, trat Elvis an seinen Hometrainer heran und rupfte sein festgeklebtes iPad ab. Beide hoben ihre Hände wie siegreiche Gladiatoren und sagten im Chor:

»Ich habe endlich eine Spur, und zwar, eine richtig gute.«

Nach einer verblüfften Pause gab Tinne dem Reporter mit einem Wink den Vortritt. Elvis schilderte sein Treffen mit Philipp Stein und Yasmin, berichtete von den Geschehnissen in Salem und seinem Verdacht, dass das Kind an einer Mutterkornvergiftung gelitten hatte.

»Und jetzt müssten wir nur noch herauskriegen, wie die

Sommer zu Mergs Zeit in Bodenheim waren: normal, zu heiß, zu feucht, zu kühl?«, schloss er. »Da weiß ich aber leider nicht weiter. Vor zwei Jahren habe ich nämlich mal einen Artikel über die Meteorologen oben an der Uni gemacht, und die haben mir gesagt, dass Wetteraufzeichnungen frühestens im 18. Jahrhundert anfangen. 1612 hat noch kein Mensch an so etwas gedacht.« Er deutete auf das Blatt in ihrer Hand. »Und jetzt du.«

Statt einer Antwort reichte Tinne ihm die Kopie. Elvis drehte das Papier hin und her und schaute sich die zerrissenen Papierstreifen an, die sorgfältig zusammengefügt waren.

»Aha. Und was soll das jetzt sein? Ein Liebesbrief aus deinem Poesiealbum, oder was?«

Tinne sagt noch immer kein Wort und machte Handzeichen, er solle näher hinschauen. Er kniff die Augen zusammen und versuchte, die schwungvollen blassen Buchstaben zu entziffern.

»Hm, erinnert mich an die Hexenausstellung, an diese Protokolldinger aus Dieburg, die dort hinter Glas hängen und die uns Monaco Franze gezeigt hat.«

»Ein Verhörprotokoll, ganz genau. Aber nicht aus Dieburg. Hör zu.«

Sie nahm das Blatt an sich, fuhr mit dem Finger die engen Zeilen entlang und las stockend vor:

»Itzo führen Wir, die Schulheissen Gelbert Ludowig undt Maris Frantz, undt die Schopfen Weller Peter, Schariegel Ansgar, Kisenger Laban undt Braun Cristoff, zu klagen die personen, die mit greuwlichem gotts lesterlichem Verheisen, so wahr gott im himel lebt Vnd schwebt, dem teuffel anheym gefellen, geschehen so zu Bodenheym.«

Elvis straffte sich unwillkürlich, als er das letzte Wort hörte. Tinne wedelte mit dem Blatt.

»Das ist nämlich etwas, das als verschollen gilt. Ein Verhörprotokoll aus Bodenheim. Eine Mitschrift aus einem der Kurmainzer Hexenprozesse!«

»Von Mergs Prozess?«

»Nein, leider nicht. Aber hey – diese Seite dürfte es laut aktueller Hexenforschung gar nicht geben!«

»Warum ist sie zerrissen und wieder zusammengeklebt?« Ihre Begeisterung ließ sie laut werden.

»Das ist es ja gerade! Erinnerst du dich an das, was uns Felix im Museum erzählt hat über die Bodenheimer Protokolle? Sie wurden aus einem Adelspalast geklaut und zu Napoleons Zeiten an die Franzosen verkauft!« Sie reckte das Blatt vor und hätte es Elvis fast an die Nase gehauen.

»Um was daraus zu machen?«

Der Reporter brauchte eine Sekunde, bis die Erinnerung wiederkam. Tinnes Enthusiasmus steckte ihn an, er wurde ebenfalls lauter.

»Gewehrpatronen!«

»Ganz genau. Die französischen Soldaten haben die Papiere in Streifen gerissen, um sie mit Schwarzpulver und Blei zu Patronen zu drehen, zu *Chassepots*. Die Forschung ist bis jetzt davon ausgegangen, dass die Protokolle also schlicht und einfach verballert worden sind. Aber das stimmt ganz offensichtlich nicht, ein paar dieser Papierstreifen müssen übrig geblieben sein. Protokoll-Puzzleteile, sozusagen. Und das hier«, wieder schwenkte sie das Blatt vor ihm, »das ist eine der Protokollseiten, zusammengesetzt aus einzelnen Streifen!«

Elvis streckte den Kopf in Richtung des Blattes.

»Wow, okay. Und wo hast du das her?«

»Pass auf, das ist der zweite Hammer. Es ist nämlich jemand im Rhein ertrunken, den du auch kennst, nämlich ...«

»Wolfgang Balzer.« Elvis schürzte die Lippen. »Hab ich vorhin von der Redaktion erfahren. Kirsten Strasser hat auch schon an die Kripo gemailt, aber die mauern.«

»Das wundert mich nicht. Es gibt wohl, wie Laurent es genannt hat, einen ›Verdacht auf Fremdeinwirkung‹. Und Balzer hatte dieses Blatt in der Tasche, zusammen mit einem gezeichneten Schandkreuz. Er muss irgendwie an diese Patronenpapiere gekommen sein und hat herausgefunden, was es damit auf sich hat.«

Es dauerte einige Sekunden, bis Elvis die Neuigkeiten verdaut hatte.

»Das hat er also gemeint«, sagte er wie zu sich selbst.

»Was hat wer gemeint?«

»Wolfgang. Als ich bei ihm und den Franzosen im Museum war, hat er in einem der Gewölbe eine Infotafel vorbereitet. Ein alter Zeitungsartikel hing dran, und er hat dazu gesagt, wir müssten bald einen neuen AZ-Termin machen. Er hätte eine tolle Entdeckung gemacht.«

»Da hat er den Nagel auf den Kopf getroffen. Ihm war klar, dass er auf etwas ganz Außergewöhnliches gestoßen ist, nämlich auf die angeblich verschollenen Kurmainzer Verhörprotokolle. Aber ... wie um alles auf der Welt ist er da drangekommen? Scharen von Forschern und Wissenschaftlern haben diese Protokolle gesucht, und nie wurde auch nur ein Fitzelchen gefunden.«

»Tja, leider können wir ihn nicht mehr fragen«, brummte Elvis.

Tinne sah wieder die Fotos vor sich, Balzers nasses, bleiches Gesicht, die Tropfen, die wie erstarrt an seinem

Schnauzbart hingen. Das flüchtig gezeichnete Schandkreuz. Der Hexentod vor 400 Jahren zog seine Kreise bis 2014, wie ein Stein, den man ins Wasser geworfen hatte und dessen Wellen nun endlich das Ufer erreichten.

»Es gibt eine Verbindung. Eine Verbindung zwischen damals und heute.« Tinne ließ ihren Blick durch Elvis' Wohnung schweifen, ohne wirklich etwas zu sehen. »Merg Scholl hat etwas losgetreten, das heute noch nachwirkt. Alles, alles hängt zusammen.«

Der Dicke rümpfte die Nase.

»Aha. Haben wir jetzt irgendwo einen Ur-ur-urenkel von Merg sitzen, der nach ein paar 100 Jahren alle Nachkommen der Ankläger und Richter über die Klinge springen lässt oder was?«

Tinne warf ihm einen gereizten Blick zu. Sie mochte es nicht, wenn Elvis sarkastisch wurde.

»Na klar, Herr Wissmann. Wären wir in einem Rheinhessenkrimi, dann wäre genau das die Lösung. Sind wir aber nicht, und deshalb, fürchte ich, ist die Geschichte ein bisschen komplizierter.« Sie überlegte. »Hat Balzer denn noch mehr gesagt außer das mit der tollen Entdeckung?«

»Ja, und zwar …«, er schloss die Augen halb und sah aus wie ein müder Basset, doch sein Hirn lief auf Hochtouren, »dass wir unseren AZ-Termin entweder im Ballplatzcafé oder in der Favorite machen müssen, nirgendwo sonst. Genauso hat er's gesagt. Ballplatzcafé oder Favorite.«

Tinne ließ die beiden Örtlichkeiten vor ihrem geistigen Auge vorbeiziehen. Das Ballplatzcafé dominierte einen offenen Platz direkt hinter dem Karstadt, auf dem ein Bronzebrunnen stand, drei Mädchen mit Schirm. Während des Studiums hatte sie dort oft Kaffee getrunken, und auch das Frühstück war lecker. Das Favorite Parkhotel spielte dagegen in einer ganz anderen Liga. Es war eines der besten Häuser in Mainz, wunderschön am Rosengarten gelegen, aber leider außerhalb ihres Budgets. Zwei oder drei Mal war sie auf Empfängen und Hochzeiten dort gewesen, im Sommer gönnte sie sich manchmal ein Eis auf der Terrasse. Aber was um alles in der Welt hatten das Ballplatzcafé und das Parkhotel mit den verschwundenen Prozessakten zu tun?

Sie fragte Elvis, dieser verzog den Mund.

»Das habe ich mich auch schon gefragt. Aber alles, was mir im Zusammenhang mit der Mainzer Stadtgeschichte einfällt, ist die Straße. Die Straße, in der das Favorite liegt.«

»Am Rosengarten, oder?«

»Eben nicht! Das denkt jeder, und man spricht auch immer nur vom ›Favorite am Rosengarten‹. Die offizielle Adresse ist aber die Karl-Weiser-Straße.«

Tinne kramte in ihrem Gedächtnis. Sie kannte sich durch ihr Studium einigermaßen gut mit der Mainzer Geschichte aus, aber hier musste sie passen.

»Ich hab mich da ein bisschen eingelesen, letztes Jahr, bei meinem Artikel über Philipp Stein und das Favorite-Restaurant«, erklärte Elvis. Mit einer Handbewegung zeichnete er die kurvenreiche Straße von der Weisenauer hoch zum Rosengarten nach. »Karl Weiser, damals noch mit C, also Carl. Er hat eine Zeit lang bei der Pariser Feuerwehr gearbeitet und das Fachwissen der *sapeurs-pompiers* nach Mainz gebracht. 1849 war das, da hat er die Mainzer Feuerwehr gegründet und sie ziemlich perfekt organisiert. Ihm hat die Stadt zu verdanken, dass bei vielen Bränden die Feuerwehrleute schnell vor Ort waren und das Schlimmste verhindern konnten. Aber wie das nun mit diesen Verhörprotokollen zusammenhängen könnte, da hab ich beim besten Willen keine Ahnung.«

»Diese Infotafel«, sagte Tinne mehr zu sich selbst. »Der alte Zeitungsartikel im Garnisonsmuseum, den du gesehen hast – der hat mit seinem Fund zu tun und erklärt, wie das Café und das Hotel da reinpassen, jede Wette. Wir müssen einen Weg finden, um …«

Elvis hob die Hand und stoppte ihren Redefluss. Mit einer Geschwindigkeit, die man seinen Wurstfingern nicht zutraute, suchte er eine Nummer im Handy und schaltete auf Lautsprecher. Zunächst waren erregte Hintergrundgespräche zu hören, jemand stellte etwas im Befehlston klar, dann wurde die Stimme lauter.

»Die Stadt Mainz, Abteilung Gebäudewirtschaft, Heiner Mertens, ja bitte?«

»Tach, Herr Mertens, die AZ, Wissmann. Wir haben letztens einen Artikel über französische Gäste im Garnisonsmuseum gebracht, und ich müsste eben noch mal einen Blick reinwerfen.«

Er hatte seinen keine-Widerrede-ich-bin-ein-wichtiger-Reporter-Tonfall angeschlagen, der ihm in den allermeisten Fällen behördliche Türen öffnete. Doch die Stimme schnappte ähnlich bissig zurück:

»Das Museum ist bis auf Weiteres geschlossen. Wenn Sie über den Anschlag berichten wollen, müssen Sie beim Presseamt anrufen.«

Tinne merkte, wie ihre innere Alarmglocke schrillte. Auch Elvis vergaß für einen Augenblick seine Mister-wichtig-Rolle.

»Welcher, eh … Anschlag?«

»Es gab heute Mittag einen, wie soll ich sagen, einen regelrechten Sabotageakt. Jemand hat sich Zugang zum Museum verschafft und die Sprinkleranlage aktiviert. Die Exponate sind dabei sehr in Mitleidenschaft gezogen worden und zum Teil sogar völlig zerstört.«

Elvis war so perplex, dass er ohne ein weiteres Wort auflegte. Schweißperlen hatten sich auf seiner Oberlippe gebildet.

»Tinne, was ist da nur los? In welches Wespennest haben wir gestochen?«

Er bewegte sich einige Sekunden nicht, Tinne ebenso wenig. Dann fuhren beide wie auf einen geheimen Angriffsbefehl in die Höhe.

»Zum Garnisonsmuseum, Spuren sichern. Vielleicht ist noch etwas übrig von Wolfgangs Schautafel«, brachte Elvis die Sache auf den Punkt.

Drei Minuten später saßen sie auf der roten Vespa und kurvten verbotswidrig durch die Emmeranstraße, die als Fußgängerzone für Fahrzeuge aller Art gesperrt war. Tinne wünschte sich ein geschwärztes Helmvisier, als sie einige ihrer Studenten erkannt, die sich vor dem knatternden Motorroller in Sicherheit brachten. Doch Elvis handelte pragmatisch wie immer: Der kürzeste Weg zur Zitadelle und damit zum Garnisonsmuseum führte nun mal durch die Emmeranstraße, und basta!

Als sie das Zitadellengelände erreichten, sahen sie schon von Weitem Polizeiautos, einen Feuerwehr-LKW und die orangefarbenen Mini-Transporter der Gebäudewirtschaft. Elvis fackelte nicht lange, zückte seinen Presseausweis wie eine Waffe und zerrte Tinne zu einigen Polizisten.

»Die AZ. Was ist los, was ist passiert?«

Die Beamten schauten sich an, als würden sie still beratschlagen, wer die Rederolle übernehmen würde. Schließlich holte ein hagerer Mann mit riesigem Adamsapfel Luft und bemühte sich, seinen Mainzer Akzent hinter einem behördenmäßigen Hochdeutsch zu verstecken.

»Eine oder mehrere unbekannte Personen haben sich Zugang zum Garnisonsmuseum verschafft. Dort haben sie einige Stoffstücke angezündet, was eine starke Rauchentwicklung nach sich gezogen und die Sprinkleranlage aktiviert hat.« Sein Adamsapfel hüpfte.

»Hinweise auf den oder die Täter?«

»Bis jetzt gibt es keine sachdienlichen Hinweise auf die Verursacher, die Ermittlungen laufen.«

»Jemand verletzt?«

»Ein Verletzter wurde in ein naheliegendes Krankenhaus gebracht, es handelt sich um einen Empfangsmitarbeiter der Gebäudewirtschaft. Beim Eintreten in das Gewölbe ist er hingefallen, und eine der Schaufensterpuppen des Museums ist im Wasser schwimmend an ihn gestoßen. Er hat sie wohl für eine Leiche gehalten und einen Schock erlitten. Die Ärzte behalten ihn sicherheitshalber über Nacht.«

Elvis kritzelte einige Worte auf seinen Block, nickte knapp und schleppte Tinne weiter in Richtung Eingangstür. Schläuche zogen sich die Treppe hinunter in das Garnisonsgewölbe, eine Dieselpumpe brummte, der Geruch nach nassem Stein machte die Luft schwer.

»Mannometer!«, war sein einziger Kommentar, als sie durch die Tür ins Museum traten – oder vielmehr in das, was davon übrig war. Wie eine Totenarmee standen die Figuren im Gewölbe, einige schräg, einige umgefallen, ihre ehemals stolzen Uniformen hatten sich in nasse Säcke verwandelt und waren in Fetzen aufgelöst. Tinne wunderte sich nicht, dass der Empfangsmann den Schock seines Lebens bekommen hatte, als eine der gruseligen Puppen im Halbdunkel auf ihn zugetrieben kam. Inzwischen war das meiste Wasser abgepumpt, der Boden bestand aus Pfützen, in denen Stoffstücke schwammen. Ein Gluckern erfüllte den Raum, hier und dort stiegen Blasen auf. Wasser tropfte von der Decke und gab Tinne das unheimliche Gefühl, kalte Finger würden über ihre Haare streichen. Sie schüttelte sich und ging voran. Innerhalb weniger Sekunden waren ihre Laufschuhe nass.

»Da hat aber jemand Tabula rasa gemacht«, meinte Elvis und suchte nach einem beiläufigen Blick auf Tinnes Schuhe trockene Stellen für seine Füße. Mitarbeiter der Gebäudeverwaltung und Polizisten waren im linken Gewölbe zugange, das Blitzlicht einer Kamera flammte in kurzen Abständen auf und warf einen grellen Schein auf die Armee der Toten. Tinnes Hoffnung, dass die Stellwand das Wasserchaos überstanden haben mochte, schwand zusehends.

»Oh. Das war's dann wohl.« Ihre Befürchtung bewahrheitete sich, als Elvis nach rechts abbog und vor einer Infotafel stehen blieb. Die Tafel stand zwar noch aufrecht, doch das, was einmal daran gehangen hatte, war als nasser Klumpen zu Boden gespült worden. Tinne stakste weiter nach hinten zu einem Arbeitstisch aus Metall, aber auch hier hatte das Wasser jede Ritze durchdrungen. In den Schubladen schwappten Tesarollen, Pins und aufgeweichte Post-its.

»Tja, so viel zu unserem tollen Plan.« Elvis fuhr sich über das spärliche Haar, das durch die Feuchtigkeit aussah wie zurückgegelt. »Da ist uns leider jemand zuvorgekommen. Und zwar gründlich.« Er starrte auf die nasse Infotafel, als könne er sie Kraft seiner Gedanken wieder in ihren Ursprungszustand zurückversetzen.

»Vielleicht hat Balzer ja auch ein paar Sachen zu Hause. Wir können doch mal bei seiner Frau nachfragen, ob …« Tinne verstummte, als Elvis abwinkte.

»Hat er nicht. Ich habe schon ein paar Mal über ihn und seine Sammlung berichtet, und es gab eine klare Absprache mit seiner Frau: Er kann tun und lassen, was er will, aber von dem ›Krempel‹, wie sie es nennt, kommt nichts ins Haus.«

Tinne ließ ihren Blick durch die Reste des Museums schweifen und konnte Frau Balzers Reglement gut nachvollziehen. Derweilen knetete Elvis sein imposantes Kinn und konnte die Augen nicht von der Stellwand nehmen. »Dieser Zeitungsartikel da drauf, der sah irgendwie … richtig alt aus. Nicht so 60er oder 70er, sondern ganz anders. Ein schwarz-weißes Bild war dabei, kein Foto, sondern eine Zeichnung, etwas Gemaltes.«

Es war ihm anzusehen, wie er sein Hirn zermarterte und versuchte, die Tafel in die Erinnerung zurückzuholen. »Und die Schrift war steil und spitz, altmodisch irgendwie.«

»Hm, klingt nach 19. Jahrhundert«, meinte Tinne. »Vorher gab es zwar auch schon Periodika, aber nicht mit Bilddruck.«

Sie grübelte, wie sie an einen so alten Zeitungsartikel kommen konnte. Die Bibliothek des Historischen Seminars? Das Stadtarchiv? Aber dort gab es Hunderte solcher Blätter. Dazu kam, dass sie ja nichts Konkretes hatten, sondern nur Elvis' vage Erinnerung. Mitten in ihren Überlegungen sah sie immer wieder das Fotoblitzlicht im anderen Gewölbeteil aufflammen, und plötzlich kam ihr eine Idee.

»Sag mal, Elvis, hattest du einen Fotografen dabei, als du hier bei den Franzosen warst?«

»Ja, Sascha Kopp war mit. Warum?« Einen Augenblick später erhellte sich sein Gesicht, als er Tinnes Gedankengang nachvollzog. Bedauernd hob er die Hände.

»Gut mitgedacht, Frau Nachtigall, aber leider kein Treffer. Sascha hat seine Fotos im mittleren Gewölbe gemacht, er war gar nicht hier drüben.«

Schade. Tinne fand ihren Einfall großartig, im Hintergrund der Gruppenfotos die geheimnisvolle Stellwand zu finden. Sie wurde abgelenkt, als weitere Personen das Museum betraten. Nachdem sie zweimal hingeschaut hatte, ging sie abrupt auf Tauchstation und zog Elvis am Hemd mit nach unten.

»Was ist …«, fing er unwillig an, doch sie legte einen Finger vor den Mund.

»Laurent«, wisperte sie und machte eine Kopfbewegung zum Eingang. Elvis lugte nach hinten. Tatsächlich, Kommissar Pelizaeus stand mit einigen Uniformierten inmitten des Gewölbes, seine dunkle Stimme hob sich aus dem allgemeinen Gerede heraus.

»Was macht der denn hier? Den Fall der ertrunkenen Schaufensterpuppe lösen oder was?«

»Vielleicht ermittelt er wegen Balzers Tod. Dann ist er sicher genauso interessiert an diesem komischen Museumsanschlag wie wir.« Tinne hoffte, dass der Kommissar nach einer kurzen Unterredung wieder gehen würde. Sie hatte nach dem Streit in seinem Büro keine Lust, ihm zu begegnen. Außerdem würde er sofort durchschauen, dass sie und Elvis entgegen seiner ausdrücklichen Bitte weiter im Hexenfall ermittelten. Doch Pelizaeus stand endlos lang mit seinen Kollegen zusammen, dann kamen sogar noch die Mitarbeiter der Gebäudeverwaltung dazu. Tinne und Elvis wechselten einen Blick und verständigten sich wortlos auf Plan B. Leise krochen sie an die Stellwand heran, richteten sich dahinter auf und hoben sie vom Boden. Hinter ihrem improvisierten Sichtschutz bewegten sie sich in Richtung Tür, vorsichtig im Krebsgang, um nicht versehentlich etwas umzustoßen. Tinne linste in den Raum und stellte fest, dass keiner der Anwesenden Notiz von der wandelnden Infotafel nahm – scheinbar hielt man sie für Mitarbeiter, die anfingen, Ordnung zu schaffen.

An der Tür setzten sie die Stellwand ab und witschten hinaus.

»Puh, einmal Ärger umschifft.« Tinne beeilte sich, nach oben zu kommen.

»Und mehr noch.« Elvis folgte ihr und suchte nach seinem Handy. »Mir ist beim Versteckspielen eine Idee gekommen. Vielleicht haben wir doch noch eine Chance, uns diesen vermaledeiten Zeitungsartikel näher zu betrachten.«

Die Passanten schauten der knallroten Vespa nach, die mitten über den Schillerplatz knatterte, als wäre sie auf der Landstraße und nicht in einer Fußgängerzone. Der Fahrer war ein korpulenter Mann mit Topfdeckelhelm, auf dem Sozius saß eine große Frau, die Sportsachen und nasse Laufschuhe trug und ihre Arme um den Dicken geschlungen hatte.

»Rowdys, alles Rowdys.« Elli Härtling packte die Leine ihres Dackels Poldi fester, damit er nicht unter die Räder geriet. »Da müsst die AZ mal drübber schreibe, übber so e Rowdyvolk!«

Elvis bremste dermaßen heftig, dass Tinne nach vorne geworfen wurde und ihre Nase an seinem Helm anschlug.

»Au! Mensch, Elvis, wenn du noch ein bisschen wilder fährst, hast du mich demnächst abgeschmissen«, beschwerte sie sich und rieb ihr Gesicht. »Ich muss mich ja schon fast an dich dranpappen!«

»Was kann ich dafür, dass du oben drei Meter raus ragst wie eine Giraffe«, gab er uncharmant zurück und krabbelte vom Roller. Tinne verdrehte die Augen. Elvis konnte manchmal ein regelrechtes Aas sein.

Ungerührt marschierte der Reporter die Bankrondelle des Schillerplatzes entlang und schaute sich suchend um.

»Monsieur Elviiiis!« Eine bekannte Stimme erschallte, die *Anciens Combattants* winkten fröhlich zur Begrüßung. Sie hatten eines der Rondelle belegt und in der Mitte eine Art Mini-Buffet aufgebaut: Zwei Weinkisten waren sorgfältig mit Servietten abgedeckt, darauf standen eine Brötchentüte, ein Teller mit Fleischwurst-Ringen und einige Weinflaschen nebst Gläsern.

»Et voilà!« Monsieur Meurzec präsentierte das Ensemble mit einem solchen Stolz, als wäre es sein Erstgeborener. »Ein Stück Mainzer Kultur, die wirr unbedingt müssen kennenlernen, bevor wirr wieder reisen nach 'ause: Wegg, Worschd und Woi!« Die Aufzählung klang mit seinem französischen Zungenschlag dermaßen ulkig, dass Tinne lachen musste. Auch Elvis schmunzelte.

»Na, das nenne ich mal einen gelungenen Beitrag zur Völkerverständigung.«

Tinne war froh, dass sie im Hintergrund bleiben konnte, denn mit ihren verschwitzten und wieder getrockneten Klamotten, den wirren Haaren und den tropfnassen Schuhen kam sie sich ziemlich underdressed vor. Inzwischen hatte sich Elvis auf das Rondell fallen lassen, warf einen gierigen Blick auf das kulinarische Angebot und erklärte den Franzosen seine Bitte. Auf der Fahrt hatte er Tinne im Fahrtwind zugebrüllt, was seine heimliche Hoffnung war: Die *Combattants* hatten im Überschwang ihrer Begeisterung jeden Winkel des Garnisonsmuseums fotografiert, und vielleicht war ja auch die Stellwand abgelichtet worden. Es hatte ihn einige Zeit gekostet, an die Handynummer von Monsieur Meurzec zu kommen, doch mithilfe der AZ, des Mainzer Gaststätten- und Hotelverbandes und des Freundschaftskreises Mainz-Dijon e.V. war ihm das Kunststück schließlich gelungen.

Die gute Stimmung auf dem Schillerplatz erhielt einen Dämpfer, als Elvis von Wolfgang Balzers Tod und der Sintflut im Museum berichtete. Die Herren schüttelten die Köpfe angesichts dieser traurigen Geschehnisse, packten dann aber ihre Kameras aus und suchten nach den Museumsbildern. Anschließend stellten sie sich wie Schulbuben in eine Reihe, einer nach dem anderen trat vor und zeigte Elvis die Fotos.

Ein paar Mal schaute er sehr genau hin und ließ sich die Vergrößerungsfunktion der jeweiligen Kamera erklären, doch immer wieder schüttelte er den Kopf. Dann wurden seine Augen groß, er schnippte mit dem Finger und winkte Tinne herbei. Sie ärgerte sich zwar über sein großspuriges Gehabe, doch ihre Neugier überwog. Aus der Nähe roch Elvis verdächtig nach Wein, Tinne vermutete, dass die Franzosen ihm heimlich ein Glas zugesteckt hatten. Die Kamera in seiner Hand zeigte drei der Männer, die neben einem Tornister knieten und selig in die Linse lächelten. Im Hintergrund – Tinne merkte, wie sie ihren Kopf zum Display schob – war die Infotafel zu sehen, die sie im Museum als nasses Überbleibsel gefunden hatte. Der Zeitungsartikel hing daran, Bild und Text waren sehr klein, doch als Elvis heranzoomte, wurden die einzelnen Elemente deutlicher.

»Hammer! Wir haben's tatsächlich gefunden!« Vor lauter Begeisterung hieb sie ihm auf die Schulter, worauf das neben seiner Hüfte versteckte Weinglas umfiel und klirrend zerbrach. »Dann werden wir mal die Spur der Hexenprotokolle aufnehmen!«

In der AZ-Lokalredaktion am Markt kopierten sie das Bild von der SD-Karte auf Elvis' Computer, die Karte ließen sie zusammen mit einer Flasche Wein aus Redaktionsbeständen vom Zeitungspraktikanten zum Schillerplatz zurückbringen. Gespannt beugte Tinne sich vor, als Elvis das Foto auf seinem Bildschirm vergrößerte. Der Zeitungsartikel kam näher, doch ab einer gewissen Größe wurde die Darstellung unscharf. Der Fokus des Fotos lag auf den drei Herren im Vordergrund, dazu kam, dass die Auflösung der Kamera eher bescheiden war.

Tinne presste die Lippen zusammen. So sehr Elvis auch an der Darstellungsgröße schraubte – der Zeitungsartikel blieb eine unscharfe Fläche, die Worte waren nicht zu entziffern, das schwarz-weiße Bild war verschwommen. Es schien Gebäude zu zeigen, einen freien Platz und eine seltsame Wolke. Sie strengte ihre Augen an, doch die Konturen wurden nicht deutlicher.

Elvis griff zu seinem Bürotelefon und wählte eine Nummer.

»Hi Ferdi, dein Lieblingsonkel hier.«

Tinne spitzte die Ohren. Gute Idee! Wenn jemand aus einem unscharfen Bild etwas zaubern konnte, dann Ferdi, Elvis' compterbegabter Neffe.

»Horch, das Sorgenkind und ich, wir haben hier ein Foto, mit einer kleinen Digitalkamera geschossen. Es ist leider nicht sehr gut, und wir fragen uns, ob du die Details irgendwie, na ja, schärfen kannst oder so.«

Elvis hörte zu, nickte ein paarmal stumm und verschickte das Foto als E-Mail-Anhang. Nachdem er aufgelegt hatte, wandte er sich an Tinne.

»Ferdi schmeißt Photoshop an. Er meint allerdings, dass wir uns keine allzu großen Hoffnungen machen sollten. Programme, die aus verschwommenen Klecksen mit zwei Mausklicks gestochen scharfe Fotos zaubern, gehören wohl eher ins Sagenreich von Krimiserien im TV.«

Während sie auf die Antwortmail warteten, focht Elvis einen aussichtslosen Kampf gegen die Papierflut auf seinem

Schreibtisch. Tinne ließ sich von der Redaktions-Kaffee-maschine einen Espresso brauen und genoss den Blick aus der riesigen Fensterfront. Die Lokalredaktion lag direkt am Markt, die Heunensäule erhob sich in der Mitte des Plat-zes, dahinter strebte der majestätische Mainzer Dom him-melwärts. Am Übergang zum Höfchen waren Männer in Arbeitswesten damit beschäftigt, Absperrgitter aufstellten. Hier wurde die Marathonstrecke für Sonntag vorbereitet, prompt regte sich Tinnes schlechtes Gewissen.

»Arbeit, Träumerchen!« Elvis holte sie vom Fenster weg. Auf seinem Bildschirm war das von Ferdi bearbeitete Bild zu sehen, doch wirklich viel getan hatte sich nicht. Die Kon-turen waren etwas schärfer geworden, die spitze Schrift des Zeitungsartikels hatte mehr Kontrast, doch lesbar war sie noch immer nicht. Tinne spürte, wie sich Enttäuschung in ihr ausbreitete.

»Tja, schöne Idee mit dem Foto, aber leider eine Sack-gasse«, meinte Elvis bedauernd. Tinne starrte wie hypno-tisiert auf das Dokument, als könne sie es mit schierer Wil-lenskraft lesbar machen. Doch das erhoffte Wunder blieb aus, die Buchstaben waren nach wie vor klein und verpixelt. Der ungelöste Hexenfall brodelte in ihr – die verscholle-nen Bodenheimer Verhörprotokolle schienen zum Greifen nah, doch der unlesbare Zeitungsartikel machte ihnen einen Strich durch die Rechnung. Es war zum Mäusemelken!

*

Der Boden unter Elvis' bloßen Füßen war nachgiebig, als er leichtfüßig darüber hinweg tänzelte. Ein Blick verriet ihm, dass das Erdreich aus sahnigem Spundekäs bestand, hier und dort ragte keck ein Stück Zwiebel hervor wie ein großer heller Grashalm. Der Duft war so betörend, dass Elvis nicht widerstehen konnte. In vollem Lauf brach er von einer Brezelhecke einige Salzbrezel ab, bückte sich und schaufelte eine Ladung Spundekäs aus dem Boden. Herrlich, genau das richtige Verhältnis zwischen Frischkäse, Butter und Paprikapulver!

Elvis war nackt, er störte sich aber nicht daran. Denn sein Körper war rank und schlank, nichts wabbelte oder schwappte, seine Muskeln trugen ihn mit Leichtigkeit dahin. Vor lauter Freude an der Bewegung hüpfte er umher wie ein übermütiger Engel. Dabei musste er sich vor niemandem genieren, denn er war alleine – er und die wilde, wohlschmeckende Natur.

Gerade hatte er einen Zwischenstopp an eine Zwetschgenkuchenpalme gemacht, deren Hefeteigblätter eingerollt waren und geschnittene Zwetschgen warmhielten. Wenn die Blätter abgebrochen wurden, sickerte Kartoffelsuppe aus dem Stamm und vollendete den ›Quetschekuche mit Grumbeersupp‹.

Elvis hatte keine Ahnung, wie er hierhergekommen war und warum es keine anderen Menschen gab, es war ihm aber auch herzlich egal. Die Welt, die ihn hier willkommen hieß, war viel zu spannend!

Dort zum Beispiel wuchsen Hackbratenhalme. Diese harmlos aussehenden Gewächse vermochten ihre Hackbraten von sich zu schleudern, und sie zielten nicht schlecht. Wenn man nicht aufpasste, hatte man unversehens einen knusprigen Klops im Mund und musste ihn wohl oder übel zerbeißen.

Etwas weiter hinten wartete ein Spargelfeld auf ihn. Die Stängel schälten und erhitzten sich von selbst, während rote Schinkenstauden erblühten und die daneben wachsenden

Butternesseln eine sämige Schicht darauf tropfen ließen. Nun musste man genau hinhören! Denn ein leises »Plopp« verkündete, dass eine der Kartoffelstauden unter der Erde ihre Knollen zu Salzkartoffeln gemacht hatte, die dampfend an die Oberfläche brachen und eine perfekte Liaison mit den Spargeln eingingen.

Trotz all dieser Köstlichkeiten hatte Elvis noch immer ein leichtes Hungergefühl, es wollte und wollte nicht aufhören, egal, wie viel er naschte. Gleichzeitig blieb sein Körper fit und schlank und erlaubte die höchsten Luftsprünge. Gerade wollte er nochmals zur Zwetschgenkuchenpalme zurückeilen, als er um ein Haar in einen Sumpf geplumpst wäre. Doch nein, es war kein Sumpf, sondern eine Essig-Öl-Zwiebel-Lache mit Kümmel – die Mainzer ›Mussik‹. Nanu, dann musste doch irgendwo … tatsächlich, da! Neugierig lugten kleine Handkäs-Taler aus der Tunke hervor und paddelten eifrig heran, als Elvis sich herunterbeugte.

Nachdem er fast den kompletten Handkäs-mit-Musik-Tümpel leergefischt hatte – köstlich! – mischte sich ein winziges Durstgefühl in seinen Hunger. Prompt glitzerte in der Ferne etwas Flüssiges, Elvis war mit wenigen Sprüngen dort. Staunend stand er vor einem Meer, das sich bis zum Horizont erstreckte. Doch es war kein Wasser, dessen träge Wellen ans Ufer schwappte, oh nein – es war feinster Rheinhessen-Riesling! Kopfüber ließ er sich in die Fluten fallen und trank von dem kühlen Nass, trank und trank, bis sich der Spiegel des Rieslingmeeres sichtlich gesenkt hatte.

Das Ufer war zwischenzeitlich zu einem Wald geworden. Die Bäume hatten statt Blättern blitzende Wurstdosen an ihren Ästen, Elvis entdeckte Bratwurst, Leberwurst, Schwartenmagen und Blutwurst. Besonders nützlich waren zierliche Triebe, die die Bäume am Ende eines jeden Astes ausbildeten und die Form von Dosenöffnern hatten. Unter den Bäumen gediehen Pilze, deren Köpfe mehlbestäubte Bauernbrote waren und die sich auf leises Klopfen in Brotscheiben auffächerten. Er nahm ein Brot und eine Dose zur Hand, da wurde er von einem wahrhaft titanischen Stamm abgelenkt, dessen Krone in den Himmel wuchs. Daran hingen – Elvis traute seinen Augen kaum – die allerherrlichsten Fleischwurstringe, echte ›Meenzer Fleeschworscht‹, lauwarm und so groß wie Rettungsringe.

Er saß unter der Krone und war bei der dritten Riesenfleischwurst, als er auf eine knorrige Stimme aufmerksam wurde. Sie klang uralt und weise, es schien, als käme sie von überallher. Mit vollem Mund lauschte er – es war der Baum, der sprach! Elvis verstand die Worte nicht, doch sie lockten ihn, der riesige Stamm übte eine Faszination auf ihn aus. Er wusste genau: Ein Geheimnis steckte darin! Aber irgendetwas stimmte nicht. Mit einem Mal wurde es kühler, regelrecht kalt, die Temperatur fiel in aberwitzigem Tempo, gleichzeitig platschten dicke Regentropfen herab, groß wie Hühnereier. Ein eisiger Hauch wehte über das Land. Elvis wollte aufstehen, als er erschrocken zurückprallte – die Wurst in seinen Händen hatte sich in giftiges, braunes Mutterkorn verwandelt, die länglichen Gewächse wanden sich wie Würmer. Mit einem Aufschrei warf er sie von sich …

… und erwachte mit einem grunzenden Schnorcheln. Ekel erfüllte ihn, er wischte seine Hände an der Bettdecke ab und musste sich bremsen, um nicht auszuspucken. Ächzend wälzte er sich auf die Seite, um aus dem Traumland endgültig in die Realität zurückzufinden.

Was war denn das gewesen, bitteschön? In letzter Zeit kam es zwar immer öfter vor, dass seine Träume ums Essen kreisten, ganz so, als wolle sich sein Körper nachts zurückholen, was ihm tagsüber verwehrt war. Elvis hatte sich im Schlaf schon als dralle Made durch einen Bratkartoffelberg gefuttert, er war Kapitän Nemo gewesen, auf Tauchfahrt durch einen Ozean aus Zwiwwelsupp, und er hatte als alchimistischer Zauberer Blei nicht etwa in Gold, sondern in Mettbrötchen verwandelt. Doch dieser Traum war anders – erst das rheinhessische Schlemmerparadies, dann die Wendung zu den Mutterkornwürmern. Elvis starrte in sein Schlafzimmer, wo die Laternen der Klarastraße gestreiftes Rollladen-Licht hereinwarfen. Er hatte vor dem Schlafengehen endlos zum Thema Mutterkorn im Internet recherchiert, freilich ohne irgendwelche Informationen zu den Klimaverhältnissen im damaligen Bodenheim zu finden. Kein Wunder, dass ihn diese Gedanken sogar bis in den Schlaf verfolgten.

Er warf einen Blick auf seinen Wecker. Kurz vor eins. In alter Gewohnheit tappte er zum Kühlschrank und öffnete ihn, um sich einen Geisterstundenriesling einzuschenken. Doch statt des Weins erwartete ihn ein Foto von sich selbst, nackt bis auf Boxershorts, in seinem eigenen Badezimmerspiegel fotografiert.

»Stimmt, da war was«, murmelte er. Nach einem Blick auf den Hängebauch, die Churchillbacken und die Oberschenkel in Säulenumfang ließ er die Tür zufallen. Das Bild hatte er in bester Selfie-Manier zu Anfang des Marathontrainings geschossen und im Kühlschrank platziert, als Warnung an sich selbst – frei nach dem Motto ›jedes Pfund geht durch den Mund‹.

»Super, Freddy. Gerade jetzt wäre ein Schlückchen keine schlechte Idee.« Sein Gesprächspartner, ein schrumpeliger Kaktus, schwieg erwartungsgemäß. Elvis pflegte mit

Freddy seine täglichen Erfolge und Pleiten zu besprechen. Obwohl das kümmerliche Gewächs stumm blieb wie ein Fisch, war es für ihn ein wichtiger Gesprächspartner. Fast schien es, als würde in Freddy ein zweiter Elvis wohnen, der dem echten Elvis gerne und oft widersprach.

»Jaja, ich weiß, es tut mir gut, mal weniger zu fressen und zu saufen.« Elvis verdrehte die Augen und gab Freddys unhörbarem Einwand recht. »Aber hey, diese Merg-Sache, die fordert mich echt. Nicht nur, dass da in Bodenheim alle möglichen komischen Sachen laufen. Nein, auch Tinne hat ihr Fett weggekriegt – ich sag nur: tote Katze an der Scheibe. Und Wolfgang Balzer? Mannometer, der hat da auch irgendwo ins Schwarze getroffen, und jetzt ist er mausetot. Da kann einem doch schon mal nach Wein und Wurst zumute sein, oder?«

In Freddys ausdruckslosen Stacheln sah Elvis einen schwachen Widerhall seines Traumes.

»Ja Freddy, du hast recht ... irgendwo gibt es da einen Zusammenhang. Wir müssen herauskriegen, ob es damals in Bodenheim feuchte und kalte oder trockene und heiße Sommer gegeben hat. Denn wenn die Sonne monatelang vom Himmel gebrannt hat, dann gab es kein Mutterkorn im Roggen, und meine schöne Theorie ist im Eimer. Aber es gibt, verflixt noch mal, keine Aufzeichnungen darüber!«

Freddys Schweigen gab Elvis Zeit, ausgiebig zu gähnen und sich wieder ins Bett zu legen. Er wurde das Gefühl nicht los, dass die Lösung in seinem Traum versteckt lag. Doch so sehr er auch grübelte, er kam nicht darauf, und so wälzte er sich umher, bis er in unruhigen Schlaf fiel.

Die Stimmung schlug hohe Wellen, als Bertie einen dampfenden Fleischkäse als 18-Uhr-Imbiss aus dem Ofen holte. Die Brigade, Axl und Ferdi hatten sich in der Kommunenküche versammelt, um letzte Details für ihren Marathon-Großeinsatz zu planen.

»Jawoll! Endlich gibt's ebbes zu beiße!« Uwe, ein Bär von Mann mit wallendem Bart, brachte sein Besteck in Angriffsposition.

»Immer langsam, erst emol e schee Stückche für die Katz!«, bestimmte Margarete und säbelte eine halbe Scheibe für Mufti ab, der mit erhobenem Schwanz um die Stuhlbeine strich. Tinne wetterte stets gegen derartige Extra-Fütterungen, doch wenn sie nicht da war, verwandelte sich die Küche in ein Katerparadies.

»Auf unsere Helden!«

»Auf die Helden!« Die Schoppengläser klangen, man war bester Dinge. Nur der kleine Micha und Dietmar, der Chef des Taxi-Unternehmens, bemühten sich um Schmollgesichter. Vorhin hatte die Brigade Hölzchen gezogen, wer während der Marathon-Veranstaltung Fahrdienst schieben musste, und die beiden hatten die Kürzeren gezogen.

»Pah, das wird bestimmt eine absolute Nullnummer!« Micha winkte ab und ließ sein fränkisches ›R‹ rollen. »Es schüttet, kein Mensch kommt zum Jubeln, und Elvis macht schon nach drei Kilometern schlapp!« Die anderen buhten lachend und schimpften ihn einen Neidhammel. Zumindest über die Besucherzahlen mussten sie sich keine Sorgen machen – der Marathon galt als Publikumsmagnet, alleine bei ihrem Wadenweh-Fanclub hatten sich inzwischen mehr als 500 Leute online angemeldet.

»Ferdi, was machen die Verkaufszahlen?«, fragte Bertie und biss in ein Fleischkäsebrötchen von titanischen Ausmaßen.

»Bombig.« Mit dem Finger wischte Ferdi über sein Tablet. »212 Fanpakete sind weg, und noch mal 83 T-Shirts extra.« Jubel brach los, die Schoppengläser wurden erneut in die Höhe gereckt.

»Apropos.« Axl griff in die T-Shirt-Kiste. Sein Brötchen war mit Tofuwürsten belegt und wurde von den Übrigen argwöhnisch beäugt. »Zeit für die Dienstkleidung.«

Jeder betete seine Größe herunter und erhielt eines der Shirts mit Elvis-Karikatur. Nur Bertie bekam nichts, er hatte sich mit schwarzem Textilstift längst schon ein ganz besonderes Exemplar gefertigt: Als bekennender Star Wars-Fan trug sein Elvis-Kreis einen stilechten Darth-Vader-Helm, darunter prangte der Schriftzug ›Möge die Macht mit ihm sein!‹

Als Nächstes verteilte Axl die passenden bedruckten Luftballons. »Die zweite Ballonkiste kommt morgen an, noch mal 500 Stück zum Verteilen an der Strecke.«

»Ei super!« Margarete freute sich diebisch. »Der Elvis, der werd Auge mache, wenn e paar Hunnert Ballons uff en warte!«

»Aber horch, der sollt besser noch e Rund trainiern, statt sich von der Frau Professor mit so em Zeuch belatschern zu losse!« Uwe gab dem ausgedruckten Blatt einen Schubs, das Ferdi auf den Tisch gelegt hatte. Es war der unscharfe Zeitungsartikel aus Elvis' Email. Zusätzlich zu seinen Photoshoparbeiten hatte Ferdi die Grafik sogar extra ausgedruckt, um zu überprüfen, ob das Druckbild vielleicht eine bessere Schärfewiedergabe aufwies. Tat es zwar nicht, er wollte das Blatt trotzdem für Tinne in der Kommune lassen.

»Komm, is gut!«, meinte Margarete zu Uwe. »Die Frau Professor rennt schon genug durch die Gegend, um den Elvis fit zu mache. Ohne sie hätt der heut noch nit ein Kilometer gemacht!« Sie ließ ein weiteres Stück Fleischkäse unter den Tisch fallen, wo sich Mufti wie ein Blitz darauf stürzte. Axl nahm derweilen das ausgedruckte Blatt und brachte es in Tinnes Zimmer. Das war kein Problem, die Türen der drei Kommunenbewohner waren stets unverschlossen, jeder durfte bei jedem ein und aus gehen.

»Bertie, was macht eigentlich unser ›Projekt Pommes‹?«, wollte Dietmar wissen.

»Ho-ho, läuft bestens!« Bertie säbelte eine zweifingerbreite Scheibe ab, unter der sein Brötchen komplett verschwand, und türmte ein Senfgebirge darauf. »Alles klar, die Zeiten stimmen, die behördliche Freigabe ist da. Und die Bastelei nimmt auch langsam Form an. Wird ein Riesending!«

Seine Worte wurden als Grund genommen, die Schoppengläser neu zu füllen. Alle wussten über das geheimnisvolle ›Projekt Pommes‹ Bescheid und freuten sich, dass es klappen würde.

Die Stimmung in der Kommunenküche stieg noch weiter, als Bertie aufstand und gestenreich vorführte, wie er sich Elvis' Zieleinlauf in Zeitlupe vorstellte. Nur Axl war abgelenkt. Das Fenster der Küche bot einen guten Ausblick auf die Wilhelmstraße, und dort war ihm vor einer halben Stunde eine seltsame Gestalt aufgefallen. Es war ein großer Mann, der einen merkwürdig altertümlichen Mantel und einen ebensolchen Hut trug und den Hof der Hausnummer 47 nicht aus den Augen ließ. Nun war der Mann verschwunden. Axl spähte nach links und rechts, entdeckte aber niemanden mehr. Kopfschüttelnd wandte er sich seiner Weinschorle zu. Sah er nun schon Gespenster?

Tinne strampelte von der Uni zurück nach Bretzenheim. Ursprünglich war sie morgens nur auf einen Sprung im Philosophicum gewesen, um eine Kleinigkeit zu erledigen, doch ihr Chef, Professor Raffael, hatte auf sie gewartet.

Der Professor, der sie gerne mochte und zu dem sie ein gutes Verhältnis hatte, machte ihr ohne viel Federlesens klar, dass ihre Uni-Arbeiten in den letzten Wochen zu kurz gekommen waren. Schuldbewusst musste Tinne sich eingestehen, dem Marathontraining und dem Merg-Fall viel Zeit geopfert zu haben. Also blieb ihr nichts anderes übrig, als Laufrunde und Hexenermittlung zu verschieben und sich stattdessen ihrem Schreibtisch zu widmen. Nach einer Papierschlacht und gefühlten 10.000 E-Mails konnte sie sich endlich auf den Heimweg machen.

Sofort beherrschten die Bodenheimer Geschehnisse wieder ihre Gedanken. Noch immer zerbrach sie sich den Kopf über den alten Zeitungsartikel. Eine Idee waberte als unfertiger Gedanke umher, ein Trick, wie sie den Originalartikel doch noch aufspüren konnte, doch sie bekam keinen Zipfel davon zu packen. Nachdem sie zum dritten Mal fast überfahren worden wäre, entschloss sie sich, die Rätsel des Merg-Falls aus gesundheitlichen Gründen aufzuschieben, bis sie den öffentlichen Straßenverkehr hinter sich gelassen hatte.

Im Hof der Kommune 47 hießen sie Axls Stahlskulpturen willkommen. Der Metallkünstler hatte einige seiner Arbeiten hier aufgestellt, die überlebensgroßen Chimären mit ihren Zähnen und Krallen machten den Innenhof zu einer heimlichen Attraktion in Bretzenheim. Tinne schloss das Fahrrad an seinem üblichen Platz ab, am Schwanz einer Drachengestalt, Axl hatte zu diesem Zweck sogar eigens ein Loch hineingeflext. Aus den Kommunenfenstern klangen Musik und lautes Lachen, aha, offensichtlich war die Brigade da und sorgte dafür, dass der Weinvorrat nicht überalterte.

Tinne wandte sich dem Eingang zu, als sie zu Tode erschrak – eine Hand legte sich auf ihre Schulter! Sie fuhr herum und prallte zurück. Ein Gesicht war ganz nah an ihrem, Falten, Bartstoppeln, lederne Haut, beschattet von einem Hut … Rasmus!

»Guten Abend, Ernestine. Ich hoffe, ich habe Euch nicht erschreckt.« Seine Stimme war leise, hatte aber Präsenz.

Sie zwang ihre Atmung zur Ruhe.

»Nein, kein Problem. Ich mag es total, von Fremden in meinem eigenen Hof überrascht zu werden, so mit Hand auf Schulter und so. Ehrlich.«

Er nahm ihre Ironie reglos hin. Nun stieg Tinne der Geruch in die Nase, der ihr schon in Bodenheim bei der Baumgruppe aufgefallen war: erdig, männlich, ein Hauch von Feuer und Rauch. Sie fragte sich, woher dieser Rasmus eigentlich ihren Namen kannte und wusste, wo sie wohnte. Das schlimme Bild der zerfetzten Katze blitzte auf.

»Wie nah ist der Tod schon an Euch herangetreten, Ernestine? Hat er Euch schon einmal seine Kälte spüren lassen?«

Tinne glaubte, sich verhört zu haben. Was war denn nun los? Rasmus schaute sie unverwandt an, er wartete auf eine Antwort. Seine grauen Augen hatten eine regelrecht hypnotische Wirkung.

»Eh, ich, also …«, stotterte Tinne lahm. Die Kälte des Todes? Während ihrer und Elvis' Abenteuer in den letzten

Jahren war sie mehr als einmal in Lebensgefahr gewesen, und diese Augenblicke hatten sich in ihr Gedächtnis eingegraben. Doch solche persönlichen Erlebnisse wollte sie nicht mit einem wildfremden Mann teilen.

»Der Tod muss nicht immer das Ende sein, Ernestine. Ihm wohnt ein neuer Anfang inne, manchmal sind der Tod und das Leben umschlungen im ewigen Entstehen und Vergehen.«

Hatte der Typ Drogen genommen? Tinne riss sich von seinem Blick los und bewegte sich unauffällig auf die Haustür zu. Halb rechnete sie damit, dass er nach ihr greifen würde. Und dann? Um Hilfe rufen? Hoffen, dass die muntere Truppe oben in der Wohnung ihre Schreie hören würde?

»So ist es auch damals gewesen, bei Merg und dem Kind. Der Tod hat sein Reich verlassen und ist ins Leben zurückgetreten. Die Gräber verraten es, wenn man ihre Sprache versteht.«

Tinne stockte mitten in der Bewegung. Die Sprache der Gräber? Rasmus deutete ihr Zögern richtig und kam näher. Sein Gesicht schob sich an Tinne heran, bis sie ganz von ihm eingenommen war und jede Falte und jede Pore wahrnehmen konnte.

»Ihr wollt sie auch lernen, diese Sprache, oder? Ihr wollt verstehen, was damals passiert ist und welche Geschichte die Kinderknochen erzählen. Die Eisenkette. Die Nägel. Der Stein im Mund.«

Seine flüsternde Stimme kroch Tinne unter die Haut. Das Charisma des Mannes war unglaublich, das gestelzte ›Ihr‹ und ›Euch‹ klang aus seinem Mund völlig normal. Sie musste sich anstrengen, um einen klaren Kopf zu behalten.

»Ich glaube ehrlich gesagt nicht, dass Sie mir dazu etwas sagen können, das auch nur halbwegs mit der Realität zu tun hat. Ich versuche, den Merg-Scholl-Fall wissenschaftlich zu analysieren, und das hat wenig mit Hexenkult und Zaubermittelchen zu tun.«

Rasmus zeigte keine Reaktion auf ihre schnippische Antwort. Er schaute sie ein paar Sekunden an, die ihr wie eine Ewigkeit vorkamen, dann trat er an eines der Stahlmonster heran und setzte sich im Schneidersitz darunter. Mit seinem Hut und dem Mantel, der sich wie flüssiges Wachs auf den Boden ergoss, sah er aus wie ein Besucher aus einer längst vergangenen Epoche.

Tinne kam sich ausgesprochen blöde vor, in ihrem eigenen Hof eine Art Sit-in abzuhalten, doch der Mann hatte sie neugierig gemacht. Sie suchte sich eine andere Skulptur zum Anlehnen, faltete ihre lange Gestalt zusammen und zog die Beine an, um sich vor der kühlen Abendluft zu schützen. Ein paar Sekunden geschah gar nichts, dann holte Rasmus Luft. Seine Stimme schien direkt in Tinnes Ohren zu entstehen.

»Der grimme Schnitter, Ernestine. Der Tod. Die Menschen in unseren Tagen haben ihn aus dem Leben verbannt. Es gibt ihn nicht. Dort, wo er sein müsste, hat die Gesellschaft einen blinden Fleck.« Er schaute auf einen unbestimmten Punkt hinter ihr. »Wir schließen Versicherungen ab, damit wir unserer Familie nicht im Weg sind, wenn der Tod naht. Ärzte kümmern sich um uns, Schwestern, Pfleger, Sterbebegleiter. Und dann der Bestatter. Wir werden aufgebahrt und hergerichtet, mit Schminke und dem besten Anzug. Nicht nach Tod sollen wir aussehen, sondern nach Leben. Sogar unsere Worte verleugnen das Endgültige, wir sind ›entschlafen‹ oder ›davongegangen‹. Leben dürfen wir, aber nicht sterben.«

Die Knie umschlungen, hörte Tinne zu. Sie hatte mit esoterischem Firlefanz gerechnet, doch nun merkte sie, dass der Mann durchaus wusste, wovon er sprach. Es stimmte, in der modernen Gesellschaft war der Tod *persona non grata*.

Rasmus hatte derweilen Papers aus seiner Tasche gezogen und fing an, sich eine Zigarette zu drehen.

»Das war aber nicht immer so. In früheren Zeiten hatte der Schnitter einen selbstverständlichen Platz mitten im Dasein, er war allgegenwärtig. Die Hälfte, wenn nicht zwei Drittel der Kinder starben, kaum jemand wurde älter als 40, Seuchen rafften Tausende dahin, Kriege entvölkerten ganze Landstriche. Der Tod begleitete die Menschen wie ein Schatten. Immer, überall.«

Tinne hatte sich von seiner Stimme so davontragen lassen, dass sie zweimal hinschauen musste, als er aus einem Beutel kleine, helle Krümel in den Tabak streute. Moment mal, drehte Rasmus sich da gerade einen Joint? In ihrem Hof??? Doch zu ihrer eigenen Überraschung kratzte sie das nicht im Geringsten, ganz im Gegenteil, es passte zu seinem verschrobenen Auftreten.

»So real wie der Tod war damals auch die Vorstellung von Himmel und Hölle. War ein Mensch gestorben, so verließ seine Seele den Körper durch den Mund. Hatte er ein gottgefälliges Leben geführt, durfte er ins Paradies. War er ein Sünder, stürzte er hinab ins Fegefeuer. Das Paradies galt als ein Platz ohne Nahrungsmangel, ohne Kriege und ohne 16 Stunden tägliche Arbeit, und zwar als ein echter, ein wirklicher Ort. Und genauso echt war die Hölle, die Dämonen und natürlich Satan als der ewige Gegenspieler Gottes. Für uns heute: betuliches Gerede des Pfarrers, schon die Kinder in der Schule lachen darüber. Für die Menschen damals: so natürlich wie Baum und Strauch und Sonne und Regen.«

Sein Feuerzeug klickte, der süßliche Grasgeruch zog herüber. Mit geschlossenen Augen schnüffelte Tinne. Sie hatte nie groß gekifft, in der Schule ein, zwei Mal am Joint gezogen, um mitreden zu können. Doch hier, in den kühlen Abendstunden, am Fuß von Axls Monsterwesen, im Gespräch mit einem seltsamen Zeitreisenden, da passte dieser Geruch. Sie ließ die Augen zu und konzentrierte sich auf Rasmus' Stimme.

»Die Grenze zwischen dem Diesseits und dem Jenseits war aber durchlässig. So, wie Engel und Seraphim vom Himmel auf die Erde kommen konnten, so kam es vor, dass die Seele eines Sünders aus dem Fegefeuer den Weg zurück in ihren Körper fand. Dass ein Toter zu neuem unheilvollem Leben erwachte und umging in der Nacht. Diese Furcht, Ernestine, ist eine der Urängste des Menschen – etwas Totes drängt zurück ins Leben, gefangen in einem verfallenen Körper.«

Tinne zuckte zusammen, als etwas ihren Arm berührte. Rasmus hielt ihr ganz selbstverständlich seinen Joint hin, sie nahm ihn ebenso selbstverständlich. Die unwirkliche Atmosphäre des Augenblicks drängte jede Vernunft in den Hintergrund, es war, als wäre sie mit Rasmus in einer Blase jenseits der realen Welt gestrandet. Sie zog tief und atmete ein, der Rauch ließ sie husten und trieb ihr die Tränen in die Augen, aber egal, gleich noch einmal und noch einmal. Die Stahlskulptur in ihrem Rücken fühlte sich kühl an, die Nachtluft war glasklar, ihr Verstand messerscharf. Weiter bitte! Einen Augenblick lang fragte sie sich, ob sie die Worte gesagt oder nur gedacht hatte, doch in der nächsten Sekunde war es ihr bereits egal.

»Schon aus dem frühen 7. Jahrhundert gibt es Berichte über wiederkehrende Tote, über die *Moroi*, die den Lebenden die Kraft aussaugen. Im Laufe von Generationen ist daraus ein Wesen geworden, das wir heute noch kennen: der *Vampyr*, der blutsaugende Untote.«

Tinne musste kichern, ohne sich wehren zu können.

»O ja, klar. Bram Stokers Roman, und 'ne Menge Filme. *Interview with a vampire*, Brad Pitt als leckerer Vampir. Hätte mich ruhig auch mal annagen können. Und Gary Oldman als Graf Dracula bei Francis Ford Coppola. Hammerfilm, echt!« Die Kinoszenen gaukelten ihr im Kopf herum, sie griff nochmals nach dem Joint.

Rasmus lachte, ohne dass ein Ton zu hören war.

»Ihr seht selbst, Ernestine, wie das Bild des Vampirs heute in der Popkultur besetzt ist. Der edle blasse Untote, sinnlich, erotisch aufgeladen. Aber die Figur des Grafen Dracula, die Bram Stoker entworfen hat, ist ein Kunstprodukt. Eine Mischung aus dem alten Volksglauben der *Moroi* und aus der osteuropäischen Legende um den grausamen Fürsten Vlad Dracul, den seine Feinde ›den Pfähler‹ nannten. Und sein aristokratisches Auftreten? Ist dem britischen Dichter Lord Byron nachempfunden. Doch das, was uns heute wohlig schauern lässt, war zu Merg Scholls Zeit eine existenzielle Bedrohung. Wiedergänger, Seelenfresser. Halbwesen, die aus ihren Gräbern stiegen.«

Er machte eine Pause, in der Tinne Stein und Bein geschworen hätte, dass sich Axls Stahlmonster eine Winzigkeit herabbeugten. Wollen sie vielleicht auch zuhören? Sie rückt ein Stück vor, um der Figur hinter sich das Bücken zu erleichtern.

»Und dieser Aberglaube hatte durchaus handfeste Beweise, oh ja! Immer wieder kam es vor, dass nachts auf den Friedhöfen seltsame Geräusche zu hören waren, Kauen, Blubbern, Knurren, und es kam direkt aus den Gräbern. Als man diese Toten ausgrub, sahen sie nicht nach Leichen aus, sondern nach lebenden Wesen – rosige Wangen, glatte Haut, wohlgenährt, der Mund feucht und gierig, das Grabtuch bekleckert mit frischem Blut. Es gab für die abergläubische Landbevölkerung nur eine Erklärung: Diese Wesen mussten nachts aus dem Grab emporsteigen und sich vom Fleisch der Lebenden nähren. Wie sonst könnten sie nach Wochen oder Monaten unter der Erde noch so frisch und gesund aussehen?«

Die Stahlkolosse schauen sich an, sie wissen die Antwort nicht. Auch der Sternenhimmel macht einen gesprenkeltratlosen Eindruck, also bleibt es an Tinne, eine Antwort zu geben. Sie redet bereits, während ihr Hirn noch hinterher hinkt.

»Kenn ich weiß ich unvollständige Verwesung.« Mit mildem Erstaunen stellt sie fest, dass ihre Zunge Satzzeichen verweigert und die Worte nach Weichspüler klingen. »Fäulnisgase blähen auf Säfte quellen raus machen alles schön frisch und neu und glänzend. Es rumpelt und pumpelt im Friedhofsgrün, wenn die Bäuche unter der Erde aufquellen, es knurrt und purrt, als wäre ein lebendes Wesen da unten drin.«

Sie freut sich, als sowohl Rasmus als auch die Stahlkolosse nicken. Ein Zug am Joint scheint ihr als Belohnung durchaus angemessen.

»So ist es gewesen, Ernestine, genauso. Doch das, was wir heute logisch und wissenschaftlich erklären, ist für die Menschen in Mergs Zeit ein Beweis für ein schreckliches Leben nach dem Tod. Wisst Ihr, was ein Nachzehrer ist?«

Tinne reagiert nicht. Sie ist gefesselt von einer Fliege, die sich auf ihrem Arm niedergelassen hat. Ob ihre Haut die Füße der Fliege ebenso kitzelt wie die Füße der Fliege ihre Haut? Diese Frage erscheint ihr urplötzlich als das Allerwichtigste auf der Welt, sie überlegt bereits an der For-

mulierung eines Antrags an die Deutsche Forschungsge-
meinschaft. Erst als die Fliege davonsummt, hebt sie den
Kopf. Sie erinnert sich, dass ihr jemand vor Jahrzehnten
eine Frage gestellt hat.

»Eh ein was ein Nach Nach Nachzehrer nein.«

»Ein Nachzehrer ist ein Untoter, der aus dem Grab heraus die Lebenden auffrisst – er verzehrt sie, er frisst sie, er
saugt ihre Lebenskraft aus. Man erkennt den Nachzehrer
an schmatzenden Geräuschen, die aus dem Grab kommen,
und wenn man ihn ausgräbt, findet man ihn kauend am Leichentuch, frisches Blut quillt aus seinem Mund. Und jemand,
der ihm nahesteht, leidet. Denn der Nachzehrer sucht sich
eine verwandte Seele, die er auslaugen kann, immer weiter,
immer weiter. Der Saft der Lebenden hält das Halbwesen im
Grab vom Tod fern, es lauert dort unten als ein böser Geist.«

Tinne zieht am Joint, der Rauch flutet durch ihre Lungen und füllt ihre Wahrnehmung aus. Längst schon hat ihr
Kopfkino die Regie übernommen und zeigt Bilder von
aufgeblähten Verstorbenen, deren Grab von angsterfüll-
ten Dorfbewohnern gesäumt ist. Von Totengesichtern, die
durch austretende Körpersäfte das Leichentuch durchnässt
haben. Von Verwesungsgasen und dem organischen Blubbern, mit dem sie hervorquellen. Wie in Trance nimmt sie
Rasmus' Gesicht wahr, seine steingrauen Augen, die bis auf
wenige Zentimeter herangekommen sind.

»Was also können die Menschen tun, um einen Nachzehrer zu bannen? Sie zwingen ihn dazu, im Grab zu bleiben.
Sie zerschmettern seine Knochen, sie verknoten seinen Leib,
sie ketten ihn fest, sie nageln ihn in die Erde.« Sein Mund
kommt so nah an Tinnes Ohr, dass sie seine Lippen spürt.
»Sie rammten einen Stein in seinen Mund, um zu verhindern, dass der Tote die Lebenden auffrisst.«

Tinne braucht 1000 Stunden oder einen Augenblick, bis sie seine Worte versteht und die Szenen sieht: Hölzerne Knüppel dreschen auf die Arme und Beine des toten Kindes ein, seine Wirbelsäule bricht unter brutaler Drehung, eine eiserne Kette rasselt, plumpe Nägel werden durch die Hände und Füße geschlagen, tiefer, immer tiefer. Zum Schluss dann der Stein: Angst, Hass und religiöser Eifer rammen ihn in den Mund des Jungen, dass die Zähne splittern und die Knochen bersten. Hier, Nachzehrer, hier hast du zu kauen! Lass die Lebenden zufrieden, geh in dein Totenreich zurück für jetzt und immerdar!

Mühsam gibt ihr Hirn einen Befehl an die Zunge, sie spürt, wie die Synapsen Versteck spielen.

»Warum ... sagst du mir das alles ... warum ich ... warum«

Gelähmt schaut sie in seine Pupillen, die so nah sind, dass sie ein winziges Abbild ihrer selbst zu sehen glaubt.

»Weil ich will, dass Ihr Merg die Seele wieder gebt«, sagt Rasmus, ohne die Lippen zu bewegen – oder sind es seine Augen, die gesprochen haben? Bevor Tinne darüber nachdenken kann, ist er verschwunden. Der Hof, riesig und winzig, die violette Nacht und der intensive Duft nach kühlem Leben durchströmen sie. Jede ihrer Zellen enthält ein ganzes Universum, gleichzeitig ist das Weltall so klein, dass sie es umarmen kann. Es fühlt sich gut an, als Axls Stahlgiganten näherkommen, um sie zu bewachen. Tinne weiß tief in sich, dass sie bis in alle Ewigkeit wach bleiben und diesen einzigartigen Moment genießen muss.

Drei Sekunden später ist sie eingeschlafen.

Als die Brigade sich lachend und schwatzend aus der Kommune verabschiedete, war es fast schon Mitternacht. Die Taxileute, Axl und Ferdi hatten einen Masterplan entworfen, wie sie Elvis' großen Tag würdig inszenieren konnten, alle brannten auf den kommenden Sonntag.

»Also, jeder weiß, wann er wo sein muss?«, fragte Dietmar streng, während sie die Treppe zum Innenhof herunterliefen. Jeder nickte.

»Gut, denn wenn wir …« Der Rest des Satzes blieb ihm in der Kehle stecken. Auf dem Boden des Hofes, inmitten der Stahlfiguren, lag eine Gestalt auf dem Boden – Tinne!

Nach einer Schrecksekunde stürzten alle hin. Tinne lag totenbleich auf der Seite, die Arme verdreht. Bertie hob vorsichtig ihren Kopf an, fühlte den Puls und kontrollierte die Atmung.

»Okay, sie atmet, und der Herzschlag ist auch da.«

Eine kleine Erleichterung machte sich breit, doch Tinne reagierte nicht, so sehr die Brigade auch auf sie einredete und sie sanft an der Schulter schüttelte. Axl hatte die schlimmen Bilder der toten Katze vor sich. Hexenzauber – hier in der Kommune 47?

»Ist sie … vergiftet? Oder irgendwie … verhext?«

Bertie stemmte Tinne hoch, die eineinhalb Köpfe größer war und schlaff über seine Schulter hing wie ein zusammengerollter Teppich. Er lupfte ihre Lider und schaute in die weggetretenen Augen.

»Nee, die ist nicht vergiftet oder verhext.« Er schnaufte hörbar. »Die ist komplett zugekifft.«

*

Die Erleuchtung überkam Elvis, als er Freddy goss. Nach einem anstrengenden Tag in der Redaktion und einem Abendtermin im Frankfurter Hof hatte er sich gerade ein Schoppenglas Diätpulver angerührt. Laut Packung sollte es

Himbeergeschmack haben, seine Zunge erkannte aber nur BASF, und auf der Zutatenliste fand er nichts, was auch nur annähernd mit Himbeeren zu tun hatte. Widerwillig schüttete er es herunter und kippte den Rest in Freddys Topf. Wenn Elvis Wein trank, bekam der Kaktus einen Schluck ab, also musste das Gewächs jetzt auch die Diätbrühe ertragen.

»Schadet dir nichts, bist in letzter Zeit ganz schön in die Breite gegangen«, stichelte er. Moment – eine Pflanze ... in die Breite gegangen? In diesem Augenblick kam ihm sein Baumtraum wieder in den Sinn, und plötzlich wusste er, was ihm sein Unterbewusstsein hatte sagen wollen. Der plötzliche Temperatursturz ... das Mutterkorn ... der sprechende Baum, uralt und riesig ... na klar!

Er drehte sich so schwungvoll um, dass er sich das eh schon lädierte Schienbein nochmals an der Heizung andonnerte.

»Auuuuhimmelnochmaltutdasweh!«, jaulte Elvis, humpelte aber tapfer zum iPad. Mit der einen Hand rieb er sein Bein, mit der anderen zog und tippte er auf dem Bildschirm, bis er die Informationen hatte, die er suchte. Perfekt! Nun musste er nur noch ins Bodenheimer Museum, um seine Theorie zu überprüfen. Er überlegte. Bis morgen warten? Unmöglich! Er hatte das Gefühl, auf glühenden Kohlen zu sitzen, griff nach dem Rollerschlüssel und stürmte zur Haustür. Dort drehte er sich nochmals zu seinem Kaktus um.

»Jetzt, Freddy, kommt die Sache ins Rollen!«

Keine zehn Minuten später legte sich die rote Vespa in bedenkliche Kurven, als Elvis mit Vollgas auf die B9 auffuhr. Zwar schaffte der Motorroller auf dem Papier 100 Stundenkilometer, doch das schiere Alter der Maschine zusammen mit Elvis' Lebendgewicht bremste ihn auf knappe 80. In

Bodenheim borgte er sich den Schlüssel des Heimatmuseums vom Hausmeister der Gemeindeverwaltung, Willi Bretz. Er kannte Willi vom gemeinsamen Boule-Spiel auf dem Mainzer Feldbergplatz, der Hausmeister war zum Glück noch wach und gab ihm den Schlüssel ohne weitere Umstände.

Am Dolles eilte Elvis die Treppe zum Heimatmuseum hinauf und dort weiter bis in den ersten Stock. Das hölzerne Schandkreuz sah gruselig aus, die fränkischen Figuren wirkten im Halbdunkel fast lebendig. Doch all das interessierte Elvis nicht. Sein Augenmerk galt der riesigen Baumscheibe, deren Jahresringe von Fähnchen gespickt waren und einen zeitlichen Abriss der Bodenheimer Geschichte bildeten.

»Du bist ein alter Baum, du reichst weit zurück in die Vergangenheit«, murmelte Elvis und ging in die Knie. In alter Freddytradition war es für ihn selbstverständlich, mit Pflanzen zu reden, selbst wenn diese nur noch als Scheibe existierten.

»Damals, zu Merg Scholls Zeiten, warst du ein kleines Bäumchen, aber immerhin, es gab dich schon.«

Das Internet hatte ihm verraten, dass die Eiche irgendwann zwischen 1595 und 1601 gekeimt war, also die Zeit der Bodenheimer Hexenverfolgung durchaus miterlebt hatte.

»Aha, da sind wir doch schon richtig.«

Im Inneren der Scheibe, keine zwei Zentimeter vom Zentrum entfernt, steckte ein Fähnchen: ›1609. Fertigstellung des Rathauses unter Anton Waldbott von Bassenheim.‹ 1609 – drei Jahre vor Mergs Verhaftung. Dass es kein eigenes Fähnchen für die Hexenverfolgung gab, wunderte ihn nicht. Schließlich hatte die Professorin schon gesagt, dass sich Bodenheim manchmal etwas schwertat mit diesem geschichtlichen Erbe.

Nun endlich rückte Elvis mit der Idee heraus, die ihm sein Fleischwurstbaum-Albtraum beschert hatte.

»Hör zu, Baum, ich weiß, wie du und deine Kumpels jedes Jahr wachsen. Wenn alles stimmt, die Temperatur, die Nährstoffe, dann wächst Spätholzgewebe dicht und breit, der Jahresring wird schön dick. Wenn es zu kalt und zu feucht ist, wird euer Jahresring klein und mickerig. Stimmt's?«

Er nahm das Schweigen der Baumscheibe als Zustimmung. Sein Wissen über die Ausbildung von Jahresringen stammte von einer Veranstaltung, die in AZ-Kreisen den Ruf betäubender Langeweile genoss: die Jahreshauptversammlung des Mainzer Grünflächenamtes. Diese Veranstaltung wurde bei der Zeitung jedes Jahr als eine Art Strafarbeit vergeben, an jemanden, der sich durch Peinlichkeiten oder Regelübertretung hervorgetan hatte. Letztes Jahr war Elvis fällig gewesen. Es hatte eine offizielle Beschwerde über ihn gegeben, weil er sich bei einer Recherche über Lokalpolitik im Rathaus unter einem Servier-Rollwagen versteckt hatte, sorgfältig zugedeckt vom herunterhängenden Tischtuch. Eine ahnungslose Servicekraft schob den Wagen in den Besprechungsraum, wo Elvis versuchte, alle möglichen Details der Gespräche aufzuschnappen. Zu seinem Pech verschüttete einer der Teilnehmer eine Kaffeetasse, die heiße Brühe ließ zur allgemeinen Überraschung den Servierwagen jammern.

Als Buße schickte ihn die Redaktion zur jährlichen Grünflächenversammlung. Nach stundenlangen Detailberichten über den Gestaltungs- und Erhaltungszustand der stadteigenen Amtsbepflanzung kam der Gastredner, ein trockenes Männchen mit zwei Doktortiteln. Es schwadronierte mit eintöniger Stimme über die Möglichkeiten der Dendrochronologie, der Altersbestimmung anhand von Jahresringen, und obwohl Elvis mit dem Tiefschlaf kämpfte, waren doch einige Grundlagen hängen geblieben.

Er näherte sich dem Mittelpunkt der Baumscheibe und versuchte, die eng aneinander liegenden Ringe auseinanderzuhalten. Doch die zarten Linien waren kaum zu unterscheiden. Erst als er eine Lupe und eine Taschenlampe – zu Hause in weiser Voraussicht eingepackt – zu Hilfe nahm, sah er klarer. Und bekam große Augen.

»Wow, das … das muss ja ein echtes Scheißwetter gewesen sein!«

Die Jahresringe um das Rathaus-Fähnchen und auch das nächste Dutzend waren so dünn, dass sie wie ein einziger gemeinsamer Kreis aussahen. Unter der Lupe erkannte Elvis die einzelnen Strukturen, filigran und hauchfein. Erst um 1650, als der 30-jährige Krieg vorüber war, wurden die Sommer allmählich wieder wärmer und die Ringe breiter.

Elvis ließ sich nach hinten plumpsen und landete auf seinem Hintern.

»Ich würde sagen: Volltreffer, Baum! Bessere Bedingungen für eine Mutterkornvergiftung kann es gar nicht geben. Alles feucht, viel zu wenig Sonne, die Leute nagen am Hungertuch und sind auf jede Ähre angewiesen. Und auf einmal wird ein Kind krank und kränker. Da muss ganz schnell ein Sündenbock her.«

Mit knackenden Knochen rappelte er sich auf. Das musste Tinne erfahren! Bestimmt hatte sie einen entspannten Kommunen-Abend hinter sich und schlummerte schon selig, aber wer einen Hexenfall lösen wollte, der durfte auch mal mitten in der Nacht geweckt werden!

In diesem Augenblick ertönte ein Schrei, eine Frau schrie, eine Männerstimme fiel ein. Das kam von draußen! Elvis hetzte die Treppe hinunter und rannte hinaus auf den Vorplatz. Der Dollespark war in Dunkelheit getaucht, die Bäume reckten sich wie schwarze Riesen in die Höhe. Hektisch schaute er sich um. Wieder schrie jemand, schrill und panisch, dann sah er zwei Leute den Weg entlang rennen.

»Was ist los, was ist passiert? Ist jemand verletzt? Werden Sie verfolgt?«

Die beiden dachten gar nicht daran, stehen zu bleiben. Sie waren noch jung, eher Teenager, er mit wirren Haaren, sie mit halb aufgeknöpfter Bluse. Aha, die beiden waren wohl im Park mitten in einem kleinen Tête-à-Tête gewesen.

»Da ... da hinten, da ist irgendwas. In den Bäumen. Wesen!« Das Mädchen konnte kaum reden vor Angst. »Sie haben nach uns gegriffen!« Wie ein Blitz rannten die beiden über den Parkplatz zur Straße und verschwanden.

Elvis stand vor dem dunklen Park. Etwas in den Bäumen? Wesen? Er musste an die Vorfälle hier in Bodenheim denken, an den ›Fluch der Hexe‹, wie es hieß. Vorsichtig setzte er einen Fuß vor den anderen. Zu hören war nichts, nur der Wind, der leise durch die Äste strich. Es wurde noch dunkler, die Bäume fraßen das allerletzte Licht. Der Spielplatz in der Mitte der Rasenfläche sah unheimlich aus, die Rutsche und der Kletterstamm erinnerten an stählerne Skelette. Da drang ein Geräusch zu ihm, ein trockenes Rasseln. Elvis blieb stehen. Wie hatten die Leute es beschrieben? Ein Sack voller Knochen. Das stimmte haargenau, er spürte, wie sich sein spärliches Nackenhaar aufstellte. Und nun? Weglaufen? Die Polizei holen?

Seine Entscheidung fiel blitzschnell, als ein Geruch in seine Nase zog, der Gestank von etwas, das schon lange tot war. Das Ding in seiner Nähe rasselte erneut, etwas Schweres kroch über den Boden, bei Elvis legte sich der Panikschalter um. Er fuhr herum – da berührte etwa seinen Kopf! Mit einem erstickten Schrei taumelte er zur Seite, schützte sich mit den Armen und schaut hoch. Über ihm, in den Bäumen, baumelten groteske Marionetten, roh zusammengefügte Stoffpuppen, manche klein, manche so groß wie ein Mensch. Wie eine Versammlung aus Erhängten schaukelten sie und drehten sich um die eigene Achse, weiß wie totes Fleisch, keine Augen, die Münder aus groben, schwarzen Fäden hineingestochen.

Elvis torkelte geduckt umher, die grauenvollen Totenpuppen schienen ihn zu verfolgen, wieder berührte eine davon sein Haar, wieder rasselt es, wieder wallte der faulige Geruch durch die Luft. Weg, nur weg!

Blind vor Panik rannte er in die falsche Richtung, es gab keinen Weg mehr. Eine Wurzel hielt seinen Fuß fest, Elvis verlor das Gleichgewicht, im letzten Augenblick sah er den Baumstamm auf sich zukommen, doch er schaffte es nicht mehr, die Hände hochzureißen. Als er an den Stamm donnerte, gingen die Lichter aus.

*

Eine Stimme kam aus dem Nichts und drang durch zähe Bewusstseinsschlieren.

»..al..! ..fw.ac…!« Langsam wurde die Stimme deutlicher, die Worte ergaben Sinn.

»Hallo! Aufwachen!«

Tinne öffnete die Augen einen Spalt und war erstaunt, vier Gesichter über sich zu sehen: Bertie, Axl, Bertie und nochmals Axl. Blinzelnd und mit gerunzelter Stirn schaffte sie es, aus vier Gesichtern zwei zu machen. Eines davon, es gehörte Axl, machte den Mund auf.

»Moin, Madame. Na, haben wir mal einen durchgezogen?«

Die Miene der Männer war halb besorgt, halb amüsiert. Tinne brauchte einige Sekunden, um sich zu orientieren. Sie lag komplett angezogen, aber zugedeckt in ihrem Bett, ihre beiden Mitbewohner standen daneben, draußen war es dunkel, und dort, wo normalerweise ihr Gehirn war, wogte eine breiige Masse. Ganz allmählich kam die Erinnerung zurück: Rasmus im Innenhof zwischen den Stahlskulpturen, seine Geschichten über den Tod, über Wiedergänger und Nachzehrer, über die Art, wie Untote an ihr Grab gefesselt wurden. Und der Joint.

Sie versuchte, zu reden, doch ihr Mund war trockener als die Sahara.

»Oh Mann, ich, ich … ich war mit diesem Mittelalter-Typen …«, presste sie hervor, dann musste sie schon wieder schlucken.

»Jaja, ist schon okay, das kannst du uns morgen alles erzählen. Du bist 'ne Stunde komplett weg gewesen, jetzt bleib liegen und erhol dich.« Die Erleichterung stand Bertie ins Gesicht geschrieben, er knuffte Axl in die Seite. »Ist halt nicht mehr so einfach wie früher, einen Ottl wegzurauchen, wenn man auf die 40 zugeht!« Wiehernd verließen die Männer das Zimmer.

Tinne kniff die Augen zu. Täuschte sie sich oder pulsierten die beiden leicht vor sich hin, halb transparent? Auch die Decke und die Wände waren in Bewegung, der Raum wurde mal größer, mal kleiner. Während sie noch überlegte, ob sie sich darüber wundern sollte, fiel ihr Blick auf einen Ausdruck des mysteriösen Zeitungsartikels, schwarzweiß und unscharf, genau wie die Bilddatei. Die federleichte Frage streifte sie, warum urplötzlich der unleserliche Artikel in ihrem Zimmer lag – da traf sie der Blitz aus heiterem Himmel. Plötzlich wusste sie, wie sie hinter das Geheimnis des Schriftstücks kommen konnte. Die Idee, die sie nachmittags gepiesackt hatte – endlich war sie da!

Sie krallte sich den Ausdruck und schwang ihre Beine aus dem Bett. Der Fußboden fühlte sich schwammig an und gab nach. Innerlich machte Tinne sich eine Notiz, demnächst mit den Vermietern zu reden – wabernde Räume und weiche Fußböden waren sicherlich nicht Bestandteil des Mietvertrags. Im Flur bemühte sie sich, leise zu sein, denn sie vermutete, dass Axl und Bertie – warum auch immer – ihren Ausflug nicht gutheißen würden.

Im Hof begrüßte sie ihre alten Bekannten, die Stahlwesen, die höflich zurückgrüßten. Ihr Fahrrad war widerborstig und wollte partout seinen eigenen Weg nehmen, als Tinne die Kirchenpforte zur Uni hoch strampelte. Erst als sie ein ernstes Wort mit dem Rad redete, gab es klein bei und fuhr geradeaus.

Die Gebäude der Uni hatten organische Formen und pastellige Farben, Tinne wunderte sich, dass viele den Campus als hässlich bezeichneten. Vor allem das Biologische Institut im Bentzel-Weg fand sie hübsch, es schwebte einen Meter über dem Boden wie ein Heißluftballon.

Sanft leuchtende Straßen führten sie schließlich zum Philosophicum, wo sie auf dem Weg in ihr Büro von einem unsichtbaren Chor begleitet wurde. Dass Weihnachtslieder gesungen wurden, störte Tinne nicht. Eine letzte Hürde war das Schlüsselloch, es wollte sie necken und schob sich immer wieder zur Seite, so oft sie mit dem Schlüssel herankam. Schließlich überlistete sie es, indem sie das Loch mit der einen Hand packte und festhielt, während sie mit der anderen aufschloss.

Kaum war die Tür offen, blieb sie abrupt stehen – in ihrem Büro fläzte sich das Zickentrio! Anna-Lena hatte Hunderte, wenn nicht Tausende ihrer Bio-Puffreis-Waffeln im Raum verteilt, jeder Zentimeter war von den weißlichen geschmacksneutralen Crackern bedeckt. Die Lactose-intolerante Laeticia beschäftigte sich damit, Dutzende von Milchtüten auszuleeren, die weiße Flüssigkeit platschte auf den Boden und bildete Pfützen. Und Carina, Miss Glutenunverträglich, hielt einen Zauberstab in der Hand und schoss damit Blitze auf umherfliegende Weizenbrötchen, die wie garstige Wespen um sie herum schwirrten. Die drei bemerkten sie, winkten kurz und kümmerten sich weiter um ihre Belange.

Tinne schloss die Augen und schüttelt leicht den Kopf. Es wunderte sie nicht, dass die Ernährungszicken in ihrem Büro herumlungerten, denn ihre Zeitungsartikel-Idee war eng mit dem peinlichen Hausarbeitsentwurf verknüpft, den die drei unlängst abgegeben hatten. Als sie wieder einen Blick riskierte, war ihr Büro leer, sogar die Milchpfützen auf dem Boden waren verschwunden. Na also, ging doch! Sie ließ sich in ihren Sessel fallen, fuhr den Rechner hoch und startete den *Incubator*. Ihr Plan war einfach, aber genial: Wenn das Programm die Originalquellen bei unsauber recherchierten Studententexten herbeizaubern konnte, warum sollte das nicht auch mit einem mysteriösen Zeitungsartikel funktionieren?

Auf ihrem Scanner platzierte sie den Ausdruck des Artikels und ließ die Daten vom *Incubator* einlesen, dann wählte sie die Option ›Form, Gestalt, Layout‹. Bei dieser Funktion konzentrierte sich das Programm statt auf den Text auf die optischen Merkmale eines Dokuments – den Schriftsatz, die Verteilung des Textes, die Positionierung von Bildern. Und diese Elemente waren beim Zeitungsartikel durchaus gut zu erkennen.

Gespannt schaute sie zu, wie ein blauer Balken von links nach rechts wanderte und dabei die Zahl der verglichenen Dokumente wuchs. 1000 – 5000 – 10.000 und immer weiter. Dann gab der Computer ein ›Ping‹ von sich – der *Incubator* hatte eine Übereinstimmung gefunden! Atemlos wartete sie, bis die Buchstaben mit einem kleinen Tänzchen fertig waren und sich gruppierten:

Stadtarchiv Speyer,
Abteilung Kulturelles Erbe Rheinland-Pfalz,
Magazin Periodika 1801-1901
https://www.stadtarchiv-speyer.net/findbuch/
af87a7a9346d457ec8d49e558fc

Das Speyerer Stadtarchiv! Sie wusste, dass dort viele Dokumente aufbewahrt wurden, die mit der Geschichte des Bundeslandes zusammenhingen. Na, da hätten Elvis und sie bis in alle Ewigkeit in Mainz und Umgebung suchen können, um diese Zeitungsseite aufzuspüren!

Der Link führte zur Homepage des Stadtarchivs. Zunächst gab es nur eine Überschrift:

Auszug aus dem »Mainzer Anzeiger«
(vormals »Täglicher Straßen-Anzeiger«)
Ausgabe vom 25. November 1857, Seite 3

Weiter unten entdeckte sie die Zeile, auf die sie gehofft hatte:

Grafische Darstellung vorhanden (j/n):
j [-> Download]

Tinne klickte, es öffnete sich ein neues Fenster. Darin erschien in quälender Langsamkeit ein hochauflösender Scan, eine schwarz-weiße Zeitungsseite. Endlich war die erste Zeile zu lesen, dann die zweite, dann die dritte:

Es war am Mittwoch den 18. November, 3 Minuten vor 3 Uhr am Nachmittage, wo Schreiber dieses sich anschickte, aus dem Otto'schen Kaffeehause in der großen Emeransgasse in den Stadttheil Kästrich zu gehen …

Je weiter sie kam, umso größer wurden ihre Augen. Das also war das Geheimnis, das Wolfgang Balzer entdeckt und das ihn das Leben gekostet hatte! Eilig warf sie ihren Printer an, ließ das Dokument in guter Qualität ausdrucken und war auch schon aus der Tür. Das musste Elvis erfahren! Bestimmt hatte er einen entspannten Couchpotatoe-Abend hinter sich und schlummerte schon selig, aber wer einen Hexenfall lösen wollte, der durfte auch mal mitten in der Nacht geweckt werden!

*

Das Auto machte einen Schlenker, der Fahrer hupte erbost und gab unmissverständliche Zeichen. Doch Elvis reagierte nicht, er war dankbar, dass man ihn noch nicht platt gefahren hatte. Zum Glück war um diese Uhrzeit nicht viel Verkehr.

Vor einer halben Stunde war er im Dollespark zu sich gekommen, eine Beule zierte seine Stirn, von den gespenstischen Puppen keine Spur. Mit Brummschädel war er auf den Roller gekrabbelt und hatte sich bemüht, zumindest die rudimentären Verkehrsregeln zu beachten, allerdings mit wechselndem Erfolg. Was war da nur los gewesen? Hatte er die Totenmarionetten wirklich gesehen oder war er erst gestürzt und hatte dann fantasiert? Aber nein, der Knochensack, der Gestank, die Puppen – all das war real gewesen, der Schreck steckte ihm jetzt noch in den Gliedern.

Als er in die Klarastraße einbog, kam im selben Augenblick von der anderen Seite ein Fahrrad heran. Er musste zweimal hinschauen, doch nein, es gab keinen Zweifel. Eine Giraffe auf zwei Rädern, das konnte nur Tinne sein!

Die beiden traten in Elvis' Wohnung, Tinne ließ sich sofort in einen der knallroten Sessel fallen. Elvis schnaufte einmal tief durch, dann ging er zu seinem Bücherschrank und griff zielsicher nach einem Buch, *Die Rettung* von Joseph Conrad.

Tinne schaute ihm mit vernebeltem Blick zu.

»Ach, schau an, ich wusste gar nicht, dass du Conrad liest.« Ihre Stimme klang leicht nuschelig.

»Tu ich auch nicht«, brummte der Reporter. »In diesem Fall ist der Titel Programm. Ich glaube, das habe ich mir nach diesem Abend mehr als verdient.« Sprach's und zog das Buch hervor, das sich als leerer Einband entpuppte. Dahinter stand – Tinne traute ihren Augen kaum – eine Flasche Riesling Kabinett vom Hechtheimer Karthäuserhof im Schrank.

»Die Rettung. Steht seit drei Monaten hier, unangetastet. Alles andere habe ich verschenkt.« Elvis entkorkte die Flasche und holte sich ein Glas mit Eiswürfeln aus der Küche. Nachdem er den zimmerwarmen Weißwein ein paar Mal darin geschwenkt und gekühlt hatte, nahm er einen tiefen Schluck.

»Mein lieber Scholli, das war nötig!« Er sank in den zweiten Sessel und schenkte das Glas gleich noch mal voll. Dann erzählte er von seinem gruseligen Erlebnis in Bodenheim, von den Schreien, dem jungen Paar, den Puppen und seinem Knock-out zwischen den Bäumen.

»Puppen aus Stoff«, überlegte Tinne laut, während ihre Augen wie Maschinengewehre blinzelten. »Manchmal auch aus Stroh oder Hölzern. Hat man im Mittelalter aufgehängt, wenn man den tatsächlichen Übeltäter nicht erwischen konnte. Die Puppen mussten dann als *stattbuezer* quasi ›anstatt‹ des echten Menschen ›büßen‹. Man glaubte, dass die Strafe irgendwie bei dem Geflohenen ankam.«

»Hat man das auch bei Hexen gemacht?«

»Ja sicher.«

Keiner sagt etwas, aber jeder wusste, was der andere dachte: Ein neuer Vorfall, der mit Merg Scholl und ihren Gebeinen zusammenhing. Tinne ließ ihre Augen unstet durch die Wohnung huschen, als würde sie etwas suchen, wüsste aber nicht, was. Elvis schaute ihr zu. Sie kam ihm komisch vor, lethargisch und hypernervös zugleich, ständig wippte sie umher und konnte keine Sekunde still sitzen. Dazu kamen rote Flecken am Hals und riesengroße Pupillen. Wenn der Gedanke nicht absolut lächerlich gewesen wäre, hätte er Stein und Bein geschworen, dass sie bis zur Halskrause zugekifft war.

Da zuckte Tinne zusammen, als hätte sie einen Stromschlag bekommen.

»Öh, was hast du eigentlich in Bodenheim gemacht mitten in der Nacht?«

»Na endlich, ich dachte schon, du fragst nie!«

Elvis stärkte sich mit einem weiteren Glas Wein, dann berichtete er von seinem Schlemmerparadies-Albtraum, seiner Fahrt ins Museum und den Erkenntnissen, die er aus den Baumringen gewonnen hatte.

»Also: nasse, kühle Sommer in Bodenheim, und das schon seit ein paar Jahren. Philipp Stein hat ja beschrieben, dass in solchen Zeiten Weizen rar war und nur die reichen Bonzen und die Pfaffen genug davon hatten. Das Volk musste Buchweizen kauen … und Roggen. Aber in feuchtem Roggen gab es immer wieder Mutterkorn, das zum ›Antoniusfeuer‹ geführt hat. Damit haben wir eine perfekte Erklärung, was mit dem Kind passiert ist, wo seine seltsamen Wachstumsstörungen herkommen und warum man Merg Scholl schließlich als Hexe angeklagt hat.«

Triumphierend lehnte Elvis sich zurück und genoss einen weiteren Schluck Rettungswein. Es war Tinne anzusehen, wie die Neuigkeiten in ihrem Hirn rotierten.

»Dann habe ich ein anderes Puzzleteil dazu. Pass auf!« Sie erzählte von dem Treffen mit Rasmus, von seinen Schilderungen der Wiedergänger und Nachzehrer und von seinem Verdacht, dass man das Kind im Grab deshalb so schlimm zugerichtet hatte.

»Und das passt ganz genau zu deiner Mutterkorn-Theorie«, fasste sie zusammen und zupfte in endloser Wiederholung an ihren Haaren. »Folgendes Szenario: Das Kind wird krank, weil Mutterkorn im Roggenbrot steckt. Das weiß aber keiner, für die Leute ist es eine geheimnisvolle Krankheit ohne ersichtlichen Grund. Man fragt Merg Scholl um Rat, die einen Ruf als Heilerin hat. Sie behandelt den Jungen mit Quecksilber, nützt nichts, sein Leiden wird immer stärker. Auch andere Familienmitglieder werden krank, vielleicht nicht so schlimm, aber es reicht, um den Verdacht der Hexerei gegen Merg aufzubringen. Schließlich stirbt das Kind, man begräbt es, ich vermute mal ganz normal auf dem Friedhof. Aber das Maß ist jetzt voll, die angebliche Hexe wird vor Gericht gezerrt, verurteilt, verbrannt und in der Mitte zwischen Richtplatz und Kirche verscharrt.«

Elvis übernahm, er hatte sich halb in seinem Sessel aufgerichtet und dirigierte seine Worte mit dem Weinglas.

»Hurra, die Hex' ist tot, denken alle, jetzt wird alles wieder gut. Denkste, denn obwohl Merg verbrannt ist, geht es dem Rest der Familie noch immer nicht besser. Klar, die futtern ja weiterhin vergifteten Roggen in ihrem täglichen Brot, ohne es zu wissen. Stattdessen sind sie sicher: Der Fluch der Hexe muss so schlimm gewesen sein, dass der Bub selbst auf dem Friedhof nicht davon erlöst ist. Er hat sich in einen Nachzehrer verwandelt und saugt aus dem Grab heraus die Lebenden aus, seine eigene Familie.«

»Vielleicht«, Tinne trommelte ein Stakkato auf die Sessellehnen, »hat man auf dem Friedhof sogar Geräusche gehört, ein Schmatzen, ein Kauen, das aus dem Grab des Kindes kam. Also nimmt man sich ein Herz und gräbt es wieder aus. Was die Leute finden, bestätigt ihre Vermutung – der Leichnam ist nicht verwest, sondern rund und gut genährt, die Haut ist rosig, Blut ist um den Mund verschmiert und hat das Leichentuch nass gemacht. Heute würden wir sagen: unvollständige Verwesung, nichts Besonderes. Für die Leute damals: ein Nachzehrer, ganz klar!«

»Tja, und damit bleiben nur noch die unappetitlichen Mittel.« Elvis goss Wein nach. Kurz vor dem letzten Tropfen schien er sich an seine Kinderstube zu erinnern und machte eine einladende Handbewegung zu Tinne. Seine Erleichterung war unübersehbar, als sie den Kopf schüttelte und er die Flasche leer machen konnte.

»Man schleppt den toten Jungen dorthin, wo der Fluch seinen Anfang nahm, nämlich zur Hexe. Neben der verbrannten Leiche wird ein zweites Loch gebuddelt und das

Kind hineingelegt. Aber dann! Um zu verhindern, dass es weiterhin die Lebenden auszehrt, zwingt man es, für immer im Grab zu bleiben. Man drischt die Gelenke kaputt, bricht die Wirbelsäule, schlingt eine Kette darum und nagelt die Hände und Füße fest. Und zum Schluss kommt der Stein.«

»*Merg Heinrich Scholl. Herr, befreie uns von den Nachstellungen des Teufels*«, zitierte Tinne. »Der Stein soll den gierigen Mund verschließen, niemals mehr soll dieses tote Ding den Lebenden nachstellen. Und dann? Über den unheiligen Gräbern wächst Gras, die Menschen vergessen die Geschichte von Merg und dem Kind, die Jahrhunderte vergehen. Bis ein großer Regen alles wieder ans Tageslicht bringt.«

Keiner sagte etwas. Nach einer Weile trank Elvis aus. »Also Fall gelöst? Buchartikel kann geschrieben werden? Aber Moment«, theatralisch hielt er sein Glas in die Höhe wie weiland Hamlet den Schädel, »ich denke jetzt mal kriminalistisch: Haben wir denn den Funken eines Beweises für unsere Theorie?«

»Ta-daa!« Tinne zauberte ein Blatt hervor und wedelte damit unter seiner Nase. »Das ist meine letzte und größte Überraschung für heute Nacht: der mysteriöse Zeitungsartikel! Damit können wir Balzers Spur zurückverfolgen, die Verhörprotokolle finden und unsere Geschichte hieb- und stichfest machen!«

Elvis griff gierig nach dem Blatt. »Tatsächlich«, murmelte er, als er einen Blick darauf warf. »Das hat an Wolfgangs Infotafel gehangen.« Dann klappte sein Mund auf. »Nee, oder? Die Pulverturmexplosion! Es geht um die Pulverturmexplosion!«

Tinne war ein wenig enttäuscht, dass er nicht einmal nach der Herkunft des Artikels fragte, doch der Reporter war schon viel zu sehr in die Lektüre vertieft. Sie nutzte die Gelegenheit, lehnte sich zurück und fuhr sich mit der Hand über die Augen. Die Nachwirkungen ihrer Gras-Eskapade ließen langsam nach, die Gegenstände um sie herum führten kein Eigenleben mehr, und auch die Schwerkraft funktionierte wieder einwandfrei. Unmerklich schüttelte sie den Kopf. Mädchen, was hast du dir dabei eigentlich gedacht?

Ein letztes Mal rieb sie sich das Gesicht und konzentrierte sich wieder auf den lesenden Elvis. Die Pulverturmexplosion, ganz genau. Vorhin an der Uni hatte sie ähnlich erstaunt geschaut wie der Dicke gerade eben, denn dieses einschneidende Ereignis in der Stadtgeschichte war ihr als Historikerin bestens bekannt: Im Jahr 1857, zu einer Zeit, als sowohl österreichische als auch preußische Truppen in Mainz stationiert waren, kam es zu einer folgenschweren Explosion. Die Pulvervorräte, die im Martinsturm auf dem Kästrich gelagert wurden, flogen in die Luft und richteten verheerende Schäden an. Die genaue Zahl der Todesopfer blieb zwar Militärgeheimnis, doch mehr als 120 Gebäude wurden ganz oder teilweise zerstört. Die Ursache der Explosion konnte nie geklärt werden, manche vermuteten den Racheakt eines österreichischen Korporals. Ein endgültiger Beweis fand sich freilich nie.

Derweilen murmelte Elvis einzelne Sätze des Artikels vor sich hin.

»... die fürchterlich starke Rauchsäule, aus deren Mitte blutrothe Flammen hervorleuchteten ... ›Der Pulverturm ist in die Lufft geflogen!‹ hieß es ... Mainzer Löschmannschaft unter Führung des um unser Städtisches Löschwesen wohlverdienten Caminfegers Herrn Carl Weiser ... weil in den anstoßenden Minen beim Pulverturme noch eine Masse Pulver lagerte ... und endlich hub ein Wehklagen an und

ein Jammer: was Unglück hat unsere schöne Stadt getroffen, was Leid müssen wir dulden!«

»Tja«, meinte er, als er das Blatt senkte, »damit sind Balzers Rätsel klar, das Favorite-Hotel in der Karl-Weiser-Straße und das Ballplatzcafé.«

Tinnes Gesicht sah wenig erleuchtet aus.

»Okay, Carl Weiser wird namentlich erwähnt. Aber was ist mit dem Café?«

Elvis verdrehte die Augen, als habe er es mit einer Grundschülerin zu tun.

»Na das Ballplatzcafé. Der Ballplatz!«, half er ihr auf die Sprünge. »Was liegt denn da im Boden eingelassen, am Rand des Platzes, gleich wenn man …«

»Der Giebelstein!« Wie eine Urgewalt brach es aus Tinne heraus. »Na klar, da liegt ein Giebelstein von der Pulverturm-Explosion!«

Nun erinnerte sie sich an den massiven Eckstein, der an der Nordwestseite des Platzes direkt neben dem Café im Boden eingelassen war. Es handelte sich um ein 700 Kilo schweres Gebäudeteil, das durch die Macht der Explosion einen halben Kilometer vom Kästrich bis zum Ballplatz geschleudert worden war.

»Schau an, der Wolfgang, der alte Fuchs.« Elvis schnalzte und schüttelte den Kopf. »Da hat er zwei Details der Pulverturmexplosion zusammengefügt, und wir blinden Hühner haben es nicht gerafft.«

Beide schauten auf den Zeitungsartikel, der Wolfgang Balzer zum Verhängnis geworden war. Schließlich holte der Reporter Luft.

»Hm, also, okay, das ist Wolfgangs Artikel, und wir wissen jetzt auch, was er mit seinen Andeutungen gemeint hat. Aber … ich habe keine Ahnung, wie wir darin eine Spur der Verhörprotokolle finden sollen. Immerhin hat Wolfgang wohl genau dieses Kunststück fertiggebracht, oder?«

»Ich kann mir denken, was er entdeckt hat und wo wir weitersuchen müssen«, sagte Tinne. Sie genoss Elvis' fragendes Gesicht, lehnte sich zurück und ließ ihn eine Weile zappeln.

»*Jedoch die Gefahr war noch nicht vorbei, denn kaum waren die ersten Hilfeleistungen im Gange, da kam ein neulicher Schreckensruf, daß noch eine größere Explosion nachfolgen werde, weil in den anstoßenden Minen beim Pulverturme noch eine Masse Pulver lagerte*«, las sie vor. Elvis rückte auf der Sesselkante nach vorne, es fehlte nur noch, dass er an seinen Fingernägeln kaute.

»*Bald schon huben unsere Löschmannen an, all Brennbares aus den Kasernen und Stollen zu thragen, sogar noch vielerlei Correspondenzen und Chassepots des Departements. Es wurde bodens im Arsenal in Sicherheit verbracht, um dem schlimmen Feuer keinen Vorschub zu lassen.*«

Tinne nickte ihm zu, ganz nach dem Motto: Nun musst du's aber kapieren. Als er weiterhin ins Nichts starrte, hielt sie ihm das Blatt hin und deutete auf eine Stelle im Text.

»Das *Departement*! Das ist eine Bezeichnung für die französische Stadtverwaltung, die Ende des 18. Jahrhunderts unter Napoleon eingesetzt wurde. Du erinnerst dich, was Felix uns erzählt hat? In dieser Zeit wurden die Verhörprotokolle aus einem der Adelspaläste geklaut und an die Franzosen als Pulverpapiere verkauft.«

Ihr Finger wanderte zur nächsten Stelle.

»*Correspondenzen und Chassepots des Departements*, heißt es hier. Mit anderen Worten: Überbleibsel aus der Franzosenzeit, die nach mehr als 50 Jahren noch in den Kasernen lagen. Aber was genau? *Correspondenzen* sind wohl klar, irgendwelche Schriftstücke, Behördenkram. Und *Chassepots*?«

Elvis Ballongesicht fing an zu leuchten.

»Das … das waren diese Gewehrpatronen, diese Pulverröllchen, für die man die zerschnittenen Hexenprotokolle genutzt hat!«

»So ist es! Und hier haben wir es schwarz auf weiß: Die *Chassepots* der Franzosen waren, zumindest zum Teil, noch vorhanden, als der Pulverturm in die Luft geflogen ist!«

»Und wo sind sie hingebracht worden?« Elvis suchte die passende Stelle im Text.

Es wurde bodens im Arsenal in Sicherheit verbracht, um dem schlimmen Feuer keinen Vorschub zu lassen.

»*Bodens im Arsenal?*« Elvis schaute zweifelnd. »Was soll denn das heißen?«

»*Bodens*, das ist ein alter Ausdruck für ›im Keller‹, der Boden war früher der Keller. Und am Arsenal bist du schon eine Million Mal vorbeigefahren. Das ist 1740 am Rhein errichtet worden, man hat es 200 Jahre zur Unterbringung von Kriegsmaterial benutzt. Im Zweiten Weltkrieg wurde es zerstört, danach wiederaufgebaut und ist seitdem Sitz der Rheinland-Pfälzischen Staatskanzlei. Man kennt es eher als das Neue Zeughaus.«

Sie sah, wie das stolze weiße Gebäude mit den roten Fenstern und dem Mansardendach vor Elvis' geistigem Auge Gestalt annahm. Jeder Mainzer kannte das Gebäude der Staatskanzlei, man fuhr auf der Theodor-Heuß-Brücke von der Hessischen Seite kommend direkt darauf zu. Doch der Reporter runzelte die Stirn.

»Moment. Im Zweiten Weltkrieg zerstört. Wie sollen da noch Franzosenpapiere von Achtzehnhundertirgendwas übrig sein?«

Tinne schlug die Beine übereinander und freute sich, dass sie vor Jahren bei der *Historischen Stadtexkursion zwischen Früher Neuzeit und Moderne* gut aufgepasst und nun eine Antwort parat hatte.

»Richtig, das Gebäude wurde zerstört. Bis auf die Außenmauern.« Sie beugte sich vor und flüsterte fast. »Und die Keller.«

Wurde bodens im Arsenal in Sicherheit verbracht. Elvis brauchte eine Sekunde, bis er den Satz im Zeitungsartikel und Tinnes Worte zusammengebracht hatte.

»Na klar!« Er stand auf und drehte eine Runde im Zimmer, so sehr begeisterte ihn die Erkenntnis. »Jetzt wissen wir, wieso Wolfgang auf einmal ein Hexenprotokoll aus dem Ärmel geschüttelt hat: Ursprünglich war er scharf auf diese *Chassepots*, weil er sie als Teil seiner Garnisons-Sammlung haben wollte! Patronenpapiere aus der Franzosenzeit – ein super Exponat für ihn.«

»Irgendwie hat er es geschafft, eine Handvoll dieser Streifen zu kriegen«, fuhr Tinne fort. »Vielleicht hat sie ihm ein Kumpel aus der Staatskanzlei mitgebracht, vielleicht konnte er selbst danach suchen. Jedenfalls hat er bald schon gemerkt, dass die Papiere beschriftet waren und, richtig zusammenfügt, eine alte Handschrift ergaben.«

Elvis fiel ihr fast ins Wort. »Nämlich ein Verhörprotokoll aus der Bodenheimer Hexenzeit, das als verschollen galt! Historisch gesehen natürlich hundertmal spannender als *Chassepots*, nach denen er eigentlich gesucht hatte. Kein Wunder, dass er sofort angefangen hat, eine neue Ausstellung zu planen.«

»Auf seinem Arbeitstisch im Museum haben wir aber nichts gefunden. Selbst nach der Sprinkleranlage hätten wir zumindest einen nassen Batzen entdecken müssen, wenn

Balzer noch mehr Papierstreifen gehabt hätte.« Tinne rieb ihre Nase wie Wickie, der kleine Wikinger. »Das kann nur eines bedeuten: Die übrigen Papiere liegen nach wie vor im Keller der Staatskanzlei.« Sie strahlte Elvis an. »Wir müssen nur noch hin und sie holen! Das ist die Lösung für unseren Merg-Fall!«

Der Reporter schaute sie an, als würde er an ihrem Verstand zweifeln. Dann lachte er und schüttelte gleichzeitig den Kopf.

»Oh nein, Tinne, vergiss es. In die Staatskanzlei kommst du nicht ohne Riesenaufhebens rein. Da sind Papiere, Beschlüsse und Protokolle drin, die das politische Gefüge des Bundeslandes am Laufen halten, dazu Giftschränke voller Fehltritte, falscher Entscheidungen und sinnlos verblasenem Geld. Einige vermuten sogar noch Dritte-Reich-Akten in den Kellern über die NS-Verstrickungen der Stadt. Kein Quäntchen davon ist für die Öffentlichkeit bestimmt. Ich weiß, wovon ich rede, wir haben bei der AZ schon ungefähr 1000 Versuche gestartet, da reinzukommen und einen Bericht zu schreiben. Bis zum Empfang im Eingangsbereich, keinen Schritt weiter. Ich habe keinen Schimmer, wie Wolfgang an diese Papiere gekommen sein mag, aber wir können das Kunststück nicht nachmachen.«

Tinne überlegte, dann schob sie angriffslustig den Unterkiefer vor.

»Soso, keine Chance, da reinzukommen? Das wollen wir doch mal sehen.«

Elvis schaute sie gespannt an.

»Du hast einen Plan? Werden wir dabei Gesetze brechen, uns unbeliebt machen und einen Haufen Ärger verursachen?«

Sie nickte feierlich. »Oh ja, das werden wir.«
Der Dicke zog ein zufriedenes Gesicht.
»Super, du kannst mit mir rechnen.«

*

Die alte Scheune im Kapellengraben lag wie ein großes schwarzes Tier zwischen den Bäumen. Das Nachtgetier zirpte, brummte und raschelte, leise Flügelschläge zeigten, dass die Eule unterwegs war und sich die Mäuse besser versteckt hielten.

Eine Gestalt schritt durch die Büsche. Obwohl sie groß war, machten ihre Schritte kaum ein Geräusch, der nächtliche Chor ließ sich davon nicht stören. Die Gestalt summte fast unhörbar eine Tonfolge, eine uralte Melodie, seltsam atonal, ohne Anfang und ohne Ende.

Das Mondlicht strich die Schatten weg, als Rasmus das Dickicht verließ und auf die Scheune zuging. Er mochte die Nacht, die dunklen Stunden waren ihm die liebsten. Der Lärm, die grellen Lichter, die Bildschirme, Handys, Autos, Flugzeuge, das Gerede, die dudelnde Musik … all das bekam von der Nacht einen Mantel aus Schweigen übergelegt. Die Farben reduzierten sich, keine buhlte mehr um Aufmerksamkeit, es war, als würde die Dunkelheit Gerechtigkeit walten lassen in der sichtbaren Welt und sie mit einem Grauschleier abdecken.

Mit geübten Fingern schloss Rasmus das Vorhängeschloss auf und trat ein, ohne seinen Singsang zu unterbrechen. Die Kapellenscheune hatte kein elektrisches Licht, neben dem Eingang standen stattdessen Öllampen und Kerzen bereit. Sein Feuerzeug schnappte auf, die Flamme flackerte und ließ eine der Öllampen aufglühen.

Ohne eine einzige Bewegung stand Rasmus da und hielt die Lampe. Seine Melodie, kaum hörbar, füllte die Scheune, umspielte die alten Balken, brach sich an den Wänden und floss um einen Berg aus Körpern. Stoffarme und Stoffbeine, verdrehte Leiber, die Köpfe ohne Augen, die Münder mit schwarzem Faden grob hineingestickt.

Samstag, 10. Mai 2014

Tatjana Büchel zwang ihre Locken zum zehnten Mal nach hinten, doch der Wind, der durch die Bäume fuhr, wehte ihre Löwenmähne immer wieder aufs Neue in ihr Gesicht.

»Können wir endlich?«, fragte Till, der Kameramann, leicht entnervt. Er und Andi, der Tonmann, standen schon seit einer Stunde im Ober-Olmer Wald und froren, der Maimorgen war hier oben kühler als unten in der Stadt.

»Ja komm, wir probieren's. Ich hab halt keinen Bock, wie ein Wischmopp auszusehen.« Tatjana hatte nicht die allerbeste Laune – da durfte sie endlich, endlich einen eigenen SWR-Beitrag machen, sogar noch über ein aktuelles Thema wie den Marathon, und dann ging alles schief!

Zuerst war Andi zu spät gekommen. Angeblich im Stau, aber seine schweren Augen und die Alkoholschleppe, die zwischen dem Kaugummi hervorquoll, erzählten eine andere Geschichte. Dann war das Wetter nicht wirklich schön, die geplanten Schnittbilder – Bäume im sonnigen Gegenlicht, tanzende Insekten vor knorrigen Ästen – ließen sich partout nicht finden. Und, am allerschlimmsten, es waren so gut wie keine Läufer unterwegs! Tatjana hatte damit gerechnet, dass heute, am Vortag der Marathon-Veranstaltung, die Jogger scharenweise in den Ober-Olmer Wald einfallen würden, um die strammen Waden ein letztes Mal in Form zu bringen. Stattdessen: leere Wege, einsame Strecken, bestenfalls ein paar dickliche Landfrauen beim Walken, die aber garantiert nichts mit dem Marathon zu tun hatten und wahrscheinlich bei dem Wort schon Kammerflimmern bekamen.

Nach einer zähen Wartezeit, die nur von Andis gedämpftem Aufstoßen unterbrochen wurde, hatte sich das Team entschlossen, ein paar Aufsager zu machen. Im einsamen Wald sollte Tatjana über das Lauftraining philosophieren, und später würde man dem Cutter aufdrücken, das Ganze mit Marathon-Archivszenen der letzten Jahre aufzuhübschen. Doch selbst dieser Alternativplan klappte nicht. Tatjana konnte sich drehen, wohin sie wollte … der garstige Wind stülpte ihre Haare nach vorne, sodass sie aussah wie eine auf links gedrehte Ente. Ging gar nicht!

Sie stopfte die wallende Pracht halb in ihren Kragen, das rote Aufnahmelicht ging an, und Till ließ ein knappes »Läuft!« hören. Tatjana knipste ein Lächeln an.

»Die Stille hier im Wald, das Rauschen der Blätter – das ist für manchen Marathon-Begeisterten der perfekte Soundtrack zum Trainieren. Ganz anders wird das morgen sein, wenn 7500 Teilnehmer … eh, was denn?« Ihr Lächeln rutschte herunter. Till hatte die Kamera ausgeschaltet und drehte hektisch am Stativ.

»Hörst du's nicht? Da hinten!«, blaffte er. Tatjana drehte den Kopf. Was … wie? Dann wusste sie, was er meinte: rhythmische Schritte, stoßweises Atmen – Läufer! Mehr als einer! Eine Gruppe!

»Bist du drauf?«, zischte sie unnötigerweise, denn längst schon hatte Till die Kurve fokussiert, in der die Truppe gleich erscheinen musste. Sogar Andi hatte seinen Kater kurz in die Schranken gewiesen und pegelte sorgfältig den Ton aus.

Als die Läufer um die Ecke gebogen kamen, machte sich Ernüchterung breit.

»Was soll denn das sein?«, fragte Till halblaut und schaltete die Kamera aus. »Witzfiguren-Jogging?« Auch Tatjana sah sofort, dass diese Szene definitiv nicht in ihren Beitrag passte. Trotzdem konnte sie ihre Augen nicht abwenden, so skurril war der Anblick:

Vier Leute waren auf dem Waldweg unterwegs. Die groß gewachsene, schlanke Frau mit den braunen Locken hätte noch am besten gepasst, sie sah so aus, wie sich der SWR-Zuschauer auf seiner Couch einen Marathoni vorstellte. Aber dann! Neben ihr lief ein langer Spargeltarzan mit Rockermatte und schrillen 8oer-Klamotten, dahinter ein Dickerchen mit Pausbacken und Koteletten, das die Arme krampfhaft angewinkelt hielt und dermaßen schwitzte, dass sein Gesicht glänzte wie eine Speckschwarte. Die Krönung aber war der Letzte im Bunde: Ein weiterer dicker Mann folgte der Gruppe auf dem Fahrrad, das er aber ganz offensichtlich nicht beherrschte und das ihn regelmäßig zu Notbremsungen zwang. Er hatte karottenrote Haare und schimpfte wie ein Rohrspatz, gleichzeitig beherrschte er die Kunst, mit dem Fahrrad langsamer zu sein als die anderen zu Fuß.

»Nee, oder? Jetzt auch noch das Fernsehen! Ich glaub', ich krieg 'nen Koller!« Bertie hantierte mit Tinnes Rad, als wäre es sein erklärter Gegner und müsse in die Knie gezwungen werden.

»Wenn da auch nur eine einzige Aufnahme irgendwo zu sehen …« Der Rest des Satzes verschluckte er, als eine Wurzel den Lenker verriss und er um ein Haar ins Gebüsch gesegelt wäre.

»Super Idee, Ernestine! Echt aber auch!«, lamentierte er, als das Fahrrad wieder unter Kontrolle war. Die Übrigen antworteten nicht, sie hatten sich in den letzten 45 Minuten abgewöhnt, auf Berties Gejammer zu reagieren. Nur Elvis warf einen Blick zurück, der vor Schadenfreude geradezu strotzte. Er freute sich diebisch, dass ausnahmsweise jemand anders der Buhmann war, wenn es um sportliche Betätigung ging. Wie zum Beweis seiner Fitness reckte er sich zu einer stolzen Haltung, zog den Bauch ein und bemühte sich, möglichst dynamisch ein Bein vor das andere zu setzen.

Sie passierten das Fernsehteam. Das Gesicht der Reporterin war grandios, sie hatte offensichtlich eine sportgestählte Lauftruppe erwartet und sah sich nun mit dem bunt zusammengewürfelten Haufen konfrontiert. Doch plötzlich wurden ihre Augen groß – sie hatte Elvis erkannt! Marathon-VIP-Alarm! Eilig gab sie dem Kameramann Zeichen. Tinne sah über ihre Schulter hinweg, wie dieser den Kopf schüttelte und gestenreich klarmachte, dass die Leute schon zu weit weg waren für eine gelungene Szene. Die Sache ging vollends schief, als der Tonmann urplötzlich seine Kopfhörer wegriss, herumfuhr und sich in hohem Bogen in die Büsche übergab. Die Reporterin stand kurz vor dem Nervenzusammenbruch, und Tinne musste ein Grinsen unterdrücken. Tja, Schätzchen, war wohl nicht so dein Tag.

Nachdem sie das Kamerateam hinter sich gelassen hatten, drosselten die Läufer das Tempo, bis Bertie wieder herangeeiert kam.

»So«, fasste Tinne zusammen, »jetzt kennt ihr meinen Plan und wisst, wie wir heute Abend im Keller der Staatskanzlei an die Gerichtsakten des Merg-Prozesses kommen wollen. Was meint ihr – kann das klappen?«

Alle schwiegen, sie drehte die Augen in den Himmel. Etwas mehr Unterstützung würde durchaus gut tun, zumal sie während des Laufens fast einschlief.

Sie und Elvis waren hoffnungslos übernächtigt. Der aufregende gestrige Tag und die kurze Nacht hatten ihren Tribut gefordert, die beiden waren kaum aus dem Bett gekommen. Doch Tinne pochte auf ein letztes Marathon-Training, sie wollte heute unbedingt die magische 20-Kilometer-Grenze knacken und klingelte Elvis erbarmungslos heraus. Er war aber nicht der Einzige, der dran glauben musste. Axl und Bertie spielten eine wichtige Rolle in Tinnes Staatskanzlei-Plan. Also hatte sie die beiden in der Kommune 47 zusammengetrommelt und zum Mitlaufen verdonnert. Berties aufgerissene Augen waren oscarverdächtig gewesen.

»Was? Ich soll was? Zig Kilometer durch den Wald hetzen, um mir anzuhören, was du ausgeheckt hast?«

»Es klappt nur jetzt«, antwortete Tinne mit Engelsgeduld. »Wir brauchen den Rest des Tages für die Vorbereitungen, damit der Plan auch ja klappt. Um 17 Uhr müssen Elvis und ich zur Pasta-Party in die Rheingoldhalle, tja, und danach zischen wir allesamt auch schon zur Staatskanzlei.«

»Pasta-Party? Was ist denn das?«

»Ein großes Nudel-Futtern, das die Marathon-Organisatoren veranstalten. Kohlenhydrate sind ja ein anständiger Energielieferant, deshalb sind die Läufer allesamt eingeladen, am Vorabend der Veranstaltung dort noch mal ordentlich reinzuhauen. Auch die Startunterlagen werden dort ausgegeben. Elvis und ich müssen als offizielles

AZ-Läufer-Team hin, Fototermin für die Zeitung. So, und deshalb bleibt nur unser Trainings-Vormittag, um alles zu besprechen.«

Doch Bertie weigerte sich standhaft, auch nur ein kurzes Stück mitzulaufen. Alleine der Gedanke an dermaßen viel Bewegung und Frischluft trieb ihm den Angstschweiß auf die Stirn. Also lenkte Tinne ein und schlug vor, dass er dann zumindest mit dem Fahrrad mitfahren sollte, zum Zuhören und Pläneschmieden würde das schließlich reichen. Ihr Alternativvorschlag hatte allerdings nicht berücksichtigt, dass Bertie kein Rad besaß. Tine verdrehte die Augen – da war man drauf und dran, einen 400 Jahre alten Kriminalfall zu lösen, und dann scheiterte alles an einem fehlenden Drahtesel! Gottergeben stellte sie ihr eigenes Fahrrad zur Verfügung und hoffte, dass Berties Masse den Rahmen ihres Tourenbikes nicht allzu sehr aus der Form bringen würde.

Schließlich war alles geklärt, Bertie lud das Rad in seinen Taxi-Passat und fuhr mit Axl zum Ober-Olmer Wald, Tinne und Elvis folgten auf der roten Vespa.

Doch damit waren die Probleme noch nicht gelöst. Auf dem Parkplatz kam Bertie ins Grübeln, wann er das letzte Mal auf einem Rad gesessen hatte, und erinnerte sich nur noch an eine Fahrradtour kurz nach seinem 18. Geburtstag. Entsprechend katastrophal waren seine Balance und sein Reaktionsvermögen: Schon innerhalb des ersten Kilometers fuhr er zweimal ins Unterholz und konnte einen Salto über den Lenker gerade noch verhindern.

Mit diesen Hindernissen dauerte es länger als gedacht, bis Tinne ihre Mitbewohner in die neuen Erkenntnisse zum Hexenfall eingeweiht und ihnen die Einzelheiten ihres Plans erklärt hatte. Nun, als das vom Pech verfolgte TV-Team im Hintergrund verschwand, drehte sie sich halb zu den Männern um.

»Also, ich fasse zusammen: Wer hat was zu tun? Axl, du bist der Baumarkt-Mann, holst die Sachen und fängst in deiner Werkstatt schon mal an zu schrauben. Denk dran, es muss beeindruckend aussehen, aber nicht übertrieben. Wir treffen uns dann nachmittags bei dir.«

Axl nickte im Rhythmus seiner Laufschritte. Bis jetzt hatte er keinen einzigen Schweißtropfen vergossen und sah so entspannt aus, als wären sie gerade eben gestartet. Tinne wandte sich an Bertie.

»Du holst den schwarzen Bus und parkst ihn bei Axls Werkstatt, und zwar so, dass er ein bisschen versteckt steht. Muss ja nicht jeder sehen, wenn wir daran herumbasteln. Unterwegs hältst du beim ›Kalau‹ und kauft ein paar hübsche Verkleidungssachen für Elvis. Er ist in Mainz ja bekannt wie ein bunter Hund, da müssen wir was dran ändern.«

Bertie war fast überfordert, das Fahrrad unter Kontrolle zu halten und gleichzeitig zu salutieren.

»Zu Befehl, Miss Undercover.«

Elvis zog derweilen ein Gesicht. Der Teil mit dem Verkleiden gefiel ihm überhaupt nicht, doch Tinne hatte sich auf keine Diskussion eingelassen.

»So, Elvis, wir beide zischen in die Neustadt zu Ferdi und lassen von ihm ein schönes Logo entwerfen. Ach ja, und eine Auftragsbestätigung macht er uns auch gleich fertig. Anschließend kümmern wir uns beim McShirt um die Overalls und um die Aufkleber. An alle: Spätestens um drei treffen wir uns bei Axl in der Werkstatt. Dort machen wir Anprobe, dekorieren den Bus und gehen noch mal den genauen Zeitplan durch. Okay?«

Die Männer antworteten brav im Chor: »Okay!«

Ihre beiden Mitbewohner waren damit erlöst. Passenderweise hatten sie die Zehnkilometerrunde gerade geschafft, die längste ausgeschilderte Strecke im Ober-Olmer Wald. Um die 20 Kilometer voll zu machen, mussten Tinne und Elvis nun dieselbe Route noch einmal laufen. Bertie stöhnte wie ein waidwunder Elefant, als er sich vom Rad wälzte, Axl hingegen wippte auf den Ballen und machte den Eindruck, als würde er am liebsten weitermachen.

Tinne und Elvis liefen vom Parkplatz wieder in den Wald hinein. Das T-Shirt des dicken Reporters war durchnässt, der Schweiß lief ihm in Strömen über das Gesicht und glitzerte in seinen Koteletten. Am Anfang des gemeinsamen Trainings hatte Tinne sich regelrechte Sorgen um Elvis gemacht, weil er bei der geringsten Anstrengung unmäßig zu schwitzen anfing. Inzwischen war er zwar besser in Form, doch an seinen Schweißbächen hatte sich nichts geändert. Sie horchte auf seine Atemgeräusche und war beruhigt, dass sein Keuchen einem regelmäßigen Rhythmus folgte und nicht allzu sehr nach kaputtem Dampfkessel klang. Immerhin, die Hälfte der Strecke war geschafft. Wenn sie die magische 20 heute knacken würden, wären die Chancen gut, auch morgen beim großen Tag erfolgreich zu sein. Wobei ›erfolgreich‹ bei Elvis eine ganz spezielle Definition hatte: »Egal, wie lange ich brauche – Hauptsache, ich komme vor der Kehrmaschine über die Ziellinie«, so lautete sein persönlicher Vorsatz.

Nachdem sie eine Weile schweigend nebeneinander gelaufen waren, fing Elvis an:

»Sag mal, es sieht ja so aus, als hätten wir das Rätsel von Merg und dem Kind gelöst. Wenn wir jetzt tatsächlich noch die Verhörprotokolle finden und unsere Theorie mit dem

›Antoniusfeuer‹ bestätigen können, wissen wir endgültig, was damals geschehen ist.«

Tinne nickte. Sie ahnte, worauf Elvis hinauswollte, ließ ihn aber weiterreden.

»Dann kannst du deinen Buchartikel scheiben, und bestimmt bauen die Leinweber, Monaco Franze und die Studis diese Mutterkorn-Sache auch in ihre Ausstellung ein. So weit, so gut. Aber ich frage mich die ganze Zeit, was es mit diesen komischen Hexenvorfällen auf sich hat. Ich meine, so ein Hemd im Baum ist harmlos, und diese Tierschädel kann man noch als geschmacklosen Scherz abtun. Aber dieser Eimer mit Eingeweiden bei der Professorin, die zermatschte Katze an deinem Fenster und diese Gruselpuppen bei mir – das sind keine Bubenstreiche, das sind echte Drohungen. Ja, und den Wolfgang Balzer, den hat seine Entdeckung sogar das Leben gekostet. Jemand legt es darauf an, die Nachforschungen zum Merg-Fall zu verhindern.«

Noch immer sagte Tinne kein Wort. Elvis traf genau den Punkt, über den sie selbst schon gegrübelt hatte. Auch der geheimnisvolle Tote, von dem Laurent berichtet hatte, ging ihr nicht aus dem Kopf. Ein Mann, der unter Qualen gestorben war und in seinen letzten Minuten ein Schandkreuz gemalt hatte.

»So, und jetzt kommt das große Rätsel.« Elvis illustrierte seine Worte mit Fragezeichen, die er in die Luft malte. »Warum ist jemand so scharf darauf, die Lösung des Falls zu verhindern? Eine Vergiftung durch Mutterkorn vor 400 Jahren – herrje, das ist doch kein Grund für Aktionen, die sogar in einem Mord gipfeln!«

Tinne trabte weiter. Das Gefühl nagte an ihr, noch nicht alle Details zum Fall zu kennen. Ein Puzzleteil fehlte noch – die Verbindung zwischen dem Gestern und dem Heute.

Diese Ungewissheit war es auch, die sie vorantrieb bei der Suche nach den Gerichtsakten. Die Verhörprotokolle lagen nun schon Hunderte von Jahren im Keller des Neuen Zeughauses, da konnten sie eigentlich auch noch ein paar Tage oder Wochen länger liegen. Doch ihre Intuition sagte ihr, dass die Zeit drängte. Dass die Ereignisse um Merg Scholl eine Eigendynamik entwickelt hatten, die sich nicht mehr aufhalten ließ.

Was sie freilich nicht ahnen konnte: Auch ihre eigene Hinrichtung war längst schon beschlossene Sache.

*

Die Kassiererin im Bretzenheimer Hornbach war allerhand gewohnt – übermotivierte Heimwerker mit zwei linken Händen, die unter Aufsicht ihrer Frauen heimische Großprojekte in Angriff nahmen, Studenten beim klassischen Umzugs-Regaldübel-Einkauf, Gartenbegeisterte, deren Rollwagen wie ein fahrender Urwald aussah. Deshalb war es ihr keinen zweiten Blick wert, als ein dünner langhaariger Mann seinen Wagen heran schob. Drei Feuerlöscher, Staubschutzmasken, einige Schläuche und Röhren, ein paar Dosen Sprühlack und klobige Arbeitsschuhe – nichts Außergewöhnliches. Nur das T-Shirt des Mannes zog ihre Aufmerksamkeit auf sich. Es zeigte einen Zombie, der aus dem Grab stieg und von Musikern umringt war. Diese reckten ihre zackigen Gitarren wie Waffen nach vorne und versuchten, den Untoten zurückzudrängen. Ein gruseliger Schriftzug verkündete, dass ›Angel Dust‹ sich hier gerade mit dem Thema ›Third Life after Second Death‹ beschäftigte. Während die Kassiererin die Waren einpiepte, schüttelte sie den Kopf. Ein Mann um die 50, die Haare schon angegraut, und dann so ein Shirt. Manche wurden eben nie erwachsen!

Im Hof von Taxidienst Laurenzi bekam Bertie von Dietmar Laurenzi einen Autoschlüssel in die Hand gedrückt.

»Will ich wissen, was ihr mit dem Bus vorhabt?«

Bertie grinste schalkhaft.

»Nee, willst du nicht. Die Frau Professor und der Elvis stecken dahinter. Er hat auf jeden Fall ein Abenteuer vor sich, der Gute.« Er tätschelte den Außenspiegel eines schwarzen TD5 VW-Busses mit getönten Scheiben.

Der Bus, ein Multivan mit Top-Ausstattung, wurde für spezielle Taxifahrten genutzt, meist als Flughafenshuttle. Echte oder Möchtegern-Popstars, Politiker und Wirtschaftsbosse waren das übliche Klientel, das diesen Service buchte und hinter den schwarzen Scheiben unsichtbar blieb für das schnöde Volk. Bertie hatte per Telefon abgeklärt, dass der TD5 heute nicht gebraucht wurde.

»Wenn ich den Bus morgen von irgendeinem Polizeiparkplatz abholen muss, mit einem Strafzettel so groß wie die Windschutzscheibe, dann kriegt ihr aber anständig was zu hören!« Dietmar drohte übertrieben mit dem Finger. Doch Bertie wusste, dass sein Chef ihm 100-prozentig vertraute. Die Brigade war wie eine große Familie, jeder half jedem, und wenn Dietmar einem seiner Leute einen Gefallen tun konnte, brauchte man nie zweimal zu fragen.

Der Taxi-Chef sah dem schwarzen Bus nach, als dieser vom Hof rollte. Am liebsten wäre er mitgefahren – wenn Bertie mit Tinne und Elvis etwas ausheckte, wurde es meist eine spannende Sache, und die hätte Dietmar liebend gerne gegen einen langweiligen Tag im Büro eingetauscht.

»Onkel Elvis!«

Die kleine Leonie flog Elvis in die Arme, dieser ließ sie durch die Luft wirbeln. Ihr fröhliches Quieken erfüllte die Wohnung in der Adam-Karrillon-Straße, in der Ferdi, seine Freundin Claudi und die Kleine lebten. Eigentlich war Elvis ja der Onkel von Ferdi und damit der Großonkel von Leonie, doch mit solchen Nebensächlichkeiten hielt sich das Mädchen nicht auf. Es hatte den brummigen Elvis aus unerfindlichen Gründen in ihr Herz geschlossen und ihn zum ›Onkel‹ deklariert. Wann auch immer die beiden sich sahen, klebte sie an seiner Seite und war nicht wegzubewegen.

Tinne begrüßte derweilen Claudi. Die beiden machten Espresso in der Küche, dann zogen sich Ferdi, Tinne und Elvis – im Doppelpack mit Leonie – ins Arbeitszimmer zurück. Hier standen Regale mit ausgeschlachteten Computern, überall lagen Platinen und Bauteile, von deren Funktion Tinne keinen Schimmer hatte. Ferdi räumte zwei Hocker neben seinem Bürostuhl frei und öffnete den Illustrator.

»So, und jetzt noch mal: Was genau soll ich für euch machen? Ein Firmenlogo?«

»Ja, aber ein ganz besonderes.« Tinne erklärte ihm, was sie sich vorstellte. Nach einigen Entwürfen hatte Ferdi ein ovales Logo gezaubert, das von den anderen beiden mit Kennermiene abgenickt wurde. Nur Leonie war nicht sehr begeistert.

»Iiiiih, das sieht ja voll eklig aus!«, meinte sie empört, während sie auf Elvis' Schoß hoppelte.

»Ein bisschen schon, da hast du recht.« Elvis nickte mit großer Ernsthaftigkeit. »Aber das muss so sein, sonst funktioniert es nicht.«

Ferdi speicherte das Logo in allen möglichen Grafikformaten auf USB-Stick. Danach legte er eine neue Datei an und ließ sich von Tinne einen Text in bestem Behördendeutsch diktieren. Verschiedene hochoffizielle Logos, Stempel und Unterschriften aus dem Internet gaben dem Dokument einen Wichtig-wichtig-Look.

»Okay, das dürfte genügend Amtsanmaßung, Titelmissbrauch und Urkundenfälschung für heute sein. Wenn demnächst der Staatsanwalt klingelt, weiß ich, woher der Wind weht«, meinte Ferdi augenzwinkernd und drückte Tinne das ausgedruckte Dokument in die Hand.

Leonie machte erschrockene Augen.

»Kommt der Papa ins Gefängnis?«

»Ja«, brummte Elvis. »Aber du darfst ihn ganz oft besuchen, einmal im Monat oder so.«

Anschließend hatte Tinne eine Viertelstunde Zeit für einen gemütlichen zweiten Espresso. Denn genauso lang brauchte Elvis, um das heulende Kind wieder zu beruhigen.

Die Funken flogen, als Axls Flex in den Stahl hineinfuhr. Der Funkenregen warf eine Hell-dunkel-Kaskade auf die Kreaturen, die ihn umrundeten. Die halb fertigen Stahlgeschöpfe lehnten an den Wänden, kauerten in den Ecken oder reckten sich bedrohlich in die Höhe, ihre Schatten führten ein Eigenleben an der Decke.

Die Räume in der Dekan-Laist-Straße hatten früher zu einer Karosseriewerkstatt gehört, seit einigen Jahren waren sie an Axl vermietet und boten Platz für seine metallenen Albtraumgestalten. Der Metallkünstler, der chronisch knapp bei Kasse war, hatte einen Deal mit den Eigentümern: Er hielt die Räumlichkeiten innen und außen in Schuss und kümmerte sich um die anfallenden Instandhaltungsarbeiten, dafür zahlte er eine verschwindend geringe Miete.

Heute mussten die eisernen Chimären aber etwas Geduld zeigen, denn Axl hatte eine sehr spezielle Aufgabe. Riesige Boxen aus einer ehemaligen Diskothek beschallten den Raum mit Anthrax' legendärem Metal-Rap *I'm the Man*, während Axl drei zurechtgeschnittene Röhren nebeneinander legte. Zufrieden ließ er seinen Blick über die Früchte seiner Arbeit schweifen: Die Feuerlöscher waren Silber lackiert, die Zuleitungen gekürzt, zusammengerollte Schläuche mit Verbindungsmuffen lagen bereit. Nun fehlten noch die altertümlichen runden Füllstandsanzeiger aus seinem Lager, dann konnte er endlich den Schweißbrenner anwerfen.

Axl trat an den CD-Player und drückte *I'm the Man* nochmals auf Anfang. Die Gute-Laune-Stromgitarren waren genau der richtige Soundtrack für seine Arbeit. Denn immer dann, wenn Tinne mit einer ihrer verrückten Ideen ankam, war Ärger vorprogrammiert.

Und Ärger war etwas, das dem in Ehren ergrauten Hardrocker eine Menge Spaß bereitete.

»Buh!«

Die Verkäuferin tat erschrocken, als Bertie mit einem langen weißen Bart vor dem Gesicht auftauchte. Er war der einzige Kunde im ›Kalau‹, einem kleinen Masken- und Verkleidungsgeschäft in der Schönbornstraße mitten in der Mainzer Altstadt. Deckenhoch türmten sich hier Kostüme, Überwürfe, Hüte, Perücken und Accessoires, dazwischen standen komplett ausstaffierte Schaufensterpuppen als Ritter, Höhlenmensch und Mafiaboss.

Das Namensschild verriet, dass die Verkäuferin Ulli hieß. Sie nahm sich gerne Zeit für Bertie und hatte Spaß an seinen Faxen. Er hatte schon Kurzauftritte als Wikinger und

Frankenstein hingelegt, nun kombinierte er den weißen Bart mit einer Sonnenbrille und zitierte den passenden Almöhi-Werbespruch: »Aber Vorsicht, it's cool, Man!«

Ulli kicherte. Sie hatte dieselbe Figur wie Bertie, nur einen Kopf kleiner, und wurde von seiner albernen Laune angesteckt. Eine bezopfte Perücke in derselben Farbe wie Berties Haare verwandelte sie flugs in Pippi Langstrumpf. Als sie anfing, die bekannte Melodie der Pippi-Filme zu summen, bog eine Gestalt mit schwarzem Umhang und schwarzem Helm um die Ecke. Bertie hob als kurz geratener und fülliger Darth Vader den Arm und donnerte dramatisch: »Pippi, ich bin dein Vater!«

Die beiden schüttelten sich vor Lachen, bis die Tür bimmelte und ein weiterer Kunde hereinkam. Der ältere Herr mit Sakko und runder Brille schaute einigermaßen pikiert auf das Pippi-Vader-Ensemble, worauf Ulli eilig die Perücke abzog und sich das Haar zurecht zupfte.

Sie kümmerte sich um den Kunden, Bertie komplettierte derweilen seine von Tinne beauftragten Einkäufe: farbiges Haarspray, künstliche Vorderzähne mit Überbiss, eine Brille mit Fensterglas und ein struppiger Vollbart in bestem Öko-Birkenstock-Look. Auf dem Weg zur Kasse blieb sein Blick sehnsüchtig an der gerade getragenen Darth-Vader-Vollausstattung hängen, doch mit 120 Euro war das Ensemble doch etwas teuer. Er tröstete sich mit dem Gedanken, dass er zu Hause in seiner Star-Wars-Sammlung schon sieben Vader-Sets hatte, eines davon sogar auf seine stämmige Figur maßgeschneidert.

Kurz bevor er den schwarzen VW-Bus erreichte, fuhr er herum, eilte zurück und kaufte Umhang und Maske. Vernunft wurde überbewertet! Zufrieden murmelte er die Worte vor sich hin, die Meister Yoda an dieser Stelle wohl gesagt hätte: ›Wegstecken den Geldbeutel du kannst, junger Bertie, leer er jetzt ist.‹

Die rote Vespa knatterte durch die Große Bleiche. Auf dem Asphalt war die blaue Linie zu sehen, die die Marathonroute anzeigte, am Straßenrand standen metallene Absperrgitter bereit. Auf dem Neubrunnenplatz wurde eine Bühne aufgebaut, wie jedes Jahr war ein buntes Begleitprogramm geplant: Die lokalen Radio- und Fernsehsender übertrugen live, Bands und Tanzgruppen würden für Stimmung sorgen. Tinne merkte, dass in ihrem Kopf noch kein Platz für den Halbmarathon war, so sehr nahmen die neuen Entwicklungen im Merg-Fall sie gefangen. Doch die Uhr tickte: In weniger als 24 Stunden würde der Startschuss knallen und Elvis und sie auf die Strecke schicken.

Elvis bog in die Lotharstraße ein und ignorierte dabei geflissentlich das Fußgängerzonen-Schild. Vor der McShirt-Filiale hielten sie, drückten einem der Mitarbeiter Ferdis USB-Stick in die Hand und erklärten, was sie wollten.

»Overalls?«, fragte der Mann, ein Glatzkopf mit geschätzten 20 Ohrsteckern, sicherheitshalber nach. Die beiden nickten.

»Okay, okay. Verkaufen wir selten, gehen schlecht«, meinte er und fing an, die Dateien einzulesen. »Ihr seid, glaub ich, in dem Monat die Ersten. Und die Aufkleber, wie groß?«

»Wie groß geht?«

»1.20 auf 40 max.«

»Genauso.« Tinne nickte zufrieden.

»Und wie viele von den Kugelschreibern?«

»Zehn Stück sollten reichen.«

»Okay, alles klar. Sieht ja witzig aus.« Der Glatzkopf

beäugte das von Ferdi entworfene Logo. »Was habt ihr damit denn vor?«

Nach zwei Denksekunden antworteten Tinne und Elvis gleichzeitig: »Junggesellenabschied« und: »50. Geburtstag.«

»Öh, also«, beeilte Elvis sich zu sagen, als er das zweifelnde Gesicht des Mannes sah, »es ist ein 50., und der, also, der heiratet auch gleich noch mal.«

Die Glatze winkte lachend ab und kümmerte sich um die Druckdaten. »Geht 'nen Kaffee trinken, in einer Viertelstunde könnt ihr die Sachen abholen.«

Auf dem Weg zur nächstgelegenen Espressomaschine merkte Tinne, wie ihre Nervosität wuchs. Das ›Projekt Staatskanzlei‹ nahm Gestalt an!

*

Felix Monaco schaute zum wiederholten Mal heimlich auf die Uhr. Am heutigen Samstag hatte er eine Extra-Sprechstunde anberaumt, weil in den letzten Wochen durch seine Museumsarbeit viele reguläre Termine ausgefallen waren. Es hatte großen Andrang gegeben, doch nun saß endlich der letzte Student vor ihm. Herr Behrens trieb ihn allerdings fast in den Wahnsinn mit seiner Begriffsstutzigkeit.

»Nein, wir zitieren hier *nicht* nach der Fließtext-Methode, wie Sie das vielleicht aus ihrem Hauptfach kennen. Wir nutzen nummerierte Fußnoten, das können Sie übrigens ganz problemlos auf der Homepage des Historischen Seminars nachlesen.«

Herr Behrens, ein Erstsemester-Milchgesicht, das an der Supermarktkasse wahrscheinlich nach seinem Ausweis gefragt wurde, nickte lahm.

»Aha, mhm, und, äh, das Inhaltsverzeichnis von meiner Hausarbeit? Wie, also, wie mache ich …«

»Das steht ebenfalls auf der Homepage. Da gibt es einen eigenen PDF mit sämtlichen formalen Anforderungen für Haus- und Seminararbeiten.« Den Spruch: ›Wer lesen kann, ist klar im Vorteil‹, konnte sich Felix gerade noch verkneifen.

»Aber was ich echt nicht hinkriege, ist dieses Inhaltsverzeichnismachen mit Word. Weil, da gibt es ja so eine Funktion, *Verweise und Inhaltsverzeichnis*, aber jedes Mal, wenn ich da …«

»Hören Sie«, unterbrach ihn Felix und schielte wieder auf seine Uhr, »ich bin ganz sicher nicht der richtige Ansprechpartner für IT-Nachhilfe. Wenn Sie mit Ihrem Textverarbeitungsprogramm nicht zurechtkommen, dann gehen Sie zur ZDV in der NatFak, dort kriegen Sie geholfen.« Er schloss seine Kladde mit vernehmlichem Knall. Milchgesicht verstand den Wink mit dem Zaunpfahl und erhob sich.

»Ich, äh, ich müsste noch mal rein zu Frau Professor Leinweber.« Schüchtern deutete er auf die Verbindungstür. »Ich habe mit ihr …«

»Frau Leinweber ist heute nicht da.« Felix klang brüsk.

»Aber … ich habe vor ein paar Tagen mit ihr gemailt, und sie hat geschrieben, dass sie am Samstag da sei.«

»Ist sie aber nicht. Kommen Sie bitte nächste Woche noch einmal vorbei.«

Herr Behrens war fassungslos. Scheinbar musste er noch lernen, dass sich Pläne durchaus ändern konnten und die Welt deshalb nicht gleich unterging. Er trollte sich mit der finsteren Drohung, diesen Terminskandal im Forum der Instituts-Homepage publik zu machen.

Felix schaute nachdenklich auf die Tür zum Nachbarbüro. Er wunderte sich selbst, dass die Professorin nicht da war, denn sie hatten vereinbart, gemeinsam einen Textentwurf durchzugehen. Auch ihr Handy war tot, und als er schließlich sogar ihre Privatnummer angerufen hatte, war nur der Anrufbeantworter angegangen. Sehr sonderbar! Normalerweise war Frau Leinweber ein Ausbund an Verlässlichkeit. Ob ihr Fehlen vielleicht etwas mit der merkwürdigen Nervosität zu tun hatte, die sie seit einiger Zeit an den Tag legte?

Sein Handy klingelte. Die Professorin vielleicht? Doch nein, es war eine andere Nummer, die er gut kannte.

»Ja ich weiß, ich bin spät. Aber jetzt mache ich mich auf den Weg. Bis gleich«, knurrte er ohne weitere Begrüßung oder Verabschiedung. Eilig stand er auf und schloss seine Unterlagen weg. Es gab heute noch viel zu tun, und Samstagnachmittag war viel Verkehr auf den Straßen. Er hoffe, dass er es pünktlich zum Treffpunkt schaffen würde.

*

Axls Werkstatt in Hechtsheim war zum heimlichen Hauptquartier der vier Verschwörer geworden. Jeder präsentierte seine Errungenschaften, besonders Axl bekam Beifall für seine Lack- und Schweißarbeiten. Während Elvis mit spitzen Fingern in den Verkleidungseinkäufen aus dem ›Kalau‹ wühlte, rangierte Bertie den schwarzen Bus in den Hinterhof, wo er vor neugierigen Blick geschützt war. Tinne ordnete die Drucksachen von McShirt und nutzte einen angeschmutzten Putzlappen, um die von Ferdi ausgedruckten Dokumente etwas ›gebraucht‹ aussehen zu lassen.

Schließlich stemmte sie die Arme in die Seiten und trat einen Schritt zurück.

»Okay, Leute, ans Werk! Der Bus muss vorbereitet werden, wir müssen Anprobe machen und genau durchsprechen, wer wann was wo macht. In zwei Stunden sind Elvis und ich auf der Pasta-Party, und dort holen Axl und Bertie uns mit dem Bus ab. Der Zeitplan muss 100-prozentig passen!«

»Ich habe gedacht, dass wir einen Soundtrack brauchen«, verkündete Axl und trat an seine Stereoanlage. Mit großer Geste drückte er auf den Startknopf, worauf eine eingängige Melodie die Werkstatt füllte. Tinne brauchte eine Sekunde, bis sie das Stück erkannte, dann musste sie lachen. Es war die Titelmusik von *Ghostbusters*! Vor ihrem inneren Auge sah sie die drei Geisterjäger in voller Montur vor sich, und ja, Axl hätte keine bessere Musikauswahl treffen können.

*

»So, jetzt noch mal hierher drehen!«

Klick klick klick klick klick – die Kamera von Sascha Kopp klang wie Dauerfeuer. Tinne und Elvis standen im Eingangsbereich der Rheingoldhalle, ein langer Tresen war aufgebaut, an dem die Läufer ihre Startunterlagen, die Laufnummer und den Chip für die Zeitmessung abholen konnten. Es herrschte reger Andrang, schließlich waren mehr als 7000 Teilnehmer angemeldet, von denen ein großer Teil im Lauf des Nachmittags hier vorbeikam. Die AZ wollte Tinne und Elvis genau an dieser Stelle verewigen und hatte den Fotografen hinbestellt.

»So, in diesem Umschlag sind Ihre Startunterlagen, bitte gut aufheben, die müssen Sie noch mal vorzeigen. Und die Verzehrgutscheine für die Pasta-Party nebenan.« Eine sportliche Blondine, die aussah, als würde sie schon vor dem Frühstück einen Marathon laufen, drückte den beiden die Papiere in die Hand. Tinne war geistig längst schon in der Staatskanzlei und fühlte sich überfordert – der Raum war brechend voll und hatte tropische Temperaturen, Stimmen schwirrten umher, Blondchen textete sie unbarmherzig zu, und Sascha befahl immer neuen Posen.

»Das sind die Zeitmesser, digitale Chips in einem Gehäuse, die flechten Sie in die Schnürsenkel Ihrer Laufschuhe ein.« Die Frau gab ihnen kleine gelbe Dosen mit Ösen. »Früher gab es Gummimatten am Start- und Zielpunkt, die den Chip beim Darüberlaufen registriert haben.« Sie warf einen beiläufigen Blick auf Elvis' Bauch. »Es hat aber immer wieder Leute gegeben, die die Strecke verlassen und eine Abkürzung genommen haben. Deshalb wird jetzt jeder Chip per GPS verfolgt und aufgezeichnet. Keine Mogelchance also.«

»Haha, du wirst schon richtig eingeschätzt, Elvis«, lachte Sascha. Der Fotograf zwinkerte gut gelaunt durch seine Brille. »Zeig mir den Chip. Und ein bisschen freundlicher, die Leute sollen sehen, dass du Spaß an der Sache hast!« Klickklick.

»Hier noch Ihre Startnummern, bitte auf Brust- oder Bauchhöhe festmachen, die müssen gut zu lesen sein. Nummerntausch führt zu sofortiger Disqualifizierung.« Wieder nahm sie Elvis streng ins Visier.

»Kommt, einmal Gruppenfoto mit Chip und Nummer. Auf geht's!« Klickklick.

Tinne hielt ihre Zahlen dümmlich grinsend in die Kamera. Die AZ hatte bei der Nummernvergabe wohl etwas gezaubert, sie war die 1110, und Elvis hatte die Schnapszahl 1111 bekommen.

»So, jetzt gehen wir rüber in die Halle zur Pasta-Party, da machen wir noch ein paar Fotos«, verkündete Sascha und leitete sie zur Haupthalle, in der die jährliche Marathon-

Messe stattfand. An den Verkaufsständen konnte man die allermodernsten Trainingsklamotten kaufen, deren Stoffe unaussprechliche Namen hatten und die wohl direkt aus der Weltraumforschung kamen. Mittig waren Bänke und Tische aufgebaut, hier saß das Marathoni-Volk und füllte die Kohlenhydrat-Speicher. Gemurmel wurde laut, als einige Teilnehmer Elvis erkannten und ihm einen Wadenweh-Gruß zuriefen.

»Gleich geh ich heim«, zischte der Reporter und schaute verdrießlich. »Gott sei Dank hat der Quatsch morgen ein Ende!«

»Na komm, Nudeln machen glücklich.« Tinne wedelte mit ihrem Verzehrgutschein und stellte sich in die Pasta-Schlange. Sie sah Elvis zu, der zum Getränkeausschank schlurfte. Ein Monatsgehalt hätte sie verwettet, dass er zu allererst nach einer Rieslingschorle fragen würde. Zu verstehen war zwar kein Wort, aber sie hatte wohl den Nagel auf den Kopf getroffen: Die Servicekraft schaute ihn an wie ein Marsmännchen, schüttelte entschieden den Kopf und deutete auf eine Reihe Wasser-, Saft- und Vitaldrink-flaschen. Sie schmunzelte, als sie seine Laune noch weiter in den Keller rutschen sah.

Endlich saßen sie an einem der Tische und posierten für Sascha mit gereckter Gabel. Kaum war der Fotograf fertig, ging Elvis im Tiefflug über seinen Teller und fing an zu schaufeln.

»Waf meinft du – finden wir diefe Papierfachen nachher?«, fragte er mit vollem Mund.

Tinne schaute vor sich hin.

»Tja, wenn ich mir sicher wäre. Es ist aber unsere einzige Chance, einen echten Beweis für das zu kriegen, was damals passiert ist. Alles andere hat sich als Sackgasse erwiesen, leider.« Sie stocherte in ihren Nudeln und merkte, dass sie viel zu nervös zum Essen war. Der Merg-Fall kam ihr vor wie ein Eisberg – der Gebeinefund war die Spitze, aber das, was damit in Verbindung stand, hatte eine viel größere Dimension, gut versteckt unter der Wasseroberfläche.

Mitten in ihren Gedanken merkte sie, dass Elvis wie hypnotisiert auf ihren vollen Teller starrte. Seiner war leer, sie fragte sich, wie man so schnell schlingen konnte, ohne zu ersticken. Mit einem Handwedeln gab sie ihre Portion frei. Da ertönten Stimmen durcheinander:

»Huhu, Frau Nachtigall!« »Hallihallo!«

Ahnungsvoll fuhr sie herum – die drei Grazien! Laeticia, Anna-Lena und Carina tänzelten zwischen den Tischen und Bänken, sie steckten in stylischer Sportkleidung und sahen aus, als wären sie gerade einem Fitness-Katalog entstiegen.

»Stimmt ja, Sie laufen für die AZ den Halbmarathon, hab ich im Netz entdeckt!« Anna-Lena setzte sich, hielt aber instinktiv Abstand zu Elvis, der durch Tinnes Nudeln pflügte wie weiland Godzilla durch Tokio.

»Oh, hallo. Sie, äh, sind auch beim Marathon dabei?«, fragte Tinne lahm. Eine Belehrung über die Gefahren einer nudellastigen Ernährung war so ziemlich das Letzte, das sie jetzt gebrauchen konnte.

»Klar, schon zum vierten Mal. Und zwar den ganzen Marathon!« Die leicht überhebliche Betonung blieb Tinne nicht verborgen. Sie schielte auf die Teller, die das Zickentrio bei sich trug. Lediglich Lactose-Laeticia hatte eine schmale Portion Nudeln mit Soße darauf, Carina trat mit eigenen, glutenfreien Nudeln an, die vegane Anna-Lena hielt ihre Puffreiscracker wie eine Waffe in der Hand.

»Eigentlich hätten wir dann ja gemeinsam trainieren können, oder, Frau Nachtigall?« Carina lächelte zuckersüß.

Tinne lächelte genauso falsch zurück und grübelte an einem schlimmeren Albtraum als einem regelmäßigen Zickentraining. Aus den Augenwinkeln schaute sie zu Elvis – hoffentlich war er bald fertig mit Essen, und sie konnten verduften! Da verschwand auch schon die letzte Nudel in seinem Mund, die Tischplatte um ihn herum erinnerte an ein Schlachtfeld.

»Ja dann, wir müssen leider los.« Tinne fuhr hoch wie eine Rakete. »Vielleicht sehen wir uns morgen. Tschüss! Gutes Gelingen! Guten Appetit!« Sie zog den kauenden Elvis hinter sich her in Richtung Ausgang.

»Wir sehen uns bestimmt!«, rief Anna-Lena ihr nach. »Wir rollen das Feld immer von hinten auf!«

Das Gegacker der drei Hühner folgte Tinne und Elvis bis nach draußen in den Vorraum.

»Meine Fresse, was war denn das?«, wunderte sich Elvis. »Der Club der falschen Schlangen?«

»So ungefähr. Da siehst du mal, wie hart ich mein Geld verdiene an der Uni!« Tinne marschierte zum Hallenausgang, wo sie mit Bertie und Axl verabredet waren, doch Elvis hielt sie am Ärmel fest.

»Bevor du gehst – hier, noch dran denken.« Er reichte ihr einen kleinen weißen Becher mit Deckel, einen zweiten behielt er selbst. Tinne schaute verwirrt darauf.

»Was … was soll ich damit?«

»»Hallo? Hast du vorhin gepennt bei der Materialausgabe, oder was?« Er machte eine ungeduldige Kopfbewegung zu den Toilettentüren im Eingangsbereich. »Auf, wir müssen los!«

»Elvis, echt jetzt – ich habe keine Ahnung! Was soll das?«

Der Dicke seufzte. »Pipiprobe. Vollmachen, abgeben. Ist ein Standard-Drogentest für alle Läufer. Damit keiner irgendwelche Mittelchen eingeworfen hat oder noch Drogenspuren im Urin sind. Wird über Nacht getestet, und wer einen Treffer landet, fliegt morgen gleich raus. Los jetzt, lass laufen.« Er ging zur Herrentoilette.

Tinne starrte ihm nach, während sich das Gefühl reiner Verzweiflung in ihr breitmachte. Ein Drogentest? Drogenspuren im Urin??? Die durchkiffte Nacht mit Rasmus – bestimmt konnte man da noch irgendetwas nachweisen. Disqualifiziert … wegen Drogenmissbrauchs! Sie sah die enttäuschten Gesichter der AZ-Leute vor sich. Die Schmach, wenn Laurent es erfuhr. Ihr Ruf an der Uni. *Die Nachtigall, die alte Drogentante.* Sie hätte schreien mögen!

Da sah sie, wie Elvis' Schultern bebten. Ahnungsvoll machte sie einen Riesenschritt und riss ihn herum. Lachtränen kullerten ihm über die Wangen, er konnte nicht mehr an sich halten und prustete los.

»Hahahaha! Dein Gesicht, zum Schießen! Ich lach mich kringelig!«

Tinne wusste nicht, ob sie vor Erleichterung umfallen oder ihm eine reinsemmeln sollte – am liebsten beides. Fassungslos schaute sie zwischen dem Becher in ihrer Hand und seinem Ballongesicht hin und her.

»Ich habe vorhin bei den Getränken diese weißen Kaffeebecher mit Deckel gesehen.« Elvis bekam sich wieder ein und wischte seine Augen mit dem Ärmel. »Und da dachte ich mir, hey, ein kleiner Scherz kann nicht schaden!«

»Woher hast du gewusst, dass du mich damit drankriegst?« Eigentlich war Tinne der Überzeugung gewesen, ihr Kifferabenteuer wäre ein süßes Geheimnis zwischen Axl, Bertie und ihr.

»Och, der Bertie hat heute Vormittag ein bisschen geplaudert. Du musst ja echt gut drauf gewesen sein.« Er tat, als würde er mit Engelsflügeln durch die Luft flattern.

Tinne war viel zu erleichtert, um ernsthaft böse zu sein. Dafür würde sie Bertie demnächst den Kopf waschen, und die nächsten Privatfahrten in seinem Taxi waren unter Dach und Fach!

Da hupte es auch schon vor dem Eingang. Der schwarze TD5 in seinem neuen extravaganten Look stand vor der Tür, Axl saß auf dem Beifahrersitz und winkte.

»Auf geht's! Rein mit euch und ab durch die Mitte!«

Der Bus kurvte die Rheinallee entlang und fuhr auf den Parkplatz am Ende der Kaiserstraße. Dieser lag direkt am Rhein, es war kaum etwas los, der schwarze Bus fiel nicht weiter auf. Im Inneren bemühten sich die vier, ihre Kleidung zu wechseln und in die Overalls zu schlüpfen, dabei schützten die abgedunkelten Scheiben sie vor neugierigen Blicken. Anschließend machten sie sich mit den von Axl gebauten Gerätschaften vertraut. Elvis stellte sich ein wenig an, als der Bart, das künstliche Gebiss und das farbige Haarspray zum Einsatz kamen, sein Protest verhallte jedoch ungehört. Schließlich war alles vorbereitet, Axl, Tinne und Elvis knieten sich in eine Reihe, Bertie schoss vom Fahrersitz aus ein Foto.

»Damit ihr etwas habt, mit dem ihr eure Zellen dekorieren könnt, wenn die Sache schiefgeht«, lachte er. Dann ließ er den Bus in aller Gemütsruhe vom Parkplatz rollen und fuhr nach links auf die Rheinallee in Richtung Staatskanzlei. Ein Relikt aus dem Lateinunterricht kam ihm in den Sinn, ein Spruch, der perfekt passte: *Ludi incipiant* – die Spiele mögen beginnen!

*

Beschimpfungen, faule Ausreden, geballte Fäuste. All das hatte Gisela Pfennich schon erlebt, immer und immer wieder. Für viele Führerscheininhaber waren die Damen und Herren in der blauen Uniform ein regelrechtes Feindbild, wenn sie zwischen abgestellten Autos umhergingen, interessierte Blicke auf Parktickets und -scheiben warfen und dann und wann das schwarze Eingabegerät hochnahmen. Der sperrige Ausdruck ›Verkehrsraumüberwachung/ruhender Verkehr‹ galt als Synonym für Wegelagerei und Abzocke.

Trotz dieser negativen Erfahrungen war Gisela immer bemüht, den Leuten eine Chance zu geben. Wenn jemand quer vor einem Geschäft stand, streckte sie den Kopf hinein und fragte, ob der Fahrer Wert auf ein Ticket legte. Und wenn ein Parkschein erst einige Minuten abgelaufen war, drehte sie gutmütig noch eine weitere Runde, bevor das Eingabegerät zum Zuge kam.

Doch vor dem Deutschhausplatz 3, einem eckigen roten Gebäude mit nüchternem Behördencharme, hatte Gisela heute einen besonders hartnäckigen Fall. Ein Auto stand dort schon den ganzen Nachmittag an einer Stelle, wo es besser nicht stehen sollte. Zuerst hatte sie ihre übliche Kulanzrunde gedreht, danach rappelte der schwarze Kasten zum ersten Mal und spuckte eine Verwarnung in Höhe von 15 Euro aus. Soweit, so gut. Nach drei Stunden hatte sich das Auto aber immer noch nicht wegbewegt, und Gisela wurde unwillig. Manchmal gab es besonders schlaue Autofahrer, die ihren Wagen abstellten, das Ticket inkaufnahmen und glaubten, damit quasi einen Parkschein für den ganzen Tag erkauft zu haben. Das stimmte freilich nicht, denn das Verwarnungsgeld konnte im Laufe der Stunden höher und höher klettern.

Gisela umrundete das Auto, ob vielleicht jemand einen Zettel oder einen Hinweis hinterlegt hatte. Nichts. Nun denn, dann würde die Strafe jetzt von 15 auf 30 Euro anwachsen. Ihre gutmütige Ader ließ sie dann doch noch zum

Gebäude gehen. Einen Versuch war es wert, vielleicht musste sie dem Besitzer doch nicht den Samstagabend verderben. In dem nüchternen Haus waren die Landesärztekammer Rheinland-Pfalz untergebracht, die Akademie für Ärztliche Fortbildung und das Medizinische Archiv. Sie rechnete eigentlich nicht damit, dass die Tür samstags überhaupt offen war, doch im Erdgeschoss waren Leute am Plaudern. Aha, es fand wohl eine Veranstaltung statt. In der Pförtnerloge saß ein blasser Mann mit schlohweißen Haaren und so dünnen Lippen, dass sie wie ein Strich wirkten.

»Hallo, 'n Abend. Sie wisse nit zufällig, wem des Auto da vor de Tür gehört, odder?«

Der Mann reckte sich und schaute hinaus, als stünden Dutzende von Autos zur Auswahl. Sein Akzent klang nach neuen Bundesländern.

»Einer Doome. Die is seit heut Nachmidoog im Archiv ünn lässt sich nisch bliggen.«

Im Geiste setzte Gisela ein ›nüwaa‹ dazu, obwohl sie wusste, dass das garstig war.

»Ei, dann hat die Dame jetzt e Problem mehr. Kann se bestimmt bei de Kasse einreiche.«

Ihr Scherz ließ das Gesicht des Mannes nicht einmal zucken. Gisela trat hinaus, brachte das Eingabegerät zum Brummen und klemmte die 30-Euro-Forderung unter den Scheibenwischer. Dann trat sie einige Schritte zurück, zückte ihre Digitalkamera und dokumentierte die Szenerie sorgfältig. Ein schickes Auto, dieser weiße Range Rover Evoque. Aber falsch geparkt war und blieb eben falsch geparkt. Mit dieser tiefschürfenden Erkenntnis begab sich Gisela in Richtung ihres wohlverdienten Feierabends.

*

Mann, Mann, Mann, war Herr Mertens wütend gewesen! Pascal Rodrian sah noch immer das Gesicht mit den roten Stressflecken vor sich, als er heute früh zum Wochenenddienst auf der Zitadelle erschienen war. Nach dem Wasserschaden im Garnisonsmuseum und seinem glorreichen Ohnmachtsanfall angesichts der schwimmenden Schaufensterpuppe hatte Pascal die Nacht von Donnerstag auf Freitag in der Uniklinik verbracht. Freitags war er dann krankgeschrieben gewesen und hätte nichts dagegen gehabt, diesen Umstand noch etwas länger aufrechtzuerhalten. Doch ihm war klar, dass er sich bei der ganzen Sache nicht gerade mit Ruhm bekleckert hatte. Also war er heute früh brav aufgestanden und zum Bau E geradelt. Dort wartete Herr Mertens mit einem Donnerwettergesicht auf ihn.

»Dass Sie sich überhaupt noch hierher trauen, Rodrian!« Pascal konnte förmlich sehen, wie sich Türen öffneten und neugierige Ohren auf den Flur hinaus wuchsen. »Einen Feueralarm verschlafen, das ist wie … das ist wie …« Herr Mertens fiel kein Vergleich ein, doch Pascal ahnte auch so, was er meinte. Danach klemmte sich sein Chef ans Telefon und führte eine Viertelstunde Gespräche in gedämpfter Lautstärke. Pascal wurde mulmig, denn er wusste, dass Herr Mertens ein gut funktionierendes Netzwerk innerhalb der Stadtverwaltung hatte. Und tatsächlich, mit einem wölfischen Lächeln kam er wieder, es fehlte nur noch das zufriedene Händereiben.

»So, Rodrian, Sie brauchen sich gar nicht erst hinzuhocken. Mit sofortiger Wirkung übernehmen Sie eine achtwöchige Vertretung. Dann mal rauf aufs Fahrrad, die Kollegen warten schon auf Sie!«

Und damit fand Pascal sich im Erdgeschoss eines lang gestreckten roten Gebäudes mit Mansardendach wieder, das an der Rheinstraße lag und eine altmodische Würde verströmte. Als Arbeitsplatz machte die Rheinland-Pfälzische Staatskanzlei ganz schön was her. Doch davon abgesehen hatten sich für Pascal so ziemlich alle Dinge zum Schlechteren gewendet.

Zuallererst saß er in einer gläsernen Empfangsloge im Eingangsbereich, die von allen Seiten einsehbar war. Damit hatte sich seine Chance auf nette Nebenbeschäftigungen auf ein Minimum reduziert. Und selbst wenn er einen verborgenen Winkel in der Loge entdeckt hätte, wäre er nicht weitergekommen – sein Dienstrechner bot keinen Internetanschluss, sondern war lediglich im Intranet der Landesregierung angemeldet. Die Krönung des Ganzen waren schließlich die Kollegen, die ihm als Willkommensgruß gleich mal eine Tag-und-Nacht-Doppelschicht aufbrummten. Obwohl samstags kaum jemand im Haus war, hetzte man ihn den lieben langen Tag wegen irgendwelcher Kleinigkeiten von A nach B … eine ruhige Kugel wie auf der Zitadelle war hier wohl eher nicht zu erwarten. Pascal fühlte sich elend, wenn er an die nächsten zwei Monate dachte.

Missmutig saß er in seiner Loge und klickte sich durch die Seiten der Landesregierung. Zum Sterben langweilig! Die wenigen Mitarbeiter hatten längst schon ihren Samstagabend eingeläutet und das Gebäude verlassen. Die Flure waren ausgestorben, nur die Notbeleuchtung brannte. Sogar draußen gab es nichts zu schauen, der Platz vor dem Gebäude hätte jeder einsamen Westernstadt zur Ehre gereicht. Es fehlten nur noch die Büsche, die darüber geweht wurden.

In diesem Augenblick erschien ein schwarzer VW-Bus, legte sich schwungvoll in die Kurve und hielt direkt vor der Eingangstreppe. Er trug eine Beschriftung und ein Logo an der Seite, doch bevor Pascal etwas entziffern konnte, flog auch schon die Schiebetür auf, drei Leute stiegen aus. Sie trugen identische Overalls und Arbeitsschuhe, in ihren Händen hielten sie seltsame röhrenförmige Metalltornister mit Schläuchen und Reglern.

Pascal trat aus seiner Empfangsloge heraus. Was war denn da los? Nun konnte er die Beschriftung des Busses lesen: *ANTI-FLI*, in der Zeile darunter *[Professionelle Desinsektion]*. Das Logo zeigte dazu passend einen stilisierten Käfer, der auf dem Rücken lag und mit einem roten Balken durchgestrichen war. Dasselbe Logo prangte auf den Overalls der drei Gestalten, zwei Männern, einer Frau. Die drei schwangen die Metallröhren auf den Rücken, schnallten sie fest und packten die Schläuche mit den Händen. Als sie festen Schrittes auf die Glastür zukamen, fühlte sich Pascal an die drei Geisterjäger im Film *Ghostbusters* erinnert.

Die Frau klopfte an die Scheibe. Pascal öffnete den Sicherheitsstift der Schiebetür, drückte sie aber nur eine Handbreit auf.

»Ja hallo, was … äh, was gibt's?«

»Anti-Fli, die jährliche Begasung des Archivs«, sagte die Frau in selbstverständlichem Ton und drückte ihm einige Papiere in die Hand.

»Be – Begasung?« Pascal schaute belämmert auf die Papiere.

»Na, die Begasung im Keller! Muss einmal jährlich gemacht werden, damit sich Schädlinge wie der Kartonkäfer oder die Papierlaus nicht ausbreiten können. Sonst ist das ganze Archiv in ein paar Jahren nur noch Mehl.«

»Äh, oh, da … hm, da kann ich gar nichts dazu sagen.« Er blätterte fahrig durch die Papiere. »Muss das jetzt sein oder was?«

»Einwirk- und Karenzzeit betragen 30 Stunden, am Montagmorgen kann das Archiv dann wieder betreten werden.« Die Frau schaute ihn an, als wäre er ein Vollidiot. »Es muss eine Anmeldung vorliegen, wie immer. Wir würden jetzt übrigens gerne anfangen, es gibt noch ein paar andere Aufträge heute Nacht.« Auf ihren Wink drückten die beiden anderen die Schiebetür auf, alle drei traten ein.

»Halt, halt, Moment, ich, also, ich muss das erst mal überprüfen!« Pascal hetzte zu seinem Arbeitsplatz. Anti-Fli? Begasung? Kein Mensch hatte ihm etwas davon gesagt! Andererseits – wenn die Sache regelmäßig stattfand, hatte vielleicht keiner daran gedacht.

»Eine Anmeldung soll da sein, sagen Sie?«

Die Frau nickte. »Per Fax. Gestern oder heute.«

Mit nervösen Fingern suchte Pascal den Faxstapel durch. Nichts, weder gestern, noch heute. Als er wieder aufschaute, erschrak er. Die Frau stand direkt an seiner Loge und schob ein weiteres Blatt herein.

»Hier ist das Original der Beauftragung, wenn's was hilft.«

Das Dokument war abgegriffen, als wäre es schon durch einige Hände gegangen. Es trug den Briefkopf der Staatskanzlei und war eine förmliche Beauftragung der Firma Anti-Fli, ausgestellt auf das heutige Datum. Alle Stempel waren darauf, und auch die Unterschrift seines neuen Chefs, Herrn Winterhoff, prangte unübersehbar in der letzten Zeile. Während er las, linste er unauffällig zu den drei Leuten. Die Frau war groß gewachsen, sie hatte braune halblange Locken und eine sportliche Figur. Einer der Männer war ebenfalls sehr groß, aber spindeldürr und hatte lange Haare, die zu einem Pferdeschwanz gebunden waren. Der andere war klein und dick, ein buschiger grauer Vollbart wucherte über sein halbes Gesicht und ging in die ebenfalls grauen Haare über. Er hatte einen starken Überbiss, seine Brille mit dickem Gestell ließ ihn wie einen Sozialkundelehrer in den 1970ern aussehen.

Pascals Augen zuckten zwischen dem Dokument und dem Faxgerät hin und her.

»Also, hm, das sieht ja schon in Ordnung aus, aber ich habe leider nichts hier, das Sie ankündigt. Ich … ich glaube nicht, dass, äh …«

Er ließ den Satz unvollendet, als er sah, dass die Frau die Geduld verlor.

»Hören Sie zu, wir sind hier ordnungsgemäß gebucht und machen diese Begasung schon mehr als zehn Jahre. Hat immer geklappt. Wenn es jetzt irgendein Problem gibt, packen wir unser Zeug und fahren zum nächsten Auftrag. Aber dann stellen wir Ihrem Haus eine Ausfallzahlung von – Moment«, sie blätterte einige Papiere durch, »7.492,80 Euro in Rechnung, dazu kommen An- und Abfahrt, neues Terminmanagement, Wochenendtarif und Bundeschemikalienabgabeverordnungspauschale. Das sind noch mal gut 1.000 Euro. Ich darf Sie dann bitten, dieses Formblatt über die Zugangsrestriktion auszufüllen, und zwar den Namen leserlich in Druckbuchstaben, auf der Linie Ihre Unterschrift.« Sie knallte ein Formular hin, dessen Kopfzeile das Logo mit dem durchgestrichenen Käfer trug.

Pascal schluckte trocken. Verflixt und zugenäht, was sollte er jetzt machen? Er war neu in dem Laden und hatte keine Ahnung, was es mit diesem Archivschutz auf sich hatte. Klang ja alles ganz vernünftig. Aber wildfremde Leute in den Keller lassen? Auf der anderen Seite – wenn er eine Ausfallrechnung von schlappen 8.500 Euro verursachte, und das während seiner allerersten Schicht, dann waren seine Tage in der städtischen Verwaltung wohl gezählt. Am liebsten hätte er jemanden angerufen, aber er kannte keinen Menschen im regulären Empfangsbetrieb, geschweige denn, dass er eine Telefonnummer gehabt hätte.

Der schwarze Bus hupte. Eine vierte Person saß auf dem Fahrersitz, ein Mann mit roten Haaren und demselben Overall, er gestikulierte ungeduldig. Die Frau gab Zeichen zurück, dass etwas nicht in Ordnung sei.

»Also bitte, hier unterschreiben.« Sie tippte ihren Finger auf das Formblatt und hielt Pascal einen Kugelschreiber hin. Auch auf dem Stift erkannte er das Käfer-Logo, und dieses Detail gab den Ausschlag. Diese Leute waren dermaßen professionell, da *musste* alles seine Ordnung haben! Er schaute auf und straffte sich.

»Okay, alles klar, wir machen's. Der Fehler liegt bestimmt irgendwo bei uns im Haus, 'tschuldigung.« Mit neuem Elan suchte Pascal die Schlüssel zum Kellerarchiv, von dem er nur erfahren hatte, dass es riesig sein sollte und normale Besucher erst nach einem Dutzend Anträgen hineindurften.

Die drei folgten ihm die Treppe nach unten. Die Drucktanks, die sie auf dem Rücken trugen, erinnerten entfernt an Feuerlöscher, glänzten aber metallisch und besaßen kompliziert aussehende Manometer. Unterwegs zogen sie Atemmasken über Mund und Nase, Pascal fühlte sich wie in einem Hochsicherheitslabor.

»Ja, hier, also ... das ist das Kellerarchiv.«

Er ließ das Schloss aufschnappen. Im Inneren des riesigen Raumes flackerten Neonröhren auf und fingen an zu brummen, Regale, Boxen, Aktenschränke und Dokumentenmappen sahen in ihrem kalten Licht merkwürdig farblos aus.

»Gut, danke schon mal.« Die Stimme der Frau klang

durch die Atemmaske gedämpft. »Wir werden rund zwei Stunden brauchen. Es ist wichtig, dass Sie währenddessen auf keinen Fall hier reinkommen, eine sofortige Intoxikation kann die Folge sein.«

Pascal nickt eifrig. Intoxikation – wer wollte so etwas schon haben? Als er die Treppe hochging, fiel die schwere Tür hinter ihm ins Schloss. Er freute sich, die Angelegenheit so souverän geregelt zu haben. Da würde sein neuer Chef bestimmt stolz sein!

*

Dietmar Laurenzi hatte einen leichten Schlaf. Das schnelle Umschalten zwischen Traum und Wirklichkeit war ein Resultat der unendlichen Nächte am Taxistand, dösend im Sitz, bis irgendwann ein Kunde an die Scheibe klopfte und er sofort voll da sein musste.

Deshalb dauerte es keine Sekunde, bis Dietmar wach war und nach dem klingelnden Telefon griff. Sein Handy lag am Bett – als Taxichef war es für ihn selbstverständlich, immer erreichbar zu sein, wenn bei einem seiner Leute etwas nicht in Ordnung war. Seine Frau neben ihm brabbelte etwas, drehte sich um und schlief weiter. Leise ging Dietmar aus dem Schlafzimmer und warf beim Aufstehen einen Blick auf die Uhr. Halb eins. Sportlich, sportlich. Die Nummer des Anrufers verriet ihm, dass es Bertie war. Der Bus!, war sein erster Gedanke.

»Schrottwert oder nur vier Wochen Werkstatt?«

Er hörte Bertie lachen. »Wie aus dem Ei gepellt. Hör zu, trommel so viele von den anderen zusammen, wie du kriegen kannst. Wir brauchen euch hier in der Kommune, es gibt ordentlich zu tun!«

Ohne eine weitere Frage legte Dietmar auf und rief nacheinander sämtliche Fahrer an. Einer für alle, alle für einen – wer brauchte schon die Musketiere, wenn er die Brigade hatte!

Alle sieben Brigadiere marschierten die Treppe zur Kommune 47 hinauf. Oben traf sie fast der Schlag – der Tisch, sämtliche Regale, die Küchenablage und sogar der Boden waren übersät mit zerrissenen und zerschnittenen Papierstreifen von gelblicher Farbe. Mittendrin knieten Bertie, Axl, Tinne und Elvis, alle in seltsamen Overalls mit einem Käferlogo, Elvis hatte zudem noch graue Haare.

»Was wird des denn, wenn's fertisch is?« Margarete stemmte die Arme in die Hüfte. »Schnibbelt ihr Konfettis für de nächste Rosemontagszug?«

»Schön wär's.« Tinne warf einen verzweifelten Blick auf die Papierflut. »Ich hoffe, ihr wart immer gut im Memory-Spielen!«

Vor einer Stunde waren die vier zurückgekommen. Die Suchaktion im Keller der Staatskanzlei war ein voller Erfolg gewesen, nach schier endlosem Stöbern hatte Axl eine Stahlkiste mit Handschriften und altertümlichen Tabellen entdeckt – und auf ihrem Boden ein wahrer Wust an Papierstreifen! Tinne und Axl packten die Schnipsel in einen der Feuerlöscher, den Axl zu ebendiesem Zweck in seiner Werkstatt leergemacht und mit einem Scharnier versehen hatte. Derweilen tappte Elvis durch das Archiv und staunte über Dokumente der jüngeren Stadtgeschichte, die, wie er sagte, politische Skandale jenseits jeder Vorstellungskraft hervorrufen würden. Ihm war nun mehr als klar, warum die Stadt Mainz den Keller der Staatskanzlei stets verschlossen hielt.

Doch Tinne zog ihn nach draußen, sobald die Papierstreifen eingepackt waren. Sie wollte ihr Glück nicht unnötig strapazieren und war heilfroh, als sie wieder im VW-Bus saßen. Die Ernüchterung folgte in der Kommunenküche: Die schiere Masse der *Chassepots* machte ihnen rasch klar, dass an ein einfaches Zusammenfügen nicht zu denken war. Nachdem sie die Streifen verteilt und sich mit Argusaugen ans Sortieren gemacht hatten, war es ihnen im Lauf einer Stunde gerade einmal gelungen, vier zusammenhängende Schnipsel zu finden, die leider nicht das Geringste mit dem Merg-Scholl-Fall zu tun hatten.

An dieser Stelle hätte Tinne um ein Haar aufgegeben. Doch Bertie und Axl dachten nicht daran. Flugs wurde die Brigade zu Hilfe gerufen, und nun standen elf Leute in der Küche und rieben sich das Kinn.

»Also gut.« Tinne zwang sich zur Konzentration, obwohl der lange Tag allmählich seinen Tribut forderte. »Wenn wir die Dinger sortieren müssen, brauchen wir so etwas wie einen Masterplan.« Während Bertie Wein ausschenkte und auf dem letzten freien Platz, Tinnes Espressomaschine, Spundekäs und Brezelchen drapierte, grübelte sie an einer Herangehensweise. Sie teilte ihre Mitstreiter in Teams ein, die die *Chassepots* zunächst nach ihren Rändern unterschieden: War ein Streifen auf beiden Seiten zerrissen oder nur auf einer Seite? Denn damit war klar, ob das Papierstück aus der Mitte oder vom Rand einer Seite stammte. Danach kamen die Ausrichtung und die Farbe der Schrift an die Reihe, zum Schluss übernahm Tinne mithilfe einer Lupe das Entziffern einzelner Worte. Nach diesem Prinzip arbeiteten sie sich zäh durch die Papiermassen, ein Eckchen fügte sich zum anderen, Gemurmel, Flüche und hin und wieder ein Jubelschrei erfüllten die Küche.

Eine dramatische Situation entstand, als Mufti herein stolziert kam und mehrere Stapel in Unordnung brachte. Alle brüllten ihn panisch an, worauf er hochgradig beleidigt von dannen zog.

Schließlich, kurz vor vier, schaltete Tinnes Hirn blitzschnell von schläfrig auf hellwach. Unter der Lupe waren zwei Worte sichtbar geworden, die sie herbeigesehnt hatte: *Mergen Scholl.*

»Leute, hier ist was!«, flüsterte sie. Die anderen stockten, danach wurde der Arbeitseifer verdoppelt. Dank der vorherigen Sortierung ging es nun Schlag auf Schlag, Kante fügte sich an Kante, Wort an Wort, bald war das halbe Blatt fertig, dann endlich die komplette Seite. Tinne machte sich daran, die Papierstreifen mit Büroklammern festzustecken, die Übrigen suchten mit neuem Elan weiter. Nach einer halben Stunde war allerdings klar: Es gab keine weiteren Protokolle, die mit Merg Scholl zu tun hatten, nur eine einzige Seite hatte die Jahrhunderte überdauert. Die Brigade verabschiedete sich müde, auch Bertie und Axl zogen sich in ihre Zimmer zurück. Elvis, dem inzwischen die graue Farbe aus den Haaren bröselte, flatschte sich neben Tinne auf die Bank.

»Okay, los geht's. Was verrät uns das Blatt?« Er griff nach den zusammengefügten Papierstreifen.

Tinne überflog die ersten Zeilen.

»Also, was wir hier haben, ist der Anfang der Prozessakte. Der Hauptkläger, Georg Plumenschein, beschreibt, was damals passiert ist.«

Elvis dachte an die Anklageschrift. »Plumenschein – das ist der Typ, der Bäcker, dessen Kind Merg angeblich verzaubert und umgebracht haben soll, oder?«

Tinne nickte und fing an, die Protokollseite Zeile für

Zeile durchzugehen. Gleichzeitig tippte sie die Worte auf ihrem Laptop ins Reine.

Das woltt Godt Vnd das liebe heilge Creutz, Das helff Vns Godt Vnd die heilge Dreyfaltigkeidt.

»Okay, er stellt ein Gotteslob voran. Die übliche Vorrede.«

Item bekun ich, Georg Plumenscheinen, wes Üpel Heinrich Scholl Wittib het gebrunken üeber meyn Hauß und meyn Weyb und kindt.

»Die Witwe von Heinrich Scholl, sagt er, hätte seinem Haus und seiner Frau und seinem Kind Übles zugefügt.«

Wahr beker in Bodenheimen vil jahr undt weis niemandts dem Vnrecht gethan. In der zeyt wie vil Regen gekum undt di feldter sinnt Naß gweßen, Vills Leidt musdten ertragken.

Tinne klebte mit dem Finger am Blatt. »Aha, hier sagt er, dass er Bäcker war und niemandem etwas Böses getan hat. Und er meint, dass in seiner Zeit viel Regen gekommen ist und die Felder nass waren, und sie viel Leid ertragen mussten.« Murmelnd las sie weiter und brachte die Sätze gleichzeitig ins Hochdeutsche. »Die Leute hätten kaum etwas gehabt, das sie ihm in die Backstube bringen konnten: *Di Lytt heten nurig für die beker Stuben nurig alß hirsbrey undt hadenkorn.*«

Elvis kroch ihr fast auf den Schoß.

»Da haben wir's – viel Regen! Das passt doch zu unserer Mutterkorn-Theorie, oder?«

Tinne war genauso gespannt wie er. »Hör weiter zu. Also, er beschreibt, wie ihm dann Gott, der Allmächtige, seine Güte gezeigt hat, blabla, das geht eine Weile so, aber hier, jetzt kommt's:

Am Trayerhoff beym Hupgerichet geholet mir Adam Ebersheym, ohn Straff. Der Disch seye weiß gedeckt gewe-

sen. Hedte darauf hölzern deller, Erdene Schüssel, undt trinckgeschir gehapt. Auch Swinfleisch gebradtens undt gesotenes darbey gehapt undt Brodt undt Salz. Item wein.

»Es geht um Essen. Und um Wein«, stellte Elvis mit Kennerblick fest.

»Um gutes Essen sogar, und das in einer Zeit des Mangels. Wie kommt's? Hier sagt er es uns: Er ist an einen Hof beim Gericht geholt worden, und zwar von Adam Ebersheim. Du erinnerst dich an das, was uns die Professorin erzählt hat? Ebersheim war quasi die rechte Hand von Anton Waldbott von Bassenheim, dem als Probst des Ritterstift St. Alban der *meintzische* Teil von Bodenheim gehörte. Ein ziemlich wichtiger Mann also. Und Plumenschein wird *ohn Straff*, also nicht als Strafe, zum Gericht gebracht. Im Gegenteil, er findet dort eine ziemliche Schlemmerei vor.«

Sie las weiter. »*Aynstellig den beker, zweys Wochig baken in der Owen, herefuer gapen den backespfennick.* Okay, jetzt wird's klar: Ebersheim verpflichtet ihn als Bäcker. Er soll zweimal in der Woche auf den Hof des Richters kommen und im dortigen Ofen Brot backen. Dafür kriegt er regelmäßiges Geld, den *backespfennick*. Das ist natürlich eine tolle Sache, ein festes Einkommen, sozusagen. Hier, er sagt es wörtlich.

Ebersheym habe Mir versprochen, es sole Nichts mangeln Und alles glüklich und satt zu gehen.«

Elvis formte die alten Worte mit den Lippen nach. Tinne fuhr fort:

»Oh, aber jetzt geht's los. Es gibt Schwierigkeiten. *Eyn bös Hertz* wird neidisch und vergiftet seine Familie. Erst wird sein Sohn krank, dann seine Frau.«

»Was ist mit dem Kind los? Jetzt lies doch weiter!«

»*Wolle nit grosz werdten und starck, pleich und Kumme-*
rich seyn Leyb und Antliz troz Guet Eßen.«

»Die geheimnisvolle Krankheit.« Elvis flüsterte. »Bleich
und kümmerlich trotz gutem Essen! Das ›Antoniusfeuer‹!«

»*Min Frauw Judit dasselbe thudt, jammerlich einfahret,*
ins teuffels namen krencker worden. Seiner Frau geht es
also genauso.« Tinne folgte den Worten mit ihrem Finger.

»Hier, jetzt kommt die Witwe Merg Scholl ins Spiel: *Fru-*
gen hebAm Mergen Scholl wittib Heinrich umb hylfen, er
hat sie als Hebamme, also als heilkundige Frau, um Hilfe
gebeten. Aber dann klagt er sie öffentlich an, *ihre Zauber-*
schmir darunder gemengt, ins teuffels namen außgeschütt,
sie hätte mit ihrer Hexensalbe alle krank gemacht.«

Elvis konnte kaum still sitzen. »Oh Mann! Hexensalbe!
Und wir wissen, dass es in Wirklichkeit eine Mutterkornvergiftung war!«

Tinne blinzelte. »Hm ja, im Grunde schon. Das Einzige,
was mich wundert – Frau und Kind werden krank, aber
Plumenschein selbst nicht. Warum? Er muss doch dasselbe
gegessen haben wie der Rest seiner Familie, oder?«

»Ach je, das wird er einfach nur für sich behalten haben.
Welcher Mann will schon als Jammerlappen dastehen, der
sich von einer Hexe eine Krankheit ans Bein binden lässt?«

Doch Tinne war nicht überzeugt. Murmelnd las sie weiter.

»Jetzt beschreibt er, wie sie dem Jungen mit Quecksilber
helfen wollten, *zwey löpfel tagelich,* wow, da würde heute
jeder Arzt mit den Ohren schlackern. Tja, zwei Monate
später ist der Bub tot, *ein düren Leyb bekomen Vnd in*
2 Monade gestorben.«

»Das war wohl das Todesurteil für Merg Scholl«, meinte
Elvis.

Tinne nickte. »Zumindest ein Grund für die Verhaftung, und damit war der Prozess am Laufen. Hier, er sagt, dass es seiner Frau noch immer nicht besser geht. *Darauf die Frauw ihe lenger Je krencker worden, im ban des teuffels Weyb.*«

»Im Bann des teuflischen Weibs.« Elvis war fasziniert. »Klar, seine Frau futterte ja auch weiterhin Roggenbrot mit Mutterkorn.«

»Und er?«, fragte Tinne erneut. »Warum wird Georg nicht krank?«

Elvis winkte ab und beugte sich über das Blatt. Nur noch wenige Zeilen waren übrig, Tinne brauchte die Lupe, um sie zu entziffern.

»Jetzt bittet er die Richter und Schöffen, Recht zu sprechen und das *verdorreb Weyb* wegen Hexerei zu verurteilen. Er weiß keinen Grund für die schlimme Krankheit als einen bösen Zauber. Es kann nichts anderes sein, sagt er, noch nicht einmal …« Sie stockte und zog scharf die Luft ein. Elvis erkannte das Wort im selben Augenblick, »*nit eynsmal antonisfewer* – noch nicht einmal das Antoniusfeuer.«

Wie unter Schock lasen sie die letzte Zeile und starrten auf das Blatt, bis ihnen die Augen brannten:

Itzo Rogen gap es Keyn auf die Feldt undt die schupen, altz auch Keyn antonisfewer.

»Sag mir bitte, dass ich das falsch verstehe.« Elvis' Stimme war kaum zu hören.

Tinne musste schlucken. »Ich … ich fürchte nicht. Georg Plumenschein sagt klipp und klar: Denn es gab keinen Roggen auf den Feldern und in den Scheunen, also auch kein Antoniusfeuer.«

Die beiden saßen in der Kommunenküche wie zwei geprügelte Hunde und schauten zwischen dem Protokoll und der Abschrift auf dem Notebookbildschirm hin und her. Vor lauter Erschöpfung merkte Tinne, dass ihr die Tränen kamen.

»Elvis, es war nicht das Mutterkorn. Wir haben die ganze Zeit auf das falsche Pferd gesetzt.«

Ihr Kopf brachte nur noch zwei Fragen zustande: Was war damals wirklich passiert? Und warum ließ das Schicksal von Merg und dem Kind auch heute noch Menschen sterben?

Das woltt Godt Vnd das liebe heilge Creutz, Das helff Vns Godt
Vnd die heilge Dreyfaltigkeidt.
Item bekun ich, Georg Plumenscheinen, wes Üpel Heinrich Scholl Wittib
het gebrunken üeber meyn Hauß und meyn Weyb und kindt.
Wahr beker in Bodenheimen vil jahr undt weis niemandts dem Vnrecht
gethan. In der zeyt wie vil Regen gekum undt di feldter sinnt Naß gweßen,
Vills Leidt musdten ertragkan. Di Lytt heten nurig für die beker Stuben
nurig alß hirsbrey undt hadenkorn.
gott Vnd der obrigkeit Zu Ehrn Vnd ihrer selbsten Seelen Heyl Vnd Heiligkeit,
Zu besten ihr gewisen, in der güdte Zu Raumen het zeyt de Guoten mir.
Am Trayerhoff beym Hupgerichet geholet mir Adam Ebersheym, ohn Straff.
Der Disch seye weiß gedeckt gewesen. Hedte darauf hölzern deller,
Erdene Schüssel, undt trinckgeschir gehapt. Auch Swinfleisch gebradtens
undt gesotenes darbey gehapt undt Brodt undt Salz. Item wein.
Aynstellig den beker, zweys Wochig baken in der Owen, herefuer gapen
den backespfennick. Ebersheym habe Mir versprochen, es sole
Nichts mangeln Und alles glüklich und satt zu gehen.
Mit leib Vnd Seel klagn! Eyn bös Hertz mit Nidden wardt undt giffetig
meyn Hauß. wiß nicht anders, dan der Teuffel schaff alles. Item krenk
ward meyn kindt, item krenk meyn Frauw Judit. Deß Kindt nider Ruhe
gehabt Vor dem bösen geist. Wolle nit grosz werdten und starck, pleich
und Kummerich seyn Leyb und Antliz troz Guet Eßen. Min Frauw Judit
dasselbe thudt, jammerlich einfahret, ins teuffels namen krencker worden.
Frugen hebAm Mergen Scholl wittib Heinrich umb hylfen.
Itzo Mergen Scholl wittib Heinrich umb vielen Anhaltens willen dem Teuffel
gebuhln. Vnd sie midt ihrem Buhlen vorgdanzt, ihre Zauberschmir
darunder gemengt, ins teuffels namen außgeschütt.
Dem bueb wol helffen wohlen mit dem quek Silleb, zwey löpfel tagelich,
ein düren Leyb bekomen Vnd in 2 Monade gestorben. Darauf die Frauw
ihe lenger Je krencker worden, im ban des teuffels Weyb.
Wise heren, rihter undt Schopfen, gebbe bekantnuß über teuffelyn undt
Zauber auff urgicht des verdorreb Weyb. Nit undter kann seyn alß nidden
Zauber giffetig, nit eynsmal antonisfewer. Itzo Rogen gap es Keyn auf die
Feldt undt die schupen, altz auch Keyn antonisfewer.

DRITTER TEIL

Sonntag, 11. Mai 2014

»Elvis, Elvis, Elvis!«

Die Menge hüpfte mit hochgerissenen Armen im Rhythmus der Rufe, als Elvis das Startfeld betrat. Bertie und Margarete standen davor und gaben als Einpeitscher den Takt vor, die Zuschauer schwenkten ihre Elvis-Ballons und ließen die Fanpaket-Tröten ertönen. Viele hatten selbst gebastelte Schilder dabei, ›Go, Elvis go!‹ war zu lesen und ›Wadenweh und Spaß dabei‹. An der Fußgängerbrücke, die den Brand mit der Rathausplattform verband, hing sogar ein riesiges Transparent mit ›Weck, Worscht und Wadenweh‹-Aufschrift.

Tinne stand neben Elvis und sah, dass er sich zu einem Lächeln zwingen musste. Ebenso wie sie selbst war er nahezu am Ende der Kräfte, die aufregenden letzten Tage, die anstrengende Nacht und der Mutterkorn-Fehlschlag hatten zu einem saft- und kraftlosen Erschöpfungszustand geführt. Die zwei kläglichen Schlafstunden zwischen fünf und sieben Uhr hatte Elvis der Einfachheit halber auf der Küchenbank in der Kommune verbracht, Tinne lag in ihrem Zimmer und hörte seinem Schnarchen zu. Trotz bleierner Müdigkeit fand sie keinen Schlaf, die ungelösten Rätsel von früher und heute drehten sich in ihrem Kopf. Wie zwei Zombies in Sportkleidern waren beide am Morgen in die Stadt gewankt, hatten ihren Zeitmesser am Schuh und die Laufnummer am Bauch befestigt, und schon ging's los: Die Mainzer wollten ihren Elvis sehen!

»Und der Elvis, der läuft wiiiiie?«, brüllte Bertie, worauf die Menge die Arme übertrieben anwinkelte und so tat, als würde sie elvisgleich davonrennen.

»Und jetzt hat der Elvis Wadenweeeeeeh!« Alle beugten sich herunter, umfassten ihre Waden und tanzten mit schmerzverzerrtem Gesicht umher.

»Aber er schafft's trotzdeeeeem!« Die Leute taumelten erschöpft über eine imaginäre Ziellinie und feierten danach mit gereckten Fäusten den Sieg.

Tinne musste lachen. Der allgemeine Trubel steckte sie an, auf der Rheinstraße auf Höhe des Rathauses, dort, wo der Marathon starten und enden würde, war die Hölle los. Hunderte hatten sich versammelt, Musik spielte, die Marathonis dehnten ihre Muskeln und bekamen gute Wünsche zugerufen, überall leuchteten bunte Elvis-Shirts mit dem stilisierten Kotelettenkopf hervor. Inmitten der Läufer gab es wie jedes Jahr Spaßvögel in fantasievoller Verkleidung, ein Obelix schwabbelte sich warm, eine Frau im Ganzkörper-Entenkostüm bespaßte die Kinder, eine Gruppe Panzerknacker führte eine Choreografie auf.

»Also gut, dann wollen wir den Käse mal hinter uns bringen.« Elvis zog ein muffiges Gesicht. Er sah aus wie eine wandelnde AZ-Werbung in seinem neuen von der Zeitung spendierten Sportdress: T-Shirt und Laufhosen leuchteten blau, auf den Beinen, den kurzen Ärmeln und dem Rücken prangten die verschnörkelten AZ-Buchstaben in Weiß. Seit er gestern mit viel Geschnaufe die 20 Kilometer im Ober-Olmer Wald geschafft hatte, war der Reporter zwar ein Stück motivierter. Doch ihnen beiden war klar – da hatten sie keine Protokollschnipsel-Nacht mit

Schlafmangel und schlechten Merg-Neuigkeiten hinter sich gehabt!

Tinne hob die Hand zum High five, er schlug klatschend ein.

»Wie ist das Motto?«, fragte Elvis.

Sie antwortete brav: »Egal wie – Hauptsache, vor der Kehrmaschine.«

Der Dicke nickte zufrieden, worauf Tinne inmitten der anderen Läufer auf Startposition ging und in den Knien federte. Am Rand hatten sich Axl, Bertie und die Brigade versammelt, nur Dietmar und der kleine Micha fehlten, sie mussten ja Fahrdienst schieben. Ferdi wollte gemeinsam mit seiner Familie in der Neustadt bereitstehen, seine Wohnung lag dort fast an der Strecke.

Eine Mikrofonstimme bat die Nichtläufer aus dem Startfeld, die Unruhe stieg. Da tippte jemand Tinne an. Sie drehte sich um – Laurent! Ihr wurde heiß und kalt zugleich, als er sie mit einem kleinen Lächeln ansah.

»Hey, ich wünsche dir viel Glück und alles Gute. Und einen schnellen Fuß.«

Ihre Antwort blieb irgendwo zwischen Hirn und Zunge stecken, nur der Mund ging auf und zu. Bis sie sich wieder berappelt hatte, war Laurent schon in der Menge verschwunden.

Nun war es endgültig geschehen um Tinnes Konzentration. Sie bekam kaum mit, dass die Mikrofonstimme anfing, von 60 abwärts zu zählen und die Menge einstimmte. Die Rufe steigerten sich in einem ohrenbetäubenden Crescendo, um Punkt 9.30 Uhr knallte der Startschuss. Jemand gab ihr einen Schubs, sie lief los, während aus den Boxen *Eye of the Tiger* dröhnte.

Schon nach ein paar Sekunden war Elvis hinter ihr verschwunden, sie hatte das Gefühl, inmitten einer flüchtenden Herde zu stecken. Jeder versuchte, sein eigenes Tempo zu finden, die Langsameren wurden umrundet, die Schnelleren drängte nach vorne. Tinne ließ alles mit sich geschehen und hoffte, dass sie einfach nur der Menge nachlaufen musste, um irgendwann im Ziel anzukommen.

»Da laufen sie!« Axl senkte die Kamera, mit der er den Start festgehalten hatte. Bertie, der zwei Köpfe kleiner war, sah schon längst nichts mehr und wandte sich ab.

»Auf geht's, nächster Standort! Wir sind ja schließlich nicht zum Vergnügen hier!«

Gemeinsam mit der Brigade hatte er eine Route ausgetüftelt, wie sie an möglichst vielen Stellen auftauchen und Elvis zujubeln konnten. Die Halbmarathonstrecke führte über die Rheinallee nach Mombach und über den Bismarckplatz in die Neustadt, dort ging sie entlang der Kaiserstraße in die Altstadt, einmal quer durch bis nach Weisenau auf die Wormser Straße und wieder zurück zum Rathaus. Die volle 42-Kilometer-Distanz besaß einige Abzweigungen mehr, sie überquerte den Rhein auf der Theodor-Heuss-Brücke, drehte eine Extra-Runde in Kostheim und schlängelte sich nochmals durch Mombach, die Neustadt und die Altstadt.

Die Taxileute und Axl schoben sich durch die Zuschauermenge. Die Krux ihrer Streckenwechsel-Aktion war, dass sich die gesamte Mainzer Innenstadt im Ausnahmezustand befand und sie nur im Zeitlupentempo vorankamen. Axl knuffte Bertie beim Laufen in die Seite.

»Sag mal, was macht eigentlich das ›Projekt Pommes‹? Wann kommt das denn?«

Bertie deutete auf seine Hosentasche, aus der eine Antenne herauslugte.

»Ist alles geplant. Nicht mehr lange, dann startet Phase zwei!«

∗

Der Sonntag war am Institut für Rechtsmedizin ein Tag wie jeder andere. In der forensischen Ambulanz und bei der Spurensicherung gab es immer etwas zu tun, Tote kümmerten sich nicht um Wochenenden, und die Lebenden mussten sich nach ihrem Zeitplan richten. Das graue Gebäude mit den charakteristischen weiß-roten Metallstreben an der Fassade war der Arbeitsplatz von Dr. Tara Feh. Die Chefin der Pathologie hatte ihr Büro auf der fünften Etage, die Fensterfront bot einen Blick über das Gautor und die Mainzer Altstadt.

François, der Assistent von Dr. Feh, hastete mit einer Unterschriftenmappe hinein. Seine Schwester lief heute beim Marathon mit, und er hatte ihr versprochen, beim Zieleinlauf dabei zu sein. Aber natürlich hatte niemand seinen Wochenenddienst wegtauschen wollen, deshalb beeilte er sich und hoffte, etwas früher gehen zu können.

»Tara, ich habe hier …« Erstaunt blieb er stehen. Das Büro war leer, dabei hatte er seine Chefin vor einer Viertelstunde noch gesehen. Sonderbar. Er trat näher und sah ein Buch auf dem Schreibtisch liegen, das anders aussah als die übrigen medizinischen Fachbände, älter und wuchtiger. Der Titel sprang ihm ins Auge: *Almanach der Hexerei und Zauberkunst, Jahrgang 1985.*

»Hallo, François.« Dr. Feh stand in der halb offenen Tür und hielt ihren weißen Kittel über dem Arm.

»Oh, hi, Tara. Vielleicht kannst du die Dokus hier noch schnell unterschreiben, die sind für die Toxikologen.« Sie nickte und unterschrieb im Stehen, François schaute ihr zu. Irgendwie sah sie seltsam aus, unruhig, als würde sie auf etwas lauern.

Kaum war sie fertig, drehte sie sich auch schon um und lief den Flur entlang zum Treppenhaus.

»Kann ich … kann ich auch gehen?«, rief François ihr nach.

»Ja, geh ruhig, schönen Sonntag noch!« Ohne sich umzudrehen, ging Dr. Feh weiter. François fiel auf, dass sie dabei immer noch den weißen Kittel über dem Arm trug, obwohl sie ihn sonst immer hier ließ.

Als er das Licht ausknipste und den Raum abschließen wollte, machte er eine weitere ungewöhnliche Entdeckung. Im Büro der Chefpathologin gab es einen Metallschrank, in dem meldepflichtige Medikamente und Substanzen aufbewahrt wurden und der stets gut verschlossen war. Doch nun stand die Tür einen Spalt offen, als hätte jemand in Eile abgeschlossen und sie nicht richtig zugedrückt. Vorsichtig schaute er hinein.

Alles sah in Ordnung aus. Bis auf die mittlere Reihe, die aus silbernen Flaschen mit gelbem Verschluss bestand. Sevofluran, ein Narkosemittel.

Eine Flasche fehlte.

*

Tinne spulte Kilometer um Kilometer ab wie ein Roboter, ihre Beine und ihr Atemrhythmus hatten perfekt zueinander gefunden. Das Brimborium am Rand der Strecke, die anfeuernden Rufe, die Tanzgruppen, die Bands, die Radiomoderatoren – all das perlte regelrecht von ihr ab. Ihre Gedanken waren weit entfernt, in Bodenheim, dort, wo inzwischen schon Kellerfundamente betoniert waren und Mauern wuchsen, vor vier Monaten aber noch Menschenknochen aus dem Regenschlamm geragt hatten. Sie und Elvis hatten sich bemüht, die damaligen Geschehnisse Schicht um Schicht freizulegen, ebenso, wie der Regen die Gebeine reinwusch. Und sie hatten Informationen bekommen, oh ja, mehr als genug – die historischen Rahmenbedingungen von der Professorin, die medizinischen Erkenntnisse von Tara Feh, die Ernährungsgrundlagen von Philipp Stein, die Geschichte über Nachzehrer und Wiedergänger von Rasmus, die Jahresringe der alten Baumscheibe und nun noch die Aussage von Georg Plumenschein im Verhörprotokoll. So viele Details und doch so wenig Wissen. Es war zum Verrücktwerden. Tinne ahnte tief in sich, dass sie die Wahrheit längst schon kannte. Sie hatte sie nur noch nicht richtig zusammengefügt.

Wie passten die neuen Erkenntnisse aus dem Protokoll ins Bild? Die schlechte Situation in Bodenheim ... Plumenscheins Anstellung auf dem Hof von Richter Adam Ebersheim ... die Erkrankung, die seine Familie befällt ... aber nur Frau und Kind, er selbst bleibt gesund ...

»Hallöchen, Frau Nachtigall! Na, Sie sehen aber schon ein bisschen erschöpft aus, oder?«

Tinne tauchte aus ihren Gedanken auf. Die Stimme hatte sie bereits erkannt, bevor sie sich umdrehte – das Zickentrio war da!

50 Meter dahinter keuchte Elvis. Selbst auf diese knappe Distanz waren noch immer drei Dutzend Läufer dazwischen, er sah Tinnes Kopf nur kurz aus der Menge herausragen. Doch das genügte. Sie war sein Leuchtturm, sein Hoffnungsträger.

Von Anfang an war er schlecht gestartet. Der rechte Schwung wollte sich nicht einstellen, seine Füße schmerzten, der Kopf brummte, und ständig wurde er von irgendeinem Nachbarläufer angetextet ... »Hey, Elvis, was macht das Wadenweh?« ... »Na, Herr Wissmann, gehen wir nachher eine Fleeschworscht essen?« Ein Frechdachs hatte sogar im Vorüberrennen ein schnelles Selfie von sich und dem dicken Reporter gemacht.

Elvis dehnte das Genick und versuchte, lockerer zu laufen. Doch wie von einem Magneten wurden seine Schultern wieder nach oben gezogen, er schnurrte förmlich zurück in seine übliche Laufhaltung. Wenigstens die Show am Wegesrand war einen Blick wert, die Brigade hatte mit ihrer Fanclub-Aktion ordentlich für Furore gesorgt. Überall standen Leute mit Elvis-Shirts, Luftballons wackelten, die Tröten bliesen ihm den Marsch.

Viele Mainzer zeigten darüber hinaus Eigeninitiative, wenn es um gute Stimmung für ›ihren‹ Elvis ging. Neben Schildern und Plakaten hatten ein paar Witzbolde einen Ring Fleischwurst und eine Weinflasche an eine Stange gebunden und taten so, als würden sie Elvis damit die Strecke entlang locken. Unter dem Gejohle der Umstehenden sprangen drei Jungs auf die Laufstrecke, die sich mit Kissen unter dem Shirt und angeklebten Koteletten als Elvis verkleidet hatten und ein paar 100 Meter mitliefen.

Doch all die Gaudi half nichts – der Reporter kam immer mehr aus der Puste, Schweiß lief ihm in die Augen, die Beine lahmten. Die Rheinallee, Schott und Mombach hatte er bereits hinter sich gebracht, nun führte ihn die blaue Linie auf dem Asphalt in Richtung Bismarckplatz und damit in die Neustadt. Ein Streckenschild verriet, dass er soeben die 7-Kilometer-Marke passierte. Gerade mal ein Drittel ... wie sollte er bloß den Rest schaffen? Als er Bertie, Axl und die Brigade entdeckte, die winkend an der Strecke ankamen, hob er matt den Arm.

»Oh je, das sieht ja nicht gerade nach Runner's High aus«, meinte Axl halb belustigt, halb besorgt. Bertie griff in seine Tasche und holte ein Profi-Funkgerät mit mächtiger Antenne heraus.

»Ich glaube, unser Elvis braucht jetzt mal einen kleinen Kick. Zeit für das ›Projekt Pommes‹!«

Tinne hatte die Ohren längst auf Durchzug gestellt. Carina, Anna-Lena und Laeticia überboten sich mit Erzählungen über ihre geradezu aberwitzigen Laufleistungen. Wenn alle Geschichten wahr wären, hätten die drei schon im Säuglingsalter ihren ersten Halbmarathon absolvieren müssen. Nahtlos gingen sie zu den Problemen über, die das Lauftraining in Kombination mit ihren sehr speziellen Ernährungsgewohnheiten verursachte.

Ohne ein Wort zu sagen, schaute Tinne geradeaus. Sie wollte weder etwas über marathonische Großtaten noch über Lactose-Substitutionspulver wissen, also drosselte sie ihr Tempo einen Hauch und hoffte, dass es den drei Großmäulern bald schon zu langsam sein würde.

Doch die Grazien blieben hartnäckig an ihr kleben. Erst als sie den Bismarckplatz erreichten, gaben die drei endlich Gas.

»Und für meine Mum und meinen Pa ist das noch immer der helle Wahnsinn, dass ich so laufen kann«, schloss Carina ihre ausschweifende Erzählung. »Wo ich doch als Kind so ein blasses Würmchen war und nicht mehr wachsen wollte. Fast wäre ich sogar daran gestorben, weil keiner der Ärzte gemerkt hat, was wirklich los war.« Sie winkte in bester

Queen-Elisabeth-Manier und legte einen Zahn zu, um ihren Freundinnen zu folgen.

Es dauerte fünf Sekunden, bis der letzte Satz in Tinnes Bewusstsein sickerte. Dann holten ihre Beine aus, mit raumgreifenden Schritten rannte sie den drei Mädels nach.

*

Die Bodenheimer Kapelle Maria-Oberndorf war an diesem Sonntag, am Muttertag, ein beliebtes Ausflugsziel. Südlich des Ortes auf einer Anhöhe gelegen erhob sich die neugotische Kapelle, ihr schlichter Turm und das weit vorgezogene Dach gaben ihr eine unverkennbare Silhouette. Ein kleines Waldstück schloss sich an, viele Bodenheimer verbanden den Kapellenbesuch mit einem Spaziergang.

Auch Familie Kellerer nutzte das schöne Wetter zu einem Rundweg, der sie zu dem Kirchlein führte. Seit auf dem Nachbargrundstück der Kellerers vor einigen Monaten die beiden Hexenskelette gefunden worden waren, hatte der fünfjährige Linus nur noch einen Berufswunsch: Archäologe! Er konnte das Wort zwar kaum aussprechen und sagte immer ›Acheloge‹, aber er wusste ganz genau, dass er zum Graben und Knochensuchen geboren war. Mindestens ein Dutzend Mal musste Papa Paul ihm erzählen, wie damals, in der Regennacht, die beiden Ermittler in ihren Warnwesten vor der Tür standen und wie der Papa ihnen das hintere Gartentor aufschloss. Melina und Paul hatten zwar nie wieder etwas von dem dicken Mann und der großen Frau gehört, aber in Linus' Vorstellung waren seine Eltern maßgeblich am Fund und der Enträtselung der Knochen beteiligt gewesen.

Seither waren Spaziergänge nicht einfach nur Spaziergänge, oh nein, es waren Expeditionen! Linus wurde nicht müde, jenseits der Wege nach Relikten aus längst vergangenen Tagen zu suchen, er spekulierte auf Saurierknochen, vergrabene Goldbarren oder zumindest ein anständiges Schwert aus der Ritterzeit.

Auch heute hielt ihn keine Macht der Welt auf dem Weg. Immer wieder rannte er ins Dickicht, erforschte Baumgruppen und grub mit einem Stock unterhalb ihrer Wurzeln. Denn dort, das war hinlänglich bekannt, pflegten gerne Schätze verborgen zu liegen.

Melina und Paul schlenderten an der Kapelle vorbei und hielten ein Auge auf ihren Sohn, der im Eifer seiner Forschungen schon mal die falsche Richtung einschlug. Nach einer Weile kam er angerannt.

»Papa, Papa, da ist was Komisches, da hinten!«

Die Eltern wechselten einen Blick. ›Etwas Komisches‹ – klang nach einer rostigen Dose oder einem weggeworfenen Metallstück.

»In echt jetzt!« Linus zog an Pauls Jacke. »Da sind Sachen aufgebaut, zwischen den Bäumen, so Hölzer und so. Komm, Papa!«

Papa dachte nicht im Traum daran. Schon öfter hatte er sich von Linus' blühender Fantasie ins Unterholz locken lassen, um dann, zwischen Brennnesseln und Zecken, auf den sagenhaften Brennholzstapel zu starren.

»Nein, Linus, da ist nichts Besonderes, das sind nur, äh, Sachen vom Förster.«

Paul wusste noch nicht einmal, ob es in diesem Mini-Waldstück überhaupt einen Förster gab, aber es war ihm egal. Sein Sohn ließ nicht locker, mit der anderen Hand griff er nach Melinas Ärmel.

»Doch, komm, Mama, Papa, komm, da ist ganz viel Holz mit Stangen und so.«

Die beiden atmeten durch und nahmen ihn bei der Hand. Melina schlug einen geduldigen Ton an.

»Linus, wir gehen jetzt weiter. Da sind manchmal Sachen im Wald, da darf man gar nicht dran, die können dann umstürzen. Holz, das später weggebracht wird von Waldarbeitern. Okay?«

Widerwillig ließ der Kleine sich mitziehen. Wenn seine Eltern eben nicht beim Fund des Jahrhunderts dabei sein wollten – bitteschön! Fünf Minuten später hatte er allerdings eine viel spannendere Entdeckung gemacht: kleine weiße Gummitüten, die merkwürdig klebten. Er hob sie auf, um sie seinen Eltern präsentieren zu können.

Die ›Sachen‹ und ›Stangen‹ im Wald waren vergessen.

*

Die Zuschauer dachten sich nichts weiter, als ein rot-weißer Helikopter am Himmel über Mainz erschien. Es kam beim Marathon öfter vor, dass ein Kamerateam aus der Luft filmte oder ein Reporter von oben live berichtete. Doch dieser Hubschrauber verhielt sich seltsam. Erst stand er still, dann ging er tiefer und bewegte sich quälend langsam parallel zum Rhein. Es schien fast, als wäre der Pilot auf der Suche nach etwas. Oder als würde er vom Boden seine Befehle erhalten. Die Leute schatteten ihre Augen ab und beobachteten gespannt, was weiter geschehen würde.

»Bass acht, du kannst nit so low gehe, des gibt trouble mit de Luftaufsicht.«

Jochen Kern, der auf dem rechten Pilotensitz saß und den Eurocopter von JK-Aviation steuerte, zuckte bei Matejs

Rheinhessisch-Englisch-Mischmasch nur entspannt die Schultern.

»Die werden schon nicht beißen. Halten uns wahrscheinlich für irgendwelche Pressefuzzis.«

»Du bist the Boss.«

Der Tscheche saß auf dem linken Sitz und hatte auf alles ein waches Auge. Beide trugen Helme mit integrierten Kopfhörern, die in dieser Sekunde wieder knackten.

»Hey, ihr Vögel«, erklang Berties Stimme leicht blechern, »noch ein bisschen weiter Richtung Innenstadt, das sollte passen. Christuskirche. Und vielleicht noch ein paar Meter tiefer.«

Jochen schmunzelte.

»Siehst du – Befehl vom Kunden.« Der Hubschrauber sank weiter. »Da kann ich nicht Nein sagen.«

Er kannte den dicken Bertie und die übrigen Fahrer vom Taxidienst Laurenzi schon lange. Denn oft brauchten Fluggäste davor oder danach ein Taxi, und umgekehrt empfahlen die Fahrer gerne Rundflüge mit JK-Aviation, wenn das Fahrgastgeplauder auf das Thema ›exklusive Geschenkideen‹ kam. Der Freundschaftsdienst, den er Bertie heute erwies, war für ihn Ehrensache.

»Gut, Jungs, das sieht super aus! Da bleiben! Ich gebe euch Bescheid, wenn's losgeht.«

Jochen ließ den Eurocopter in der Luft stehen. Die Mainzer Neustadt sah aus wie eine gewaltige Ameisenkolonie, die Straßen waren ihre Lebensadern. Eine Ader pulsierte besonders – die Marathonstrecke durch die Kaiserstraße.

»Okay, gleich ist es soweit!«

Die beiden konnten Bertie förmlich vor sich sehen, wie er mit schweißnassen Händen die Straße entlang peilte. Jochen hatte sich nicht lumpen lassen und ihm ein Hochleistungs-Handfunkgerät mitgegeben, damit sie in Kontakt bleiben konnten.

»Da ist er! Los jetzt, los, los, los!«

Jochen hob eine Augenbraue. »Dann wollen wir mal hoffen, dass unsere Konstruktion ordentlich festgemacht ist. Sonst donnern denen da unten vier Zentner Metall auf den Schädel!«

»Deshalb we must Daume drücke!«

Mit diesen Worten zog Matej an einem mechanischen Auslöser, den er durch das Cockpitfenster nach außen geführt hatte und der unter dem Rumpf der Maschine endete.

300 Meter tiefer schauten die Menschen fasziniert zu, wie sich unterhalb des rot-weißen Helikopters eine Stoffbahn entfaltete. Langsam erst, dann immer schneller glitt sie auseinander, flatterte ein wenig im Wind und blähte sich dann auf zu ihrer kompletten Größe. Ein Raunen ging durch die Menge, das in tosenden Applaus überging.

Dort am Himmel schwebte eine riesengroße Elvis-Karikatur, weiß auf AZ-blauem Hintergrund. Die Beschriftung lautete ›Wadenweh-Champion‹, darunter stand in Handschrift-Buchstaben ›Elvis, gib alles! Mainz glaubt an dich!‹

Elvis, der gerade in die Kaiserstraße eingebogen war, blieb wie vom Donner gerührt stehen und glotzte nach oben. Die Brigade stand am Rand und platzte fast vor Stolz, Bertie deutete nach oben wie ein Zirkusdirektor auf die große Attraktion:

»Es hat funktioniert! Unser ›Projekt Pommes‹!«

Die Produktion des Transparents und die Planung mit Jochen hatte die Taxileute viel Mühe gekostet. Die Bezeichnung für ihr Vorhaben war hingegen wie von selbst gekommen: Berties erste Assoziation zur auffälligen weiß-roten Lackierung des Helikopters waren Fritten mit Ketchup und Majo gewesen, und damit stand der Name fest: ›Projekt Pommes‹.

Tinne nahm den schwebenden Elvis kaum wahr, so sehr war sie auf Carina konzentriert. Gerade hatte sie die junge Frau erreicht und gebeten, von ihrer Krankheit und ihrer Vita zu berichten. Das ließ sich Carina nicht zweimal sagen.

»Also, ich bin Zöliakie-Patientin. Zöliakie, das ist eine schwere Form von Glutenunverträglichkeit.«

Tinne nickte, das wusste sie. Gespannt hörte sie weiter zu.

»Die Krankheit ist erst in den letzten 15 oder 20 Jahren so richtig ins Bewusstsein gerückt, früher hat man die Symptome auf irgendetwas anderes geschoben und daran herumgedoktert. Da haben Ärzte manchmal ganz schön krasse Behandlungsfehler gemacht.«

»Wie war das bei Ihnen?«

»Als Kind, mit vier Jahren, habe ich einfach aufgehört zu wachsen. Meine Eltern waren voll verzweifelt und haben alles probiert, aber mir war immer nur schlecht, und ich hatte Durchfall und so. Das ist, weil die Dünndarmschleimhaut allergisch auf Gluten reagiert, also auf Klebereiweiß. Mein Körper hat dann einfach keine Nährstoffe mehr aufgenommen, obwohl ich weiter ganz normal gegessen habe. Und ohne Nährstoffe wächst man halt nicht mehr.«

Tinne war wieder im Labor. Sah die Knochen des Kindes vor sich. Hörte Tara Fehs Stimme:

Seine Ernährung war nach wie vor gesichert. Aber gleichzeitig ist das Knochenwachstum zurückgegangen, als hätte man es abgeschaltet.

Das Protokoll von Georg Plumenschein:

Wolle nit grosz werdten und starck, pleich und Kumme-
rich seyn Leyb und Antliz.

»Wie … wo kommt diese Zöliakie her?« Sie konnte kaum
verhindern, dass ihre Stimme zitterte.

»Weiß man nicht so genau. Wird auf jeden Fall vererbt,
aber wie und warum, das ist noch unbekannt. Bei uns ist es
so, dass meine Mum es auch hat, aber längst nicht so stark.
Mein Pa gar nicht.«

Sie selbst zu Elvis:

Das Einzige, was mich wundert – Frau und Kind werden
krank, aber Plumenschein selbst nicht. Warum?

»Und was passiert, wenn man es nicht erkennt? Also,
wenn man ganz gewöhnlich isst wie bisher?«

»Wenn's blöd läuft, stirbt man dran. Der Körper ist
irgendwann so ausgemergelt, dass die Organe versagen.«

Tinne lief weiter, obwohl sie nur noch ein Kopfwesen
war. Konnte das die Lösung sein? Eine Allergie, die tödlich endete? Dr. Feh hatte dieses Thema im Labor erwähnt:

Eine plötzlich einsetzende Allergie würde voraussetzen,
dass ein Allergen dazugekommen ist, das es vorher nicht
gab. Und das passt nicht zu den Ernährungsgewohnheiten
in der Frühen Neuzeit, da war der Tisch, ich sag's mal flap-
sig, jeden Tag gleich gedeckt.

Weitere Puzzleteile schoben sich an ihren Platz. Tinne
versuchte, einigermaßen ruhig zu atmen. Sie war gerade
dabei, einen Kriminalfall zu lösen, der von 400 Jahren seinen Anfang genommen hatte.

Gisela Pfennich hatte heute viel zu tun. Den Marathon-Tag
schienen viele Autofahrer als Joker für wildes Parken zu
sehen, vielleicht spekulierten sie aber auch darauf, dass das

Auge des Gesetzes heute mit anderen Belangen beschäftigt war. Weit gefehlt! Ein monströses SUV schaffte es, Fahrradweg und Behindertenparkplatz gleichzeitig zu blockieren, das ging ja wohl gar nicht. Mit grimmiger Miene ließ sie ihr Eingabegerät brummen und machte den Besitzer des Cayenne um 30 Euro ärmer. Tief in sich ahnte Gisela zwar, dass ihn das nicht im Geringsten kratzen würde, aber sie hatte zumindest ihre Pflicht getan.

Mit wachen Blicken ging sie weiter. Die Parkplatzsituation in der Mainzer Neustadt war normalerweise schon schlimm, aber heute galt wohl das Recht des Schnelleren: Wer zuerst da war, parkte zuerst, egal wo. Die Hindenburgstraße, in der Gisela sich gerade befand, mündete in die Kaiserstraße, durch die der Marathon führte. Entsprechend hatten sich schon jede Menge Schaulustige eingefunden, einige mit Fassenachts-Ratschen, andere mit Vuvuzelas, die wohl noch von der letzten WM übrig waren, na und, Hauptsache, man konnte damit Krach machen. Die Mainzer Narrenseele, das wusste Gisela als echtes ›Meenzer Mädche‹, nutzte jede Gelegenheit zum Feiern, da machte der Marathon keine Ausnahme. Gerade ging es hoch her in der Straße, die Leute zeigten nach oben und klatschten. Ein Hubschrauber mit einem riesigen Transparent war da zu sehen. Gisela erkannte die Witzzeichnung dieses Reporters, der für die AZ lief, und musste schmunzeln. Obwohl sie keine Ambitionen hatte, neben ihrem laufintensiven Job auch noch joggen zu gehen, las sie seine Wadenweh-Kolumnen in der Zeitung gerne.

Hoppla, was war denn das? Sie wurde abgelenkt von einem silberfarbenen Audi Kombi, der rückwärts einparkte – direkt an der Kreuzung zur Kaiserstraße, dort, wo ein rundes Schild ein klares eingeschränktes Halteverbot verkündete. Das kleine grüne Europcarzeichen in der Heckscheibe zeigte ihr, dass es sich um einen Leihwagen handelte. Strammen Schrittes marschierte sie hin. Wie frech war das denn! Die Person am Steuer hatte Gisela schon gesehen und winkte sie heran. Als sie die Kleidung der Person sah, wurde sie ruhiger. Aha, das sah nicht mehr ganz nach wildem Parken aus.

Die beiden unterhielten sich kurz, dann nickte Gisela und gab dem Audi eine Viertelstunde. An einem solchen Tag mussten diejenigen, die Dienst schoben, statt zu feiern, schon ein wenig zusammenhalten, das war ihre feste Überzeugung.

Nachdem die Politesse verschwunden war, klebte die Person ein Schild mit Saugnäpfen auf die Heckscheibe, sodass das Europcarlogo verborgen war. Anschließend beugte sie sich ins Auto, achtete aber darauf, dass ihr niemand über die Schulter schaute. Mit ruhiger Hand zog sie eine Spritze auf, ein kleines Ding mit hauchfeiner Nadel. Sie verbarg die Spitze in ihrem Ärmel, schloss die Fahrertür und mischte sich in die Menge am Streckenrand.

»In welchen Getreidesorten ist denn überhaupt Gluten drin? In so ziemlich allen, oder?«

Carina freute sich sichtlich über Tinnes Interesse. »Na ja, es gibt auch ein paar ganz ohne. Aber mit Hafer und Gerste geht's schon los, da ist nicht viel drin, aber es reicht, um Probleme zu kriegen. Roggen und Dinkel haben mehr, und am Allermeisten natürlich Weizen.«

Tinne legte sich im Kopf ihre Theorie zurecht. Wenn … WENN! sie recht hatte und das Kind tatsächlich an Zöliakie gestorben war, dann musste das Gluten als Allergen neu dazugekommen sein. Denn hätte der Junge von Anfang an allergische Symptome gezeigt, wäre das wahrscheinlich schon im Kindbett sein Tod gewesen.

Sie bemühte sich, das Verhörprotokoll vor sich zu sehen. Sie hatte es gestern Abend so intensiv studiert, dass die altertümlichen Worte wie von selbst in ihren Kopf kamen:

Vills Leidt musdten ertragken. Di Lytt heten nurig für die beker Stuben nurig alß hirsbrey undt hadenkorn.

Georg Plumenschein beklagte sich darüber, dass die Leute in der schlechten Zeit wenig hatten, das sie in seiner Backstube backen lassen konnten. Nur *hirsbrey* – Hirsebrei. Und *hadenkorn* war ein alter Ausdruck für Buchweizen, das hatte Philipp Stein zu Elvis gesagt.

»Was ist mit Hirse und Buchweizen?«

»Hat beides kein Gluten, esse ich oft. Aus Hirse gibt's leckere Cracker, und aus Buchweizen kann man super Pfannkuchen machen. Müssen Sie mal probieren.«

Carina warf einen Blick nach vorne, wo ihre Freundinnen in der Kurve um die Christuskirche schon ungeduldige Zeichen machten.

»Sorry, Frau Nachtigall, aber ich muss jetzt los. Unsere Zielzeit geht flöten, wenn wir nicht ein bisschen schneller machen. Tschüss, viel Spaß noch!«

Tinne schaute ihr nach, ohne sie wirklich wahrzunehmen. Sie sah die Lösung des Merg-Scholl-Falles so glasklar vor sich, dass sie fast zu taumeln anfing. Wie blind waren sie und Elvis nur gewesen!

Elvis hätte nie daran geglaubt, dass Kraft tatsächlich im Kopf entstehen konnte. Bis jetzt war das für ihn Tschakka-Gefasel von irgendwelchen Business-Coaches gewesen, aber nun merkte er, dass etwas dran war an ›der Sieg passiert im Kopf‹. Seit der Heli oben am Himmel das Transparent enthüllt hatte und sein Konterfei im Riesenformat über Mainz schwebte, durchströmte ihn neue Energie.

Seine Füße fanden plötzlich ihren Weg, die Atmung klappte, die Arme gingen auf und nieder wie die Kolben eines Schwungrades. Der Jubel der Umstehenden trug ihn weiter, seine Schritte wurden größer. Am Rand erspähte er Ferdi, der mit Claudi und der kleinen Leonie wie verrückt winkte. Huldvoll grüßte er zurück. Hatte er monatelang auf diesen Augenblick hin trainiert, ja oder nein? Würde er seiner Stadt zeigen, dass er trotz Zigaretten, Wein und Bauchspeck die 21 Kilometer schaffen konnte, ja oder nein?

Meter um Meter kam er an Tinne heran, die gerade die Christuskirche umrundete. Er freute sich auf ihr Gesicht, wenn er neben ihr erscheinen würde. Noch immer war sie ein Stück entfernt, ihre Locken wippten zwischen den anderen Läufern auf und ab. Doch jetzt war die Elvis-Maschine am Laufen, und nichts konnte sie stoppen! Tschakka!

Im Zeitraffer sah Tinne die Geschehnisse des frühen 17. Jahrhunderts, die Merg Scholl auf den Scheiterhaufen gebracht und die Knochen des kleinen Jungen verstümmelt hatten.

Es ging dem Dorf Bodenheim nicht gut. Die Jahresringe des Baumes hatten gezeigt, dass die Sommer nass und kalt waren, die Ernten mussten kläglich gewesen sein. Der Dorfbäcker Georg Plumenschein litt wie alle anderen unter den harten Bedingungen, alles, was er seiner Familie geben konnte, waren *hirsbrey undt hadenkorn* – Hirsebrei und Buchweizen, beides ohne Gluten.

Dann wandten sich die Dinge für ihn zum Besseren: Richter Adam Ebersheim holte ihn zweimal pro Woche als Bäcker an seinen Hof. Georg buk dort ein Getreide, das durch die schlechten Klimaverhältnisse selten und teuer war. Weizen.

Reines, feines Weizenbrot gab es natürlich auch, so formulierte es Philipp Stein. *Aber das konnten sich nur die hohen Herren leisten, die Adligen und natürlich die Kirchenleute.*

Doch der *backespfennick*, der ›Backpfennig‹, war nicht das Einzige, das Plumenschein für seine Dienste bekam. O nein, *es sole Nichts mangeln Und alles glüklich und satt zu gehen,* wie er es nannte. Mit anderen Worten: Er durfte das teure Weizenbrot mit nach Hause nehmen, vielleicht die Bruchstücke, vielleicht die Reste. Von diesem Augenblick an gab es im Hause Plumenschein das Brot der ›hohen Herren‹ – mitsamt dem darin enthaltenen Gluten.

Der Rest war nicht schwer zu kombinieren. Georgs Sohn, hochgradig allergisch gegen Klebereiweiß, erkrankte. Sein Körper konnte keine Nährstoffe mehr verarbeiten, er wuchs nicht weiter und wurde blass und dünn. Die teuren Brote, die Plumenschein jede Woche mitbrachte und vielleicht extra für seinen Sohn aufsparte, waren das heimliche Gift: *pleich und Kummerich seyn Leyb und Antliz troz Guet Eßen.* Auch Georgs Frau litt an der Glutenempfindlichkeit, wenn auch nicht so stark. *Item krenk meyn Frauw Judit.* Man holte ein altes Weib dazu, die Witwe Merg Scholl, die sich als Hebamme auf allerlei Kräuter und Tinkturen verstand. Doch die Symptome besserten sich nicht, ganz im Gegenteil: *ein düren Leyb bekomen Vnd in 8 woche gestorben.*

Dieser unerklärliche Kindstod brachte das politische Pulverfass zum Explodieren. Das zwischen *meintzischen, reichischen* und *pfaelzischen* Grundherren zerrissene Dorf hatte endlich eine Schuldige, auf die sich der Volkszorn konzentrieren konnte: Merg Scholl.

Sie kam in den Kerker und von dort auf den Scheiterhaufen am Anger. Aber das Unglück für Georg Plumenschein fand kein Ende, seine Frau siechte weiter dahin. Kein Wunder, die Brote vom Hof des Ebersheimers fanden nach wie vor ihren Weg auf den Tisch der Plumenscheinen, und dadurch litt sie weiterhin an ihrer Zöliakie.

Für die abergläubischen Dörfler aber stand fest, dass das tote Kind die Mutter aus dem Grab heraus zehrte. Man grub es aus und fand einen rosigen Leichnam mit prallen Wangen und nassem Grabtuch – ein Nachzehrer! Die unheilige Kreatur wurde aus der Erde gerissen und neben der verbrannten Hexenleiche verscharrt, mit zerschlagenen Knochen, Nägeln, einer Kette und einem Stein im gierigen Maul.

Tinne spürte weder den Boden unter ihren Füßen noch die Luft, die ihr über Arme und Gesicht strich. Sie hatte das Rätsel gelöst, das seit 400 Jahren in der Bodenheimer Erde verborgen gewesen war!

In derselben Sekunde wurde ihr aber auch klar, welchen Zusammenhang diese Entdeckung mit dem Hier und Heute hatte. Welche böse Kraft hinter all den Geschehnissen steckte, die in den letzten Wochen für so viel Schrecken gesorgt hatte. Und sie wusste instinktiv, dass diese böse Kraft nichts unversucht lassen würde, um ihr Geheimnis zu wahren.

Hektisch fuhr sie herum. Sie musste hier raus, sie musste zur Polizei, bevor etwas noch Schlimmeres passieren würde. Die Läufer hinter ihr wichen unwillig aus, sie wurde angerempelt und beschimpft. Mitten auf der Strecke stehen bleiben, das ging gar nicht!

Da sah sie das schwitzende Ballongesicht von Elvis ein Stück hinter sich. Sie winkte und versuchte, seine Aufmerksamkeit auf sich zu ziehen, doch er rannte mit verzücktem Gesichtsausdruck vor sich hin.

»Mensch, das gibt's doch nicht. Ist der blind oder was?«, rief sie halblaut. Plötzlich nahm sie eine Bewegung neben sich wahr, und eine klitzekleine, brennende Stelle kitzelte ihren Hals. Eine Farbe, Orange, verirrte sich in ihr Auge, dann wurden die Läufer langsam, der Himmel übermächtig und die Beine schwach.

Als eine Schulter Tinne auffing und sie von der Strecke wegzog, war sie längst schon im Land der Träume.

Elvis merkte, dass weiter vorne etwas nicht stimmte. Die Läufer bildeten einen Knubbel und sprangen zur Seite, Tinne war nicht mehr zu sehen. Was war da los? Er verfluchte seine Körpergröße und wünschte sich Tinnes Giraffenhöhe, um etwas erkennen zu können.

Da! Zwischen den Körpern der Marathonis entdeckte er für eine halbe Sekunde Tinne, sie hing schlaff an jemandem mit orangefarbener Sanitäterbekleidung. Aber schon waren wieder Leute in seinem Gesichtsfeld. Als er sich endlich zu der Stelle durchgewühlt hatte, war sie nicht mehr zu sehen. Hektisch schaute er sich um, während er immer wieder angerempelt wurde. Nichts!

Ein böser Verdacht keimte in Elvis auf, der schnell zur Gewissheit wurde. Ein Sanitäter, der sich mitsamt einer weiteren Person in Luft auflöste? Unmöglich! Nein, Tinne war dem Geheimnis um Merg Scholl zu nahe gekommen. Und wer auch immer dahinter steckte, hatte den Marathontrubel genutzt, um sie aus dem Verkehr zu ziehen.

Jenseits der Strecke in der Hindenburgstraße traten die Zuschauer zur Seite, um die beiden vorbeizulassen, die Gestalt im Sanitäter-Outfit und die taumelnde Läuferin, die festgehalten werden musste.

»Können wir helfen? Braucht sie vielleicht Wasser?«, fragten sie. Die Person in der orangefarbenen Jacke schüttelte den Kopf.

»Der Kreislauf. Sie kriegt gleich Elektrolyt-Lösung, das bringt sie schnell wieder auf die Beine.«

Die Leute schauten zu, wie die stolpernde Läuferin zu einem silbernen Audi geführt wurde, auf dessen Heckscheibe ein Schild mit rotem Kreuz und der Aufschrift ›Ersthelfer im Einsatz‹ angebracht war. Beruhigt wandten sie sich wieder dem Rennen zu. Schön zu sehen, dass in einem Notfall schnell geholfen wurde!

Elvis stand inmitten der Strecke und teilte mit seinem Bauch die Läufer wie Moses das Rote Meer. Die Brigade war schon weitergezogen, wahrscheinlich hasteten sie zum nächsten Streckenpunkt. Niemand da, der ihm helfen konnte! Und keine Chance, Tinne aufzuspüren, wo auch immer sie hingebracht wurde!

Da erschien Ferdi außer Atem an der Streckenbegrenzung. Er wunderte sich, dass sein Onkel stehen geblieben war.

»Hey, Elvis, was ist los? Schwierigkeiten?«

Elvis schaute seinen computerbegabten Neffen an und merkte, wie eine Idee in ihm zündete. Ächzend kletterte er über das Absperrgitter und packte Ferdi an der Schulter.

»Alarmstufe Rot, Tinne ist entführt. Ich brauche dich, los geht's!«

»Ei gugg emol, do is ja unsern Kommissar!«

Margarete zeigte auf die untersetzte Gestalt von Laurent Pelizaeus, der sich durch die Menge in Richtung Rheinallee schob.

Mit großem Hallo umringte ihn die Brigade, er bekam ein Elvis-Shirt aufgedrängt und musste vor Axls Kamera posieren.

»Siehste, sogar die Polizei tut unsern Elvis unnerstütze!«, lachte Uwe. Pelizaeus schmunzelte gutmütig und ließ alles mit sich machen. Er war auf dem Weg zum Start- und Zielpunkt an der Rheingoldhalle, um Tinne nicht auf der Zielgeraden zu verpassen.

»Ei, do kimmste doch grad mit, da wolle mir aach hie!«, bestimmte Margarete kurzerhand und hakte sich bei ihm unter. Der Kommissar lupfte die Augenbrauen. Scheinbar war er gerade von der Brigade adoptiert worden.

Elvis und Ferdi kamen schlecht voran. Die Kaiserstraße hatten sie noch einigermaßen glatt passieren können, doch nun erreichten sie die Rheinallee, und hier war Schluss. Auf den Seitenstraßen war kein Durchkommen, die Menschen standen dicht an dicht. Und auf der Strecke selbst herrschte nach wie vor Betrieb, die Riege der Profiläufer hatte bereits den ersten Durchgang hinter sich und startete in die zweite Runde.

»Wo wollen wir denn überhaupt hin?«, brüllte Ferdi gegen den Lärm an.

»Zur Halle! Rennleitung!«

Die Rheingoldhalle war jenseits der Theodor-Heuss-Brücke zwar zu erahnen, doch sie hätte ebenso gut auf dem Mond liegen können. Verzweifelt schaute Elvis sich um. Da ertönte eine Stimme, mit der er am allerwenigsten gerechnet hätte:

»Bonjour, Monsieur Elviiiis! 'aben Sie sisch verlaufen, oderr was?«

Tinne schwamm in einem unruhigen Ozean. Schemen zogen an ihren Augen vorbei, wann auch immer sie die Lider in die Höhe zwang. Doch alles war schwer wie Blei, ihre Arme, ihre Beine, ihr Kopf. Sie merkte, dass sie sich bewegte, gefahren wurde. Und dass sie eigentlich dagegen ankämpfen sollte. Sich wehren. Rufen, winken, schlagen. Eine Sekunde später war ihr das aber schon wieder egal. Sie gab sich der Entspannung hin und wünschte, die Fahrt und das sanfte Schaukeln würden niemals aufhören.

Die Brigade und Kommissar Pelizaeus standen gemeinsam mit Hunderten von Leuten auf der Fußgängerbrücke zwischen Brand und Rathaus. Unter ihnen lag die Rheinallee, die sich nach Süden hin in Richtung Weisenau erstreckte. Hier kamen die Sportler dicht an dicht auf sie zu, die Halbmarathonis im Endspurt-Tempo, die 42-km-Läufer gemäßigt, sie hatten ja noch ein großes Stück vor sich.

»Unn? Siehste ebbes?«

Uwe hätte am liebsten nach dem Fernglas gegriffen, das Bertie an seine Augen presste.

»Nee, noch nichts. Na gut, Elvis braucht sowieso noch. Aber Tinne könnte langsam auftauchen.«

Unruhe machte sich breit, die Menschen drängten sich zur gegenüberliegenden Seite der Brücke.

»Was ist denn da los?« Unwillig nahm Bertie das Fernglas herunter. Nachdem sich die Taxileute in die vorderste Reihe geschoben hatten, schauten sie auf die nördliche Fortführung der Rheinallee, auf der die Marathonis stadteinwärts liefen. Der Anblick, der sich dort bot, ließ ihnen die Kinnlade herunterklappen.

Mitten auf der Marathonstrecke drängte sich eine Truppe gegen die Laufrichtung, die am ehesten an eine römische

Kampfaufstellung erinnerte: Sieben ältere Herrschaften preschten in Pfeilformation nach vorne und pflügten wie ein Schiff gegen den Strom der Läufer. Meter für Meter machten sie gut, während die aufgebrachten Sportler ausweichen mussten und schimpfend aus dem Tritt gerieten. In ihrer Mitte duckten sich Elvis und Ferdi, die sicherer als in Abrahams Schoß mitliefen.

Axl kannte die außergewöhnliche Mannschaft als Einziger, er blinzelte ungläubig.

»Das … das sind die Franzosen! Die Franzosen vom ›BierBike‹!«

»Alors, alors, on y va!«, feuerte Monsieur Meurzec seine Genossen an. Die *Anciens Combattants* strahlten – endlich zogen sie nicht nur auf dem Spielfeld, sondern auch in Wirklichkeit in die Schlacht! Die Masse der Gegner hatte keine Chance, wie ein Rammbock stürmte der Tross der alten Herren nach vorne und kümmerte sich nicht um die Verwünschungen der entgegenkommenden Läufer. In ihrem Windschatten liefen Elvis und Ferdi, die sich nie erträumt hatten, dermaßen schnell voranzukommen.

An der Kreuzung zur Kaiserstraße hatte Monsieur Meurzec freudestrahlend verkündet, dass sie ihren Mainzaufenthalt spontan um einen Tag verlängert hatten, um Elvis beim Marathon anfeuern zu können. Dieser witterte prompt seine Chance, erklärte den Männern das Allernötigste und bat sie um Unterstützung auf dem Weg zur Rheingoldhalle. Das ließen sich die alten Kämpfer nicht zweimal sagen!

Als sie schließlich in die Nähe der Halle kamen, deutete Ferdi nach oben zur Brücke.

»Da! Die Brigade!«

Elvis riss die Augen auf.

»Ich werd verrückt. Da ist ja auch der Kommissar dabei! Na, das passt ja mal.«

Gestenreich holte er die Gruppe von der Brücke, wenig später trafen sie sich am Stand der Rennleitung. Elvis schüttelte Monsieur Meurzec die Hand und versprach, ihm und seinen Genossen ein ›Weck, Worscht und Woi‹-Paket nach Dijon zu schicken. Dann brachte er die Übrigen auf den neuesten Stand.

»Wie – entführt?« Bertie glotzte mit offenem Mund. Pelizaeus hingegen zögerte nicht lange. Er ermahnte alle, die Sache der Polizei zu überlassen, griff nach seinem Handy und war auch schon verschwunden.

»Und … und jetzt?« Axl knetete seine Hände. »Warten wir, ob der Kommissar etwas herauskriegt?

»I wo«, winkte Elvis ab. »Ich habe einen Plan, wie wir Tinne finden können. Macht euch vom Acker und holt Dietmar und Micha. Wir werden ihre Autos brauchen.«

Laurent Pelizaeus sprach in sein Telefon, während er sich durch die Menschen schob. Zum Glück hatte sein Kollege Axel Börner Dienst, der sofort wusste, was zu tun war.

»Natürlich auch alle Krankenhäuser und Notarzt-Zentralen. Ja, auch in Wiesbaden. Und alle Meldungen aus dem Rhein-Main-Gebiet, besonders natürlich hier im Mainzer Raum. Alles, was irgendwie ins Raster passen könnte.«

Er versuchte, schneller voranzukommen, doch außer ein paar Knüffen brachte es nichts. Die Stadt platzte aus allen Nähten. Ebenso aussichtslos war es, ein Taxi zu ergattern, um sich zum Präsidium am Valenciaplatz fahren zu lassen. Ganz schlechtes Timing!

Keine Minute später klingelte sein Telefon, Börner war dran.

»Wir haben da was. Eine Meldung aus Bodenheim, oben bei der kleinen Kapelle.«

Elvis stand an der Rheinpromenade und drehte sich verzweifelt im Kreis. Bertie hatte mit Dietmar telefoniert, doch sämtliche Straßen um die Rheinallee waren hoffnungslos verstopft, die beiden Taxis kamen nur im Schneckentempo voran.

»Wir kommen hier nicht raus, verdammt!« Der Reporter schwitzte mehr als beim Laufen, die Sorge um Tinne machte ihn schier wahnsinnig.

»Wohin müssen wir überhaupt?«, fragte Axl.

»Nach Bodenheim. Stimmt doch, Ferdi, oder?«

Sein Neffe hatte ein aufgeklapptes Notebook vor sich und nickte stumm.

Elvis wischte sich über die Stirn und dachte fieberhaft nach. Seine Vespa? Keine Chance, der Weg zurück in seine Wohnung würde ihn locker eine halbe Stunde kosten. Die Bahn? Sonntags fuhr der Zug nach Bodenheim nur jede Stunde, das brachte nichts.

»Gleich springe ich in den Rhein und schwimme«, knurrte er.

Da schnippte Bertie mit dem Finger.

»Musst du vielleicht gar nicht. Du willst raus aus der Stadt? Ich bringe dich raus!«

Die wabernden Schemen vor Tinnes Augen ließen sich partout nicht vertreiben. Das sanfte Rütteln hatte aufgehört, sie war mit wachsweichen Beinen irgendwohin geschleift worden, und nun passierte etwas mit ihren Händen und ihren Füßen. Die Berührungen fühlten sich lustig an, wie ein neugieriges Tier oder eine Pflanze mit Ranken. Es roch auch angenehm, ein bisschen nach Holz. Gerne hätte sie sich hingelegt und zusammengekuschelt, aber das ging nicht, ihre Arme waren gespreizt und ließen sich nicht bewegen.

Ein stechender Geruch machte sich breit, der ihr nicht gefiel. War hier irgendwo eine Tankstelle in der Nähe? Benzin, genauso roch es. Doch bevor sie sich darüber wundern konnte, schweiften ihre wirren Gedanken zu Abenden unter freiem Himmel. Sternenhimmel. Lagerfeuer. Sie holte Luft. Ja, Lagerfeuer passte. Etwas brannte.

Mit Blaulicht und Martinshorn preschten zwei Einsatzwagen der Polizei die B9 entlang. Den vorderen steuerte Axel Börner, Pelizaeus saß auf dem Beifahrersitz und telefonierte. Äußerlich wirkte er ruhig, doch Börner hörte an seiner Stimme, dass er unter Druck stand.

»Okay, danke. Wir sind in knappen fünf Minuten da. Schaffen es Feuerwehr und Krankenwagen schneller?« Seine zusammengepressten Lippen zeigten, dass die Antwort wohl negativ war. Er wandte sich an Börner.

»Ein Spaziergänger hat gemeldet, dass im Waldbereich hinter der Kapelle, ziemlich versteckt, ein Holzhaufen am Brennen ist. Leider ist der Typ ein älteres Semester gewesen, ohne Handy, deshalb musste er von dort weg und erst mal heim zu seinem Festnetztelefon. Aber er meinte, es wäre wohl eine Stange in der Mitte. Oder ein Kreuz. Und …«, für einen kurzen Moment schloss er den Mund, als fiele ihm das Weitersprechen schwer, »und es ist eine Person daran festgebunden.«

Börner antwortete nicht, aber ihm war klar, dass er und sein Kollege dasselbe dachten: ein Scheiterhaufen. Er gab noch mehr Gas, wie Pfeile schossen die zwei Autos in Richtung Bodenheim.

Die Leute sammelten sich am Winterhafen und gafften. Das gab es nicht alle Tage zu sehen! Bertie und die Brigade hatten alle Hände voll zu tun, den asphaltierten Platz am Ende der Fußgängerbrücke frei zu halten. Wie eine riesige Libelle senkte sich dort der rot-weiße Eurocopter von JK-Aviation, seine Rotorblätter wirbelten Sand und Grasbüschel auf. Das Elvis-Transparent knüllte sich auf dem Boden zusammen und wuchs zu einem blau-weißen Mini-Gebirge heran.

Elvis winkte windmühlenartig, kaum dass die Kufen den Boden berührt hatten. Die Gäste im Molen-Biergarten schauten zu, wie die Brigade herbeisprang, die Stoffbahn abtrennte und sie zur Seite zog. Elvis, Bertie, Axl und Ferdi schlüpften geduckt in die Maschine, die Schiebetür glitt zu, und schon erhob sich der Hubschrauber wieder in die Luft.

Im Inneren war es so laut, dass ihre Ohren dröhnten. Matej gab ihnen per Handzeichen zu verstehen, die schallgeschützten Kopfhörer zu nutzen, die an jedem Platz bereit hingen. Kaum war der Sprechkanal offen, als Elvis auch schon brüllte:

»Bodenheim, wir müssen nach Bodenheim! So schnell wie möglich!«

Jochen warf ihm einen Blick über den Rand seiner Fliegerbrille zu.

»So schnell wie möglich? Sollst du haben.«

Eine Sekunde später wurden sie in die Sitze gedrückt, als der Eurocopter mit der Nase nach unten kippte und wie eine Rakete beschleunigte.

Die Polizeiautos bremsten vor der Bodenheimer Kapelle und ließen den Kies wegspritzen. Die Türen flogen auf, alle sprangen heraus. Die Beamten hielten Feuerlöscher in den Händen, die zur Ausstattung der Wagen gehörten, und rannten auf das abschüssige Waldstück zu. Brandgeruch lag in der Luft.

Pelizaeus stürmte dermaßen voran, dass er sogar den sportlichen Börner überholte.

»Tinne!«, brüllte er aus Leibeskräften. Zwischen den Bäumen war Flammenschein zu sehen.

»Tinneeeee!« Er erreichte eine ebene Fläche, auf der ein pyramidenförmiger Holzstapel lichterloh brannte. Aus der Mitte ragte ein toter Baumstamm hervor, man hatte mit groben Schnüren einen Querbalken und zwei schräge Hölzer daran gebunden – ein Schandkreuz. Qualm stieg auf und machte die Szene unwirklich, doch der Kommissar konnte eine menschliche Gestalt erkennen, die an dem Kreuz hing und sich matt bewegte. Tinnes Gesicht, von den fetten Schwaden fast ausgelöscht.

»Tinne«, flüsterte er und blinzelte Tränen weg, von denen er nicht wusste, ob sie vom Rauch kamen. Aus der Nähe war die Hitze ungeheuer, er kam nicht näher heran. Doch nun sah er, dass der Holzstapel von außen nach innen brannte – die Flammen hatten die Mitte noch nicht erreicht.

Fauchend gingen die Feuerlöscher an, weiße Wolken fuhren in das Feuer hinein. Wilde Hoffnung packte Pelizaeus. Aber bald schon erkannte er, dass die kleinen Löscher nicht ausreichten. Die Glutnester tief im Holzstapel fachten die Flammen jedes Mal neu an, sobald die weißen Fontänen abflauten.

»Mein Gott!«, brüllte er und versuchte, heranzutreten. Die Hitze schälte ihm fast die Haut vom Gesicht. »Wie kriegen wir dieses Scheißfeuer bloß aus?«

Wenn der Kommissar einen Wunsch freigehabt hätte, dann wäre es ein Sturmwind gewesen, so gewaltig, dass er das Feuer glatt ausblasen konnte.

Der Eurocopter legte sich in eine Kurve, als er Bodenheim erreichte. Elvis und die Übrigen waren so nervös, dass sie kaum still sitzen konnten. Im Geiste malte der Reporter sich die allerschlimmsten Sachen aus, die Tinne zustoßen sein mochten, und er machte sich Vorwürfe, dass er nicht mit ihr zusammen gelaufen war. Vielleicht hätte er sie ja beschützen können.

Bertie hatte sein Handy gezückt und schrie hinein, um die Turbine zu übertönen. Er trug Dietmar und Micha auf, die übrigen Brigadiere am Winterhafen aufzusammeln und nach Bodenheim zu fahren, so schnell sie es schaffen konnten. Ferdi gab Jochen knappe Anweisungen, wo sie hinmussten, während Matej den Boden im Auge behielt.

»Sieht nit very good aus für landing«, knurrte er. Jochen ließ den rot-weißen Heli weiter Kreise ziehen. Auf einmal erspähte Axl durch das Seitenfenster weißen Rauch.

»Da, was ist das denn?«, rief er. Der Eurocopter schwebte näher.

Das Brummen eines Motors mischte sich in das Prasseln der Flammen. Pelizaeus fuhr herum und suchte die Quelle des Geräusches. Kam endlich Unterstützung? Tinne hatte aufgehört, sich zu regen, sie hing wie tot in der Mitte des Feuerstapels. Der Kommissar fühlte sich so hilflos wie noch nie in seinem Leben.

Da! Er entdeckte rot-weißes Metall zwischen den Bäumen und wedelte mit den Armen, um auf sich aufmerksam zu machen. Endlich erschien das Ungetüm, das das Brummen verursachte: Ein Feuerwehreinsatzwagen mit groben Stollenreifen brach durch das Wäldchen und knickte die Büsche wie Streichhölzer.

»Hier! Hier!«, brüllte Pelizaeus unnötigerweise, denn

längst schon hatten die Einsatzkräfte den Brand erspäht. Eine Sekunde später schoss ein armdicker Wasserstrahl aus einem der Rohre, ließ die brennenden Hölzer auseinanderknallen und löschte das Feuer innerhalb eines Augenblicks. Sofort rannte Pelizaeus an den Stamm heran, seine Füße traten in die Glut, fast verlor er das Gleichgewicht, aber endlich war er da.

»Tinne!« Mit den Händen griff er nach ihr – und spürte dünnen Stoff, der keinerlei Widerstand bot. Sein Verstand brauchte eine Auszeit, bis er die Realität erfasste: Das, was da am Schandkreuz hing, war eine Puppe, gekleidet wie ein Mensch, mit einem aufgesteckten Frauengesicht, in ewigem Lächeln erstarrt. Rauch und Flammen hatten für eine perfekte Illusion gesorgt und ihm Tinnes Gesichtszüge vorgegaukelt, die aufsteigende Hitze des Feuers war für die Bewegung der Stoffglieder verantwortlich gewesen. Doch nun sah die Puppe nass, schlaff und tot aus.

Der Kommissar fuhr herum, Wut und Angst verzerrten seine Züge. Wer war für diesen bösen Scherz verantwortlich? Und wenn Tinne nicht hier war – wo war sie dann?

Die dunkle Welle, die Tinnes Geist umfloss, zog sich langsam zurück. Allmählich nahm sie ihre Umwelt wieder wahr und merkte, dass ihre Arme weit gespreizt und festgebunden waren, auch ihre Füße konnte sie nicht bewegen. Ihr gesamter Körper schien zu hängen und zog nach unten, außerdem fühlte sie sich klatschnass.

Als Nächstes kam der Geruchssinn. Es roch stechend nach Lösungsmitteln, nach Benzin, der Gestank fuhr ihr in den Kopf wie ein Messer. Ein zweiter Geruch war dabei, der in Verbindung mit Benzin eine Alarmglocke in ihr schrillen ließ: Feuer!

Sie öffnete mühsam ihre Augen. Als das Bild klar wurde, kam ein kleiner Laut des Entsetzens aus ihrer Kehle. Sie war im Bodenheimer Museum und schwebte hoch über der Hexenausstellung. Jemand musste sie an dem Schandkreuz festgebunden haben, das dort am Geländer des oberen Stockwerks hing! Gleichzeitig registrierte sie, warum sie sich so nass fühlte und der Lösungsmittelgestank ihr penetrant in die Nase stach: Ihr Körper und ihre Kleider waren mit Benzin getränkt.

Sie schluckte den Kloß in ihrer Kehle herunter und versuchte, sich zu bewegen. Die Stricke am Kreuz ließen kaum Spielraum, lediglich den Kopf konnte sie drehen. Hinter ihr lag das obere Stockwerk des Museums im Halbdunkel, sie konnte die Baumscheibe und die keltischen Kriegerfiguren erkennen. Auf dem Boden standen zwei Dutzend blutrote Kerzen und flackerte in einem unmerklichen Luftzug, einige waren ausgegangen, weiße Rauchschlieren stiegen auf. Das war der Brandgeruch, den sie wahrgenommen hatte.

Sie schaute genauer hin und spürte, wie sich ihre Nackenhaare aufstellten. Die Kerzen waren nicht nur Show, nein, jemand hatte ihr eine tödliche Falle gestellt! Denn um die Kerzen herum war eine Lache aus Benzin, die bis zum Fuß des Kreuzes führte, an dem sie hing. Damit war klar, was passieren würde: Wenn die erste Kerze heruntergebrannt war, würde sie das Benzin entzünden, und Sekunden später wäre Tinne eine menschliche Fackel. Brennen soll sie, die Hexe, brennen!

»Hilfe!« Zuerst kam nur ein schwaches Krächzen, dann fand sie ihre Stimme wieder.

»Hilfe! Hilfeeee!« Sie brüllte aus Leibeskräften, bekam Benzindämpfe in die Lunge, musste husten, brüllte weiter. Doch ihr war klar, dass sie kaum eine Chance hatte. Das

Museum war heute, am Muttertag, geschlossen, und die dicken Mauern des Dolles würden ihre Rufe nicht nach außen dringen lassen.

Sie schielte nach oben zu den Halteseilen des Kreuzes. Die beiden hölzernen Flaschenzüge hingen knapp unter der Decke, dort wurden die Seile umgeleitet und waren am Geländer befestigt. Sie betete, dass Felix und seine Leute bei der Wahl der Stricke ein paar Kilo mehr einberechnet hatten.

Plötzlich zuckte sie zusammen – aus den Augenwinkeln hatte sie eine Bewegung wahrgenommen! Zuerst befiel sie der irreale Gedanke, eine der Figuren habe sich gerührt. Doch der bärtige Krieger und seine Gefährten standen still und starr. Weiter vorne allerdings, an einem Heizkörper, da rührte sich etwas. Eine dunkle Masse saß dort, eine Person, zusammengeschnürt wie ein Paket. Es dauerte eine Sekunde, bis Tinne das Gesicht erkannte.

»Frau Leinweber! Hallo, Frau Leinweber, hören Sie mich?« Die Professorin stöhnte leise und kam zu sich. Ihr Gesicht machte einen schlimmen Eindruck, rote und blaue Flecken sahen nach Schlägen aus. Arme und Beine waren straff nach hinten gebunden.

Frau Leinweber bewegte die Lippen, als müsse sie sprechen üben, dann ächzte sie:

»Nun, Frau Nachtigall, sieht aus, als hätten Sie den Fall gelöst. Ebenso wie ich. Merg Scholl, das Kind, alles klar, oder?«

Ihr Telegrammstil erlaubt ihr, zwischen den Worten Luft zu holen. Doch Tinne hörte gar nicht zu, sie zappelte, ihre Stimme überschlug sich fast.

»Kommen Sie an die Kerzen ran? Können Sie sie ausblasen? Schnellschnellschnell!«

Die Professorin ruckte und dreht sich, dann sackte sie an der Heizung zusammen.

»Angebunden. Sorry.«

Tinne merkte, wie ihre Todesangst überhandnahm und die Vernunft auszuknipsen drohte. Sie zwang sich, ruhig zu atmen. Frau Leinweber wand sich in ihren Fesseln.

»Wie sind Sie drauf gekommen, Frau Nachtigall? Auf die Lösung?«

Mit aller Macht riss Tinne an den Stricken, das Kreuz pendelte hin und her. Mit zusammengebissenen Zähnen antwortete sie: »Über die Ernährung und das Verhörprotokoll, auf dessen Spur uns Wolfgang Balzer gebracht hat. Es blieb nur eine Glutenunverträglichkeit. Und daran habe ich auch erkannt, wer hinter dem modernen Hexenzauber steckt.«

Die Professorin ließ ein Schnaufen hören.

»Da sind Sie schlauer gewesen als ich. Viel schlauer. Ich hatte keine Ahnung über die Verstrickungen in unserer Zeit. Bis ich gestern Abend Besuch bekommen habe. Unerwarteten.«

Tinne hatte das Gefühl, als wären die zusammengebundenen Äste, aus denen das Schandkreuz bestand, etwas lockerer geworden. Mit doppeltem Eifer schob sie ihre Arme hin und her, damit die Seile an Spiel gewannen.

»Ich hätte es schon bei der Knochenuntersuchung merken müssen. Irgendwas war nicht in Ordnung. Und überhaupt – warum hat sie sich so für diesen steinalten Fall interessiert?«

Knack – ein einzelner Ast des Kreuzes war zerbrochen. Tinne zog weiter, bis der Strick ihr fast das Handgelenkt zerschnitt.

»Elvis hat mir einen weiteren Tipp gegeben, ohne es zu wollen. Sie hat eine vielversprechende Karriere als Kinderärztin aufgegeben, einfach so, und ist Pathologin geworden. Warum? So etwas macht man nicht ohne Grund.«

Die Kerzen waren ein gutes Stück nach unten gebrannt. Tinnes Zappeln bewegte die Luft und ließ sie flackern, dadurch beschleunigte sich der Vorgang. Sie bemühte sich um kraftvolle, aber ruhige Bewegungen.

»Und vorhin beim Marathon ist mir auf einmal alles klar geworden. Zöliakie ist noch nicht so wahnsinnig lang ein Thema, hat mir ein Mädel gesagt, das daran leidet. Früher wurden die Symptome oft nicht erkannt, es kam zu Behandlungsfehlern. Und das kann bei einer schweren Unverträglichkeit tödlich enden.«

Erschöpft hielt sie inne und sammelte neue Kraft.

»Und genau das ist passiert: Dr. Tara Feh hat ein Kind falsch diagnostiziert, sie hat die Symptome einer akuten Zöliakie nicht erkannt. Das Kind ist gestorben, aber sie hat es geschafft, den Fall irgendwie unter den Teppich zu kehren. Als Kinderärztin konnte sie danach natürlich nicht weitermachen, also wählte sie einen Bereich, der fachlich möglichst weit davon entfernt war: die Pathologie.«

Tinne fing wieder an, gegen die Stricke anzudrücken. Ein weiterer Ast bog sich und zerknackte, ihre rechte Hand bekam mehr Spielraum.

»Tja, und bei dem Merg-Fund hat sie es mit der Angst zu tun bekommen. Sie kannte die Symptome einer Zöliakie inzwischen sehr gut, schließlich hatten sie ihr beruflich fast das Genick gebrochen. Also ahnte sie, was mit dem Kind los gewesen war. Sie klinkte sich in die Untersuchung der Knochen ein und wusste auf diese Weise, wie nahe jemand an die Wahrheit kam. Als dann ausgerechnet Elvis und ich ins Spiel gekommen sind, waren bei ihr die

Sirenen am Heulen. Ein 400 Jahre alter Zöliakie-Fall und ein Reporter mittendrin – das war ein Risiko.«

Der nächste Zweig. Der Strick ließ sich locker nach oben und unten schieben, Tinne versuchte, ihn mit den Fingern zu erwischen.

»Denn wer weiß, vielleicht hätte die Zeitung angefangen, ausführlich über das Thema zu berichten, auf einmal wären staubige Akten gewälzt und Jahrzehnte alte Fälle neu beleuchtet worden. Also hat sie sich entschlossen, allen, die in dem Hexenfall zu weit vorgeprescht sind, eine deutliche Warnung zu verpassen. Nur leider haben wir beide, Sie und ich, nicht darauf gehört.«

Ihre Hand war frei! Fieberhaft machte Tinne sich daran, den linken Arm loszuknüpfen. Die Knoten waren widerspenstig, aber zu lösen.

Sie war so in ihre Arbeit vertieft, dass sich nicht auf die Umgebung achtete. Ein leises »Oh!« der Professorin war alles, was sie wahrnahm, als auch schon eine Hand die Halteseile des Kreuzes löste. Das Kreuz kippte nach vorne und blieb mit einem Ruck waagrecht hängen, Tinne schwebte über dem Ausstellungsraum. Ihr Herz raste, sie fuhr herum. Tara Feh war zurückgekommen!

Doch es war nicht Tara Feh. Es war eine andere Person, die böse lächelnd die Halteseile in der Hand hielt. Und diese Person ließ sie schreien, wie sie noch nie in ihrem Leben geschrien hatte.

Laurent Pelizaeus lief auf der Lichtung umher wie ein Tiger im Käfig und schaute ständig auf sein Telefon, um ja keinen Anruf zu verpassen. Auf eine geradezu irrwitzige Art fühlte er sich an die schlimme Nacht in der Uniklinik erinnert, vor sechs Jahren, als er in der Notaufnahme seine Runden gedreht und auch auf eine Nachricht gewartet hatte. Manchmal sah er in seinen Träumen die Gesichter der beiden Ärzte, die aus der Tür kamen, junge deprimierte Gesichter, die es bestimmt hassten, diese Art von Nachricht zu überbringen. Und heute wieder: warten, nichts tun. Gebundene Hände.

Er schaute auf, als zwei seiner Kollegen ankamen und eine Gruppe jüngerer Leute vor sich herschob.

»Was?«, fragte er brüsk.

»Die haben sich hier 'rumgedrückt und wollen eine Aussage machen.«

Mit einem Wink entließ er die Beamten und nahm die Leute in Augenschein. Sie waren zwischen 20 und 30, Männer und Frauen, sie trugen Jeans und sahen alles in allem sehr normal aus.

»Was ist los? Haben Sie etwas gesehen?« Normalerweise fiel er nicht so mit der Tür ins Haus, doch heute pfiff er auf alle Höflichkeitsfloskeln.

Einer der Männer trat vor. Er hatte eine hohe Stirn, stand etwas gebückt und schaute unsicher durch eine runde Nickelbrille. Harry Potter in hässlich, dachte der Kommissar ungnädig.

»Ja also, mein Name ist Felix Monaco, und das hier, also, das …«, er machte eine Handbewegung, die die gesamte Lichtung einschloss, »das waren wir.«

Als der Kommissar nichts sagte, setzte er eilig hinzu: »Und die anderen Sachen auch, also das Hemd im Baum und die Tierschädel und die Puppen in den Bäumen. Und die Panik im Museum.«

Pelizaeus wusste Bescheid, er hatte von den Vorfällen gehört, die die Oppenheimer Kollegen beschäftigt hatten.

»Warum?«, knurrte er.

»Weil … eh, weil wir Geld brauchen. Also, Forschungsgelder. Und die gibt es nur, wenn unsere Hexenausstellung genügend Besucher hat.« Er hatte eine helle Stimme, die nun, gepaart mit schlechtem Gewissen, geradezu piepsig klang.

»Aha. Also haben Sie sich entschlossen, ein bisschen Hexenbrimborium zu veranstalten, damit das Thema in aller Munde ist und die Leute in Ihre Ausstellung rennen. Richtig?«

»So in etwa«, murmelte Felix kaum hörbar. »Es ist inzwischen aber echt aus dem Ruder gelaufen. Deshalb, also, naja, deshalb wollen wir's melden.« Die Übrigen schauten betreten zu Boden und wären wohl am liebsten darin versunken.

»Und die tote Katze am Fenster? Der Eimer mit den Innereien?«

Ehrlich erstaunt schaute Felix ihn an. »Das … was soll das sein? Eine Katze oder einen Eimer, damit haben wir nichts zu tun.«

Der Kommissar glaubte ihm. Die beiden Vorfälle hatten einen anderen Stil, sie waren roher, gewalttätiger. Das passte nicht zu ein paar Studenten, die einen schrägen Hexenzauber inszenierten.

»Sie wissen nicht zufällig etwas über den Verbleib von Ernestine Nachtigall, oder?«

»Tinne?« Felix schaute zu seinen Kommilitonen, die allesamt die Köpfe schüttelten. »Nee, leider nicht. Warum, ist etwas nicht in Ordnung?«

»Das kann man wohl so sagen«, presste Pelizaeus hervor. Sein Bauchgefühl, auf das er sich stets verlassen konnte, sagte ihm, dass Tinne mächtig in der Klemme steckte.

»Oh«, sagte die Professorin ein zweites Mal. Doch längst schon kauerte sie nicht mehr an der Heizung, sondern stand aufgerichtet vor dem Geländer und hielt die Seile des Kreuzes fest. Durch die hölzernen Flaschenzüge konnte sie das Gewicht mit einer Hand halten. Die Stricke, die sie angeblich gefesselt hatten, lagen lose auf dem Boden, ihre Körperhaltung hatte nichts Schwaches mehr.

»Sie sind zu gutgläubig, Frau Nachtigall. Nehmen Sie meinen Rat: Wenn Sie etwas werden wollen auf dieser Welt, müssen Sie zweifeln. An allem und jedem.« Sie lachte hässlich, fuhr sich mit einem Stofftuch über das Gesicht und warf es zu Boden. Die roten und blauen Flecken waren verschwunden, nichts erinnerte mehr an eine geprügelte Frau.

Tinne hing hoch über dem Ausstellungsraum, ihr Körper wurde nur von den Seilen um ihre Füße und ihren linken Arm gehalten und baumelte halb in der Luft. Krampfhaft hielt sie sich mit der freien rechten Hand in den Ästen des Querbalkens fest. Die veränderte Lage des Kreuzes ließ das darüber geschüttete Benzin nach unten laufen, es troff ihr auf den Rücken und in die Haare.

Sie glaubte, sterben zu müssen. Wie hatte sie sich so täuschen können? Nicht Tara Feh war die böse Macht, die einen 400 Jahre alten Fluch am Leben hielt – es war Frau Professor Leinweber, Fachfrau für die Kurmainzer Hexenverfolgung! Ein Wimmern kam aus ihrer Kehle.

»Ich wollte mir anhören, wie weit Sie gekommen sind mit Ihren Ermittlungen. Deshalb die kleine Komödie gerade eben, gefesselt und geschlagen an die Heizung gebunden. Sie haben gut kombiniert. Muss ich sagen. Gut. Nur nicht auf die richtige Person bezogen.« Wieder lachte Frau Leinweber und band die Seile des Kreuzes an das Geländer.

Tinne erwachte aus ihrer Schreckstarre, die Worte erreichten sie.

»Sie … *Sie* haben ein Kind sterben lassen! *Sie* sind es

gewesen, die die Symptome der Zöliakie nicht einordnen konnte!«

»Imaya.« Die Professorin beugte sich nach vorne über das Geländer, wiederholte »Imaya« und lauschte dem Klang. »Lange nicht gehört, den Namen. Meinen Namen. Als Heilerin, damals.«

»Als …« Tinne schaltete. »Sie waren … eine Heilerin? Eine weiße Hexe oder so etwas?«

Sie zuckte die Achseln. »Jugendliche Sturm- und Drang-phase. Spannend. Hatte leider auch eine unschöne Seite. Eine Freundin brachte ihr krankes Kind. Die Eltern haben der Schulmedizin misstraut und wollten eine Naturheilerin. Ich habe mein Bestes getan, viel probiert. Steine auflegen, Kristalle ausrichten. Kräuter, Aroma, Rauch.« Wieder zuckte sie die Schultern. »Ist schiefgegangen.«

Tinne merkte, wie Wut in ihr aufwallte.

»Sie haben ein Kind zu Tode behandelt.« Sie schrie fast. »Einem Kind, dem Gluten die Eingeweide zerfressen hat, haben Sie Steine aufgelegt. Und der Mutter jede Woche etwas Neues vorgeschlagen, und wieder etwas ausprobiert, und wieder. Bis es zu spät war.«

Die Stimme der Professorin war kalt wie Eis. »Zum Schluss hat die Mutter es in die Klinik gebracht. War aber nichts mehr zu machen.« Wieder beugte sie sich vor. »Sie verstehen, Frau Nachtigall, dass ich mit dieser, hm, Vita etwas vorsichtig umgehe? Als Professorin. Als Fachfrau für Hexenforschung. Macht sich nicht gut, ein totgehextes Kind im Lebenslauf zu haben.«

Tinnes Blut rauschte in den Ohren, sie hörte ihre eigenen Worte kaum.

»Woher kannten Sie die Wahrheit über den Merg-Fall? Über das Kind mit der Gluten-Allergie?«

»Oh, es gibt eine faszinierende Handschrift. 1615, Gerichtskorrespondenz zwischen Waldbott von Bassenheim und seinem Richter Ebersheim. Befindet sich seit mehr als 20 Jahren in meinem Besitz, gut weggeschlossen. Darin beschreibt Ebersheim den Fall Scholl ausführlich. Mit medizinischem Wissen kann man die Wahrheit leicht herauslesen.«

»Aber dann sind die Skelette aufgetaucht, und Sie mussten damit rechnen, dass auch andere hinter diese Wahrheit kommen würden.«

»So ist es. Hat mir nicht gepasst, dieser Fund. Zumal mein Heilerzeichen damals ausgerechnet das Schandkreuz gewesen ist. Blöder Zufall. Habe versucht, gegenzusteuern. Sie und Wissmann zum Beispiel, Führung durch Bodenheim. Ich wusste, dass Ihnen die politischen Rahmenbedingungen alleine herzlich wenig nutzen. Nur ein Steinchen von vielen. Aber dann ging's los. Wolfgang Balzer war in der Hexenausstellung. Hat die Dieburger Verhörprotokolle gesehen und gemerkt, dass er ein ähnliches Papier besitzt. Ist ans Institut gekommen und hat es mir gezeigt, ganz stolz.«

»Keine gute Idee«, murmelte Tinne.

»Für ihn nicht. Er hat mir aber nicht sagen wollen, wo er es herhatte. Also habe ich ihn stumm gemacht und bin mit seinem Schlüssel ins Garnisonsmuseum. Habe gezündelt, viel Rauch, und Peng! ging die Löschanlage los. Keine Spuren mehr, keine Papiere.«

Mit dem Fuß schob sie die brennenden Kerzen in der Benzinpfütze umher. Diese waren inzwischen so weit heruntergebrannt, dass es aussah, als würden die Flammen direkt aus dem Boden heraus züngeln. Tinne beobachtete das Ganze aus ihrer waagrechten Perspektive und hatte das Gefühl, ihr Blut würde zu Eis erstarren.

»Sie haben aber nicht aufgehört, Frau Nachtigall. Immer neugierig. Also habe ich Ihnen nachts eine tote Katze ans Fenster geworfen. Lag überfahren auf der Straße und hat mich inspiriert.« Sie kicherte. »Und damit Sie nicht so alleine sind, kam der Eimer mit Schlachtabfällen auf meine eigene Tür drauf. Ist immer gut, wenn man selbst etwas abkriegt.«

Tinne konnte kaum glauben, wie planvoll die Frau vorgegangen war.

»Irgendwann war mir aber klar: Sie lassen nicht locker. Also habe ich Sie mir im Lauftrubel gekrallt. Die Spritze, übrigens ein altes Mittelchen aus meiner Heilerinnenzeit. Manche Sachen verlernt man nicht.«

Sie überprüfte nochmals den Knoten am Geländer, dann wandte sie sich zum Gehen.

Mit dem Mut der Verzweiflung bäumte Tinne sich auf, sodass das Kreuz ins Schaukeln geriet.

»Man … man wird Spuren finden!« Ihre Stimme wurde zum Kreischen. »Die werden zurückverfolgt bis zu Ihnen!«

»Wird man nicht. Hier drin lässt das Feuer nichts übrig, und draußen habe ich ein paar Sachen hingelegt. Von diesen Gewandleuten, Rasmus und den anderen. Die Scheune, die sie haben, da kommt man sehr einfach rein. Ein perfektes Bauernopfer.«

Sie drehte sich um und warf Tinne einen unergründlichen Blick zu.

»Der Fluch der Hexe, heute trifft er Sie, Frau Nachtigall. Das Feuer wartet auf Sie.«

Tinne spürte, wie ihr Verstand drauf und dran war, abzuschalten. Jede Faser ihres Leibes wartete darauf, dass eine der Kerzenflammen die Benzinlache erreichte und ihre Welt verglühen ließ.

»Geb Gummi! Mir wern gebraucht!«

Margarete hätte am liebsten selbst das Steuer übernommen, obwohl Dietmar schon einen heißen Reifen fuhr. Mit viel Gehupe und dem einen oder anderen illegalen Schlenker hatten er und der kleine Micha es geschafft, aus dem marathonischen Verkehrschaos herauszukommen. Am Winterhafen waren die Übrigen zugestiegen, das riesige Elvis-Transparent des Helikopters wurde in einen der Kofferräume gestopft, dann ging das Formel-1-Rennen nach Bodenheim los.

Dietmars E-Klasse-Mercedes legte sich mit quietschenden Reifen in die Kurve, als er von der Wormser in die Rheinstraße schoss. Mit einem Sicherheitsabstand, der jeder Beschreibung spottet, folgte Michas A-Klasse. Die Brigadiere hockten in den Autos, klammerten sich fest und zählten die Minuten, bis sie endlich an Ort und Stelle sein würden. Nur noch die Rheinstraße und der verwinkelte Weg durch die Altstadt trennten sie von ihrem Ziel.

»Wenn jetzt irgendwo geblitzt wird, bin ich den Lappen für eine Weile los«, meinte Micha nach einem Blick auf den Tacho. Doch Uwe winkte ab.

»Ei, unser Kommissar werd schon e guudes Wort für dich einlege. Im Krimi heißt's doch aach immer: Gefahr im Verzug!«

Micha überlegte. Hm, so hatte er die Sache noch gar nicht gesehen. Aber stimmte schon irgendwie. Kurz entschlossen gab er Gas und überholte Dietmar an der unübersichtlichsten Stelle der Rheinstraße.

Den silberfarbenen Kombi, der auf dem gegenüberliegenden Bürgersteig parkte und ein kleines schwarzes Stativ neben sich hatte, sah er viel zu spät.

Im Heimatmuseum erklang ein splitterndes Krachen, das von den Wänden widerhallte. Aus ihrer erhöhten Position sah Tinne, wie die Tür des Museums aufknallte und eine Gruppe Menschen hereinströmte – Elvis! Bertie! Axl! Ferdi! Dahinter folgten zwei Männer in dunklen Fliegerjacken, die sie nicht kannte.

»Tinne!«, brüllte Elvis in einer Lautstärke, die einen Toten aufgeweckt hätte. Als er nach oben schaute und Tinne am Schandkreuz hängen sah, blieb er vor Verblüffung wie angewurzelt stehen.

»Elvis, Vorsicht, hier ist …«, fing Tinne an, doch es war schon zu spät. Mit zwei, drei großen Schritten erreichte die Professorin das Geländer, löste den Knoten und hielt die Halteseile des Kreuzes mit der linken Hand fest. Ihre Rechte griff nach dem Stofftuch, mit dem sie sich vorhin die Schminke vom Gesicht gewischt hatte. Mit einer fließenden Bewegung zog sie einen Zipfel durch die Benzinlache und ließ ihn an den Kerzen Feuer fangen.

»Keinen Schritt weiter, oder sie steht in Flammen. Lichterloh.« Ihre Stimme war laut und entschlossen, es gab keinen Zweifel, dass sie Ernst machen würde. Den Stofflappen mit seinem brennenden Ende hielt sie drohend in Tinnes Richtung.

»Elvis, hier ist überall Benzin. Überall. Mach … mach nichts Falsches!«

Tinne zitterte am ganzen Körper, sie versuchte, klar zu denken. Selbst wenn es ihren Freunden irgendwie gelingen würde, an Frau Leinweber heranzukommen, ihr vielleicht sogar das Tuch wegzunehmen – dann würde sie einfach die Seile loslassen. Der Fuß des Kreuzes war nur zwischen die Streben des Geländers geschoben und nicht weiter verankert. Wenn die oberen Seile es nicht mehr hielten, würde es senkrecht nach unten stürzten. Sechs Meter weiter unten standen zwar nur halbhohe Ausstellungsvitrinen, doch sollte Tinne zusammen mit dem schweren Holzkreuz darauf donnern, würde kein Knochen heil bleiben.

Verbrennen oder zu Tode stürzen – sie hasste es, sich einzugestehen, dass ihre Chancen verdammt schlecht standen.

Elvis schaute die anderen ratlos an. Die Sache sah nach einem klassischen Patt aus: Oben stand die Professorin, die sie durch Bodenheim geführt hatte und nun – aus welchen Gründen auch immer – drohte, Tinne zu verbrennen. Hier unten blockierten er und seine Freunde den einzigen Ein- und Ausgang des Museums. Beileibe keine einfache Situation!

Vor einigen Minuten hatten sie den Helikopter verlassen, nachdem sie endlich, jenseits des Reichsritterstifts, ein freies Feld als Landefläche erspäht hatten. Der weiße Rauch, der Axl aufgefallen war, stammte von einem Feuer auf dem Feld. Ein Bauer verbrannte dort allerlei Gestrüpp, er schaute verdattert, als ein paar Dutzend Meter weiter ein Hubschrauber landete und eine Handvoll Leute herauskletterte. Bertie rief zuallererst bei der Kripo Mainz an und ließ Kommissar Pelizaeus ausrichten, wo sie waren und dass sie Tinne hier vermuteten. Am Dolles beratschlagten sie kurz, wie sie in das verschlossene Museum gelangen sollten. Elvis schlug vor, bei seinem Spezi, Hausmeister Willi Bretz, nach dem Schlüssel zu fragen. Axl setzte sich allerdings mit einer viel direkteren Methode durch: Eine Aschenbechersäule aus Beton eignete sich hervorragend als Rammbock.

»So, und jetzt? Irgendwelche Ideen?«, fragte Elvis halblaut. Alle schüttelten den Kopf und zogen lange Gesichter. Da gab es Bewegung in der zertrümmerten Eingangstür:

Dietmar, Micha und der Rest lugten hindurch. Sie ließen ihre Blicke durch das Museum wandern, bekamen große Augen beim Anblick des Schandkreuzes und verschwanden wieder. Auch keine große Hilfe!

Tinne schlotterte am ganzen Körper, ihre Zähne schlugen aufeinander, ohne dass sie etwas dagegen tun konnte. Das Bild, das sie hinter ihren eigenen Füßen kopfüber wahrnahm, hätte bedrohlicher nicht sein können: Es blieben nur noch Minuten, bis die Kerzen das Benzin erreichten, darüber ragte Frau Leinweber wie eine Rachegöttin auf, die Seile und das brennende Tuch in den Händen. Ein Stück des Stoffes löste sich und trudelte glimmend zu Boden wie ein müder Schmetterling – einen Zentimeter neben die Benzinpfütze!

»Gleich brennst du!«, zischte die Professorin. »Spürst du sie schon, die Hitze?«

Tinne schloss mit ihrem Leben ab. Verbrennen oder ertrinken, das waren die beiden Todesarten, die sie sich niemals für ihr Ende gewünscht hatte. Es sah so aus, als würde dieser Wunsch nicht in Erfüllung gehen.

Da passierte etwas dermaßen Unglaubliches, dass sie es im ersten Augenblick ihrem überreizten Hirn zuschrieb. Doch das Bild blieb dasselbe, selbst als sie mehrfach blinzelte:

Der fränkische Krieger, der mit den anderen Puppen als stummer Zuschauer im Hintergrund stand, bewegte sich einen Schritt nach vorne. Und noch einen. Und noch einen. Sein metallener Helm reflektiert die schwachen Lichter des Obergeschosses, die Hand mit dem Speer senkte sich und holte hinter dem Schild etwas Weißes hervor. Ohne ein Geräusch trat er an die Professorin heran. Dann ging alles ganz schnell – seine Hand fuhr nach vorne und drückte

das weiße Etwas vor Mund und Nase von Frau Leinweber, gleichzeitig polterte der Speer zu Boden, seine zweite
Hand packte die Halteseile. Nach einer Sekunde gab die
Frau einen seufzenden Laut von sich und sackte zusammen, der Krieger zog sie nach hinten und achtete darauf,
dass das brennende Tuch nicht in die Nähe des Benzins kam.

Aus dem Bart des Kämpfers kam eine Stimme, die Tinne
gut kannte.

»Los, los, los, jetzt aber schnell. Sonst ist hier die Hölle
los«, rief Tara Feh.

Wie eine Stampede rannten Elvis und die anderen die Treppe
nach oben.

»Was war … Wer ist …«, klangen ihre Stimmen durcheinander. Elvis ließ sich auf die Knie sinken, machte seine
Finger mit Spucke nass und löschte behutsam die Kerzen.
Jochen kickte den brennenden Lappen zur Seite und trat
ihn aus. Bertie und Ferdi übernahmen die Halteseile, der
lange Axl beugte sich über das Geländer, um Tinne hoch-
ziehen zu können.

»Puh, das war mehr als knapp!«, meinte Dr. Feh, als sie
den Helm abzog, sich von dem künstlichen Bart befreite
und aus dem Mantel des Kriegers schlüpfte. Elvis konnte
nicht anders – er machte einen Schritt auf sie zu und nahm
sie fest in den Arm. Gleich darauf trat er zur Seite, als täte
ihm sein Gefühlsausbruch leid.

Auch die Pathologin machte einen überrumpelten, aber
keineswegs pikierten Eindruck. Nachdem sie sich wieder
gefangen hatte, lehnte sie sich nach vorne.

»Es tut mir leid, Frau Nachtigall, dass ich Sie so lange
habe warten lassen. Aber die Dinge haben sich doch anders
entwickelt als geplant.«

»Tinne, bitte«, meinte Tinne erschöpft. Es war, so meinte sie, durchaus okay, ihrer Lebensretterin das Du anzubieten.

»In Ordnung, Tinne. Ich bin Tara«, lachte sie. »Ich hatte eigentlich vor …«

Ihr Satz ging unter in einem scharfen Ratschgeräusch. Ob Tinnes Gewicht auf Dauer doch zu viel wurde oder ob die unsanfte Behandlung beim Absenken des Kreuzes schuld war – einer der Deckenhaken, die die Seile umlenkten, riss heraus und fiel mit einem hellen Klingen auf den Boden. Das Schandkreuz ruckte und sackte ein Stück ab, Tinne schrie, während sie sich instinktiv daran festklammerte. Der hölzerne Flaschenzug blieb auf halber Höhe hängen und brachte das Kreuz zusätzlich zum Schwanken.

»Mist«, zischte Bertie, dessen Seil lose durchhing. Ferdi straffte sich, sein Flaschenzug hielt nun das Gewicht der kompletten Konstruktion.

»Ich … ich komm nicht dran!«, ächzte Axl, der sich reckte und nach Tinnes Füßen griff. Doch das Kreuz hing nun noch tiefer, seine Fingerspitzen erreichten nur ihre Sohlen. Alle hielten den Atem an, als Ferdi im Zeitlupentempo das Seil einholte. Tinne hob sich ein Stück, noch ein Stück – da rutschte der zweite Deckenhaken zur Hälfte heraus!

Ein Schrei wie aus einer einzigen Kehle erklang, jeder suchte panisch nach einer Lösung, doch schon gab der Haken einen weiteren Zentimeter nach. Tinne konnte nur noch nach unten schauen, wo der Boden und die Museumsvitrinen in unendlicher Entfernung auf sie warteten.

Plötzlich quollen Menschen durch die Eingangstür – der Rest der Brigade! Sie trugen etwas bei sich, das Tinne im ersten Moment nicht erkannte … blau, weiß, viele Falten. Unterhalb des Kreuzes schoben sie in Windeseile die Vitrinen zur Seite. Dann nahmen sie Aufstellung, blafften sich Befehle zu und traten von der Mitte kreisförmig auseinander. Tinne sah endlich, was sie in den Händen hielten: das Elvis-Transparent, das der Hubschrauber über der Stadt entrollt hatte.

»Uuund auseinander. Uuund höher. Uuund fest!«, bellte Dietmar wie ein Feuerwehrhauptmann. Die anderen gehorchten, das Tuch wurde straff und offenbarte auf blauem Hintergrund die riesige weiße Elvis-Karikatur.

In dieser Sekunde gab der verbleibende Haken nach und riss mit einem trockenen Ton aus der Decke. Das Kreuz sackte ab, sein Fuß hing für einen Wimpernschlag am Geländer, dann fiel die gesamte Konstruktion in die Tiefe – und Tinne mit ihr. Sie fand kaum Zeit zum Schreien, als sie auch schon in das provisorische Sprungtuch knallte. Mit einem hörbaren »Ufff!« federten die Brigadiere nach, sie wurden nach vorne geschleudert und hatten Mühe, den Stoff festzuhalten. Zwar donnerte das Schandkreuz noch immer hart auf den Boden und ließ eine Handvoll Vitrinen zerklirren, aber der größte Schwung wurde abgemildert.

Tinne kam sich vor wie in einer Wäschetrommel beim Schleudergang, bis sie endlich wieder wusste, wo oben und unten war. Fassungslos lag sie auf dem Rücken, leicht schräg, noch immer an das lädierte Kreuz gebunden … aber sie lebte, und alle Knochen waren heil.

Ein Jubeln erfüllte das Museum, alle rannten nach unten und halfen, Tinne loszubinden. Schulterklopfen, Umarmungen – den ganzen Trubel erlebte sie wie in einer Schaumblase. Ihre Wahrnehmung war noch viel zu sehr auf Todesangst gepolt, um zu entspannen.

»Meine Fresse, bin ich froh, dich weder verkohlt noch zerdeppert zu sehen«, brummt Elvis, was bei ihm schon fast einer Liebeserklärung gleichkam. Sie lächelte debil, zu mehr reichte es nicht.

Mitten im Trubel wurden auf einmal Rufe laut. Alle außer Tinne schauten zur Tür, wo uniformierte Polizisten auftauchten, die Waffen im Anschlag. Als Letzte drückten sich die Kommissare Börner und Pelizaeus rechts und links an in den Türrahmen, hielten ihre Pistolen mit angewinkelten Armen am Körper und fuhren dann auf ein leises Kommando herum. Wie vom Donner gerührt glotzten sie auf das Ensemble, wobei Pelizaeus wieder einmal den ersten Preis in einem Don Camillo-Ähnlichkeits-Wettbewerb gewonnen hätte.

»Oh, mein Freund und Helfer!« Elvis nickte gönnerhaft. »Wir haben dann schon mal die Arbeit für euch erledigt.«

Pelizaeus brauchte eine Sekunde, bis er die Situation überblickte. Dann trat er auf Tinne zu und schloss sie in seine Arme. Tinne erwiderte die Umarmung, obwohl sich ihre Muskeln anfühlten wie Pudding. Tränen schwammen in ihren Augen.

»Ich liebe es, wenn der Held zu spät kommt und das Abenteuer schon vorbei ist«, wisperte sie.

Der Mund des Kommissars kitzelte an ihrem Ohr.

»Hat dir schon mal jemand gesagt, dass du ganz fantastisch riechst? Was ist es, Eau de Zapfsäule?«

Sie überlegte an einer schlagfertigen Antwort, als sich ihre Augen wegdrehten und sie in Laurents Armen zusammensackte.

Eine Viertelstunde später wurde die Professorin, die allmählich wieder zu sich kam, abgeführt und zu einem Krankenwagen gebracht. Die Brigade, Axl und Ferdi standen um das zertrümmerte Schandkreuz, Jochen und Matej waren längst schon wieder abgeflogen. Sie konnten glaubhaft versichern, dass es auch für Helikopter so etwas wie ein Halteverbot gab und die Strafen deutlich höher waren als im Straßenverkehr. Elvis stand bei Tara. Sie hielten eine ordentliche Distanz zueinander und schwiegen, wollten aber auch nicht weggehen.

Tinne bekam von alldem wenig mit, sie lehnte nach wie vor schlaff an Laurent. Nur als die Sanitäter sie mitnehmen wollten, wurde sie kurz hellwach. Nach einem Blick auf die orangefarbene Kleidung bekam sie einen Schüttelfrostanfall und klammerte sich fest an den Kommissar, bis die Sanitäter entnervt abzogen.

Nun bemühte sie sich, die Augen offenzuhalten und die Pupillen parallel zu bekommen.

»Sag mal, Elvis, wie habt ihr mich eigentlich gefunden?«, murmelte sie. »Ich meine – die Professorin hätte mich ja schließlich überall hinbringen können.«

Der Reporter lachte und winkte Ferdi herbei.

»Manchmal kann Zuhören ganz nützlich sein. Du erinnerst dich an die Materialausgabe bei der Pasta-Party? Startnummer, Unterlagen und so?«

Tinne brachte ein paar Sekunden, dann nickte sie. Die Pasta-Party kam ihr vor wie eine Million Jahre entfernt, dabei war sie erst gestern Nachmittag gewesen.

»Da haben wir auch den Zeitmesser-Chip bekommen. Die Tante hatte extra erwähnt, dass er nicht über irgendwelche Bodenmatten angesteuert wird, sondern über GPS, damit niemand mit einer Abkürzung bescheißen kann.«

Er deutete auf Tinnes Laufschuh, wo der kleine gelbe Ring eingeschnürt war.

»Als du verschwunden warst, bin ich zusammen mit Ferdi zur Rennleitung und habe die Leute so lange zugetextet, bis sie uns einen ihrer Laptops ausgeliehen haben. Ferdi hat deinen Chip angewählt und ihn mit Google Maps synchronisiert, und so haben wir jeden Meter gesehen, den du zurückgelegt hast. Tja, und deine Reise ist genau hier im Museum zu Ende gewesen.«

Elvis zog ein dermaßen selbstzufriedenes Gesicht, dass er wie der Bärenmarkenbär aussah. Mit Zeitlupenhirn suchte Tinne nach einem Lob für so viel Improvisationstalent, als er sich erhob, die Schultern rollte und der Brigade Aufbruchszeichen gab.

Tinne sah ihm milde erstaunt zu.

»Was ist los, hast du … hast du noch was vor?«, fragte sie mit einiger Verspätung.

Sein Blick ging zur Uhr, die neben dem Eingang des Museums hing.

»Und ob!«, meinte er grimmig. »Es wird zwar verdammt knapp, aber ich habe einen Halbmarathon fertig zu laufen.«

Freitag, 23. Mai 2014
zwei Wochen später

Der Sommer steckte zwar noch in den Kinderschuhen, doch die ersten Grills hatten schon ihren Weg zum Winterhafen gefunden. Seit die Stadt Mainz das ›wilde Grillen‹ an der Rheinpromenade verboten hatte, waren im Uferbereich zwischen Mole und Eisenbahnbrücke die Kohlen fast täglich am Glühen.

Gisela Pfennich hatte längst schon Feierabend und nutzte das schöne Spätnachmittagswetter, um mit ihrem Mann Ulf eine Runde um den Winterhafen zu spazieren. Mit beruflichem Automatismus warf sie kritische Blicke auf die Parkscheine der Autos, die vor den neu errichteten Eigentumswohnungen standen, und schüttelt missbilligend den Kopf über quer geparkte Bootsbesitzer.

Die beiden umrundeten die Ostspitze des Hafens, passierten das holzverkleidete Restaurant ›Bootshaus‹ und erreichten den Rhein. Am Ende des asphaltierten Victor-Hugo-Ufers schlug Giselas Falschparker-Radar erneut aus. Auf dem Grünstreifen beim Molen-Biergarten standen frech und verkehrswidrig eine rote Vespa, eine schwarze Harley, ein weißer Evoque und mehrere Taxis.

»Na seid froh, dass ich heut Abend nit im Dienst bin!«

Ihr Mann lenkte sie ab und zeigte auf einen bunt zusammengewürfelten Haufen an Leuten, die im Gras saßen und einen rauchenden Grill in ihrer Mitte hatten.

»Ei hier, gugg emol. Der Mann da drübbe, der sieht aus wie de Philipp Stein.«

Gisela schaute, und tatsächlich, es hätte durchaus der Sternekoch sein können, der da mit lässigem Hemd im Schneidersitz hockte.

Ulf versuchte, beiläufig und trotzdem genau hinzusehen. »Du, des is er! Des is er echt!«

Sie musste lachen und schüttelte den Kopf.

»Im Lebe nit! Der Stein wird kaum auf die Idee komme, statt in de Favorite hier auf de Wies zu hocke und Würstche zu bruzzele!«

Elvis beobachtete das mittelalte Paar, das in auffälliger Unauffälligkeit herüber schielte, und beugte sich zu Philipp Stein.

»Das ist bestimmt schon Nummer zehn. Heute Abend sorgst du für reichlich Diskussion in den Weinstuben.«

Der Koch lachte. »Du kannst es ja morgen in der Zeitung auflösen, damit die Leute wieder ruhig schlafen können.« Aus einer Kühlbox verteilte er eine weitere Runde Weinflaschen.

In alter Tradition richteten Tinne und Elvis ein kleines Fest aus für all diejenigen, die bei ihrem Abenteuer dabei gewesen waren. Die Ortswahl war auf das Rheinufer am Winterhafen gefallen. Genau hier war der provisorische Landeplatz des JK-Aviation-Hubschraubers gewesen, ohne dessen schnellen Truppentransport Tinne die Hexeninszenierung im Museum wahrscheinlich nicht überlebt hätte.

Die Brigade nebst Axl hatte sich um den Grill versammelt, Laurent Pelizaeus und Tara Feh saßen im Gras, ebenso Ferdi mit seiner Familie. Auch Jochen und Matej waren vorbeigekommen, diesmal allerdings ohne Pommes-Helikopter. Die muntere Franzosentruppe um Monsieur Meurzec war schon wieder in der Heimat, Elvis hatte sein Versprechen aber erfüllt und ihnen ein 30-Kilo-Kühlpaket mit Meenzer Fleeschworscht, Paarwecken und Rheinhessenwein geschickt. Felix war auch eingeladen gewesen, hatte jedoch abgesagt. Angeblich musste er an der Uni einen Termin wahrnehmen, Tinne vermutete aber, dass ihm sein Hexenschabernack im Nachhinein einfach zu peinlich war.

Sie wandte sich an Laurent.

»Sag mal, was blüht unseren zauberwütigen Studenten denn straftechnisch?«

»Na ja, nicht gerade Zuchthaus.« Er trug zur Feier des Tages sein Elvis-Shirt, das ihm die Brigade beim Marathon geschenkt hatte. »Ich denke mal, sie werden den Polizei- und Feuerwehreinsatz im Wald zahlen müssen und kommen mit ein paar Sozialstunden davon.«

Felix hatte im Verhör gebeichtet, dass bei den hängenden Stoffpuppen im Dollespark der Bogen überspannt worden war. Sie konnten aus ihrem Versteck beobachteten, wie Elvis an einen Baum knallte und ohnmächtig wurde. Nachdem sie sich überzeugt hatten, dass ihm nichts Schlimmes passiert war, holten sie die Puppen weg und schafften sie völlig kopflos in die Scheune der Mittelalterleute, um den Verdacht von sich abzulenken.

Tinne dachte an die Vorfälle, die in Bodenheim unheimliche Stimmung verbreitet hatten und sich nun als Taschenspielertricks entpuppten. Die Kälberschädel – für ein paar Euro vom Schlachthof gekauft. Das Knochenrasseln – ein einfacher Sack mit Plastikröhren. Der faulige Gestank – ein halbes Pfund verdorbenes Hackfleisch. Aber die Menschen glaubten, was sie glauben wollten, und so hielten nicht nur Rasmus und seine Leute all das für Zeichen aus dem Jenseits. Auch die Professorin erschrak, aber aus anderem Grund: Sie fürchtete, dass die Geschehnisse das Interesse an dem alten Hexenfall erst recht anheizen würden.

»Warum haben wir bei der Ausstellungseröffnung auf einmal Panik gekriegt und sind rausgerannt?«, wollte Elvis wissen. Er hatte als Einziger ein Campingstühlchen dabei und thronte darauf wie ein König. Die kleine Leonie spielte mit sich selbst fangen und rannte um ihn herum. »Und der Hund, der nachts im Park solche Angst gehabt hat – ist das auch auf dem Mist von Monaco Franze gewachsen?«

»Oh, er und seine Leute waren da echt kreativ. Sie wollten, dass ihre Ausstellung eine richtig unheimliche Atmosphäre bekommt. Dazu haben sie sich an der Uni bei den Physikern einen Infraschall-Generator geborgt.«

»Einen was-Generator?«

»Infraschall. Ist das Gegenteil von Ultraschall, also keine unhörbar hohen, sondern unhörbar tiefe Töne. Die nimmt der menschliche Körper aber durchaus wahr, er reagiert mit Unwohlsein und unerklärlicher Angst. Sie haben die Wirkung allerdings total unterschätzt, statt leichtem Gruseln gab es echte Panikattacken. Ihr wart ja dabei und habt es erlebt.«

Mit Schaudern dachte Tinne an das Horrorgefühl bei der Ausstellungseröffnung. Ein Infraschall-Generator, soso.

»Sie haben aus ihrem Fehler gelernt und das nächste Mal eine etwas kleinere Nummer gewählt. Wieder war es Schall, diesmal aber Ultraschall. Eine normale Hundepfeife, die Ultraschall produziert und vom Menschen nicht gehört wird, haben sie technisch verstärkt. Der arme Hund im Park, er hatte einfach nur ein schrilles, ungeheuer lautes Pfeifen in seinen Ohren und ist deshalb winselnd davongerannt. Für sein Herrchen und alle anderen war das natürlich mehr als mysteriös.«

Die Stimmen der Taxileute klangen dazwischen. »Philipp! Philiiiipp! Alarm!«, riefen sie und deuteten mit großer Geste auf den Grill. Philipp Stein sprang auf und eilte herbei. Als Sternekoch hatte man ihm die Aufgabe übertragen, sich um das Feuer zu kümmern und die Würstchen pünktlich zu wenden. Nun waren sie auf einer Seite leicht angebrannt, was ihm lästerliche Bemerkungen der Brigade einbrachte.

»Hier, ich bring se hoch zur Favorite, für die Gäst!«, bot Margarete an.

Der kleine Micha grinste boshaft. »Und ich dachte immer, der Tim Mälzer wär zuständig für die Röstaromen!« Mit seinem rollenden Franken-R klang ›Röstaromen‹ wie eine fremdländische Währung. Stein ließ sich nicht aus der Ruhe bringen und verteilte seine Würste, alle fingen an zu kauen. Axl hatte eine MP3-Box mitgebracht und Tinne eine Best-of-Lagerfeuer-Playlist, John Denver, Neil Young und Jim Croce sangen um die Wette. Sie freute sich, ihre Freunde in guter Stimmung zu sehen. Die Gläser gingen in die Höhe.

»Auf den Superkoch! Auf Tinne und ihren Sturzflug! Auf Ferdi, den größten Hacker ever!«

Ferdi lachte verlegen und errötete verschämt. Seine Freundin Claudi gab ihm einen schnellen Kuss auf die Wange, worauf sich die Farbe vertiefte.

Tara saß etwas abseits. In ihrer dunklen Chinohose und einer beigefarbenen Bluse, das Weißweinglas locker in der Hand, hätte sie perfekt in eine Rheinhessen-Werbung gepasst. Tinne nutze das Tohuwabohu und setzte sich zu ihr. Die beiden ließen ihre Augen über den Rhein schweifen, wo sich ein Schubverband so langsam stromaufwärts kämpfte, dass er zu stehen schien. Tinne sammelte ihre Gedanken.

»Wie bist du in diesen Fall hineingeraten? Warum hast du dich überhaupt dafür interessiert?«

»Am Anfang war es dieses Symbol, das Schandkreuz. Es ist mit einer schwierigen Phase meines Lebens verbunden, mit einem Vorfall, der mich vom Beruf der Kinderärztin weggebracht hat.«

Tara lächelte und sah gleichzeitig traurig aus.

»Es war in meinem ersten Jahr in der Kinderklinik, da haben wir einen Jungen eingeliefert bekommen, Björn, blonde Strubbelhaare, Zahnlücke. Die Mutter hat ihn in die Klinik gebracht, ein Häuflein Haut und Knochen. Schwere Zöliakie, über Monate falsch behandelt. Vier Tage und Nächte bin ich bei ihm gewesen, aber es war zu spät, das Gluten hatte seinen Bauch schon verwüstet. Er ist in meinen Armen gestorben.«

Sie machte eine Pause und schaute auf das Schiff, ohne es zu sehen. »Wir haben versucht, die Familie dafür verantwortlich zu machen. Aber die Verhältnisse waren wirr. Der Vater hatte sich abgesetzt, ohne dass wir seinen Namen kannten, die Mutter war psychisch labil, Selbstmordversuch, das ganze Programm. Der Fall ist versickert, ich wusste nur, dass eine ominöse Heilerin ihre Finger im Spiel hatte. Und dass ihr Zeichen ein Kreuz mit schrägen Balken war, das Schandkreuz.« Mit der Zungenspitze fuhr sie über die Lippen, als wolle sie ihren Worten den Weg bereiten. »In der Kinderstation habe ich es danach nicht mehr ausgehalten, es … es ging nicht mehr. Frag mich nicht, warum.« Ihre Augen glitzerten verdächtig. »Ich bin weggelaufen von den Kindern und ihrem Lachen und ihrem prallvollen jungen Leben. Hin zu den Toten.«

Tinne spürte fast am eigenen Leib, wie zerrissen sich Tara damals gefühlt haben musste.

»Wie bist du dann der Professorin auf die Spur gekommen? Nach so vielen Jahren?«

»Als ich das Zeichen im Grab wiedererkannt habe, hat mich die Hexenuntersuchung natürlich interessiert. Zuerst nur beruflich, ich wollte wissen, welche Geschichte hinter den verstümmelten Kinderknochen steckt, und habe mich deshalb in Bissons Untersuchungen eingeklinkt. Dann kamen aber der *Cold Case* von Laurent und eine Bemerkung von dir, Tinne. Laurents früherer Fall, ein krebskranker Mann, der in seinem Keller zu Tode gefoltert wurde und im Sterben das Schandkreuz gemalt hat. Walter Gurock. Und deine Info über die Spiegelstrafe im Mittelalter, du erinnerst dich? Dass Übeltäter auf eine Weise bestraft wurden, die mit ihrem Vergehen zusammenhing.«

Laurent verließ die trinklustige Brigade und kam herüber. Vielleicht war ja etwas dran an der alten Weisheit, dass ein Polizist niemals von seinem ersten großen Fall losgelassen wurde.

»Die Augen«, murmelte er, »die Ohren, die Zunge. Etwas Falsches gesehen, gehört und gesagt. Auf der Flucht vor seiner eigenen Vergangenheit, das ist damals mein erster Gedanke gewesen.«

»Mit genau dieser Idee bin ich im Medizinischen Archiv der Ärztekammer auf die Suche gegangen. Hat mir zwar einen saftigen Strafzettel eingebracht, aber ich bin fündig geworden. Es gab einen Eintrag über Walter Gurock. Vater eines Kindes, das 1985 an Zöliakie verstorben ist. Der Fall war dort vermerkt worden, weil eine Heilerin eine komplett falsche Behandlung vorgenommen hatte. Es war mein kleiner Patient von damals, der Kreis hatte sich geschlossen. Aber durch die Akte kannte ich jetzt den Namen der Heilerin, sie nannte sich Imaya.«

Imaya. Tinne lief ein Schauer über den Rücken, es war, als würde die Professorin den Namen wieder im leeren Museum erschallen lassen.

»Am Marathontag habe ich schließlich den bürgerlichen Namen von Imaya entdeckt, in einem Hexen-Almanach von 1985.«

Laurent beugte sich vor. »Warum haben wir bei der Kripo nichts darüber gefunden damals? Es gab doch schließlich Unterlagen, du bist ja auch darauf gestoßen.«

»Aber alles analog, alles auf Papier, weggeheftet in zig Aktenmetern im Archiv der Ärztekammer. Wer nicht nach genau diesem Detail gesucht hat, hatte keine Chance, etwas zu finden.«

»Wie ist die Geschichte für Gurock weitergegangen?«, fragte Elvis. »Warum hat er so grausam sterben müssen?« Leonie war inzwischen zu ihm auf den Campingstuhl gekrabbelt und hopste wie ein Flummi auf seinem Bauch auf und ab. Er ließ sie mit Engelsgeduld gewähren und packte nur zu, wenn sie zur Seite kippte. Die Diskrepanz zwischen ihrer unbeschwerten Energie und den düsteren Totengeschichten der Vergangenheit kam Tinne krass vor.

Tara hob die Achseln ein paar Millimeter. »Ich vermute mal, er hat angesichts seiner Krebserkrankung und des nahenden Todes reinen Tisch machen wollen. Sich der Vergangenheit stellen. Also hat er sich bei Imaya gemeldet, er kannte ja ihren richtigen Namen. Ihre Uni-Karriere fing damals gerade erst an, es muss ein Schock für sie gewesen sein, als dieses Gespenst aus der Vergangenheit aufgetaucht ist und ihre Zukunft plötzlich infrage stand. Sie hat ihn dafür auf mittelalterliche Weise bestraft. Zu viel gesehen, zu viel gehört, zu viel gesagt. Und das Einzige, was er tun konnte, war, im Sterben ihr Heilerzeichen aufzumalen, das Schandkreuz. Es hat 25 Jahre gedauert, bis wir diese Botschaft verstanden haben.«

Sie schwiegen. Tinne fiel es schwer zu glauben, welche Bestie in der allseits beliebten Professorin gewohnt hatte und wie leichtfertig ihre Entscheidungen über Leben und Tod gefallen waren. Wenn es tatsächlich so etwas wie eine böse Hexe gegeben hatte, dann war es sicher nicht Merg Scholl gewesen.

Gerne ließ sie sich von der gut gelaunten Truppe am Grill ablenken, wo es derweilen hoch herging. Bertie zeigte das Foto herum, das er von Tinne, Elvis und Axl in ihrem Ghostbusters-Outfit geschossen hatte. Alle lachten über die *Anti-Fli*-Insektenjäger, nur Laurent sah nicht sehr amüsiert aus, als Tinne ihm von dem Husarenstück erzählte. Dietmar und Micha steuerten ein weiteres Bild bei, das für Stimmung sorgte. Es war ein schwarz-weißes Blitzerfoto, gestochen scharf: Dietmars Mercedes halb auf dem Gehsteig rasend, daneben Michas A-Klasse beim halsbrecherischen Überholvorgang.

»100 Euro, ein Punkt«, meinte Micha mit einer ulkigen Mischung aus Fatalismus und Stolz. »Alles, um die Frau Professor rechtzeitig aufzufangen.«

Die Idee, mit Laurents Hilfe die Strafe abzubiegen, war ein kolossaler Fehlschlag gewesen. Dafür hatte sich die Brigade spontan bereit erklärt, das Bußgeld auf alle umzulegen, und pappte Micha einen grellen 2 FAST 4 YOU-Aufkleber auf sein Auto.

»Apropos rechtzeitig auffangen.« Tinne wandte sich erneut an Tara. »Wie hast du es fertiggebracht, genau zur richtigen Zeit am richtigen Ort zu sein? Im Museum, meine ich?«

Die Pathologin streckte sich, als wolle sie die Last der alten Erinnerungen loswerden, über die sie gerade geredet hatten.

»Oh, ich muss zugeben, das war mehr Glück als Verstand. Als ich Imayas echten Namen gefunden hatte, habe ich versucht, auf der Uni-Homepage etwas mehr über sie herauszufinden. Im Forum der Historiker bin ich über ein paar Posts von Studenten gestolpert. Die waren ziemlich sauer, weil die Professorin am Freitag und am Samstag gefehlt hatte, ohne jemandem Bescheid zu geben. Sie schrieben, dass das ziemlich ungewöhnlich für sie sei. Ich bin den Verdacht nicht losgeworden, dass sie irgendeinen Plan schmiedete, mit dem Museum als Mittelpunkt der Hexenthematik. Und welcher Zeitpunkt wäre besser gewesen als der Muttertags-Sonntag, an dem das Museum geschlossen war? Das hat mir keine Ruhe gelassen, also bin ich hingefahren, habe dem Ortsbürgermeister eine Geschichte aufgetischt und den Schlüssel gekriegt. So, und dann hieß es warten.«

Tinne schaute ungläubig. »Als fränkischer Krieger verkleidet?«

Sie musste schmunzeln. »Nein, erst mal nur versteckt im Obergeschoss. Als dann aber tatsächlich die Professorin aufgetaucht ist und auch noch eine torkelnde Frau Nachtigall im Schlepp hatte, wollte ich näher ans Geschehen ran. Sie ist noch zwei oder drei Mal rausgelaufen, um den Kram für ihre Inszenierung zu holen, da habe ich schnell wie der Blitz mit dem Krieger getauscht. Die Kleidung hat einigermaßen gepasst, und der Bart hat mein Gesicht fast unsichtbar gemacht.«

Elvis versuchte, eine brummige Miene aufzulegen, es gelang ihm aber nicht ganz.

»Ein bisschen früher einzugreifen, wäre für unsere Nerven gut gewesen.«

Tara hob die Hände. »Das tut mir unendlich leid, ehrlich. Aber nachdem die Leinweber angefangen hatte, mit dem Benzin und den Kerzen zu hantieren, habe ich mich einfach nicht getraut. Es hätte viel zu leicht etwas passieren können. Erst als die Situation dann echt so verfahren war, dass nichts anderen übrig blieb, habe ich es darauf ankommen lassen.«

»Und was hast du ihr auf die Nase gedrückt? Eine Socke vom fränkischen Krieger oder was?«

Sie bemühte sich, ernst zu bleiben, doch ihre Augen lachten.

»Sevofluran, ein Narkose-Inhalat. Ich wusste ja nicht, was mich im Museum erwartet, also habe ich es aus dem Medikamentenschrank in meinem Büro mitgenommen. Vorsichtshalber. Und gut versteckt unter meinem Kittel, man will ja nicht in Verdacht geraten!«

»Eine deiner besseren Ideen an diesem Tag«, kommentierte Elvis todernst. Beiläufig nahm er seine Jacke und legte sie Tara um die Schultern, sie revanchierte sich mit einem überraschten Lächeln.

Inzwischen war die Dunkelheit hereingebrochen, die Schiffe auf dem Fluss hatten sich in schwarze Wale verwandelt mit Positionslichtern als Augen. Die ersten Sterne erschienen am Himmel. Tinnes Gedanken schweiften ab, sie stellte sich vor, wie dieselben Gestirne damals über Merg Scholl und dem kranken Kind geleuchtet hatten. Sie kannte noch nicht einmal den Namen des Jungen, er war im Wind der Jahrhunderte verweht. Die Toten und die Lebenden.

Die Rohfassung ihres Buchartikels war mittlerweile fertig. Als hätte sie ihn dadurch herbeigerufen, war Rasmus vor einigen Tagen wie ein Geist im Hof der Kommune erschienen und hatte sich vor ihr verneigt. Sie habe, so formulierte er es, Merg Scholl die Seele wiedergegeben, nun wäre das alte Unrecht, das Hexen-Stigma, endgültig gesühnt.

Sie bewegte ihre Zehen im Gras und erinnerte sich an ihren Haschnebel. Genau das hatte er damals von ihr gefordert, nachdem er ihr die Grablege des Kindes erklärt hatte: *Ich will, dass Ihr Merg die Seele wiedergebt.* Es freute sie, dass sie das geschafft hatte, und sie hoffte, Merg und der namenlose Junge würden nun tatsächlich ihren Frieden finden.

Eine Hand legte sich leicht auf ihre. Laurent stand als Silhouette hinter ihr und machte eine Kopfbewegung zur Uferpromenade. Nun also kam der Moment, den Tinne gleichzeitig gefürchtet und herbeigesehnt hatte. Schweigend gingen sie nebeneinander her, in der Ferne tupfte das ›Bootshaus‹-Restaurant Lichter in die Dunkelheit. Sie überlegte krampfhaft, wie sie das Gespräch anfangen sollte. Dann entschied sie sich für den direkten Weg.

»Ich weiß Bescheid über den Unfall von Mona. Und ihren Tod.«

»Ich weiß, dass du es weißt. Elvis hat es mir erzählt.«

Tinne fragte sich eine Millisekunde, warum sie auf dieser Welt keine Geheimnisse haben konnte, ohne dass Elvis oder ihre Mitbewohner sie ausposaunten. Sie holte Luft.

»Ganz ehrlich: Ich mag nicht gegen eine Erinnerung antreten, Laurent. Erinnerungen gewinnen immer, weil sie keine Fehler mehr machen und keine Dummheiten.«

Sie glaubte, ihn lächeln zu sehen. »Aber vielleicht sind es gerade die Dummheiten, die jemanden aus Fleisch und Blut liebenswert machen.« Mit einem verschmitzten Blick fügte er hinzu: »Und wenn es um Dummheiten geht, kenne ich eine echte Fachfrau.«

Er machte eine Pause, in der ihr 1000 Antworten durch den Kopf gingen, aber keine den Weg über ihre Lippen fand. Dann hörte sie seine dunkle Stimme ganz nah an ihrem Ohr.

»Jetzt weißt du Bescheid über meine staubige alte Geschichte. Was ist mit deiner?«

Ja, was war mit ihrer? Sie horchte in sich hinein und stellte überrascht fest, dass Olaf und sein überhebliches

Lachen in den Hintergrund gerückt waren. Es kam ihr so vor, als könne sie plötzlich freier atmen.

Mit einem kleinen Kopfschütteln lehnte sie sich an ihn und genoss seinen Duft. Das war nicht der Augenblick für staubige Geschichten, das war der Augenblick für das Hier und Jetzt. Und der Augenblick für die Zukunft und den Mann neben ihr. Der dunkle Fluss, seine warme Schulter, die Luft voll von Frühsommerduft, Holzfeuer und Cool Water. Das Leben konnte schön sein.

Später – Tinne hätte nicht sagen können, ob es fünf Minuten oder fünf Jahre waren – sorgte ein Rumoren am Grill für Unruhe. Die Taxileute liefen zu ihren Autos und kamen mit allerlei Gerätschaften zurück, Uwe holte mit einer monströsen Kabeltrommel Strom vom Biergarten, Axl verdrahtete die MP3-Box, Bertie schleppte einen Videobeamer und Dietmar eine Dia-Leinwand. Im Nu hatten sie ein Mini-Kino aufgebaut und luden die Übrigen mit übertriebenen Handbewegungen ein, sich davorzusetzen. Tinne und Laurent beeilten sich, um nicht in der letzten Reihe zu landen. Margarete verteilte in bester Kinotradition Popcorntüten, Bertie warf sich in Positur.

»Meine Damen und Herren, jetzt kommt der Augenblick, auf den alle gewartet haben. Brigaden-TV präsentiert: *Die Stunde des Siegers*!« Und schon wurde die Leinwand hell. Tinne erkannte die Rheinallee, die Rheingoldhalle und Hunderte von Menschen. Da ahnte sie, was nun kommen würde: das Ende von Elvis' Halbmarathon!

Über Erfolg oder Misserfolg seines Laufs wusste Tinne noch gar nichts. Die Brigade war verschwiegen gewesen wie ein Grab, Bertie und Axl hatten sogar die entsprechenden Artikel aus der AZ herausgeschnitten und ihr streng verboten, danach zu googeln. Also fügte sie sich und wartete geduldig.

Nun also war der Augenblick da. Die Brigade hatte sich ungeschnittenes Fernsehmaterial besorgt, Zooms und Wackler sorgten für echte Live-Atmosphäre.

Die Zielgerade war leer, die Zuschauer drängten sich in den Bereichen, in denen die letzten Läufer gerade Handtücher und Getränke bekamen. Ein Häuflein Elvisfans harrte am Rand aus, peilte die Strecke entlang und ließ mutlos die Ballons sinken. Die große Uhr an der Fußgängerbrücke zeigte die verstrichene Zeit seit dem Startschuss: 5 Stunden, 38 Minuten. Oje, der Lauf war offiziell vorüber, selbst die langsamsten 42-Kilometer-Läufer hatten längst schon das Ziel erreicht. Die Strecke gehörte nun den Müllmännern, an der Ziellinie drehte bereits die Kehrmaschine ihre Runden.

Da tauchte in der Ferne eine einsame Gestalt auf. Die Kamera zoomte heran, suchte die Schärfe, dann war das Bild da: Ein dicker Mann mit Koteletten, blau-weißem AZ-Dress und der Startnummer 1111 stolperte mehr, als er lief, der Schweiß troff in Strömen, sein Gesicht war knallrot. Hinter ihm folgte ein Pulk an Zuschauern. Die Leute waren über die Absperrung geklettert und folgten ›ihrem‹ Elvis mit anfeuernden Rufen, jemand hielt ein Plakat in die Höhe: *Wadenweh - einer geht noch!*

Doch der Reporter sah komplett fertig aus, fast wäre er hingefallen. Tinne konnte ihm nachfühlen: Nach der ersten Hälfte seines Laufs waren all die aufregenden Geschehnisse im Museum passiert, danach hatte er sich von der Brigade zurückfahren lassen und die zweite Hälfte in Angriff genommen. Kein Wunder, dass er mit den Kräften am Ende war!

Meter um Meter kämpfte er sich voran. Die Leute im Ziel hatten ihn wahrgenommen, die Stimmung stieg, Sprechchöre bildeten sich. Auch die Brigade war da, Bertie hatte sein Shirt ausgezogen und schwenkte es wie eine Fahne.

Es war jedoch abzusehen, dass Elvis es nicht schaffen würde. Erneut taumelte er und konnte sich gerade noch aufrecht halten. So kurz vor dem Ziel, und doch so weit!

Da kam Bewegung in Dietmar. Am Bildrand war zu sehen, wie der Taxi-Chef zur Kehrmaschine lief und nach ein paar Worten mit dem Fahrer Platz tauschte. Das orangefarbene Gefährt machte eine Kehre und sauste auf die Strecke, hinter Elvis wendete Dietmar erneut und rief ihm etwas zu. Der Reporter kletterte mit unsicheren Bewegungen vorne auf die Maschine, Dietmar gab behutsam Gas, und schon ging es in Richtung Ziellinie. Der Jubel der Menge schwoll an. Elvis schnaufte ein paar Mal durch, dann machte sich ein erschöpftes Grinsen auf seinem Gesicht breit. Er stellte sich in Heldenpose und ritt mit hochgereckter Faust auf der Kehrmaschine, als wäre er Superman.

Die Brigade und die Übrigen vor der Leinwand johlten, auch Tinne und Laurent applaudierten. Welch ein Anblick!

Kurz vor der Ziellinie hielt Dietmar an, Elvis krabbelte herunter und lief die letzten Meter in seiner üblichen Haltung: angewinkelte Arme, hochgezogene Schultern. Dann hatte er die Linie überquert. Sein Halbmarathon war geschafft.

»Hab ich doch gleich gesagt«, brummte er in seinem Campingstühlchen, während die anderen klatschten und die Gläser hoben. »Hauptsache, vor der Kehrmaschine.«

Noch lange saßen sie am Fluss unter dem Nachthimmel.

... HAT GEORG PLUMENSCHEINEN EIN KINDT BEZAUBERT

Liebe Leserinnen, liebe Leser, wo kommt die Idee für einen Roman her? Bei *Schandkreuz* waren es die wenigen gesicherten Informationen, die es über die erste Bodenheimer ›Hexe‹ Merg Scholl gibt: Die dürre Anklageschrift von Seite 136, ihre Verhaftung im Oktober 1612, ihre Verbrennung im Frühjahr 1613. Alles dazwischen – vergessen, ausgelöscht. Freies Feld für einen Roman.

Glauben Sie mir, wenn ich Ihnen sage, dass mir die weiteren Recherchen dann allerdings sehr schwergefallen sind? Ähnlich wie Tinne verfüge ich über ein aktives Kopfkino, das sich beim Studium der Kurmainzer Prozessakten schnell selbstständig gemacht hat. Die Dieburger Protokolle, die Felix im Museum zeigt, sind tatsächlich erhalten, sie lassen nur allzu gut erahnen, welche Szenen sich damals in den Kerkern abgespielt haben müssen. Die zerrissene Bodenheimer Verhörmitschrift, die Tinne und Elvis aus der Staatskanzlei holen, ist mein Versuch, den Duktus und die aus heutiger Sicht teils erschreckend naiven Anschuldigungen nachzuempfinden. Jedem, der sich diesem ernsten Thema nähern will, empfehle ich die Seite www.hexenprozesse-kurmainz.de. Der Arbeitskreis ›Hexenprozesse in Kurmainz‹ hat sie aufgebaut, viele Protokolle und Anklageschriften lassen sich hier im Original nachlesen.

Auch sonst gibt es im Buch – wie üblich – viel Wahres und viel Erfundenes. Die politischen und sozialen Rahmenbedingungen im damaligen Bodenheim entsprechen der Realität, ebenso der Umgang mit denjenigen, denen man das *laster der zauberey* nachgesagt hat. Die gruselige Vorstellung von Untoten und Nachzehrern war tatsächlich über Jahrhunderte in der Glaubenswelt der Menschen verankert, Leichenpfählungen oder sogar Verstümmelungen wie bei dem namenlosen Kind kamen immer wieder vor. Ebenfalls wahr: Das ›Antoniusfeuer‹ und die Geschehnisse in Salem, die Elvis schwitzend auf dem Hometrainer recherchiert. Und auch das wunderliche Schicksal der Bodenheimer Verhörprotokolle ist nicht etwa meiner Fabulierlust entsprungen, sondern den Launen des Schicksals: Sie wurden, soweit man ihren Weg überhaupt nachvollziehen kann, tatsächlich aus einem Adelspalast gestohlen und als Gewehrpapiere an Napoleons Truppen verkauft.

Worüber stolpern Tinne und Elvis sonst noch? Die Pulverturmexplosion ist natürlich jedem Mainzer bekannt, und auch das Garnisonsmuseum auf der Zitadelle musste ich nicht eigens für den Roman erfinden. Da Wolfgang Balzer sich bester Gesundheit erfreut anstatt elektrogeschockt im Rhein zu treiben, empfehle ich Ihnen einen Museumsbesuch als ganz spezielle Zeitreise, es lohnt sich! Ebenso spannend ist das Bodenheimer Heimatmuseum, zwar ohne Hexenausstellung, dafür mit Baumscheibe und fränkischem Krieger.

Etwas blumiger wird es bei Tara Fehs Knochenanalye. Die medizinischen Grundlagen sind durchaus stimmig, aber viele Details dann doch eher der Dramaturgie geschuldet. Die Ernährung im Mittelalter und in der frühen Neuzeit lassen sich ebenfalls schwer über einen Kamm scheren, entsprechend generalisiert sind die Infos von Philipp Stein (ich bitte darum, es ihm nachzusehen und mir anzulasten). Für einen Freizeitkoch wie mich hochinteressant ist allerdings das *new kochbuch* von Marx Rumpolt, aus dem ich das Rheingauer Hähnchen entlehnt habe. Im Netz gibt es viele Rezepte zum Blättern und Ausprobieren!

Und das Schandkreuz? Ist es wirklich eine keltische Rune, vom Christentum umgedeutet? Klingt spannend, entpuppt sich aber als Autorenfantasie – das Kreuz habe ich erfunden und das Exemplar auf dem Titelbild aus Stöcken und Schnüren zusammengebunden. Immerhin, die Äste stammen aus Bodenheim. So viel Originaltreue muss sein! :-)

Und damit bin ich auch schon beim großen Dankeschön angekommen für all diejenigen, die *Schandkreuz* auf die Welt gebracht haben. Zuerst natürlich die »echten Rollen«: Wolfgang Balzer, Philipp Stein und AZ-Fotograf Sascha Kopp. Als weitere AZler sind Kirsten Strasser und Michael Jacobs in Mail- oder SMS-Form verewigt. Danke, dass ich Euch in Romanform pressen und mit meinen Figuren in einen Topf werfen durfte!

Von Tara Dwyer habe ich den Vornamen und die halbirische Abstammung geklaut, Elmar Frey hat wie immer die Sprüche der Brigade in korrektes *Meenzerisch* übersetzt. Fachlich unterstützt haben mich Manfred Glaszner vom Heimatmuseum Bodenheim, Wolfgang Balzer, Dr. Jürgen Schmidt und vor allem Prof. Dr. Ludolf Pelizaeus, der ein schier unendliches Fachwissen über die Kurmainzer Hexenverfolgung besitzt. Wundern Sie sich über die Namensgleichheit *Ludolf Pelizaeus – Laurent Pelizaeus*? Tja, was soll ich sagen: Der Professor war vor Jahren Namensinspiration für den Kommissar ... ich konnte ja nicht ahnen, dass die beiden einmal im gleichen Roman eine Rolle spielen würden.

Ich komme zur zweitletzten und zweitgrößten Dankes-
runde. Als da wären: Claudia Senghaas und das Team vom
Gmeiner-Verlag, meine Haus-und-Hofkritikerin Corinna
Homp, der weltbeste Ideensparringspartner Rainer Zipp
Fränzen, die Mainzer Buchhändlerinnen und Buchhänd-
ler, meine lieben Eltern Dagmar & Robert Weichmann und
meine literaturstreitbare Partnerin Susanne Reuber.

Wie immer an letzter – und damit an erster – Stelle stehen Sie, liebe Leserinnen und Leser. Ihre Buchlust lässt die
Schand-Reihe weitergehen, und Ihre gute Laune bei Lesun-
gen ist jedes Mal aufs Neue ein Ansporn. Tinne & Elvis
freuen sich über so viele Fans, Axl & die Brigade winken
aus den Fenstern der Kommune, und sogar Mufti lässt gnädig einen Gruß ausrichten. Da schließe ich mich gerne an!

*Neuigkeiten und Hintergründe
unter www.helgeweichmann.de*

Alle Bücher von Helge Weichmann:

Historikerin Tinne Nachtigall ermittelt:

1. Fall: Schandgrab
ISBN 978-3-8392-1445-9

2. Fall: Schandgold
ISBN 978-3-8392-1618-7

3. Fall: Schandkreuz
ISBN 978-3-8392-1859-4

4. Fall: Schandglocke
ISBN 978-3-8392-2162-4

5. Fall: Schandfieber
ISBN 978-3-8392-2333-8

6. Fall: Schandflut
ISBN 978-3-8392-2535-6

7. Fall: Schandweihe
ISBN 978-3-8392-2751-0

Kommissar Marcel Bleibier und die Elwetritsch:

Mörderjagd mit Elwetritsch
ISBN 978-3-8392-2584-4

Schatzsuche mit Elwetritsch
ISBN 978-3-8392-0322-4

Ludwigshöh & Elwetritsch
ISBN 978-3-8392-0839-7

Weitere:
Schwarze Sonne Roter Hahn
ISBN 978-3-8392-2057-3

SOKO Ente
ISBN 978-3-8392-2429-8

GMEINER SPANNUNG

WWW.GMEINER-VERLAG.DE
Wir machen's spannend